KB269719

살인을 부르는
수학 공식

살인을 부르는 수학 공식

소설로 읽는 20세기 수학 이야기

테프크로스 미카엘리데스 지음 | 전행선 옮김

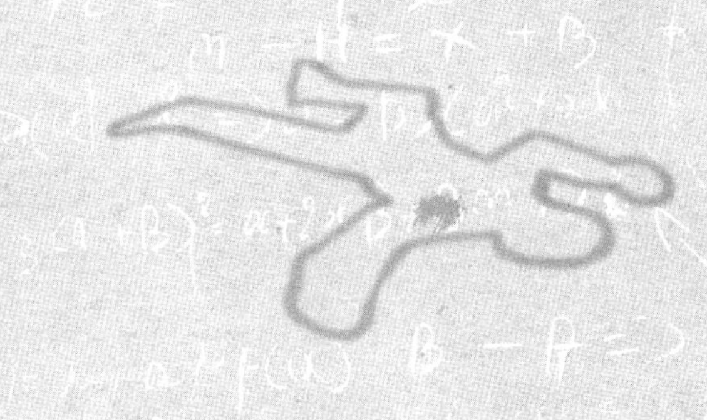

Pythagoreia
Enklemata

살림Friends

"『살인을 부르는 수학 공식』은 로맨스, 예술, 역사, 정치적 음모, 그리고 수학이라는 요소를 정교하게 엮어 첫 장부터 마지막까지 시종일관 독자의 시선을 사로잡는 뛰어난 스릴러물이다."

　　– 엘리 마오, 『피타고라스 정리: 4000년의 역사』, 『무한, 그리고 그 너머: 무한의 문화사』의 저자

"이 작품은 괴델의 불완전성 정리의 문화적 중요성을 매우 보기 드문 관점에서 바라보는 매혹적이고…… 재미있으며, 통찰력 있는 소설이다."

　　– 아포스톨로스 독시아디스, 『사람들이 미쳤다고 말한 외로운 수학 천재 이야기』의 저자

"20세기 초반의 파리와 그리스에서의 삶을 환기시키는 글로 수학계의 특출한 여러 이야기를 써내려 간 매우 뛰어난 작품이다."

　　– 마커스 듀 소토이, 『달빛 찾기: 어느 수학자의 대칭 여행』의 저자

"지성으로 읽는 스릴러. 『다빈치 코드』에 대한, 사고하는 인간의 대답이다."

　　– 에이미 스체판스키, 『바보도 할 수 있는 기본 대수학 안내서』의 저자

"재미있고 흥미로운 책이다. 나는 특히 몽마르트르 카바레에서 수학자와 예술가들이 마주치는 장면을 재미있게 읽었다."

    — 마크 라이언, 『미적분 더미 시리즈』와 『기하학 더미 시리즈』의 저자

"과학과 수학분야를 다루는 소설에 대한 관심이 급속도로 커져 가는 요즘, 그 주제에 대한 사랑과 관심뿐 아니라, 깊이 있는 이해까지 갖춘 작가의 작품을 읽는다는 것은 매우 즐거운 일이다."

    — 앤드류 크러미, 『뫼비우스 딕』 『미스터 미』 『외국어 음악』의 저자

"이 소설은 수학계와 예술계, 사회상의 세기말 대격변을 불러일으키는 놀랍고 스릴 넘치는 미스터리 살인 사건을 다루고 있다. 그리고 그 핵심에는 지식인의 열정을 상징하는 피타고라스 학파의 전설적인 범죄를 우아하게 재가공한 현대 버전의 이야기가 있다."

    — 배리 메이저, 하버드 대학교 수학 교수

이 책은 원래 2006년 그리스 아테네의 폴리스 퍼블리케이션스(Polis Publications)에서 그리스어로 처음 출간되었다. 작품에 등장하는 사람과 장소, 그리고 사건들은 19세기 후반에서 20세기 초반에 걸쳐 화려하게 펼쳐진 유럽 문화라는 융단을 그 배경으로 하고 있으며, 특히 등장인물은 프랑스, 그리스, 독일의 사회, 정치, 과학은 물론 그 시대의 지식인 집단과도 긴밀하게 관련되어 있다.

이 이야기는 올림픽과 세계박람회(Exposition Universele), 그리고 제2차 국제 수학 학술대회(the Second International Congress of Mathematics, 국제수학자대회)가 열리던 1900년 8월의 파리에서 시작한다. 책 속에는 유명한 지식인들과 널리 알려지지는 않았지만 역사에 한 획을 긋고 사라져 간 수학자, 예술가, 철학자들에 대한 흥미로운 내용이 있으며, 그들이 논쟁하던 다양한 문제와 그 해결책 또한 제시하고 있다. 그리고 무엇보다도 몽마르트르 언덕과 물랭루주, 악명 높던 '쥐트'에 관한 다채롭고 활기 넘치는 묘사가 독자들의 상상력을 사로잡을 것이다.

이 책에서는 독자들을 위해 등장인물과 장소, 다양한 표현, 당시를 배경으로 하는 역사적인 사건 등을 상세히 묘사한 어휘 설명을 따로 마련했다. 이것을 첨부한 목적은 이 책이 지적 탐구와 글 읽는 재미라는 두 마리 토끼를 한꺼번에 얻고자 하는 수준 높은 독자들에게 더 많은 흥미를 불러일으키기 위함이다.

소중한 통찰력과 유용한 제안으로 많은 도움을 준 제니퍼 모건 편집장에게 감사의 말을 전한다. 마지막으로 마크 라이언에게도 특별히 고마움을 표하고 싶다. 마무리 편집을 거치는 동안 세부 사항에 관한 그의 전문적 수학 지식과 헌신적인 관심이 많은 도움이 되었다. 그럼에도 아직까지 책 속에 실수가 남아 있다면 그것은 결코 그의 잘못이 아님을 분명히 밝힌다.

차례

Prelude

보랏빛 포도 덩굴, 분홍과 자주색이 어우러진 등꽃, 인동덩굴, 담벼락을 기어가는 담쟁이, 모두가 그녀를 맞을 준비에 한창이다. 아네모네, 데이지, 캐모마일, 양귀비는 그녀가 밟고 지나가기에 좋도록 화려하고 두꺼운 양탄자를 준비해 놓았다. 파리, 벌, 나비, 무당벌레는 그녀가 입을 천상의 옷을 마련해 놓았다. 지구로 돌아오는 페르세포네를 환영하고자 자연이 그 화려함을 온 천지에 흩뿌려 놓고 있었다.

바닷가에 있는 히파소스 역시 무언가를 축하하고 있었다. 마침내 그도 모든 시험에 통과했기 때문이다. 심지어 가장 참기 힘들었던 침묵 시험까지 견뎌 학파의 정식 일원으로서 전혀 손색이 없음을 증명해 보였다. 지금 그는 막대 하나를 손에 들고 모래 위에 앉아 견습생 시절에는 몇 년 동안이나 꿈도 꾸지 못했던 일을 해 보려고 시도하는 중이었다. 다시 말해 기하학 문제를 혼자 풀어 보려는 중이었다.

그 문제는 오랫동안 히파소스의 마음을 불편하게 해 왔고, 꿈속에까지 등장하는가 하면 밤잠도 설치게 만들었다. 주위에 아무도 없을 때면 그는 바닥에 몇 개의 도표를 그려 가며 문제의 답에 좀 더 접근하려고 여러 번 시도했다. 하지만 매번 발자국 소리라도 들리면 거의 경기를 하는 것처럼 그렸던 것을 지워 버렸다. 학생 혼자 기하학 문제를 푸는 것은 엄격하게 금지되어 있었기 때문이다. 만약 그 규칙을 어기면 무조건 영구 제적이라는 처벌이 내려졌다.

하지만 이제 모든 것이 달라졌다. 그도 수학자가 된 것이다. 따라서 학파의 규칙에 순종하는 의미에서도 진리를 탐구하고 밝혀낼 의무가 있었다. 만약 학파 회원들이 그의 발견을 승인한다면 그것은 피타고라스학파의 지식을 집대성한 위대한 전집에 실려 스승이 이룬 공적의 일부가 될 것이다. 그리고 신입 회원들의 접근을 막고자 일곱 개의 봉인 아래 비밀리에 보관될 것이다.

히파소스는 지식을 비밀에 부치는 것이 옳은 일인지에 대해 종종 스스로에게 묻곤 했다. 그리스 세계의 또 다른 한쪽 끝에 있는 이오니아에서는 그렇게 하지 않는다는 말을 들은 적이 있었다. 그곳에서는 진리를 발견했다고 생각하는 사람은 누구라도 에페소스나 밀레토스에 있는 시장으로 달려가 그 사실을 만천하에 알린다고 한다. 그 사람은 대중 앞에서 자신의 진리를 설파하고, 반대나 비난의 의견이 있을 경우 그에 대한 반박을 할 수도 있다. 그렇게 대화를 통해 지식과 진리는 배움을 갈구하는 모든 이의 소유가 되었다. 그러나 이런 식으로 배움을 얻는 다른 지역의 방식을 고려할 때마다 히파소스는 자신의 불경스러운 생각에 스스로 깜짝 놀라 일부러 다른 일로 생각을 돌리곤 했다.

사실, 오늘 그의 마음은 다른 것에 사로잡혀 있었다. 그는 모래 위에 정사각형 하나를 그리고 수직선을 대각선에 연결하거나 그것들을 또 다른 수직선에 연결하는 등 다양한 선을 연결하려고 시도해 봤다. 때로는 그리던 것을 포기하고 다 지운 다음 발로 모래를 평평하게 다듬었다가 다시 시작하기도 했다. 하지만 무언가 계속 잘못되고 있었다.

해가 지기 시작했지만 히파소스는 아직도 그리기를 멈추지 않았다. 깊은 생각에 잠겨 있던 탓에 헤르몰라오스가 다가오는 소리도 듣지 못했다.

"어디 있었어? 수업도 안 들어오고…… 나와 이야기하고 싶어 할 거라 생각했는데? 이제 침묵 시험을 통과했잖아."

헤르몰라오스는 피타고라스학파의 서열에서 히파소스 바로 위였다.

그도 역시 몇 달 전에 같은 시험을 통과해 학생들의 거처에서 수학자의 거처로 옮겨 갔다. 수습 기간에 두 사람은 매우 절친한 사이였지만 헤르몰라오스의 진급이 두 사람을 일시적으로 갈라놓았다. 이제 두 사람은 다시 동등한 위치에 올라섰기에 헤르몰라오스는 둘의 우정이 다시 회복되기를 갈망하고 있었다.

히파소스가 그를 멍하게 바라보며 중얼거렸다.

"만물은 수(數)다."

헤르몰라오스는 그가 자신에게 말을 하는 건지 허공에 대고 중얼거리는 건지 알 수가 없었다.

"만물은 수다."

히파소스가 앞에 서 있는 헤르몰라오스를 바라보며 애원조로 다시 한 번 중얼거렸다.

"그래서? 그건 나도 알고 있어. 스승님께서 그렇게 말씀하셨지!"

헤르몰라오스는 피타고라스학파 사람들이 모든 지식을 스승의 업적으로 돌릴 때 사용하는 관용적인 문장을 써서 약간 비웃듯이 말했다.

"그래서……?"

히파소스가 성난 목소리로 물었다. 그는 자신이 모래 위에 그린 그림을 손가락으로 가리켰다.

당황한 표정으로 헤르몰라오스가 아래를 내려다보았다. 그러자 히파소스가 그림을 설명했고, 그것을 그의 동료는 심각하게 들었다. 마침내 헤르몰라오스는 히파소스가 하려는 말을 이해했다.

"자네 말이 맞아."

그가 두려워하는 목소리로 인정했다.

"하지만 이게 무얼 의미하는지 알기는 하는 거야? 나라면 당분간은 아무것도 하지 않겠어. 이 사실을 발설할지 말지, 한다면 좀더 신중해야 할 거야. 무엇보다도 절대 서두르지 마. 어쨌거나 저녁 식사에 늦겠다."

"지금 우리 앞에 닥친 게 먼지 알아?"

히파소스가 하고 싶은 얘기가 더 있다는 듯이 물었다.

"저녁을 굶어야 할지도 모른다는 거지."

헤르몰라오스의 대답에 두 사람은 잠시 동안 허리가 끊어질 듯 웃어댔다.

제 1 장

누군가 계속해서 문을 두들기는 바람에 나는 잠에서 깨어났다. 문 쪽으로 걸어가는 마르타의 발소리가 들렸고, 곧 문이 삐걱거리며 열리자 낯선 목소리가 들려오다가 이내 조용해졌다. 그러고 나서 마르타의 바쁜 발자국 소리가 내 방 쪽으로 다가왔다. 나이는 여든이나 되었지만 그녀는 여전히 부지런하게 집안 구석구석을 누비며 무엇 하나 부족함이 없도록 알뜰하게 살림을 맡아 하고 있었다.

마르타는 나의 외할머니 콘스탄디노스 마브롤레온의 시중을 들기 위해 이 집으로 왔는데, 그때 그녀의 나이가 열 살이었다. 4년 후 나의 어머니가 태어나자 그녀는 유모 노릇도 도맡았다. 자신은 한 번도 받아 보지 못한 한없이 깊은 사랑을 아기에게 쏟아 부으며 애지중지 돌봤다. 바쁘고 무관심하고 밖으로만 나도는 할머니 때문에, 그리고 함께 놀아 줄

형제자매도 없는 까닭에 아기의 삶에서 빌 수밖에 없던 공간을 자신이 할 수 있는 최선의 방식으로 채워 주었던 것이다. 어머니는 외딸이었고, 할머니 내외는 아이를 더 가지려는 의지도, 또 그럴 만한 능력도 없었다.

어머니가 열여덟 살이 되던 해에 기술자였던 알렉시스 이게리노스와 결혼을 하자 마르타도 어머니를 따라 신혼집으로 옮겨 가서 살게 되었다. 그리고 내가 태어나자 나의 유모도 되었다. 내 나이 쉰이 넘은 지금까지도 마르타는 가끔 유모 노릇을 하려 들 때가 있다. 엄격히 말해서 그녀는 가정부인데도 말이다.

"미카엘, 잠들었니?"

마르타가 문 밖에서 물었다.

"아니요 할머니, 일어났어요. 무슨 일이에요?"

"경찰이 찾아왔구나. 얘기 좀 하자는데."

"저와요? 용건은 말 안 하던가요?"

"응, 그냥 급한 일이라고만 하면서, 미안하지만 꼭 좀 만나 봐야 한다는구나."

"알았어요. 5분만 기다리라고 해 주세요."

나는 재빨리 옷을 입고 아래층으로 내려갔다. 한 젊은 경관이 거실 소파에 앉아 있다가 나를 보더니 튀듯이 일어났다.

"미카엘 이게리노스 씨죠? 안토니우 경관입니다. 이렇게 이른 시간에 불편을 끼쳐서 죄송합니다만, 도움이 좀 필요해서요. 혹시 스테파노스 칸다르트지스라는 분과 알고 지내던 사이였나요?"

가슴이 두방망이질 치기 시작했고, 얼굴에서 피가 모두 빠져나가는 듯한 기분이었다. 나는 경관이 과거 시제로 물은 것을 되물었다.

"알고 '지내던' 사이였느냐고요? 왜 '지내던'이라는 과거형으로 묻죠? 스테파노스는 내 절친한 친구예요. 어제 오후에도 함께 있었어요."

"죄송합니다, 이게리노스 씨."

그가 말을 이었다.

"오늘 새벽에 스테파노스 씨가 자택에서 시체로 발견됐습니다. 혹시 그분의 아파트로 저와 동행해 주실 수 있는지 여쭤 보려고 찾아왔습니다."

스테파노스를 생각하니 침도 삼키기가 어려웠다.

"하지만 어떻게 된 거죠? 내 말은…… 어제까지만 해도 무사했는데, 도대체 무슨 일이 일어난 건가요?"

"아직은 우리도 자세한 상황을 모릅니다. 집주인이 처음 발견했답니다. 그리고 그 여자 분이 선생님께서 어제 오후에 사망자와 함께 있었다고 진술했습니다. 아시다시피 사망자는 친척이 없어서 선생님을 찾아온 겁니다."

"알았어요. 함께 갈게요. 준비하고 내려올 테니 잠시만 기다려 주세요. 그동안 차라도 한 잔 드릴까요?"

"아니요, 그러실 필요 없습니다. 기다리고 있을 테니 내려오세요."

스테파노스의 아파트는 네아폴리스의 리카비토스 산기슭에 있었다. 원룸아파트로 화장실은 마당에 있는 공동화장실을 이용해야 했다. 아테네에 있는 한 학교의 수학교사로 재직하면서 벌어들이는 쥐꼬리만 한 수입으로는 그 이상의 것을 바라기 어려웠다. 학문적인 성취나 능력만 보자면 그는 대학에서 강의를 해도 모자람이 없었지만, 베니젤로스 당에서는 그의 능력에 합당한 대우를 해 주지 않았고, 왕당파는 그를 자유당원으로 취급하고 있었다. 이러한 상황 때문에 스테파노스는 어쩔 수 없이 중학교 교사 자리에 만족해야만 했을 뿐 아니라, 혹시 정치적인 격변이나 새로운 비상사태가 발생해 오지로 추방되거나 아예 교사 자리마저 잃는 것은 아닐까 하고 늘 불안에 떨어야 했다. 물론 그런 사태들은 보통 교묘하게 조작된 거짓 정보로 판명되곤 했다.

학교 업무를 제외하고 스테파노스는 자신의 학문에만 몰두했다. 내가 외부 세계와 그를 이어 주는 유일한 끈이었다. 일주일에 한 번씩 만나 체스를 두는 일은 우리가 오랫동안 열정적으로 공유해 온 일 가운데 하나였다. 체스를 두면서 우리가 공유한 또 하나의 열정인 수학에 관해서도 이야기를 나누었다. 물론 나는 일상과 관련이 있는 소소하고 지엽적인 주제만을 언급했지만, 스테파노스에게 수학은 존재 이유 그 자체였다.

우리는 돌아가면서 서로의 집을 방문하며 체스를 두었는데, 그의 축축하고 곰팡내 나는 집을 방문하는 일은 내게 일종의 도전이었다. 특히 겨울에는 더했다. 하지만 매번 그에게 내가 사는 곳으로 와 달라고 부탁함으로써 우리 관계의 균형을 깨뜨릴 수는 없는 노릇이었다. 그는 두꺼운 카펫이 깔린 우리 집의 따뜻한 거실과 그렇지 않은 자신의 방 사이에서 아무런 차이도 느끼지 못하는 듯했고, 나 또한 그와의 우정이 얼마나 값진 것인지 알고 있었기에 그것을 잃을 각오를 하면서까지 경우에 어긋나는 제안을 하고 싶지 않았다.

따라서 2주에 한 번씩 나는 그의 집에 앉아 미지근한 허브 차를 마시면서 머릿속으로는 마르타가 뜨끈뜨끈하게 데운 실버 사모바르(러시아에서 만드는 특별한 찻주전자—옮긴이)에 담아 내오는 최고급 브랜디를 상상하곤 했다. 우리는 보통 다섯 시에 만나 밤 아홉 시까지 체스를 두며 이런저런 이야기를 나누었고, 그런 다음 집으로 돌아가곤 했다. 그런데 이제 안토니우라는 형사가 나타나 어제가 우리 둘이 함께 보낸 마지막 날이었다고 이야기하는 것이다.

경관과 함께 스테파노스의 집으로 걸어가는 동안 얼굴을 때리는 새벽녘의 칼바람이 오히려 고맙게 느껴졌다. 스타디우 거리에 있는 우리 집에서 스테파노스의 집까지는 20분 남짓 걸렸다. 마당으로 들어가는 입구에는 호기심에 몰려든 구경꾼이 인산인해를 이루고 있었으므로 안토니우 경관은 나를 들여보내기 위해 동료에게 신호를 해야만 했다. 경관과 함께 낯익은 방 안으로 들어서자 침대 위로 몸을 숙이고 있던 의사가 자리를 비켜 주었고, 마침내 나는 스테파노스를 볼 수 있었다. 그는 눈을 감은 채 바닥에 누워 있었다. 볼은 푸른빛을 띠고 있었고, 입술은 검은색에 가까웠다. 다리가 후들거렸다. 내 앞에는 내게 유일하다고 할 수 있는 진정한 친구가 누워 있었으며, 그의 죽음과 함께 내 젊은 시절이 담긴 삶의 한 장이 닫히고 있었다. 나는 본능적으로 안토니우 경관의 팔을 잡아 바닥에 쓰러지는 것을 가까스로 면할 수 있었다.

제 2 장

파리
제2차 국제 수학 학술대회(국제수학자대회)
1900년 8월 8일, 수요일

파리 소르본 대학의 강연장은 그 수용 한계를 훨씬 넘어설 정도로 들어찬 사람들로 북적대고 있었다. 물론 그럴 것이라고 예상은 했었다.

"힐베르트의 강연은 발 디딜 틈도 없이 꽉 찰 테니 앉아서 듣고 싶으면 일찍 가는 게 좋을 거야."

모두가 이렇게 말했다. 당시 수학은 내 삶에서 중요한 부분을 차지하고 있었지만, 그렇다고 파리에서 지내는 동안 단 하룻밤이라도 그냥 흘려보내고 싶지는 않았다. 강연 때문에 아침 일찍 일어나야 한다고 해서 밤 시간을 그냥 허비하지는 않겠다는 뜻이다. 비록 이번 학술대회가 내 생애 처음 참가하는 것이기는 해도 달라질 것은 없었다. 강연자는 내가 다니는 대학의 유명한 교수 다비트 힐베르트(David Hilbert)였고, 강의에는 '수학의 미래(On Future Problems in Mathematics)'라는 매력적인 제목이 붙어 있었다.

제목만 봐도 이번 강연이 전문가만을 대상으로 하는 어떤 문제 풀이에 대한 정리나 전개를 확인하는 규범적인 강연이 되지는 않을 것이라는 사실을 알 수 있었다. 수학 학술대회에서 자주 들을 수 있는 그러한 강의들은 필수적으로 각각의 연사가 미래의 중요한 이론을 형성하는 데 조금씩 기여한다. 따라서 모든 과학 분야가 그렇듯이 수학의 진보를 위해 가장 먼저 거쳐야 할 과정임에는 틀림없었다. 하지만 수학이라는 학문에 완전히 심취한 사람을 제외하고는 그런 식의 강의를 즐기는 사람은 거의 없었다. 또한 특정 분야에 몸담은 사람만이 알 수 있는, 그 기술적인 세부 사항을 이해하는 사람은 더더구나 없었다. 반면 힐베르트 교수의 강의는 수학의 전체적인 개관이자 전 지구적인 발표로서, 20세기의 출발점에 맞추어 그는 아직까지 어떤 수학자도 제대로 해내지 못한 수학의 전체적인 요약을 선보일 예정이었다.

이번 힐베르트 교수의 강의는 괴팅겐 대학에서 1년 내내 대화의 주요 주제가 되었다. 푸앵카레(Poincaré, Jules Henri)가 그에게 연설을 부탁했을 때, 침착하고 느긋한 성격의 힐베르트도 초조함에 몸 둘 바를 몰라했다. 당시 그는 강의 주제와 내용을 상의하느라 취리히 대학에 재임 중인 막역한 친구 헤르만 민코프스키(Hermann Minkowski) 교수와 정기적으로 서신을 주고받았다. 따라서 수학의 미래에 대해 개괄적인 요약을 먼저 제안한 사람은 민코프스키 교수일 가능성이 컸다. 3년 전 취리히에서 열린 제1차 국제 수학 학술대회에서 푸앵카레가 했던 연설에 대한 일종의 화답으로 말이다. 민코프스키는 푸앵카레의 연설이 '지루하고 진부'했다고 표현하면서 자신의 친구는 프랑스의 수학적 업적에 도전하는 내용을 담은 좀더 역동적이고 힘이 넘치는 강의로 보답해야 한다고 주장했다.

물론 힐베르트는 친구의 즉각적인 '선전포고'식의 견해에는 동의하지 않았을 것이다. 과거 파리에 살아서 대부분의 파리 수학자들과 개인적인 친분이 있기 때문이다. 하지만 자국의 동료들과 논쟁을 벌일 때나 또는 그들이 보여 주는 삶의 방식과 대립하게 되면, 그는 자신의 견해가 어떻든 간에 보통 직접적인 대응을 선호했다. 19세기 후반 유럽의 과학계는 독일의 생리학자 에밀 뒤부아레몽(Emile du Bois-Reymond)의 이론이 지배적이었다. 그는 전기생리학(electrophysiology) 분야에서 선구적인 연구를 수행하였는데, 전기와 근육의 수축 관련성을 처음 밝혀냈다. 뒤 부아 레몽은 연구 후반기에 철학 쪽으로 돌아섰다. 그의 중심 논제는 "인간은 아무것도 아는 것이 없고 영원히 그럴 것이다(*ignoramus et ignorabimus*)"라는 말로 요약할 수 있다. 그는 자연을 알아 가는 데는 한계가 있으며, 인간은 그 너머까지 절대로 도달할 수 없다고 믿었다. 과학이 어디까지 진보하든 답할 수 없는 질문은 언제나 남아 있다는 것이었다.

젊은 과학자들은 그의 비관론적인 견해에 단호히 반대했다. 힐베르트 교수는 방법론적이고 체계적인 방식으로 접근하기만 하면 모든 문제에는 반드시 그 해결책이 있다고 여러 번 주장해 왔다. 따라서 다가올 파리 학술대회에서 수학계의 미래를 전망하고, 또 그것이 당면한 여러 문제 간의 우선순위를 매기는 강의를 하는 것은 힐베르트가 뒤부아레몽의 숙명론적인 입장을 대중적으로 반박할 수 있는 좋은 기회였다. 그는 수도 없이 초안을 여러 번 작성했으며, 동료 교수들을 앉혀 놓고 '리허설 강의’ 또한 여러 번 했다. 심지어 마지막 순간까지도 도표를 넣었다 뺐다 하고 단락의 위치를 재배열하기도 했으며 주장을 다시 읽으며 검토를 반복했다. 그러다 결국 원고 마감일을 넘겨 학술대회 프로그램에 그의 연설 제목이 인쇄되지 못하는 상황까지 가고 말았다.

하지만 당시 나는 학생이었기에 그 모든 정황을 직접 접할 수는 없었다. 오직 토론의 메아리만이 내 귀에까지 들려왔을 뿐이다. 1900년 독일에서 교수와 학생 사이에는 관행화된 차별이 있었다. 힐베르트는 그러한 차별이나 계층 구조를 심각하게 받아들이지 않았기에 사생활에서는 주저 없이 그것들을 위반했다. 따라서 마을의 커피하우스에서 학생들과 당구를 치거나 맥주를 마시는 그의 모습을 발견하는 것은 그다지 어려운 일도 아니었다. 하지만 그러한 행동은 적대감을 불러일으키기에 충분했고, 결국 작고 보수적인 괴팅겐 사회의 여기저기서 비난의 수군거림이 들려왔다. 그러니 아무리 힐베르트라 해도 자신이 존중하는 몇몇 학생들(자화자찬 같지만 그들 중에는 나 자신도 포함되어 있었다)의 의견을 듣고자 그들과 둘러앉아 토론을 하면서 동료들에게 모욕을 줄 수는 없는 노릇이었다.

이러한 계급 구조를 한쪽으로 제쳐 놓을 수 있었던 유일한 기회는 당시 독일 내의 거의 모든 대학이 참가했던 전통적인 소풍날뿐이었다. 그것은 보통 수요일 오후나 휴가 기간에 수많은 학생과 교수가 마을을 출발해 라인 강둑을 따라 긴 도보 여행을 떠나거나 주변의 산을 오르는 행사였다. 외출용 재킷을 걸치고, 무릎 아래를 끈으로 묶은 헐렁한 바지를 입고, 두꺼운 모직 양말과 등산용 신발을 신으면 평소에는 일정한 거리를 두고 소원하게 행동하던 교수들도 긴장을 풀고 학생들과 진솔하고 허심탄회한 대화를 나누었다. 달콤한 향기를 풍기는 작센 저지대의 녹지대가 스승과 제자들로 하여금 엄격한 프로이센 규율에서 한 발자국 벗어나 좀더 따뜻하고 긴밀한 인간관계를 형성할 수 있게 도와주었다. 물론 대학의 벽 안으로 되돌아가면 마치 괴팅겐의 유명한 중세 요새가 마을이나 건물의 경계뿐 아니라 그 거주민의 행동까지 지배하고 있기라도 하는 것처럼 어느새 모두의 관계는 이전으로 돌아가 있었다.

바로 그러한 소풍날 나는 힐베르트가 펠릭스 클라인(Felix Klein)에게 다가오는 8월 파리에서 개최되는 학술대회의 주요 연사로 초대되었다는 사실을 털어놓는 것을 처음으로 들었다. 그때 나는 그 당시 수학계의 떠오르는 별로 대우받던 대학 총장 뒤에서 몇 발자국 떨어져 그들의 대화를 듣는 특권을 누리면서 걷고 있었다. 클라인은 자신의 젊은 동료가 완전한 해결책이 있는 문제 대신, 정해진 답이 없는 문제를 연설의 주제로 정했다는 사실에 매우 강한 우려를 나타냈다. 그 자신은 좀 더 전통적인 강의 내용을 선호했기 때문이다.

"자네는 독일 수학자들의 최근 업적을 나열하기만 해도 되네. 결국 그들의 성공은 상당 부분은 자네 덕이라고 할 수 있지 않나. 동료들의 업적에 대해서는 몇 마디만 언급하고 연설의 주요 부분에서는 자네의 업적을 얘기하면 될 걸세. 사람들은 전망이 아니라 사실을 원하네!"

클라인이 말했다.

"아니요, 저는 과거 사람들이 하던 자화자찬식의 강의는 하고 싶지 않습니다."

힐베르트가 반박했다.

"까치가 자기 새끼를 보면서 세상에서 가장 예쁜 새라고 믿어 의심치 않는 눈길을 보내는 것 같은 강의는 제 취향이 아니에요. 저는 앞을 내다보고 싶어요. 사실 수학의 미래를 이야기함으로써 어느 정도는 실제 수학의 미래에도 영향을 끼칠 수 있었으면 합니다.”

더 이상 강요하지는 않았지만 클라인의 얼굴에는 회의적이면서도 약간 비꼬는 듯한 미소가 스쳐 지나갔다.

몇 달 후 나는 힐베르트의 연설 계획에 대해 논의하는 두 번째 토론을 들을 기회가 있었다. 젊은 대학 강사이자 부유한 괴팅겐 가문의 일원인 오토 에셴베르트가 자신의 집에서 ‘음악의 밤’을 개최한 날이었다. 그것은 르죈 디리클레(Lejeune Dirichlet)의 부인이자 유명한 작곡가의 여동생인 레베카 멘델스존(Rebecca Mendelssohn)이 열었던 것과 비슷했다. 1855년 디리클레와 레베카는 가우스(Gauss, Karl Friedrich)를 괴팅겐 대학의 교수로 복직시키려고 베를린을 떠났지만, 프로이센 수도의 복잡한 삶에 익숙했던 레베카는 작은 시골 마을의 생활 방식에 적응하는 데 상당한 어려움을 겪었다. 그녀는 사람들과 어울릴 필요를 느끼기 시작했고, 마침 음악에 대한 열정에 힘입어 ‘음악의 밤’을 개최하기로 마음먹었다. 레베카는 대학 교수들을 설득하기 시작했는데, 그들 중 많은 수가 작은 아마추어 실내 관현악단을 구성할 수 있을 정도의 연주 실력을 갖고 있었다. 곧 그들의 콘서트는 마을의 몇 안 되는 문화 이벤트 중의 하나가 되었다. 내가 괴팅겐에 도착했을 때는 디리클레가 사망한 지 반세기가 지나 있었지만 그 전통은 여전히 이어지고 있었다.

상류사회의 다양한 교육을 강조하던 할머니의 성화 덕분에 나는 매우 어려서부터 플루트를 배우기 시작했다. 그 열정적이고 야심찬 페브로니아 마브롤레온이 자긍심에 넘치는 표정으로 왕실 음악 교사가 나의 음악 수업을 맡아 주기로 했다는 사실을 딸과 사위에게 발표했을 때, 내 나이는 일곱 살쯤 되었다. 나는 몇 시간이고 방에 혼자 틀어박혀서 내 애매한 예술적 재능에 고유의 목소리를 입히고자 위대한 독일 작곡가들의 음악을 말 그대로든 은유적으로든 '실행'에 옮겼던 행복한 기억을 지금도 간직하고 있다. 또한 우스꽝스러운 세일러복을 입고 할머니의 친구 분들 앞에 서서 같은 곡을 연주했던 끔찍한 기억도 여전히 떠올릴 수 있다. 대학에 입학하던 열여덟 살 때쯤에는 플루트 연주 솜씨가 상당했었다. 물론 나는 부족하나마 그 음악 실력이 내게 일종의 특권으로 작용하게 되리라는 사실을 인식하지는 못했지만, 굳이 그것을 숨길 이유는 찾지 못했다. 따라서 나는 그 재능을 드러냈고, 관현악단의 리허설에 참여하라는 초대장을 받았다. 그리고 그곳에서 비어 있던 플루트 주자 자리를 제안받았다. 등급으로 따지자면 매우 낮은 자리였지만, 그래도 그 자리 덕분에 나는 처음부터 괴팅겐의 음악 모임에 자유롭게 드나들 수가 있었다.

1900년 4월, 스트라스부르(1870년 전쟁 이후 독일의 영토가 됨) 대학의 하인리히 베버(Heinrich Weber) 교수가 마을을 방문했고, 괴팅겐 대학의 실내 관현악단은 그의 명예를 기리는 콘서트를 준비했다. 쾨니히스베르크(Königsberg, 현재 칼리닌그라드)에서 베버 교수의 제자였던 힐베르트는 파리 강연을 위해 준비하고 있는 연설 원고를 그에게 보냈다. 콘서트 중간의 휴식 시간에 대화는 또다시 자연스럽게 그 주제로 넘어갔다. 베버는 힐베르트의 논문에 대한 축하 인사를 건네면서 도입부를 짧게 유지하라는 조언을 했다. 그러자 주최자는 때를 놓치지 않고 힐베르트를 위해 축배를 들자는 제안을 했다.

"「기하학 기초이론(*Foundations of Geometry*)」을 발표하면서 자네는 현대의 유클리드가 되었네. 이제 이 논문으로는 현대의 아르키메데스로 불리게 될 걸세."

그는 자신의 잔을 들어 올리며 말했다.

유클리드에서 아르키메데스까지 힐베르트의 역할을 끌어올리는 축하의 말은 꽤 적절해 보였고, 청중들도 따뜻한 찬사를 보냈다. 나도 그 말에 동의하기는 했지만, 만약 오늘 모임의 주최자가 힐베르트의 수학적 재능을 절반만큼이라도 가지고 있고 그 재능을 사교에 보여 주는 재능만큼 활용할 수 있었다면, 아마 그는 이미 유명인사가 되었을지도 모른다는 생각을 하지 않을 수 없었다.

이런 식으로 힐베르트의 강연은 대학 전체, 혹은 독일 수학계 전체의 문제로 퍼져 갔다. 그 강연과 관련된 논의를 두 번이나 목격하는 행운을 얻은 덕분인지 나는 그 현장에 직접 가고 싶다는 생각이 간절해졌다. 물론 대학원 1학년생에게는 가당치도 않은 일이었다. 하지만 나는 며칠만이라도 수학계의 엘리트들과 같은 자리에 있고 싶다는 열망과, 파리 여행에 대한 강한 선망으로 그 학술대회에 반드시 가야겠다고 마음먹었다. 마침 아버지도 여행 경비를 지원해 주겠다고 선선히 허락하셨다.

그해 여름, 파리는 그 어느 때보다도 세계적인 도시로서의 면모를 과시했다. 1900년 세계 박람회는 엄청난 군중을 끌어모았다. 전 세계 곳곳에서 몰려온 500만 명 이상의 방문객이 8만 개 이상의 전시관이 세워진 센 강둑과 그 주변 거리를 돌아다녔다. 그와 동시에 제2회 올림픽도 5월에서 10월까지 이 도시에서 개최되었다. 극장, 비스트로(작은 바나 레스토랑을 이르는 프랑스어—옮긴이), 카바레, 경마장에서도 삶의 활력이 넘쳐났다.

　한창 전성기를 구가하던 사라 베르나르(Sarah Bernhardt)는 자신의 극장에서 사르두(Sardu: '사르두 황제'라고 불릴 정도로 인기를 누리던 희곡작가로 당대 최고의 비극 배우였던 사라 베르나르를 위해 희곡 '토스카'를 썼다고 함—옮긴이)의 작품 〈토스카〉를 연기하고 있었다. 파리 기차역에서 걸어 나왔을 때 내 눈에 처음으로 띄었던 것이 바로 알폰스 무하(Alphonse Mucha)가 그린 〈토스카〉의 포스터였다. 따라서 나는 너무나도 당연한 듯이 서둘러 그 연극표를 샀고, 화요일 저녁에는 르네상스 극장의 여섯 번째 줄에 앉아 연극을 감상했다. 중간 휴식 시간에 나는 로비에서 한 무리의 독일 사람들과 합류했다. 그들은 박람회를 보러 파리에 와 있었는데, 나는 그들 중 젊은 사업가 한 사람과 베를린에서 만난 적이 있어 약간의 친분이 있었다. 그는 연극이 끝난 후 자신의 파트너인 프랑스 사업가가 주최하는 음악회에 우리 모두를 초대했다. 그 초대가 특히 관심을 끈 이유는 그 음악회에 위대한 여배우 사라 베르나르가 등장할지도 모른다는 소문 때문이었다. 실제로 그녀는 좋은 몸 상태로 음악회에서 노래를 불러 살롱에 참석한 손님들을 자신의 비단결 같은 목소리로 매료시켜 놓았다. 당연히 모두가 이른 새벽녘까지 자리를 뜨지 못했다.

　그리고 다음날 아침 나는 학술대회장에 나와 퀭한 눈으로 통로 한가운데 서 있었다. 전날 마구 퍼마신 술 때문에 머리는 돌덩이처럼 무거웠다. 사실 샴페인을 그렇게 많이 마셔 보기는 생전 처음이었다. 나는 기운을 차릴 때까지 잠시 쉴 만한 곳이 없는지 벌건 눈으로 주변을 둘러보았다.

　주위는 사람들로 시끄럽고 어수선했다. 목소리, 몸짓, 움직임, 모든 것이 혼란스럽기만 했다. 세계 각국의 언어가 다 들려왔다. 물론 불어를 쓰는 사람이 대다수였지만, 그들 옆에서는 독일 사람들이 독일식 억양의 불어로 프랑스 사람들과 찬사와 농담을 주고받는 중이었다. 프랑스 프로이센 전쟁(보불전쟁, 프랑스-독일 전쟁이라고도 함—옮긴이)의 기억은 지금으로부터 30년이나 거슬러 올라가야 했고, 지금부터 14년 후 전 세계에 불어닥칠 피바람(1차 세계 대전—옮긴이)을 예고하는 전조는 그 어디에서도 찾아볼 수 없었다.

"가마토(Gamoto, 제기랄)!"

나는 숨죽이며 저주를 퍼부었다.

만약 나의 고상한 할머니 마브롤레온 여사가 지금 내 입에서 튀어나간 '마브롤레온 가문의 귀공자 이게리노스의 아들이 입에 담기에는 너무도 부적절하고 저속한 언어'를 들었다면 아마 모르긴 해도 나는 거의 초상을 치렀을 것이다. 하지만 청중으로 가득 찬 소르본 대학의 강당에서 이 마법의 그리스어 한마디는 당면한 문제를 신속히 처리해 주었을 뿐 아니라 내게 완전히 새로운 삶의 한 장을 열어 주었다.

"그리스 분이세요?"

나는 당황해서 돌아보았다. 말을 건넨 사람은 내 나이 또래의 마르고 키가 큰, 사람 좋아 보이는 친절한 얼굴을 한 남자였다. 첫눈에 보아도 코를 제외한 모든 면이, 그가 그리스 출신이라는 사실을 여실히 보여 주고 있었다. 옷차림은 형편없었다. 겨우 몸 치수에 맞춘 중고 구제품으로 보이는 옷을 입고 있었다. 내가 늘 머릿속에 그리던 '파리에 사는 그리스인'의 이미지와는 너무 동떨어진 차림이었다. 그는 비좁은 자리임에도 내게 앉을 자리를 만들어 주려고 한쪽으로 몸을 비켰다.

"여기 앉으실래요?"

나는 황송한 마음으로 그의 제안을 받아들였다.

"고맙습니다. 이 바벨탑(강연장의 혼란스러움을 빗댄 표현. 바벨은 성경 창세기에 나오는 탑이다. 성서의 내용에 따르면 '태초 인간의 언어는 하나였지만, 인간이 하늘에 도전하여 탑을 쌓아 올리자 분노한 신이 인간의 언어를 혼잡케 하여 서로 알아듣지 못하게 한 후, 인간을 온 땅으로 흩어 버리고 그들 사이에 혼돈과 단절을 만들었다. 그리고 그곳의 이름을 바벨이라 하였다' 한다—옮긴이) 같은 곳에서 동포를 만나다니 얼마나 감격스러운지 모르겠어요."

나는 손을 내밀어 악수를 청했다.

"미카엘 이게리노스예요."

"반가워요. 저는 스테파노스 칸다르트지스예요. 파리에 사시나 봐요. 그런데 어떻게 한 번도 못 봤을까요?"

"아니, 저는 괴팅겐에서 공부하고 있어요. 파리는 처음 방문한 거예요. 학술대회 때문에 왔죠."

"그렇군요."

그가 청중을 향해 팔을 벌리며 말을 이었다.

"최고의 학자들이 다 모였어요."

나는 동의한다는 표정으로 미소를 지었다. 그도 수많은 청중 속에서 약간은 소외된 느낌이었음이 역력했다. 자국민을 찾아낸 것이 그에게 여유로움을 주었고, 또 대화의 필요성도 절실히 느끼고 있는 것 같았다.

"저쪽 왼편을 봐요. 이야기를 나누는 두 사람이 보이죠?"

그의 손은 첫눈에 『왕자와 거지(*The Prince and Pauper*)』의 두 주인공을 연상시키는 흥미로운 한 쌍을 가리키고 있었다. 한 명은 마르고 어두운 피부색에 작지만 빛나는 눈동자를 갖고 있었다. 그리고 약간 지저분해 보이는 질흙 같은 검은 콧수염을 기르고 있었는데, 어느 모로 보나 전형적인 유대인의 용모였다. 그는 중절모에 약간 커 보이는 재킷을 입고 있었고, 넥타이 대신 삼각건을 매고 있었다. 또한 계절에 어울리지 않게 흔한 헤링본 디자인(청어 가시 모양을 기하학적으로 표현한 줄무늬로 오늬무늬라고도 한다—옮긴이)이 들어간 모직 코트를 팔에 걸치고 있었다. 또한 명은 한눈에 봐도 귀족 출신이라는 증거가 온몸에서 풍겨 나왔다. 값비싸 보이는 검은 정장에 새하얀 셔츠를 받쳐 입고 실크넥타이를 매고 있었다. 또한 근사한 금테 안경과 깔끔하게 빗어 넘긴 은발이 인상적이었고, 윗입술 위에는 두툼한 콧수염이 멋들어지게 다듬어져 있었다. 두 사람은 자신들이 얼마나 대조적으로 보이는지 전혀 신경 쓰지 않는 것 같았고, 강당에 모인 사람들도 역시 그들에게 전혀 관심을 보이지 않는 듯했다. 두 사람은 친근한 태도로 이야기를 나누고 있었는데, 첫 번째 남자는 가끔씩 손을 들어올려 큰 동작을 만들어 보였고, 두 번째 남자는 입술과 눈썹의 미세한 움직임으로 동작을 대신했다.

"저 두 사람은 아다마르(Hadamard, Jacques Salomon)와 드 라 발레 푸생(de la Vallee Poussain)이라고 해요."

스테파노스가 말을 시작했다.

"한 사람은 프랑스인이고 또 한 사람은 벨기에 사람이죠. 둘 다 4년 전에 소수정리를 증명해 냈어요. 그런데 서로 상대편이 그것을 하고 있다는 사실을 모른 채 따로 했던 거죠. 다행히도 두 사람이 거의 동시에 연구 결과를 발표했으니 망정이지 안 그랬다면 우리는 뉴턴-라이프니츠 논쟁(Newton-Leibniz controversy: 라이프니츠가 미적분을 발견해 그 연구 결과를 발표하자 뉴턴이 20년이나 묵혀 두었던 자신의 미적분 연구 결과를 내놓음으로써 논쟁이 시작되었던 사건—옮긴이)을 다시 한 번 재현해야 했을 겁니다."

물론 내가 수론에 정통한 것은 아니었지만, 소수가 '1과 그 자신에 의해서만 나누어지는 수'라는 사실 정도는 알고 있었다. 또한 수체계의 앞쪽, 그러니까 수가 작을수록 소수와 마주칠 확률도 높아지지만(2, 3, 5, 7, 11, 13……) 수가 커질수록 그 확률도 줄어든다는 것 역시 잘 알고 있었다. 1과 100 사이에는 숫자 4개당 1개꼴인 25개의 소수가 있다. 1부터 1,000 사이에는 6개당 1개꼴인 168개가 있고, 1에서 10,000 사이에는 1,229개, 그러니까 약 8개마다 하나가 있는 셈이다. 소수의 무한성은 유클리드가 이미 입증하였다. 그는 숫자가 커질수록 소수의 등장 빈도 역시 급격하게 낮아진다는 사실도 증명했다. 그렇다면 전체 수체계에서 소수가 등장하는 간격의 비율을 어떻게 알아낼 수 있을지가 문제가 된다. 이를 알아내려고 많은 수학자들이 다양한 가설을 세웠지만, 확실히 저 두 사람이 그 분야에서는 가장 중요한 발견을 해낸 것이 분명했다.

그 문제에 대해 좀더 설명을 듣고자 스테파노스에게 질문했다.

"그건 가우스의 가설이 아닌가요? 내가 잘못 알고 있는 게 아니라면 그가 해결하려고 노력은 했지만 증명은 못했잖아요. 주어진 숫자보다 소수의 개수가 얼마나 작은지에 관한 것 말이에요."

스테파노스가 장난기 가득한 미소를 지었다.

"만약 내가 단지 프랑스에서 공부하는 학생이 아니라 정말 프랑스 사람이었다면, 댁에게 결투를 신청했을 거요. 여기 사람은 모두 그 아이디어가 가우스의 것이 아니라 르장드르의 것이라고 열정적으로 믿거든요."

"놀랄 일도 아니죠. 가우스에게는 자주 있었던 일이거든요. 그놈의 완벽주의 때문에 어떤 아이디어를 발표하기까지 너무 오래 시간을 끌었어요. 그러니 수많은 사람을 앞질러 간다고 하더라도 누군가는 항상 그를 이기고 마는 거죠. 그러면 분쟁이 생기는 건 당연한 순서고요. 가우스가 어딘가에 '내가 이러이러한 정리를 발견했다'고 발표하면 상대는 반박을 하는 겁니다. '아니다, 내가 먼저 발견했다.' 그러면 모든 게 폭발 일보 직전까지 치닫는 거죠. 하지만 그럼에도 가우스는 완벽한 결론에 도달하기 전에는 어떠한 이론도 미리 발표하기를 고집스럽게 거절했어요. 직접 증명할 수 있기 전까지는 가설조차도 발표하는 일이 없었죠. '말은 적게, 하지만 완전하게(*Pauca sed matura*)'가 그의 개인적인 좌우명이었거든요. 하지만 나는 그 말에 이렇게 대답해 주고 싶어요. '이봐요, 앞으로도 계속 그런 식으로 소심하게 굴어서 누군가가 항상 댁보다 앞서 발표하도록 놔두려거든 미안한 말이지만 제발 그냥 입이라도 닥치고 있는 게 좋을 것 같군요.'라고 말이죠."

그러자 나의 그리스 동포가 덧붙였다.

"그는 또한 어떤 이론을 증명하려고 연역법을 이용한 후에는 그 과정을 모두 파기해 버리려고 무진 애를 썼어요. 연역법은 건물과 같거든요. 건물이 완성됐는데도 비계(발판)를 그 자리에 남겨 놓는 사람은 아무도 없잖아요."

그는 이른바 수학의 왕자 가우스가 즐겨 했던 말을 인용하고 있었다.

"가우스든 르장드르든 그 문제를 누가 먼저 공식화했느냐가 정말 그렇게 중요한 건가요? 그렇다면 두 사람이 개별적으로 거의 동시에 그 해답을 발견했다고 했으니 서로 멱살이라도 잡고 한바탕 해야 하는 거 아니에요? 왜 그냥 있는 거죠? 난 도무지 이해가 되지 않네요."

물론 이 마지막 말은 거의 농담이었다. 대화를 적당히 가벼운 수준으로 유지해 너무 깊은 수학적 토론으로 빠져드는 것을 막고 싶었기 때문이다. 특히 내가 잘 알지 못하는 분야라서 더 그랬다. 그때까지도 내 혈관 속에는 샴페인이 흘러 다니고 있었고, 주변에는 낯설지만 매력적인 얼굴들이 수도 없이 늘어서 있는 상황에서 우리의 대화가 너무 심각한 수학의 세계로 빠져들어 가기보다는 가벼운 수학적 잡담 수준으로 유지될 수만 있다면 더없이 기쁠 것 같았다.

그리고 나의 친구는 그 미끼를 물었다.

"만약 저기 있는 두 사람이 멱살잡이를 하려고만 들었다면 그럴 만한 이유가 수천 가지 하고도 한 가지가 더 있었을 겁니다. 논쟁이 되고 있는 정리를 제외하고라도 말이에요. 보면 모르겠어요? 아다마르는 유대인이에요. 그런데 드 라 발레 푸생은 가톨릭인데다가 예수회 재단 대학의 대학원생이죠. 게다가 벨기에 사람이지만 프랑스 혈통이기도 해요. 두 사람이 입고 있는 옷을 잘 봐요. 한 사람은 중절모를 쓰고, 또 한 사람은 실크넥타이에 코안경을 끼고 있잖아요. 만약 저 안경 낀 사람에게 드레퓌스(Dreyfus, Alfred)에 대해 묻는다면 그는 드레퓌스가 누구냐고 반문할 겁니다. 하지만 반대편에 있는 사람은 그의 재심 운동에 열정적으로 뛰어들었던 사람이에요. 졸라(Zola, Emile)의 추종자니 더 이상 말해서 뭐하겠어요. 사실 나는 아다마르와 드레퓌스가 서로 긴밀하게 관련되어 있다고 생각해요."

1900년 당시 프랑스 사회는 6년 전 스파이 활동을 했다는 누명을 뒤집어쓰고 실형을 선고받은 젊은 부관 알프레드 드레퓌스와 관련된 여러 추문으로 심한 분열을 겪고 있었다. 군은 어처구니없는 군사 재판을 열어 드레퓌스에게 평생 노동형을 선고하고 프랑스령 기아나 해안에 있는 형벌용 식민지인 악마의 섬(Devil's Island)으로 유배를 보냈다. 가톨릭 교회를 등에 업은 왕당파는 그 판결을 이용해 공화당을 공격할 기회를 잡았다. 드레퓌스가 유대인이라는 사실이 프랑스 사회의 특정 계층 사이에 은근히 퍼져 있던 반유대주의 정서에 불을 지핀 것이다. 하지만 드레퓌스가 결백하다는 증거가 서서히 표면으로 드러나기 시작했다. 개인의 자유를 옹호하는 민중의 목소리가 힘을 모아 재심을 요구하기 시작하자 프랑스 전체가 드레퓌스를 지지하는 쪽과 반대하는 두 진영으로 나뉘었다.

1898년 1월 13일에는 에밀 졸라가 그의 유명한 '나는 고발한다'라는 제목의 서한을 「로로르(L'Aurore)」 신문에 기고했다. 그날 「로로르」 신문의 판매 부수는 30만 부를 넘어섰다. 그는 드레퓌스가 억울하게 유죄 판결을 받았다는 진실을 의도적으로 억압하는 군대와 정치 지도자들을 노골적으로 비난했다. 결국 졸라는 그 편지 때문에 기소되었다. 하지만 그의 글은 재심을 요구하는 공화당원들의 기치가 되었다.

1899년, 펠릭스 포르(Félix Faure) 대통령은 온갖 추잡한 소문을 만들어 내며 정부(情婦)의 품에 안겨 사망했고, 그의 뒤를 이어 에밀 루베(Émile Loubet)가 대통령직에 올랐다. 그리고 루베 대통령이 처음으로 한 일은 드레퓌스의 사면이었다. 하지만 드레퓌스는 그쯤에서 그만두지 않고 계속해서 새롭고 공정한 재판을 요구했다. 1906년 그리스로 돌아갔을 때, 나는 11년 이상의 힘겨운 투쟁 끝에 그가 마침내 혐의를 벗었다는 소식을 전해 들었다.

따라서 겉으로 보이는 바와 마찬가지로 지금 이야기를 나누는 두 사람은 사회, 문화, 정치적으로 완전히 정반대 진영에 속해 있었다. 하지만 그들은 두 사람 사이를 갈라놓은 크고 깊은 심해를 전혀 인식하지 못한 채 계속 대화를 나누었다.

아다마르의 뒤에서는 짙은 턱수염을 기른 40대 남자가 한 젊은 남자와 이야기를 나누고 있었는데, 그는 옷차림이나 행동거지 등 어느 모로 보아도 영국 태생이라는 것을 한눈에 알 수 있었다. 스테파노스는 자신의 관찰을 계속했다.

"저 나이 먹은 사람은 토리노 대학 교수인 주제페 페아노(Giuseppe Peano)라는 이탈리아인이에요."

그가 알려 주었다.

"산수의 공리를 제안한 사람이요?"

"그래요, 그 사람. 그 공리들은 기호언어의 발전을 다루는 광범위한 연구 프로젝트의 일환이라고 할 수 있는데, 직관적이거나 주관적인 암시가 모두 제거되어 있어요. 그리고 페아노는 그 기호언어로 모든 수학 공식을 만들어 내거든요. 그러니 그의 강의가 어려울 수밖에요. 그래서 학생들의 불만이 이만저만이 아니에요. 한마디로 까다로운 말장난은 집어 치우고 학생들의 전문적인 실력 향상에 도움이 될 만한 실질적인 지식을 제공해 달라는 거죠. 개인적으로 저는 수학적 이론 개발의 기본 전제 조건은 정확한 정의와 완벽하게 전개된 추론이라고 봐요. 그래야 다양한 반박이나 예상되는 여러 악순환에서 벗어날 수 있거든요."

"나도 그 말에는 동의해요. 하지만 당신이 그런 말을 하다니 놀라운 걸요. 당신의 달랑베르(D'Alembert Jean Le Rond)가 수학의 기초 이론에 회의를 품는 이들을 향해 '앞으로 나아가라, 그러면 신념이 너를 찾아낼 것이다'라고 말하지 않았던가요?"

스테파노스가 소리 내어 웃었다.

"내가 그리스인이라는 사실을 잊지 말아요. 피타고라스처럼 나도 수적 조화에 조금이라도 결함이 있다면 그것은 우주의 결함을 반영하는 것이라고 믿는 사람이에요."

이번에는 내가 웃을 차례였다. 나는 다시 페아노와 그의 젊은 동료 쪽으로 고개를 돌렸다.

"아무래도 저 젊은 사람 어디선가 본 것 같아요."

나는 가만히 기억을 더듬어 보았다.

"버트런드 러셀(Bertrand Russell)이라고 케임브리지 대학원생이죠. 8일 전 열렸던 철학 국제 학술대회에서 페아노와 처음 만났어요. 그때부터 풀로 붙여 놓은 것처럼 서로 떨어지지를 않네요. 볼 때마다 둘이 붙어서서 수학의 논리에 대해 이야기하고 있더라고요."

스테파노스의 설명을 듣고 나서야 나는 그 젊은 영국 귀족을 만났던 기억이 났다. 그는 1년 전 독일을 방문해서 비유클리드기하학(non-Euclidean geometry)에 관해 강의했다. 그리고 경제학을 공부하면서 사회민주당이 개최하는 여러 모임에 모습을 나타내기도 했다. 그는 전 영국 총리인 존 러셀 경의 손자로 부모님이 모두 돌아가신 후 조부모의 손에서 자랐다. 하지만 할아버지의 보수적인 교육도 그가 급진적인 사고를 받아들이는 것을 막지는 못했다. 아니 오히려 그 반대였다.

바로 그때, 50대쯤으로 보이는 조금 통통한 한 남자가 아까의 그 2인조에게 다가갔다. 그가 페아노에게 다정한 인사를 건네자 러셀은 자리에서 일어나 존중을 표하며 자리를 양보했다. 이번에는 내가 친구에게 한 수 가르쳐 줄 차례 같았다.

"저 사람은 고틀로프 프레게(Gottlob Frege)예요. 반은 철학자고 반은 수학자죠. 『개념론(*The Theory of Concepts*)』인가 하는 이상한 책을 썼어요. 페아노와 마찬가지로 『산수의 기초(*The Foundations of Arithmetics*)』라는 책도 출간했죠. 저 사람들은 수학을 정치보다도 우위에 두는 것 같아요. 그렇지 않고서야 어디 두 사람이 말이라도 섞으려고 하겠어요? 프레게는 극우보수주의고 러셀은 사회주의자인데, 사실 러셀은 프레게를 존경해요. 사람들 말로는 프레게의 작품을 모두 읽은 몇 안 되는 사람 중의 하나가 러셀이라고 하더라고요."

그때만 해도 우리는 2년쯤 지난 후 그 젊은 사회주의자가 의도치 않게 그의 우상에게 한 방 크게 먹이게 된다는 사실을 알지 못했다. 『산수의 기초』 2권이 아직 인쇄 중일 때 프레게에게 편지 한 통이 도착한다. 러셀이 발표한 증명으로 인해 그의 공리체계에 모순이 있다는 사실이 드러났다는 내용이었다. 그 후 프레게는 수학과 관련된 연구는 전혀 발표하지 않았다. 독일에 사는 한 친구가 최근 내게 보낸 편지에 따르면 프레게는 자신이 사망하기 얼마 전, 막 싹트고 있던 국가사회당(히틀러가 이끈 당으로 일명 나치스—옮긴이)으로 완전히 옮겨가 파시즘과 선입견으로 가득 찬 기사들을 써 댔다고 한다. 그 기사를 통해 그는 인종적 순수성을 지지하면서 자유당, 공산당, 그리고 유대인을 지구상에 존재하는 모든 악의 원천으로 비난했다고 한다. 프레게가 그러한 인간 군상의 유일한 예는 아니었지만, 솔직히 말해서 친구의 편지를 읽고 났을 때 나는 상당히 충격을 받았다. 물론 눈앞에서 다정하게 이야기를 나누고 있는 세 명의 수학이론 창시자들을 바라보던 당시 우리의 머릿속에는 그러한 생각이 비집고 들어설 틈 같은 것은 전혀 없었다.

우리는 이제 강연장의 다른 쪽을 향해 돌아섰다. 그곳에는 이른바 '분석가'들이 프랑스 수학의 네스토로(호머의 『일리아드』에 등장하는 슬기로운 노장군—옮긴이)이자 그 누구보다도 아다마르의 스승으로 유명한 샤를 에르미트(Charles Hermite)를 에워싸고 있었다. 그는 린데만(Lindemann, Ferdinand von)과 다정하게 이야기를 나누는 중이었다.

"프랑스와 독일 사이에 진정한 우정이 꽃피고 있네요."

내 말에 스테파노스가 대꾸했다.

"그냥 단순한 우정이 아니라 긴밀하고 창의적인 협력이라 할 수 있죠. 나의 에르미트는 증명 방식을 처음으로 고안한 사람이에요. '나의' 에르미트라고 하는 건 그쪽이 나를 프랑스 사람으로 취급하고 있어서 일부러 그러는 겁니다. 어쨌거나 그 후 댁의 린데만이 기회를 잡아 원주율 π가 초월수라는 사실을 증명해 냈죠."

"그러니까 '댁의' 에르미트와 '나의' 린데만이 함께 힘을 모아 2500년 전 '우리의' 수학자들이 던진 질문에 답을 찾아냈다는 거군요."

나는 미소를 지으며 대답했다.

사실 π가 초월수임이 증명되면서 확실히 수학의 역사에서 가장 오래되고 악명 높은 문제였던 원의 면적을 구하는 문제가 해결되었다. 그것은 기원전 5세기에 그리스 수학자들이 공식화한 것으로 세대를 통틀어 가장 많은 수의 수학자들을 가장 창의적인 방식으로 애태우게 했던 문제였다. 게다가 더욱 놀라운 것은 2500년이 지난 후 프랑스-독일의 협력체제가 그 문제를 풀었다는 사실이다. 물론 부정적인 방향으로……. 다시 말해 원의 면적을 정확히 구하는 것은 불가능하다는 사실을 증명한 것이다. 이 얼마나 근사한 전례인가! 수학에서는 정확한 해답 없이는 질문도 없다고 주장하는 이들 앞에 당당히 내놓을 것이 생긴 것이다. 머지않아 조직적인 연구를 통해 그 해답이 나올지도 모르는 일이다. 물론 여전히 부정적일지 아니면 긍정의 대답이 나올지는 모르지만, 어쨌든 명확하고 확실한 해답은 있다.

"나의 린데만이 오늘 자랑스러워해야 할 일이 또 하나 있어요."

나는 동포를 바라보며 말을 이었다.

"오늘 우리가 만나게 될 별이 바로 그의 제자거든요."

에르미트의 추종자들 뒤쪽에는 풍성한 턱수염과 숱 많은 흰머리가 인상적인 근엄한 표정의 60대 남자가 앉아 있었다. 그의 옆에는 30대 중반쯤으로 보이는 키 큰 남자가 공손한 태도로 이야기를 하는 중이었다. 그는 8자 콧수염을 기르고 있었고, 가슴에 있는 주머니에서 나온 가죽 끈에 매달린 안경을 코에 걸치고 있었다.

"저 젊은 사람은 민코프스키예요."

내가 스테파노스에게 알려 주었다.

"그러면 그 앞에 있는 사람은 고르단(Gordan, Paul)이겠군요."

"맞아요. 그런데 어떻게 알았어요?"

"글쎄, 민코프스키는 프랑스 과학 아카데미가 수여하는 최고의 상인 그레이트 디스팅션(great distinction)을 처음 수상했을 때 아직 박사 논문도 끝내지 않았어요. 그런데도 고르단은 민코프스키의 입후보를 지원했던 사람 중의 하나죠. 사실, 그는 민코프스키에게 '부디 연구에 매진하게, 자네는 분명히 위대한 수학자가 될 걸세'라고 편지를 보냈다고 하는데, 대단하지 않아요?"

나는 민코프스키는 물론이고 그의 연구에 대해서도 잘 알고 있었다. 따라서 옆의 새로운 친구에게 내가 알고 있는 세부적인 바에 대해 말해 주려 했지만 수학과 관련된 우리의 수다는 갑작스럽게 끝을 맺고 말았다. 출입구 쪽에서 시끄러운 안내 방송이 들렸다. 강연자가 도착했다는 것이었다. 그는 서둘러 안으로 들어서며 미소와 인사를 돌리고 있었다. 마흔 정도로 보이는 나이에 중간 키, 말랐지만 단단해 보이는 체격, 그리고 넓은 이마가 인상적이었다. 그는 이제까지 한 번도 벗어 놓은 적이 없어 거의 자신의 트레이드마크가 되어 버린, 챙이 축 늘어진 파나마모자를 쓰고 있었으며 알이 작고 둥근 안경을 끼고 있었다. 안경알 너머로는 명석해 보이는 푸른 눈 한 쌍이 반짝였다. 입고 있는 양복은 괴팅겐 대학의 점잖은 교수가 입기보다는 샹젤리제 거리의 멋쟁이들이나 입을 법한 세련된 디자인이었다. 청중석에 앉아 있는 모든 독일 사람과 나는 이런 그의 모습에 익숙했지만 다른 사람들, 특히 영국인이나 몇몇 미국인들은 매우 놀란 모습이 역력했다. 힐베르트는 이번 학술대회의 주최자인 푸앵카레와 괴팅겐 대학 수학과 학과장인 클라인이 있는 곳까지 정중한 안내를 받으며 걸어갔다. 그가 도착하자 연단의 대표들이 자리에서 일어나 힐베르트와 클라인이 자리를 잡고 앉은 후 푸앵카레가 연단으로 오를 때까지 그대로 서 있었다. 푸앵카레는 강연자에 대해 간단히 소개했다. 힐베르트가 수학에 끼친 중요한 업적을 강조하면서도 프랑스가 그의 연구에 끼친 영향에 대해서도 정중하게 강조하는 것을 잊지 않았다.

"14년 전, 힐베르트 교수가 잠시 우리 마을을 방문해 주셔서 우리는 매우 큰 기쁨을 누렸습니다."

그는 매우 단순하게 말하고 있었지만 나뿐 아니라 강당에 있는 모두가 그 말이 암시하는 바를 이해하고 있었다. 그러고 나서 힐베르트가 강단에 섰다.

"우리 중 어느 누가 가려진 미래의 장막을 걷어내는 일을 기뻐하지 않겠습니까? 다가오는 세기에 과학이 이룩하는 발전에 눈길을 주고, 그 발전의 비밀을 벗기는 것을 어느 누가 마다하겠습니까?"

그는 이렇게 말문을 열었다.

"차세대 수학계를 이끌어 갈 주도적인 인물들이 이룩하고자 애써야 할 목표에는 무엇이 있을까요? 넓고 풍성한 수학적 사고의 영역에서 어떤 새로운 방식과 사실이 새로운 세기를 열어 나갈까요?"

연설은 죽은 듯이 고요한 침묵 속에 이어졌다. 그는 모든 과학 분야의 발전에서 문제의 결정적인 역할을 강조했다. 심지어 풀지 못한 난제들이 과학의 살아 있는 증거라고 주장하기도 했다.

"더 이상 풀어야 할 문제가 없다는 것은 독립적인 발전 가능성의 결여나 멸종을 보여 주는 전조입니다."

그는 이렇게 말하고는 심지어 극도로 난해하기만 하고 그다지 중요치 않은 문제도 과학 그 자체에 엄청난 영향을 미칠 수 있다고 설명했다.

힐베르트는 그 예로 페르마(Fermat, Pierre)의 문제를 내놓았다. 피타고라스의 정리, $x^2+y^2=z^2$에 대입시킬 만한 세 개의 정수를 찾아내는 것은 그다지 어렵지 않다. 예를 들어 3, 4, 5를 적용하면 $3^2+4^2=5^2$이 나온다. 5, 12, 13을 대입할 수도 있다. 하지만 지수 2를 3이나 4, 또는 그 외의 다른 수로 바꾼다면 위의 등식에 대입할 만한 수를 찾을 수 없다. 다시 말해 $x^3+y^3=z^3$이나 $x^4+y^4=z^4$같은 등식에서 x, y, z에 대입 가능한 수를 찾아낸 사람은 아직까지 아무도 없었다.

1637년, 프랑스의 수학자 피에르 페르마는 '우리는 세제곱을 두 개의 세제곱으로 나누거나 네제곱을 두 개의 네제곱으로 나눌 수 없다. 다시 말해 2보다 높은 지수를 가진 수는 어떠한 경우라도 똑같은 지수를 가진 두 개의 수로 나눌 수 없다'는 사실을 자신이 증명할 수 있다고 주장했다. 방정식 $x^n + y^n = z^n$에서 n이 2보다 크면 x, y, z에 어떠한 정수를 대입해도 그 해답을 얻을 수 없음을 의미했던 것이다. 물론 $x = y = z = 0$이라는 간단한 해법은 제외하고 말이다. 그는 심지어 읽고 있던 책 한 귀퉁이에 자신이 이 문제를 증명하기는 했지만 책의 여백이 너무 좁아 다 쓸 수가 없었다고 적어 놓기까지 했다. 그가 정말로 그것을 증명했을까? 아니면 실수로 자신이 증명했다고 생각하게 된 것일까? 그도 아니면 툴루즈의 공무원으로서의 고독하고 지루한 삶이 그로 하여금 미래의 독자들을 상대로 이런 장난을 치게 만든 것일까? 진실이 무엇이든 간에 그 사실만은 오늘날까지 아직 풀리지 않은 채로 남아 있다. 철저하게 수학자의 관점에서만 본다면 이 문제가 가진 유일한 흥밋거리는 그것이 페르마라는 뛰어난 수학자에 의해 공식화되었다는 사실이다.

그리고 오늘 우리는 또 한 명의 유명한 수학자 힐베르트의 강연을 듣고자 모두 한자리에 모여 있었고, 그는 쿰머(Kummer, Ernst Eduard)나 데데킨트(Dedekind, Richard), 또는 크로네커(Kronecker, Leopold) 같은 많은 수학자들이 페르마의 마지막 정리를 증명하기 위해 노력하는 과정 중에 현대 대수적 수론의 기초를 정립할 수 있었던 사연을 우리에게 들려주고 있었다. 현대 대수적 수론의 범위와 중요성은 보잘것없고 사소한 문제를 훨씬 넘어서는 것이지만, 그 문제 자체는 여전히 증명되지 않은 채 남아 있으며, 누군가 그것을 풀어 낼 기미는 저 먼 지평선 너머에서도 보이지 않고 있다.

또한 힐베르트는 우리가 연구를 할 때 가장 큰 힘이 되는 것은 수학 문제에는 반드시 해답이 있다는 사실이라고 주장했다.

"논문을 써내느라 애쓰는 동안 우리는 끊임없이 들려오는 내면의 소리를 듣습니다. 여기 문제가 있다. 해답을 찾아라. 수학의 영역에는 이그노라비무스(*ignorabimus*: 무지, 알 수 없는 것—옮긴이)란 없으니 순수한 이성만으로 그것을 찾아낼 수 있을 것이다."

이것은 정면 공격이었다! 실천적인 인간 힐베르트는 자신의 철학적 지위를 넌지시 암시하는 데서 멈추지 않았다. 그는 그것을 직접적이고 명확하게 표현했으며, 전 세계 누구라도 기꺼이 받아들이는 하나의 정설을 가장 정중한 방식으로 모두에게 질문하고 있었다. 힐베르트라는 연사를 거의 숭배하고 있었음에도 나는 오만하게 그의 말을 의심했다. 아름다운 여인과 사랑을 나눌 때나 예술 작품을 상상할 때, 또는 새로운 기계를 고안할 때 우리가 느끼는 기쁨의 가장 큰 영역은 바로 이 무지(*ignorabimus*)의 개념에서 온다. 그것은 단지 결과의 불확실성이 아니라 아예 아무런 결과도 얻지 못할 수 있다는 두려움 때문이다. 이러한 면에서 보면 나는 프랑스 이름을 가진 프로이센 철학자에 더 가까웠다. 하지만 지금은 철학적 명상이나 할 때가 아니었다. 나는 다시 힐베르트에게 관심을 돌렸다.

강의 시작 전에 받았던 그가 나눠 준 유인물에는 수리 과학의 전체 영역을 다 아우르는 23개의 난문제가 담겨 있었다. 그것은 수학의 새로운 접근 방식을 열어 주고 그것이 앞으로 나아가야 할 길을 제시하는 완벽한 연구 안내서였다. 강의를 하는 동안 힐베르트는 그 문제 중 10가지에 초점을 맞추어 세부적으로 분석하기 시작했다. 비록 그가 몇몇 문제들에 관해서는 대담하게도 자신이 예상하고 있는 해법을 설명(물론 예측의 형태로)하고는 있었지만, 연설의 대부분은 우리가 찾아낼지도 모를 해답보다는 우리가 무엇을 찾아야만 하는지에 관한 내용이었다. 특히 그는 모두가 수긍할 만한 답이라고 생각되는 해법을 제시할 때는 매우 명확하게 설명했다.

"우리가 어떤 문제를 풀 때 문제의 진술 부분에 내포되어 있고, 정확하게 공식화되어 있는, 유한수의 가설을 기초로 유한 번의 절차를 밟아 그 해법의 정확성을 수립하는 것이 가능할 겁니다. 하나의 새로운 문제, 특히 경험의 외부 세계에서 파생되는 문제는 마치 어린 가지와도 같습니다. 그것을 엄격한 원예 규칙에 따라 조심스럽게 고목에 접목시켰을 때에만 크게 번성해서 열매를 맺을 수 있는 것과 마찬가지로, 새로운 문제도 이미 쌓아 올린 수리 과학의 업적에 신중히 접목시켜야만 합니다."

힐베르트는 수학과 경험과학 사이에 선을 그으며 그 경계를 넘나들고 있었다. 그의 옆에 앉아 있는 푸앵카레는 프랑스인의 기지에도 불구하고 찌푸린 얼굴 표정을 숨기지 못하고 있었다. 3년 전 취리히 학술회의에서 자신이 했던 강연은 직관의 중요성이나 과학과 실용적인 경험의 상호작용, 자명한 원칙의 수용 등에 초점을 맞추고 있었다. 만약 누군가 두 사람의 강의를 비교한다면 수학계의 두 거목이 수학이란 무엇이고. 어떻게 발전해 나가야 할지에 관한 이해에 대해서 근본적으로 의견을 달리한다고 결론 내릴 것이 분명했다. 프랑스인 쪽은 자연철학의 전통적인 사상에 더 가까웠다. 그는 자연과학이라는 분야가 수학을 필수 요소로 하는 지식의 통합체이기에 우리는 그것으로부터 경험을 끌어내고, 또 그것을 통해 스스로를 시험할 수 있다고 보았다. 반면에 지금 연설을 하는 독일인은 이른바 '순수 수학자'였다. 그는 수학을 자연과학과는 동떨어진 독립적인 어떤 것으로 취급했다. 그 자체의 엄격한 논리가 있고, 그 자체의 독립적인 노선을 따르는 학문으로 다루고 있었던 것이다.

힐베르트의 강의는 마법이었다. 세기의 전환기에 전 세계의 주도적인 수학자들이 한 지붕 아래 모여 한 동료의 연설을 듣고 있었다. 그는 다른 동료들의 연구와 연구 방식을 언급하며 새로운 세기에 그들의 학문이 나아갈 미래에 대한 전망을 펼쳐 놓고 있었다. 누구라도 청중들의 얼굴에 나타나는 즉각적인 동의와 유보, 혹은 적대감을 읽을 수 있었다.

강연자가 수학의 기초에 관한 문제점을 언급하고, 그 공리를 완성하고 반박을 피해 갈 수 있는 절차나 방식의 필요성을 주장했을 때 청중의 눈은 페아노, 프레게, 그리고 러셀에게로 돌아갔다. 그러자 그들은 자의식에 찬 만족감을 드러내며 주위를 둘러보았다. 하지만 나는 페아노의 얼굴에 불쾌한 기색이 역력히 드러나는 것을 보았다. 내 옆에 앉은 스테파노스는 놀란 눈을 크게 뜨고 모든 상황을 바라보고 있었다.

그때 힐베르트가 소수에 관한 문제를 언급했다. 그는 아다마르와 드라 발레 푸생 쪽으로 약간 고개를 숙여 인사하면서 두 사람의 연구 덕분에 소수 분포 이론이 상당한 발전을 이루었다고 말했다. 하지만 그는 아직 제타함수의 근과 관련된 리만(Riemann, Friedrich Bernhard)의 가설을 증명해야 할 일이 남아 있다고 덧붙였다. 청중들은 강연의 내용 중에 언급된 두 명의 영예로운 수학자 쪽으로 고개를 돌려 가벼운 미소와 함께 승인의 고갯짓을 전달했다.

힐베르트는 그로부터 한 시간쯤 더 기하학, 해석학, 이론물리학 등의 문제를 나열함으로써 자신이 이러한 주제의 진정한 전문가라는 사실을 증명하고는 다음과 같이 강조하며 강의를 마쳤다.

"수학의 유기적인 통합은 이러한 과학 분야에 내재된 특성입니다. 수학은 모든 자연현상에 관한 정확한 지식의 기초이기 때문입니다. 부디 수학이 이 숭고한 임무를 완벽하게 완수하기를, 그리고 새로운 세기에는 뛰어난 스승과 열정적인 제자들이 많아지기를 기원합니다!"

청중들은 한없이 이어지는 오랜 박수갈채로 화답했다. 힐베르트는 전통적이고 틀에 박힌 강연을 하는 대신 풀지 못한 난제, 혹은 그보다 더한 주제를 선택함으로써 크나큰 위험을 감수해야 했다. 그가 언급했던 모든 문제를 받아들이는 데 있어 청중은 정확히 두 진영으로 나뉘었기 때문이다. 그의 성공은 위험과 동률이었다. 기립박수는 거의 5분간이나 계속되었다.

박수 소리가 잦아들자 푸앵카레는 질문이나 언급하고 싶은 말이 있는지 청중을 향해 물었다. 페아노가 자리에서 일어나더니 자신의 영광스러운 동료가 제시한, 공리에서 무모순성(정합성)에 관한 주제를 다루는 두 번째 문제는 사실상 자신과 자신의 팀이 이미 해결하였다고 이야기하며 다음과 같이 말을 이었다.

"사실, 시뇨르 알레산드로 파도아(Alessandro Padoa)가 내일 그의 강의에서 우리의 최근 연구 결과를 발표하게 될 겁니다."

이렇게 말하는 이탈리아 교수의 단조로운 프랑스어는 그의 불쾌한 심정을 제대로 감추지 못했다. 그는 힐베르트가 의도적으로 그의 연구를 평가절하하고 있다고 믿었다.

힐베르트의 대답은 매우 외교적이었다.

"죄송합니다. 아직 선생님과 선생님의 동료들이 내놓은 연구를 살펴볼 기회가 없었습니다."

그리고 그는 덧붙였다.

"저의 이탈리아어 실력이 과학 논문을 읽을 만큼 충분히 뛰어나지 못하거든요. 내일 동료 파도아 교수의 발표를 특별히 신경 써서 들도록 하겠습니다. 하지만 그래도 두 번째 문제와 관련해 제가 제시한 기본 명제는 그대로 남습니다. 우리가 어떻게 공리계의 완전성과 무모순성이라는 선험명제를 입증할 수 있을까요? 부정적이든 긍정적이든 간에 어떻게 하면 우리가 이 똑같은 공리에 기초를 두고 유한 번의 절차에 따라 특정한 공리계의 틀 안에서 나오는 문제들을 해결할 수 있을까요? 하나의 이론을 완성하기 위해서는 그것이 더 이상의 공리를 요구하지 않는다는 사실을 명백히 해야 합니다. 그렇다면 우리는 어떻게 해야만 모순도 없고 반박의 여지도 없는 이론을 끌어내는 공리를 수립할 수 있을까요? 우리의 이탈리아 동료들이 산수라는 분야에서 이러한 문제를 해결했다고 치더라도 수학의 여러 다른 영역에서는 아직도 그것이 해결되지 않은 문제로 남아 있을 것입니다. 다시 말해 그것의 무모순성과 완전성을 실험하기 위한 알고리즘[(algorithm: 명백하게 정의된 규칙들의 집합, 또는 유한 번의 단계 내에서 문제를 풀기 위한 과정을 말하는 것으로 경험적 지식(heuristic)과 반대되는 용어—옮긴이)]을 찾아내는 문제가 남는 것입니다."

몇 개의 질문이 더 이어진 후에 푸앵카레는 오전 시간이 끝났음을 선언했다. 모두들 강연장을 빠져나가기 시작했지만 스테파노스와 나는 강당이 텅 빌 때까지 기다리고 앉아 있었다. 전 세계를 주름잡는 저명한 수학자들이 삼삼오오 무리를 지어 담소를 나누고 웃고 소문을 쑥덕거리며 강당을 빠져나가는 모습을 지켜보는 것은 우리가 방금 전에 들었던 강연의 내용만큼이나 흥미로웠다.

"굉장해."

마지막 사람이 강당을 빠져나가는 모습을 보며 나는 이렇게 선언했다.

"나가서 뭐 좀 먹을까요? 오후 시간이 시작하려면 아직 두 시간이나 남았거든요."

제 3 장

우리는 거리에 있는 비스트로에 자리를 잡았다. 햇살 좋은 화창한 날이었다. 달콤하고 상큼한 따사로움이 우리를 감싸 안아서 고향 생각이 더욱 간절해지는 그런 날씨였다. 우리는 크레페와 유명한 노르망디 시드르(사과를 발효시켜 만든 술, 영어로 사이다—옮긴이) 작은 병 하나를 주문했다. 내가 먼저 말문을 열었다.

"파리에 오래 살았어요?"

"전쟁 직후에 왔죠. 아브게리오스 마노우사카스 씨가 고맙게도 학비를 대 주셨거든요."

그는 얼굴을 붉히며 대꾸했다.

"내가 학비를 대야 했다면 여기는 고사하고 아테네에서도 학업을 마칠 수 없었을 거예요."

마노우사카스 씨는 유명한 금융업자이자 우리 가족의 친구였다. 사실 나의 꾀 많은 할머니는 언젠가 나보다 두 살이 많고 솔직히 못생겼다고 할 수 있는 마노우사카스 씨의 장녀 도로테아와 나의 결혼을 추진했었다. 비록 그때 나이가 열여덟 살밖에 되지 않았지만 나는 그 결혼을 강하게 거부했고, 아버지의 도움으로 약혼까지 가는 것을 피할 수 있었다. 그 결과 나는 가족들의 손에 떠밀려 이른바 '황금의 유배지'인 괴팅겐으로 보내져 대학을 다니게 되었고, 도로테아 마노우사카스는 먼 친척이자 룰렛게임으로 자신의 전 재산을 날린 왕세자 콘스탄티노스와 결혼했다.

마노우사카스라는 이름을 듣자 호기심이 발동한 나는 스테파노스에게 계속하라고 재촉했다.

"1897년에 전쟁이 선포됐을 때 나는 군복무 중이었어요. 2월경에는 이미 군대가 국경 쪽으로 이동해 있었는데, 그때 마노우사카스 씨의 둘째 아들 테오도로스와 한 부대에 속해 있었죠. 그는 아테네에서 사관학교를 갓 졸업한 후 소위 계급장을 달고 보병대에서 복무하고 있었거든요. 그리고 4월 11일 밤에 퇴각이 시작됐죠. 물론 나중에는 그게 계획된 것이라는 사실을 알게 되었지만, 당시에는 우리 모두 공황상태에 빠져 버렸어요. 4월 12일에는 터키 군대가 티르나보스(Tyrnavos)를 점령하고 라리사(Larissa)로 쳐들어왔죠. 그러자 딜리이야니스(Deligiannis) 정부는 육군 참모총장이었던 콘스탄티노스(Prince Constantinos)에게 그가 최선이라고 생각하는 것은 뭐든지 해도 좋다고 전권을 위임했고, 그는 우리에게 라리사 지역을 포기하고 파르살라(Farsala)로 가서 군대를 재편하라고 명령했어요. 군대가 퇴각하는 것을 본 그 지역 사람들도 두려움에 사로잡혀 우리와 함께 도망치기 시작했는데, 상황은 말 그대로 아수라장이었죠. 파르살라까지 가는 길은 여자, 아이들 할 것 없이 피난민으로 발 디딜 틈이 없었어요. 다들 터키 군대로부터 목숨을 부지하려는 사람들이었죠. 적군은 수차례나 민간인들을 고립시켜 학살했으며, 엎친데 덮친 격으로 부서진 우리에서 빠져나와 큰길로 나선 양 떼나 소 떼의 출현으로 퇴각은 심각하게 지연되었습니다.

그러던 어느 날 테오도로스 마노우사카스와 다른 세 명의 군인 그리고 나, 이렇게 다섯 명이 낙오를 한 거예요. 그때 멀리서 터키 군대가 말을 타고 다가오는 게 보이더군요. 분명 정찰병들이었을 거예요. 그들은 우리를 보자마자 사격했고, 세 명의 전우들이 그 자리에서 전사했어요. 그리고 테오도로스는 다리에 총상을 입었는데, 그다지 큰 부상은 아니었지만 걸을 수가 없었죠. 우리는 급한 대로 절벽에 몸을 숨겨 터키 군의 눈을 피할 수가 있었죠. 나는 그 틈을 타서 테오도로스를 울창한 덤불 속으로 끌고 들어가 숨어서 기다렸고, 정찰병들은 죽은 군인들의 시신을 살펴보더니 더 이상 우리를 찾으려고 하지 않고 가던 길을 가 버렸어요. 잠시 후에 나는 숨어 있던 곳에서 나와 주변을 둘러보며 몸을 숨길 만한 곳이 있나 살펴보았는데, 조금 떨어진 곳에 버려진 농가 하나가 눈에 들어오더군요. 운이 좋았는지 마구간에는 당나귀도 한 마리 매어있었고요. 그래서 테오도로스를 그 위에 태우고 아군의 발자국을 따라가기 시작했어요. 그리고 마침내 파르살라에 도착해 마을에 임시로 설치된 군 병원에 테오도로스를 데려다 놓고 동료들을 찾아 길을 나섰죠.

이미 알고 있겠지만 5월에 휴전이 선포되었잖아요. 그때 나는 제대가 얼마 남지 않았는데, 마노우사카스 씨의 직원 한 명이 막사로 나를 찾아왔죠. 테오도로스가, 우선 그에게 축복이 있기를, 자신의 부상 이야기를 하면서 내가 자기를 구하던 순간을 엄청나게 과장해서 이야기했던 거예요. 그러자 그의 아버지가 사람을 보낸 거죠. 나를 찾아내서 군복을 벗자마자 자신의 사무실로 데리고 오라고.

간단히 말하자면 마노우사카스 씨는 아들을 구해 준 것에 대한 고마움을 표현하기 위해 내가 원하는 곳에서, 원하는 공부를 할 수 있게 기회를 주신 거지요. 그렇게 해서 나는 지난달 졸업을 했고, 지금은 박사 논문 주제를 찾는 중이죠. 어쩌면 내가 그 무의미하고 비극적인 1897년 전쟁에서 혜택을 입은 유일한 그리스인일지도 몰라요."

그는 희미한 미소와 함께 자신의 이야기를 끝냈고, 나는 놀라서 입을 다물 수가 없었다. 아까도 말했듯이 마노우사카스 씨는 우리 가족의 친구였기 때문에 나는 그의 아들 테오도로스 소위가 전쟁에서 어떻게 살아남을 수 있었는지 이미 충분히 들어서 알고 있었다. 따라서 내가 이곳 프랑스에서 몇 시간 전에 만난 이 남자가 테오도로스 소위의 목숨을 구할 때 자기 스스로 묘사한 것보다 훨씬 크고 중요한 역할을 했다는 사실도 알고 있었다. 거의 나의 처남이 될 뻔했던 그 소위의 말에 따르면 스테파노스는 정찰병을 따돌리고 두 사람이 안전한 곳을 찾기까지 거의 영웅적으로 싸웠다고 한다. 그 후 두 사람은 파르살라에 도착할 때까지 사흘 동안이나 시골길을 헤매 다녔다. 그동안 스테파노스는 테오도로스를 헌신적으로 돌보았는데, 그의 부상이 그다지 심하지는 않았지만 패혈증에 걸리지 않도록 각별히 신경을 써 주었다. 게다가 그는 두 사람의 식량을 구해 왔으며 가는 길에 다시 적군의 노선을 가로지르지 않도록 매우 조심했다. 테오도로스는 모든 면에서 그에게 목숨을 빚진 것이나 마찬가지였다. 그의 부친 마노우사카스 씨의 경우도 엄청난 부를

소유한 재력가임에도 아들의 목숨을 구한 이에게 자신이 어떤 보상을
해 주었는지 한마디도 입 밖으로 떠들지 않을 만큼 신중하고 사려 깊은
인물이었다.

이번에는 내가 나의 인생 역정을 그에게 들려줄 차례였다. 물론 그다
지 흥미롭지는 않겠지만……. 나는 내가 아테네를 떠나 독일로 가는 계
기가 되었던 마노우사카스 가족과 관련된 이야기는 전혀 언급하지 않
았다. 그저 학교를 마치고 가문의 전통에 따라 괴팅겐으로 가게 되었다
고 이야기했다. 우리 가족의 소망은 내가 필요한 교육을 받고 경제 지
식을 얻은 후 가족의 사업을 이어받는 것이라는 이야기도 해 주었다.
사실 나는 이러한 목표에 부합하는 여러 강의를 들었지만, 결국은 수학
에 대한 관심이 가장 컸다는 사실도 고백했다. 물론 이것은 별로 놀랄
만한 일도 아니었다. 힐베르트와 클라인 교수가 교편을 잡고 있는 곳이
바로 내가 다니는 대학이었고, 가우스와 리만의 영혼이 떠도는 곳도 바
로 그곳이었으니 말이다. 그리고 나 역시 박사 논문 주제를 찾고 있는
중이었다.

스테파노스는 특별히 생각해 둔 분야라도 있느냐고 물었고, 내가 유
클리드기하학(Euclidean geometry)의 기초에 대해 연구해 볼까 생각한
다고 대답하자 놀란 표정으로 물었다.

"유클리드기하학에 아직 해결해야 할 주제가 남아 있기나 한지 모르
겠네요. 프랑스 사람들은 그것을 별로 염두에 두고 있지 않거든요. 솔직
히 힐베르트 교수가 미래에 해결해야 할 중요한 문제 사이에 기하학의
기초를 끼워 넣었을 때 난 좀 놀랐어요. 하지만 솔직히 인정하고 넘어가
자면 난 그 주제에는 별로 친숙하지 않아요."

반면에 나는 고등학교 시절부터 기하학을 가장 좋아하는 과목으로 손꼽고 있었다. 이오아니스 하치다키스(Ioannis Hatzidakis)가 쓴 학교 교과서를 읽는 것 외에도 나는 서재에서 아버지의 어릴 적 교과서인 『르장드르의 기하학 원칙(*Principles of Geometry by Legendros*)』도 찾아내어 읽곤 했었다. 그것은 르장드르의 기하학 책들 중 하나를 번역한 것이었다. 괴팅겐에 도착했을 때 내가 가장 먼저 구입한 서적 중 하나는 『원론(*Elements*)』의 독일어 번역본이었는데, 나는 상당한 시간을 투자해 그 책을 공부했었다. 모든 신입생들과 마찬가지로 나도 역시 어느 시점까지는 유클리드의 공리계를 대신할 수 있는 나 자신만의 공리계를 구성해 보려고 무진 애를 썼지만, 다들 예상하듯이 중간도 못 가 포기하고 말았다. 『기하학의 기초(*Foundations of Geometry*)』라는 저서 출간을 기점으로 그 정점에 달했던 힐베르트의 기하학에 관한 특별한 관심은 나 같은 젊은 수학자들의 관심을 자극하기에 충분했다. 특히 그리스인이라는 사실 때문인지는 몰라도 나는 내 자신이 기하학자의 운명을 타고 났다고 믿었다.

어찌 보면 내 학문의 첫 번째 주기를 완성한 시기라 할 수 있는 지난 여름, 내가 받았던 가장 큰 선물은 출간 일이 지난 세기 초까지 거슬러 올라가는 가죽 제본의 『원론』으로, 그리스 원본이자 희귀본이었다. 그것은 아버지의 선물이었는데, 아버지는 내가 실용적인 학문을 공부해야 한다고 생각하는 다른 가족들 틈에서 유일하게 순수 학문인 수학에 대한 나의 열정에 공감해 주시는 분이었다. 내가 동료 학생들에게 그것을 얼마나 뽐내고 다녔을지는 누구라도 쉽게 짐작할 수 있을 것이다. 나는 종종 친구들을 앉혀 놓고 그 책에서 몇몇 부분을 골라내 독일어로 번역함으로써 얻게 되는 찬사의 유혹에 넘어가기도 했다.

따라서 힐베르트 교수의 강의 중에 그 무엇보다도 나의 가장 큰 관심을 끈 부분이 바로 존재하는 다양한 기하학에 대해 언급하거나 그것들을 서로 비교하거나, 혹은 아직 해결되지 않은 여러 문제들을 나열했을 때라는 사실은 어쩌면 당연한 결과일지도 모른다. 내 친구가 자신은 유클리드기하학에 대해 별로 깊이 생각해 보지 않았으며, 프랑스인들도 그 주제에 관해서는 무관심(부디 멸시가 아니길 바란다)하다고 언급했을 때 나는 이때다 싶어 내가 가장 좋아하는 주제에 대해 이야기하기 시작했다.

"자신의 첫 책이었던 『원론』의 시작 부분에서 유클리드는 다섯 가지 명제(proposition), 혹은 공리(postulate)를 제시합니다. 표면적인 가치를 받아들여 달라고 독자들에게 요구하는 다섯 가지 진술이라고 할 수 있는데, 그것을 기초로 자신의 평면기하학을 쌓아올리려는 의도인 거죠. 앞에서부터 네 개의 공리는 상당히 짧고 간결한데다가 매우 자명한 진리를 담고 있기 때문에 수 세기 동안 수학자들은 그것을 별다른 의문 없이 받아들여 왔어요. 고대에도 중세에도, 또는 갈릴레오(Galileo, Galilei)나 데카르트(Descartes, René), 뉴턴 등이 기세를 떨치던 위대한 과학적 질문과 재평가의 기간에도 '임의의 두 점은 한 직선으로 이을 수 있다'는 첫 번째 공리에서 '모든 직각은 합동이다'라고 말하는 네 번째 공리까지는 별다른 거부 없이 받아들여졌죠. 하지만 다섯 번째 공리는 처음부터 엄청난 반향을 불러일으켰어요. 그 내용도 내용이었지만 유클리드의 표현 방식이 워낙 복잡했기 때문에 처음에는 모두들 다른 네 개의 공리를 기반으로 하면 다섯 번째 공리도 증명할 수 있을 거라고 그냥 어림짐작하게 된 거예요. 하지만 고대 그리스 사람[포시도니오스

(Posidonios), 제미노스(Geminos), 헤론(Heron) 등)뿐 아니라 아랍인들(이븐 알 하이삼(Ibn al-Haytham), 시인이자 수학자인 오마르 하이얌(Omar Khayym) 등]도 그것을 증명하려고 노력했지만 성공한 사람은 하나도 없었어요. 부분적으로는 그 때문인지 모르겠지만 결국 유클리드의 다섯 번째 공리는 같은 의미를 내포하기는 하지만 훨씬 단순하게 그 내용을 표현한 다른 이들의 문장으로 대체되었죠. 예를 들어 힐베르트와 클라인도 그러한 평행 공리(다섯 번째 공리)를 즐겨 이용했는데, 'l이라는 선분과 만나지 않으면서 한 점 p를 통과하는, l과 정확히 평행을 이루는 직선은 오직 하나만 존재할 수 있다'는 거죠."

스테파노스가 미소를 지으며 끼어들었다.

"게다가 지금까지 그 긴 세월이 흐르는 동안 그 누구도 다섯 번째 공리가 다른 네 개의 공리와 완전히 구분되는 독립적인 것이라는 생각을 하지 못했다는 거고요?"

"그래요, 어느 누구도. 적어도 금세기가 시작되기 전까지는 그랬어요. 또는 충분히 영향력 있거나 설득력 있는 주장이 나오지 않았던 것일 수도 있죠."

"그거 이상하군! 만약 누군가 어떤 것을 증명하려고 시도해 봤지만 계속 실패하기만 했다면 그 명제가 틀렸다고 생각해야 하는 게 당연한 것 아닌가요?"

"그 말도 맞아요. 하지만 다섯 번째 공리를 힐베르트의 버전으로 이용한다면 그 결과가 너무도 자명하기 때문에 다른 네 개의 공리는 적용되지만 다섯 번째 공리는 적용할 수 없는 세상 같은 것은 상상하기가 힘들거든요. 따라서 19세기 초반이 되어서야 비로소 누군가 그 비현실적인 것이 하나의 가능성일 수 있다는 가정을 하게 되는 거예요. 그런데 그렇게 가정했던 사람이 하나가 아니라 둘, 그러니까 러시아인 로바체프스키(Lobachevsky, Nikolai)와 헝가리인 보여이(Bolyai, János)였죠. 두 사람은 유클리드의 다섯 번째 공리가 다른 네 개의 공리로부터 독립적이라는 결론을 내리고, 만약 우리가 평행선의 공리를 다른 것으로 대체한다면 그 부정이 하등의 모순 없는 논리적 체계를 만들어 낸다는 사실을 증명해 냈어요. 이것이 바로 '대체(alternative)' 기하학의 개념을 탄생시키는 계기가 되는 거예요. 그리고 그렇게 태어난 보여이-로바체프스키 기하학을 우리는 쌍곡기하학(hyperbolic geometry)이라고 불러요."

스테파노스의 눈이 커졌다. 이 용어를 생전 처음 들어보는 것이 분명했다.

"그러니까 유클리드기하학의 논리를 증명하려고 유클리드기하학……이 아닌 어떤 것을 새롭게 만들어 냈다는 거예요?"

"다른 방법이 없었어요. 과거 수많은 과학자들이 증명해 내려고 노력했듯이 다섯 번째 공리가 다른 네 공리의 결과이든가, 아니면 그 자체로 독립적인 것이든가 둘 중 하나였으니까요. 만약 독립적인 것이라면 그것을 부정하면서도 모순 없이 존재할 수 있는 기하학이 있어야만 했거든요."

"그럼 그 기하학의 논리는 뭔데요? 그것을 어디에 적용시킬 수 있는 거죠?"

"좀 더 간단하게 정리해서 얘기해 줄게요. 쌍곡기하학에서도 유클리드의 처음 네 가지 공리가 적용이 되기는 해요. 하지만 다섯 번째 공리만은 그 부정으로 대체한다는 거죠. 'l이라는 선분 위에 있지 않으면서

한 점 *p*를 통과하는, *l*과 정확히 평행을 이루는 직선은 하나밖에 없다'
가 아니라 '무수히 그릴 수 있다'가 되는 거예요. 만약 우리가 다섯 개의
새로운 공리를 모두 받아들일 경우 바로 새로운 기하학이 하나 탄생하
게 되는 것인데, 그 정리가 유클리드기하학의 정리와는 정반대가 되는
거라서 처음에는 이상하게 들릴 수밖에 없어요. 예를 들어 보여이-로바
체프스키 기하학에서는 삼각형 세 각의 합이 늘 180도보다 적다고 정
의하죠. 그리고 삼각형의 면적이 크면 클수록 세 각의 합은 더 작아진다
고 하고요."

스테파노스는 점점 흥미로워진다는 표정으로 듣고 있었다. 웨이터가
음식을 가지고 와서 우리의 대화를 방해했을 때, 그는 거의 화난 표정
으로 웨이터를 올려다보았다. 나는 크레페를 한입 가득 베어 물고 시드
르를 한 모금 마신 후 이야기를 계속했다.

"유클리드기하학에서는 매우 간단한 과정을 통해서 닮음변환(상사변
환相似變換이라고도 함―옮긴이)을 수행할 수 있어요. 단순한 도형을 택한다
면 자 하나만 있어도 삼각형의 크기를 두 배로 늘릴 수 있으니 두 배의
비율로 똑같은 삼각형 하나를 더 만들어 내는 거죠. 건축가나 측량기사
라면 2:1 비율이라고 얘기할 겁니다.

그런 닮음변환의 전형적인 예가 바로 지도나 사진이에요. 사진은
다게르(Daguerre, Louis-Jacques-Mandé)와 니에프스(Niépce, Joseph
Nicéphore)가 발명한 비교적 현대적 발명품이라 할 수 있는데, 두 사람
은 르네상스 시대 화가들이 사용했던 카메라 옵스큐라(camera obscura:
어두운 방이라는 의미의 라틴어로 방을 어둡게 만든 후 한쪽 벽에 작은 구멍을 내어
반대쪽 벽에 건물 외부의 실제 모습이 비치도록 했던 장치를 말하며 카메라의 어원

이 됨. 16세기 이전부터 이 원리를 소형화한 도구가 그림의 스케치에 쓰임—옮긴이)를 독일의 해부학자 슐체(Schultze, Max Johann Sigismund)가 이루어 낸 화학적 발견과 결합시켰어요.

다시 삼각형 얘기로 돌아가서 새로운 삼각형의 면적은 이전 것의 네 배가 돼요. 하지만 그 각은 여전히 180도로 남아 있죠."

"알아요. 그 정도 이해도 못할 만큼 무식하지는 않거든요. 유클리드는 읽어 보지 않았지만 나도 닮음변환 정도는 알고 있어요."

스테파노스가 사람 좋게 웃으며 말했다.

"하지만 새로운 기하학에서는 닮음변환이라는 논리 자체가 이치에 닿지 않아요."

나는 의기양양하게 말을 이었고, 마주 앉은 친구의 놀란 표정 덕분에 더욱 기세등등해졌다. 천천히 시드르를 마시면서 나는 그의 조바심을 잔인하게 즐겼고, 잠시 후에는 그를 좀더 애태울 작정으로 대화의 주제를 바꾸려는 시도까지 했다.

"이 시드르 정말 끝내주는데요. 그리스에서는 왜 이렇게 못 만드는지 모르겠어요. 사과나무라면 사방에 널려 있잖아요."

"그 새로운 기하학에는 닮은꼴이라는 게 없다는 건가요?"

스테파노스가 다시 이전 대화로 나를 끌어들였다.

"생각해 봐요. 그건 삼각형의 각과 그 면적의 합계 간의 관계에 대한 직접적인 결과예요."

그의 얼굴에 의심의 표정이 떠오르는 것을 보고 나는 서둘러 설명을 시작했다.

"내 말이 이상하게 들릴지도 모르겠지만, 절대 틀린 말은 아니죠. 사실 몇 달 전 세상을 뜬 이탈리아 수학자 에우제니오 벨트라미(Eugenio Beltrami)가 이런 말을 했어요. '새로운 기하학의 틀 안에서 얼마나 많은 명제를 증명하든 간에 우리는 그 안에서 모순을 발견하지는 못할 것이다.' 한마디로 보여이-로바체프스키의 공리계가 유클리드의 공리만큼이나 모순이 없다는 거죠."

"그렇다면 우리에게는 똑같이 유효하면서 서로 정반대가 되는 두 개의 기하학이 있는 거네요. 우리가 살아가는 하나의 우주를 설명하기에 그건 좀 많다는 생각이 들지 않아요?"

스테파노스가 한 마디 했다.

"단지 두 개뿐이라고 누가 그래요?"

나는 장난스러운 표정을 지으며 물었다.

"일단 누군가 시작만 하면 그때부터 다른 사람들이 그 선례를 따르는 것은 막을 수 없는 거예요! 몇 년 후 리만은 '하나의 선 위에 세 개의 점을 찍었을 때 두 개의 점 사이에는 오직 하나의 점만 존재한다'는 사실을 보장하는 공리에 의문을 품게 됐어요. 그는 하나의 선을 거대한 원형으로 생각했거든요. 그런 기하학 체계 내에서 평행이라는 개념은 아무런 의미가 없잖아요. 다시 말해 그 직선 바깥에 있는 한 점을 지나는 평행한 직선이란 것도 그릴 수가 없죠. 그의 기하학 역시 모순이 없는 것으로 증명되었고, 타원기하학(elliptical geometry)이라고 부르게 됐어요."

"말도 안 돼!"

스테파노스가 웃음을 터뜨리며 말했다.

"도대체 얼마나 많은 기하학을 만들어 내서 이 가여운 우주에 짐을 지울 생각인 거죠?"

"힐베르트가 강연에서 물었던 게 바로 그거라니까요."

나는 기죽지 않고 말을 이어 나갔다.

"알아차렸을지 모르겠지만 그는 민코프스키가 최근에 발간한 책을 언급했어요. 나한테도 있으니까 괴팅겐에 돌아가는 대로 하나 보내 줄 게요."

몇 년 후에 우리는 힐베르트의 선견지명이 옳았다는 사실을 알게 되었다. 그 당시 아직 대학 강단에 서지도 못했던 풋내기 독일 수학자 민코프스키의 기하학이 뉴턴의 역학을 확장시켜 더욱 일반적으로 적용시킬 수 있는 이론의 토대를 마련하게끔 해 주었던 것이다. 또한 궁극적으로는 아인슈타인이 노벨상 수상자가 되는 데 도움을 주었으며, 비록 그 의미를 이해하는 사람은 거의 없을지 몰라도 '상대성'이라는 단어가 대중에 널리 알려지는 과학 용어가 되는 계기를 만들기도 했다. 하지만 당시 스테파노스와 나는 대체 기하학이 단지 이론적인 장치라는 사실에만 동의해야 했다.

스테파노스가 말했다.

"내가 알고 싶은 것은 어떻게 임의로 선택한 공리 위에 세워진 하나의 이론이 절대 모순일 수 없다는 '선험명제(a priori)'를 세울 수 있을까 하는 거예요. 사실 리만의 공리계를 이용해 증명한 정리들 중 어떤 것도 다른 정리와 모순되지 않잖아요. 그러니 미래에도 그런 일이 일어나지 말라는 법은 없는 거죠."

"일련의 공리를 선택하는 것, 그 자체만으로는 충분치 않아요. 수학은 갑자기 번쩍하고 떠오른 무분별한 아이디어의 결과가 아니에요. 수학이 그 자체로 하나의 학문이 되기 위해서는 반드시 귀감이 되는 모델이 되어야만 해요. 한 체계에 모순이 없다는 사실을 증명하는 것은 그 체계 자체의 맥락 내에서는 실험이 불가능해요. 다른 체계로 실행시켜 봐야 하는 거예요."

내 말에 스테파노스는 인상을 쓰며 대답했다.

"지금 기하학이 경험적 과학이라고 주장하는 거예요? 역학이나 천문학처럼? 아리스토텔레스의 친구가 말했던 것처럼 하나의 체계는 그것이 자연현상과 일치할 때에만 그 유효성이 입증되는 거예요? 인간이 천체와 별의 운동을 맨눈으로 관찰할 수 있던 시기에는 프톨레마이오스의 기하학 모델을 받아들일 수 있었어요. 하지만 갈릴레오가 그 기하학 모델에 맞지 않는 어떤 것을 자신의 망원경으로 발견해 냈잖아요. 예를 들어 목성의 위성이나 금성의 위상 변화 같은 것 말이에요. 그렇다고 우리가 코페르니쿠스(Copernicus, Nicolaus)에게서 피난처를 찾을 수 있겠어요? 그게 말이 돼요?"

"물론 안 되죠!"

일단 이렇게 말하고 나는 반박에 나섰다.

"나도 그쪽 말은 인정해요. 기하학의 탄생에서 경험은 매우 중요한 역할을 하죠. 아니 중요한 정도가 아니라 필수적이라고 해야겠네요. 하지만 나는 기하학이 경험적 과학이라고 말한 적은 없어요. 부분적으로라도 절대 그렇지 않아요. 경험은 접근, 즉 근삿값과 관련되어 있죠. 어떤 경우에는 극단의 근삿값이 필요해요. 하지만 접촉은 오직 자연계의 고체에만 적용되는 개념이에요. 기하학에서 입체의 개념은 그와 달라요. 오직 우리의 사고 속에서만 존재하죠. 마음이 창조한 대상일 뿐이라는 겁니다. 따라서 불멸이며 공기처럼 가볍고 관념적이죠. 경험이란 그러한 상상 속의 대상을 불러내, 그것이 우리 감각을 통해 인식되도록 하는 역할 외에는 아무것도 할 수 없어요. 그러니까 특정한 기하학에 전혀 모순이 없는지 실험하기 위해 '모순이 없다고 증명된 특정한 모델을 도입해야 한다'는 거예요. 그리고 이것은 우리가 다른 체계로 할 경우에만 가능하다는 거죠."

호기심을 불러일으키는 미소가 스테파노스의 눈에서 빛났다. 내 말에 회의적인 것이 분명했다.

"예를 하나 들게요."

나는 계속했다.

"완전히 평면으로 이루어진 세계가 있다고 상상해 봐요. 그곳에 사는 생물도 두께가 없다고 가정하는 거예요. 이 생물체들은 평면 세계의 표면에 살고 그곳에서 절대 벗어날 수 없어요. 또 이 세계는 다른 세계들과는 매우 멀리 떨어져 있어서 상호 간의 정보 교환도 없고 서로에게 아무런 영향도 미치지 않는다고 가정하는 거예요. 만약 이러한 생명체에게 지능이 있다면 그들도 머지않아 기하학이라는 걸 고안해 내겠죠. 물론 2차원적 기하학이겠지만요."

"그 말에는 아무런 이의가 없어요. 전에 어떤 영국 목사가 그런 세상에 대해 묘사해 놓은 책을 읽은 적이 있거든요."

약간 비꼬는 듯한 표정을 지으며 스테파노스가 말했다.

나 역시도 15년 전쯤 출간된 에드윈 애보트(Edwin Abbott)의 소설 『플랫랜드(Flatland)』를 읽은 적이 있다. 그 책은 삼각형, 사각형, 오각형 등 여러 다각형 모양의 국민들이 사는 2차원 국가를 묘사하고 있었다. 사회의 높은 계급으로 올라갈수록 도형의 면이 점점 많아지는데, 사회에서 가장 높은 계급인 성직자의 모양은 당연히 원형이었다. 책은 매우 독창적이었으며 기하학을 이용해 빅토리아 시대 영국의 도덕성을 풍자하고 있었다. 또한 낯선 수학적 개념을 전문가들이 아닌 폭넓은 대중에게 소개하는 첫 작품이기도 했다.

"내가 상상해 보라는 세계와 애보트 세계의 차이점은 바로 고립성이에요. 애보트의 세계에서는 3차원 생명체의 방문을 받잖아요."

"하지만 그런 세계도 여전히 유클리드의 세계잖아요. 어떻게 그 세계에 비유클리드기하학이 적용된다는 것인지 도저히 이해를 못 하겠어요."

스테파노스가 항의하듯 말했다.

"알았어요. 그럼 이제 이 가상의 지적 생명체는 두께가 없다는 것과 평면 세상의 표면에 완전히 밀착되어 거주하고 있으며, 그곳에서 떨어져 나올 수도 없다는 사실을 다시 떠올려 보자고요. 그렇다면 이들은 어떤 기하학을 고안해 낼까요? 그들도 자신들의 세계가 2차원의 평면이라는 사실을 믿고 있다는 것에는 그쪽도 동의할 거라고 생각해요. 그건 그렇고 우리의 스승들이 직선을 어떻게 정의했는지 기억해요?"

"직선이란 두 점 사이의 가장 짧은 거리다."

마주 앉은 친구가 대답했다.

"그렇죠!"

나는 매우 열정적으로 대꾸를 하고 다시 말을 이었다.

"직선을 두 점 사이의 가장 짧은 길이라고 정의하고 있어요. 다시 말해 두 점을 통과하면서 그 중심이 구체의 중심에 있는 원의 호가 되는 거죠. 자, 여기서 잊지 말아야 할 것은 우리의 평면 친구들은 그들이 살고 있는 세상이 구체로 되어 있다는 사실을 전혀 모른다는 거예요. 구체라는 개념 자체가 존재하지 않거든요. 그들에게 3차원은 우리가 4차원을 대할 때와 마찬가지로 매우 신비로우면서도 불가해한 어떤 것이죠. 그들이 직선이라고 부르는 것은 우리가 볼 때 구체 위의 호를 잘라낸 조각이거든요. 그러니 평면 생명체들은 구체의 평면을 '공간'이라고 정의하겠죠. 태어나면서부터 천성적으로 그 공간을 떠날 수 없고, 그 공간 밖에 다른 무언가가 있다는 것도 알지 못하기 때문에 그들에게 있어서 우주는 그 공간 안으로 한정되어 있는 거예요."

"하지만 그건 구면기하학(spherical geometry)이잖아요. 메넬라우스(Menelaus of Alexandria), 테오도시우스(Theodosius of Bithynia), 히파르코스(Hipparchos) 등이 묘사했던 거요. 그러니까 우리는 아직도 유클리드기하학의 틀 안에 있는 거라고요!"

스테파노스가 말했다.

"맞아요! 3차원의 세계에 살고 있는 우리는 멀리 떨어져서 그런 존재들을 관찰하고 그들이 3차원 구체의 표면 위를 움직이며 살아가는 모습을 바라볼 수 있어요. 게다가 우리는 그들이 유클리드기하학의 규칙에 따라 움직인다는 사실도 알고 있죠. 하지만 그들은 자신들이 한없이 이어지는 2차원의 평면 세계 속에서 살아가고 있다고 생각해요. 그 표면이 끝나는 모서리 부분에 닿아 본 적이 없으니 당연한 거죠. 그들의 우주는 한없이 이어지지만 만약 그들 중 누군가가 한 점에서 시작해 직선을 그으며 움직인다면 머지않아 자신이 처음 출발했던 곳으로 되돌아가게 될 거예요."

내 말을 듣고 있는 스테파노스의 표정이 밝아지고 있었다. 우리가 기하학의 기초에 관한 대화를 시작한 이래로 처음이었다. 미심쩍다는 듯 회의하던 표정이 동의와 수용의 표정으로 바뀌고 있었다.

그가 내 말에 이어 자신의 생각을 덧붙였다.

"그 존재들은 평행의 의미를 죽었다 깨어나도 모르겠네요. 두 개의 직선, 그러니까 두 개의 커다란 원은 늘 교차할 테니까 말이죠. 평행의 개념 없이는 다섯 번째 공리도 그들에게는 아무 의미가 없을 테죠. 하나의 직선 바깥에 있는 한 점을 통과하는 평행선이란 존재할 수 없으니까요. 그러니까 그들의 세계에서는 평행선이라는 것 자체가 존재하지 않는 거예요!"

나는 그의 열변에 미소 지었다.

"그렇다면 그들의 직선은 몇 개의 점에서 교차하게 될까요?"

나는 약간의 반어적 느낌을 담은 목소리로 물었다.

"두 개! 평면 생명체들의 눈에 직선으로 보이는 지구의 모든 자오선은 북극점과 남극점에서 모두 교차하게 되어 있어요. 바로 여기에 '두 점을 통과하는 직선은 오직 하나뿐이다'라는 공리를 적용시킬 수 있죠. 게다가 우리가 이 직선들 중 하나 위에 세 개의 점을 찍는다면 각각의 점은 다른 두 개의 점 사이에 위치하게 되는 거예요. 첫 번째 점에서 두 번째 점으로 넘어갈 때 반드시 세 번째 점을 통과해야만 하거든요."

"아니, 꼭 그런 것만은 아니죠."

내가 경고했다.

"만약 우리가 하나의 '직선' 위에 세 점을 찍는다면 그들 중 어떤 것도 다른 두 개의 점 사이에 위치하지 않는다고 해도 모순되지 않거든요. 하나의 점에서 다른 점으로 옮겨갈 때 반대 방향으로 돌아갈 수도 있기 때문이죠. 즉 세 번째 점을 통과하지 않고도 갈 수 있다는 거예요. 다시 말해서 우리의 평면 생명체들에게는 '어떤 것의 사이'라는 단어는 아무런 의미도 없어요. 우리에게는 불합리하고 임의적이며 이해 불가능해 보이는 리만의 기하학이 그들에게는 자연스럽고 명백한 기하학이 되는 거죠. 그렇다면 우리가 얻은 것은 무엇일까요? 바로 3차원적 유클리드기하학의 세계에서 리만기하학의 2차원적 모델을 만들어 낸 거예요. 그러니 만약 유클리드기하학에 모순이 없다면 리만기하학도 그렇다고 결론 내릴 수 있는 거죠. 아까 내가 어떤 수학적 체계의 무모순성을 증명하려면 다른 공간이나 다른 체계로 그것의 모델을 창조해 내야 한다고 말했던 것이 바로 이런 의미였어요. 어때요? 이해가 돼요?"

"물론이죠. 복 받을 거예요. 아마 크리톤(Criton)도 친구 소크라테스(Socrates)의 명강의에 이렇게 반응했을 거예요."

그는 매우 감명을 받은 듯했다. 하지만 아직 마지막 한마디를 남겨 두고 있는 듯했다.

"리만기하학의 비모순적 특성은 물론이고 그것이 고전 유클리드기하학과 함께 이론적인 구조로서 공존할 만한 자격이 충분하다는 사실을 매우 완벽하게 증명해 보여 주었음은 인정할게요. 나는 리만의 3차원적 기하학에 이러한 증명을 적용하는 것은 이제 단순히 기술적인 문제라고 생각해요."

나는 고개를 끄덕였다. 그러자 그가 말을 이었다.

"그리고 나는 벨트라미도 역시 보여이-로바체프스키 기하학의 비모순적 특성을 증명하고자 비슷한 과정을 겪었을 거라고 생각해요."

"대략적인 면에서는 맞아요."

나는 이렇게 대답하고 나서 괴팅겐에 돌아가자마자 우리가 토론했던 주제에 관해 내가 여러 수업에서 적어 놓았던 노트를 그에게 보내 주겠다고 약속했다. 그러자 스테파노스가 지적했다.

"하지만 힐베르트 자신도 문제 하나를 내놓았잖아요. 우리가 알고 있는 세 개의 기하학 말고 또 어떤 기하학들이 있는 거죠? 지금까지 확립된 모든 공리계를 유지하려면 우리는 무모순성 증명에 상응하는 어떤 것이 필요할 거예요. 오늘만 해도 우리는 페아노의 수학이 기초하고 있는 공리의 무모순성을 증명해야 한다는 주장을 들었잖아요. 다시 말해 연속체 가설(the continuum hypothesis)의 무모순적 특성을 증명해야 한다는 거죠. 그러니 미래에는 누가 어떤 주장을 들고 나올지 어떻게 알 수 있겠어요? 이게 바로 수학의 모든 분파가 머지않아 직면해야 할 문제란 말이에요. 내 생각에는 이제 슬슬 어떤 절차들을 만들어 내야 할 때가 온 것 같아요. 그 절차에 따라 일련의 공리가 모순이 없고 완전하다는 사실을 보여 줄 수 있어야 하는 거죠. 다시 말해 그 안에서 생겨나는 모든 문제에 긍정적이든 부정적이든 답을 할 수 있는 능력을 보여 줄 수 있어야 한다는 거예요. 그러한 면에서 보면 비록 힐베르트가 내놓은 각각의 난제가 모두 중요하기는 하지만, 그중에서도 가장 본질적인 주안점은 바로 그의 문제들 중 두 번째 것, 즉 '하나의 공리계가 모순이 없고 완전하다는 사실을 증명하는 직접적인 방법을 어떻게 찾아낼 수 있을까'에 두어야 한다고 봐요."

나는 그 말에 동의할 수 없었다. 하나의 이론을 실천에 옮겨 보거나 실제로 창조적인 연구 작업에 적용해 보기도 전에 선험명제로 실험한다는 사실이 심기를 매우 불편하게 했다. 그것은 수학적 모험이라는 로맨스를 산산이 부숴 놓을 뿐 아니라 모든 수학 문제가 수반하는 신비로운 마법을 깨뜨리고 있었다. 그러한 방법은 수학자들의 지위를 산업노동자의 위치로 끌어내리고 말 것이다. 그렇게 되면 모든 생산 과정 내내 그들은 미리 입력된 프로그램에 따라 매우 사소한 역할, 혹은 중요할지도 모르지만 상당히 제한된 역할만을 맡아 하게 되는 것이다. 따라서 자신들이 맡은 일을 시각화할 수도 없고, 창조의 장엄한 아름다움도 경험할 수 없게 된다. 나는 수학을 하나의 여행으로 본다. 콜럼버스(Columbus, Christopher)나 바스코 다 가마(Vasco da Gama), 또는 마젤란(Magellan, Ferdinand) 같은 위대한 탐험가들이 했던 것과 똑같은 여행 말이다. 그들은 자신들이 찾고 있는 것에 대해 그저 막연한 개념만을 갖고 각자 길을 떠났다. 하지만 정말 그것을 찾을 수 있다는 보장도 없었고, 심지어 그것의 존재에 대해서도 확신하지 못했다. 만약 나의 새로운 친구를 이토록 흥분시키는 힐베르트가 마음속에 품고 있던 실험 방식이 정말 가능하다면, 또한 누군가 그것을 발견해 낼 수 있다면 수학적인 모험은 판에 박힌 관광 수준으로 곤두박질치고 말 것이다. 리버풀과 뉴욕 사이를 오가는 오늘날의 해양 정기선 여행 같은 것 말이다. 그보다 더 심하게는 도버와 칼레 사이를 오가는 유람선 관광 같은 것이 될 지도 모른다.

"내 생각에는 그쪽이 힐베르트의 말을 오해하거나 잘못 판단한 것 같네요. 힐베르트의 두 번째 문제에 대해 그쪽이 해결책으로 제시한 것을 정말 실행에 옮긴다면 수학의 위상은 자카르의 직물 기계와 비슷한 수준으로 떨어지고 말 거예요."

정확히 1세기 전인 1800년, 리옹 출신의 기술자 조제프 자카르

(Joseph Jacquard)가 새로운 방식의 직물 기계를 시장에 내놓았다. 그는 자신이 복제하려는 직물의 디자인을 일련의 천공카드 안에 집어넣는 방법을 고안해 냈다. 직조기 안에 그 카드를 넣으면 인간의 도움 없이도 천을 짜는 것을 관리할 수 있었다. 때론 폭력적인 행동까지 보이며 분노하는 직조공들의 반응에도 불구하고 자카르 직조 기계는 프랑스뿐 아니라 전 유럽에서 수요가 급증했다. 나의 할머니도 딸과 함께 파리에서 직접 사 온 자카르 기계 직조 옷을 매우 자랑스러워했다.

영국의 수학자 찰스 배비지(Charles Babbage)도 에이다 러브레이스(Ada Lovelace, 바이런의 딸)와 함께 수학적 계산을 할 수 있는 기계를 발명하려고 노력했다. 처음에는 영국 정부의 후원을 받았지만 몇 년이 지나도록 실질적인 결과가 나오지 않자 마침내 정부는 그 계획을 포기하고 지원을 중단했다. 하지만 자카르의 성공적인 기계와 배비지의 실패한 분석 기계는 둘 다 미리 예정된 결과를 생산해 내는 것이 목표였다. 자카르는 미리 준비된 디자인을 기본으로 수천 벌의 옷을 싸고 빠르게 만들어 내길 원했다. 배비지도 이미 준비된 처리 방법을 기초로 대수, 삼각법, 천문학, 또는 모든 종류의 수학적 도표를 빠르게 계산하고 싶어 했다. 하지만 힐베르트가 찾는 것은 스테파노스가 설명했듯이 하나의 보편적인 기계였다. 즉, 수학의 모든 씨실과 날실을 바로 엮어 낼 수 있을 뿐만 아니라 자동적으로 그것의 정확성까지 실험할 수 있는 어떤 것이었다.

"내 생각에는 가능할 것 같지 않아요."

나는 혹시라도 가능할지 모른다는 전망에 매우 불쾌해진 기분으로 말을 이었다.

"하지만 만일 내가 그런 악마 같은 방법을 발견하는 불운을 겪게 된다면 나는 그것을 비밀에 부칠 거예요. 혀도 자르고 손도 절단해 버릴지도 몰라요. 안 그랬다가는 혀와 손이 내 의지와는 상관없이 나를 배반하고 우연히 그것을 발설하거나 어딘가에 적어 놓을 수도 있으니까요!"

스테파노스는 자신의 견해를 고수하고 있었고 나 역시 그랬다. 그때쯤에는 많은 파리 시민들이 생미셸 거리를 따라 내려가며 오후 산책을 즐기고 있었다. 우리는 비스트로의 테라스에 앉아 시드르를 홀짝거리며 8월의 햇살 속에서 생기 넘치는 열띤 토론을 벌이는 중이었다.

그때 스테파노스가 말했다.

"만약 툴루즈 로트레크(Toulouse-Lautrec 1864~1901: 개성 있는 프랑스 소묘화가—옮긴이)가 이곳을 지나간다면 우리 모습을 그리려고 멈춰 설 것 같지 않아요? 그림의 제목은 '생미셸 거리의 비스트로에 앉아 논쟁을 벌이고 있는 두 명의 그리스 수학자.' 그러면 우린 일약 스타가 되는 건데."

우리는 동시에 웃음을 터뜨렸다. '생미셸 거리의 비스트로에 앉아 논쟁을 벌이고 있는 두 명의 그리스 수학자'라니! 긴장감은 어느새 사라지고 없었다. 시간이 한참 지나서 이제 강연장으로 돌아가야 할 것 같았다.

"저녁에 뭐 할 일 있어요?"

내가 스테파노스에게 물었다.

"아니요, 별로. 아마 방 안에 앉아서 오늘 강연 들은 거나 정리하면서 책이나 읽고 있을 거예요."

"있잖아요, 사실 학술대회를 보러 오기는 했어도 나는 관광객이거든요. 이 여행은 파리의 과학계를 들여다보는 기회이기도 하지만, 그 유명한 밤 문화를 경험할 기회이기도 하잖아요. 그래서 물랭루주에 테이블 하나를 예약했어요. 나도 알아요, 내가 얼마나 시대에 뒤떨어졌는지.”

나는 상당히 수준 높은 토론을 하고 난 직후 고루하고 진부한 장소 섭외 사실을 털어놓아야 하는 것이 다소 창피했다. 물랭루주는 그저 남들에게 보이기 위해 가는 장소일 뿐이었다.

“하지만 괴팅겐도 대학이 없었다면 그저 평범한 시골마을에 지나지 않았을 거예요. 제발 함께 갈 수 있는 영광을 베풀어 주지 않겠어요?”

나는 그가 재정적으로 갚을 여유가 없다는 사실 때문에 망설이며 고민하고 있다는 사실을 눈치챘다. 하지만 결국 그는 내 제안을 받아들였다.

오후 강연에는 눈에 띌 만큼 확연하게 청중 수가 줄었다. 강연은 훨씬 전문적인 주제를 다루었고, 강연자는 아침 강연의 내용과 그 강연을 이끌었던 연사의 명석함에 위축되어 제대로 빛을 발하지 못하고 있었다. 그럼에도 스테파노스와 나는 끝까지 광적인 열정으로 강연을 경청했다. 그리고 저녁에 다시 만날 약속을 하고 헤어졌다.

피타고라스 학교의 네 번째 교장인 리시포스는 새하얀 수염을 가졌으나 머리숱은 거의 없는 매우 덕망 있는 노인이었다. 그는 혼자 깊은 생각에 잠길 때나 누구에게도 방해 받지않고 일하고 싶을 때 이용하는 방으로 히파소스를 들어오게 했다.

"나를 보자고 했지 않나. 어서 말해 보게."

학교의 교장과 사적으로 만난다는 것은 새로운 회원에게는 거의 있을 수 없는 특권에 가까웠으므로 그 시간을 쓸데없이 허비해서는 절대 안 된다. 물론 피타고라스학파 사람들은 말을 많이 하는 것 자체를 별로 좋아하지 않았다. 마침내 히파소스는 용기를 내어 단도직입적으로 본론을 꺼냈다.

"만물은 수다."

"아프토스 에파(Aftos efa), 우리의 마스터께서 그리 말씀하셨네."

리시포스가 늘 하던 대로 예를 갖추어 관습적인 어구를 말함으로써 히파소스의 말을 승인했다.

"저는 특정 단위의 면을 가진 정사각형을 생각하고 있습니다."

리시포스는 계속하라는 뜻으로 고개를 끄덕여 보였다.

"우리의 원칙에 따른다면 그 정사각형의 대각선 길이는 하나의 숫자가 되어야 합니다."

나이 든 교장은 당황한 표정이었지만 침착함을 유지했다.

"계속하게."

"그 숫자를 찾아내려면, 다시 말해서 정사각형의 측면과 대각선의 비율을 밝혀내려면 대각선과 측면을 함께 측정할 수 있는 공통의 단위가 필요합니다."

"그래서?"

"하지만 저는 그런 공통의 단위는 존재하지 않는다는 사실을 알아냈습니다. 사각형의 측면과 대각선은 같은 단위를 이용해서는 잴 수 없습니다. 정사각형의 대각선과 측면 사이의 비율을 나타낼 수 있는 숫자는 존재하지 않습니다. 다시 말해서 그 대각선의 길이는…… 무리수입니다."

히파소스는 자신이 하는 말의 심각성을 잘 알고 있다는 듯 매우 겁을 집어먹은 채 주저하며 말을 마쳤다. 마지막 문장을 이야기할 때는 목소리가 거의 기어들어 가는 듯했다. 하지만 놀랍게도 나이든 교장은 놀란 내색을 전혀 하지 않으면서 초기의 충격으로부터 마음을 추슬렀다. 그는 한동안 조용히 앉아 있다가 마주 앉은 젊은이의 눈을 바라보며 천천히 말문을 열어 이야기를 시작했다.

"그것의 증명은 나중에 보여 주게. 내 것과 똑같은지 보고 싶거든. 그보다는 우리가 먼저 상의해 봐야 할 중요한 문제가 있네."

그는 잠시 말을 멈추고 젊은 신입 회원의 눈에 떠오른 놀라움의 빛을 기분 좋게 음미하더니 곧 미소를 지으며 하던 말을 계속했다.

"그래! 지금껏 2년 동안 나도 정사각형의 측면과 대각선은 같은 단위로 잴 수 없다는 사실을 알고 있었다네. 마음 깊은 곳에서는 제발 나의 추론에 숨겨진 오류라도 있기를 바랐지. 그런데 지금 자네는 내가 두려워하던 일에 확신을 주고 있네. 어쨌든 자네가 그러한 발견이 얼마나 심각한 결과를 초래할지 알고 있을 거라고 믿네. 그것이 참이든 거짓이든 간에, 물론 불행인지 모르지만 그것이 거짓일 것 같은 생각은 들지 않지만 어쨌거나 대중에게 공개했을 경우 어떤 결과가 벌어질지에 대해서도 생각해 봐야 하는 것이지. 마스터가 그렇게 말씀하지 않았는가. 수의 의미는 만물의 의미라고. 수가 소리의 조화를 관장한다는 사실도 그분이 발견하셨어. 그리고 그것이 어떻게 우주의 조화를 관장하는지는 우리가 밝혀내야 한다고 말씀하셨지. 만약 우리가 수에 대한 신념을 잃는다면 우주의 조화에 대한 믿음도 잃어버리는 것이지. 모든 도덕적, 지적 원리가 무너지게 되는 거야. 만약 지식 체계가 어떤 형상을 만들어 놓고 그것을 측정하지 못한다면, 만약 수 안에 셈을 할 수 없는 수가 포함되어 있다면, 어떻게 그것이 우주의 조화를 전할 수 있겠는가? 만약 수의 힘에 대한 신념이 약해진다면 피타고라스 체계의 기초도 흔들리게 되고, 평화와 번영, 삶 자체의 가치까지 손상되는 거라네. 자네와 내가 정사각형의 대각선 길이가 무리수라는 사실을 발견했을 때 모래 위에 그렸던 불경스러운 모양의 그림들을 바람이 흩어 놓았던 것과 마찬가지로 엘리트 사회에 대한 우리의 꿈도 사라지고 말 테지. 나는 그런 일이 일어나게 할 수는 없네. 당장 그 증명을 머릿속에서 지워 버리고 절대 아무에게도 발설하지 말게나. 신입 회원들에게도 절대 이야기해서는 안 되네. 우리 세대는 그러한 발견에 대처할 만한 능력이 없으니 다음 세대가 풀어야 할 과제로 남겨 두자는 걸세."

그때까지 한마디도 하지 않던 히파소스가 입을 열었다.

"하지만 만약 그 증명이 옳다면 어쩌죠? 만약 정사각형의 대각선과 측면이 정말 같은 단위로는 잴 수 없는……."

히파소스가 반박하자 리시포스가 말을 가로막았다.

"만약 어떤 건물의 기초가 부실하더라도 그것을 대체할 방법을 찾을 때까지 수천 년 정도는 서 있을 수 있네. 하지만 기초가 부실하다고 해서 그것을 통째로 들어낸다면 건물은 그 즉시 무너져 버리고 말 거야."

"하지만 그 문제를 계속 비밀에 부치기만 한다면 누가 그것을 해결할 수 있겠습니까?"

"우선 자네에게 우리가 했던 침묵의 맹세를 상기시켜야겠구먼. 지금 이 순간부터 나는 그 맹세를 신입 회원을 포함한 모든 회원들에게 적용시킬 것이야. 그러니 이제부터 그 문제에 관해 상대를 불문하고 단 한 마디라도 발설해서는 안 되네. 더 이상 그 연구를 진행하는 것도 금지네. 그리고 잊지 말게. 복종은 피타고라스학파의 가입 조건이라는 것을. 가 보게."

히파소스는 망연자실한 채 몸을 일으켰다. 방을 떠나기 직전 그는 용기를 내어 작은 목소리로 말했다.

"그렇다면 진정한 수학자란 없는 건가요? 우리 모두는 그저 평생 견습생으로 있어야 하는 겁니까?"

리시포스는 대답하지 않았다. 자신의 지친 머리를 손으로 감싼 채 오랫동안 앉아 있기만 했다. 그는 믿음직한 조수인 치로클레스의 발자국 소리를 듣고서야 깊은 사색에서 깨어났다.

"도저히 다른 해결책이 없는 것 같습니다."

치로클레스가 에두르지 않고 단도직입적으로 말했다.

"그 방법밖에 없다면 그렇게 해야지."

고장은 떨리는 목소리로 대답했다.

제 4 장

　스테파노스는 몽마르트르에 살고 있었다. 가난한 화가와 학생들이 주로 세 들어 사는 한 아파트 건물의 다락방이었다. 우리는 피갈 광장에서 만나기로 약속했다. 나는 호텔을 출발하면서 따뜻한 8월 저녁의 달콤함이 온몸을 감싸 오는 것을 느꼈다. 사실 처음에는 전세 마차를 타는 특권을 누려 볼까 생각했지만 결국에는 시가 전차를 타기로 결정했다. 새로운 친구에게 쓸데없이 돈 자랑을 하는 것처럼 보일까 싶어서였다.

　몽마르트르가 아직 마을이었을 때 그곳에는 30개의 풍차가 돌아가고 있었다. 하지만 우습게도 몽마르트르를 유명하게 만든 것은 고장 난 하나의 풍차였다. 그것은 30개의 풍차 중에 바람으로 맷돌을 돌릴 수 없는 유일한 풍차였다. 프랑스 혁명 100주년이 되던 해, 그러니까 에펠탑이 세워지던 그해에 물랭루주가 대중에게 공개되었다. 노르만 양식과 스페인 양식을 혼합해 지은 그 건물에는 대형 댄스홀과 야외극장이 있었다. 건물의 정면은 붉은 풍차 모양이 지배하고 있었다. 내가 새로운 친구를 이끌고 가는 곳이 바로 이 오락의 신전이었다.

비교적 여행을 많이 다녔지만, 나는 아무런 장식이 없는 나무 기둥이 서 있는 물랭루주의 거대한 댄스홀에 압도되었다. 커다란 촛대에서 흐르는 빛이 홀을 꽉 채우고 있었다. 벨벳으로 장식한 가구들은 밝게 빛나고 있었고 호화로운 탁자들도 반짝이고 있었다. 우리의 구두는 두꺼운 카펫 속으로 푹푹 빠져들어 갔다. 홀의 다른 쪽 끝에 있는 벽은 거대한 거울로 장식되었다. 그 위쪽 갤러리에는 오케스트라가 있었고, 극장 쪽으로 이어지는 문을 나서면 정원이 나왔다.

급사장의 주머니에 적당한 금액의 돈을 찔러 주고 나는 무대 옆의 명당자리를 얻을 수 있었다. 그리고 뵈브클리코 한 병과 포숑의 유명한 샴페인 비스킷을 조금 주문했다. 스테파노스는 호기심에 찬 눈길로 주변을 둘러보고 있었다. 이러한 자리에 처음 와 봤음이 분명했지만 그다지 감동하는 표정은 아니었다.

우리 맞은편에는 키가 매우 작고 다리도 짧지만 단단해 보이는 한 남자가 앉아 있었는데, 그의 가슴은 몸의 다른 부위와는 어울리지 않게 근육이 발달해 있었다. 상당히 젊어 보이는 남자였지만 얼굴은 창백하게 여위어 있었다. 하나둘씩 홀에 모여든 공연자들이 그가 앉아 있는 쪽으로 가서 세 번 키스하는 전형적인 프랑스식 인사를 했다.

그쪽을 보고 고개를 끄덕이며 스테파노스가 말했다.

"툴루즈 로트레크예요. 우리가 얘기했던 화가. 그런데 우리보다는 카바레 무용수들을 그리고 싶어 하는 것 같지 않아요? 파리 사람 모두가 그에게 열광하고 있죠. 저 사람들 보이죠? 듣기로는 최근 한동안 요양소에 있었다는 것 같은데, 사실 그게……."

그는 어색하게 웃고 있었다.

"다들 그걸 프랑스병이라고 불러요. 하지만 주로 술 때문에 생기죠. 뛰어난 재능이 있는데 정말 안타까운 일 아니에요? 그는 움직이는 물체를 화폭에 담아내는 재주가 있어요. 마치 무용수가 아니라 무용 그 자체를 그리는 것 같죠. 몸을 회전시키는 무용수들의 모습은 움직임이 없는 청중의 모습과 대조를 이루어서 춤이라는 의식을 행하는 무용수 개개인에게 독특한 존재감을 부여해요. 물론 그가 몸에는 전혀 관심이 없다는 뜻이 아니에요. 몸도 그리기는 해요. 하지만 때로는 잔인할 정도로 그 결함만을 강조하고, 특히 탐닉으로 일그러진 몸에 집착하죠. 바로 자기 자신도 탐닉으로 망가져 가고 있잖아요.

미를리통이라는 카바레에 가면 벽이 온통 그의 그림으로 가득 차 있는 걸 볼 수 있어요. 그 집 주인이 처음으로 로트레크의 작품을 제대로 평가했던 아리스티드 브뤼앙(Aristide Bruant)이라는 시인이에요. 그가 시낭송으로 앰버서더 극장에 출연하게 되었을 때, 자신의 쇼를 툴루즈 로트레크의 포스터를 통해 광고해야 한다고 고집을 피웠다고 해요. 후에 브뤼앙은 자신의 가게인 미를리통을 열었는데, 그곳은 손님을 모욕하고 학대하는 장소로 악명을 떨쳤죠. 1890년대에는 수많은 파리 사람들이 브뤼앙의 가게로 찾아가 그가 시를 이용해서 손님들에게 독설을 뿜어 대는 것을 즐기며 터무니없이 고가로 판매하는 싸구려 술을 마셔 댔어요. 동시에 툴루즈 로트레크의 그림을 감상할 수 있는 경이로운 경험도 하게 되었는데, 로트레크는 후에 브뤼앙의 신문에서 일러스트를 맡게 되죠. 물랭루주가 툴루즈 로트레크에게 주문한 포스터가 파리 전체에 넘쳐나기 시작하면서 로트레크도 유명인사가 된 거예요. 바로 그때부터 그의 폭음이 시작되어 지금에 이르게 되었다는 사실은 안타깝기 그지없지만요."

나는 놀라움이 가득 담긴 시선으로 스테파노스를 바라보았다. 그가 예술 쪽에도 그토록 지식이 해박할 것이라고는 생각해 보지 않았기 때문이다. 그가 웃음을 터뜨렸다.

"어찌 그리도 잘 아느냐고요? 사실 내가 사는 아파트에 세 명의 젊은 화가들이 살고 있거든요. 셋 다 한 달 전에 스페인에서 왔어요. 사실 한 명은 국제박람회 스페인 전시관에 그림을 전시하고 있죠. 그들하고 가끔 함께 나가 어울리는데, 그때마다 최근에 예술계에서 벌어지는 사건들에 대해 이런저런 이야기들을 들을 수 있어요. 소개시켜 줄게요. 내일 밤 우리 집 옆에 있는 쥐트(Zut)라는 비스트로에서 만나기로 했거든요. 뭐 별로 특별할 것은 없는 장소지만 주인이 친절하고 모이는 사람들도 흥미롭고 괜찮아요. 원한다면……."

갑자기 문 쪽이 시끄러워져 그는 하던 말을 중단해야 했다. 한 무리의 사람들이 시끄럽게 떠들며 걸어들어 왔다. 그중에서도 가장 시끄러운 사람은 바로 그날의 영웅, 다비트 힐베르트였다! 그는 부산하게 몸을 움직이며 소리를 질러 대고 있었지만 아름다운 여성에게 인사와 미소를 건네는 것은 잊지 않았고, 찬사를 보내며 그들의 손에 키스도 해주었다.

이번에는 스테파노스가 입을 크게 벌린 채 놀라움을 금치 못했다. 그의 생각에는 이 '신성한 괴물'이 오직 수학만을 위해 살아갈 것 같았을 테니 말이다. 하지만 나는 그렇지 않음을 알고 있었다. 괴팅겐에서 힐베르트는 봉 비베르(bon viveur, 호사가)로 잘 알려진 인물이다. 중세풍인 대학 마을에서의 사회 생활은 몇몇 고급 레스토랑 투어나 교수들이 자신들의 집에서 개최하는 음악의 밤 행사 등이 고작이었지만, 힐베르트는 그 드문 사교 행사에서도 주목받는 인물이었다. 품위와 유머 감각을 두루 갖추고 있었고, 때로는 다른 교수들과 달리 사회가 정한 경계를 넘나들었다. 한번은 어떤 모임에 참석한 힐베르트가 한 여성의 깃털 달린 모자를 쓰고 아카펠라를 부르겠다고 고집을 피웠는데, 당시로서는 다소 모험적인 발상이었다. 그 후 사람들은 몇 달 동안이나 모자 주인과 힐베르트의 관계에 대해 쑥덕거렸다. 하지만 힐베르트 자신은 별로 신경 쓰지 않는 눈치였다. 그는 계속해서 자신이 열정을 쏟고 있는 장미 가꾸기에 매진했고, 그것을 꺾어 마을의 여성들에게 나누어 줌으로써 종종 그 남편들의 심기를 불편하게 만들었다. 따라서 나는 그가 클라인과 푸앵카레를 어딘가에 버려둔 채 좀 더 자유분방한 일단의 사람들을 몰고 파리의 밤 문화의 신전으로 걸어 들어온 사건에 대해 별로 놀라지 않았다.

"이분 늘 이런 식인 거야?"

스테파노스가 놀란 목소리로 물었다.

"거의 그렇다고 봐야지. 평소 인습에 얽매이지 않는 그의 행동 방식으로 봐서는 그리 놀랄 만한 일도 아니야. 고르단의 문제와 관련된 일 기억 안 나?"

스테파노스는 호기심에 찬 표정으로 나를 바라보았다. 그는 독일어를 못했기 때문에 독일에서 일어나는 사건에 관한 정보는 프랑스에서 발표된 기사나 강의를 통해서만 알 수 있다고 하면서 프랑스 과학아카데미의 논문집 「콩트 랑뒤Comptes Rendus」에서 그 고르단의 문제에 관해 읽은 적이 있다고 했다. 물론 그 논문집은 늘 개략적인 요점만을 싣기 때문에 세부 사항은 알 수 없었지만, 괴팅겐 대학의 힐베르트 교수가 그 문제에 관해 '계산 불가능한 해법'을 내놓았다는 사실만은 알 수 있었다고 덧붙였다.

"그 '계산 불가능한 해법' 때문에 한바탕 난리가 났었다는 사실은 알고 있나?"

내가 물었다.

"아니, 전혀 모르지. 솔직히 말해서 '계산 불가능'이라는 용어 자체를 이해하지 못하겠거든."

"음, 그렇다면 잘 들어 봐. 만약 내가 어떤 방정식을 푼다면 나는 그 과정을 차례대로 기술할 거야. 여기에 제곱을 하고, 저기서 뺄셈을 하고, 나눗셈을 한 다음 어쩌고저쩌고…… 이렇게 말이지. 그런 식으로 필요한 모든 단계를 완벽하게 풀어 나간다면 마지막에는 그 해법을 손에 넣을 수 있으니까. 하지만 그렇지 않고 어떤 단계에 이르러서 막혀 버렸다고 가정해 봐. 예를 들어 무언가를 0으로 나누어야 하는 상황에 다다르게 됐다면 결국 그 문제는 해답이 없다는 결론이 나는 거잖아. 고르단도 역시 내가 설명한 대로 자신의 문제를 차근차근 단계를 밟아 풀어 나가고 있었고, 지루한 계산 과정을 거쳐야 하기는 했지만 어느 정도까지는 그런대로 잘해 나가고 있었지. 그런데 도저히 해답을 얻을 수가 없는 거야.

그 당시, 그러니까 1888년 힐베르트는 박사 과정을 막 마친 햇병아리에 불과했지만 그 문제에 도전해 보기로 마음먹었고, 마침내 고르단의 문제를 풀었어. 그때 그의 해답을 접한 수학계 사람들이 받았던 충격은 힐베르트가 여성 모자를 쓰고 사람들 앞에서 노래 부르는 모습을 보고 괴팅겐의 상류층 사람들이 느꼈던 충격과는 비교도 할 수 없을 만큼 엄청났지. 그는 일반적인 계산 방식을 배제한 채 해법을 구성하지 않기로 결정하고, 대신 해답이 존재하지 않는다는 사실을 입증하기가 불가능하다는 사실만을 간단히 증명한 거야.

어떤 문제에 해법이 존재한다는 사실을 그 해결 과정은 전혀 제시하지 않은 채 증명한 사례는 그가 처음이었지. 학자들 눈에는 너무나도 당돌해 보였을 거야. 어쨌든 1888년 힐베르트가 발표한 논문은 한바탕 소란을 불러일으켰어. 심지어 2의 제곱근 같은 무리수의 존재조차도 의심하고 있던 극단적 보수파 크로네커는 더 이상 논쟁할 가치도 없다며 그 해법을 무시해 버렸지. 젊고 재능 있는 수학자들에게 친절하고 관대하기로 소문난 고르단마저도 힐베르트의 논문을 읽고 불같이 화를 내며 이렇게 말했다고 해. '이건 수학이 아니라 신학이야!' 린데만의 경우에는 자신의 제자이기도 했던 힐베르트의 방식을 '불경하다'고 표현했고. 하지만 다른 이들, 예를 들어 케임브리지 대학의 아서 케일리(Arthur Cayley)나 클라인 같은 사람들은 다른 이들과 마찬가지로 처음에는 힐베르트의 증명을 믿지 않았지만 나중에 그것을 세부적으로 살펴보고 나서는 힐베르트에게 따뜻한 축하의 말을 전했다고 해. 힐베르트는 존재 증명의 열렬한 지지자야. '이 강의실 안에는 다른 어떤 사람보다 머리숱이 많은 학생이 적어도 한 명은 있을 겁니다. 우리는 그 사람이 누군지도 모르고 또 어떻게 하면 그 사람을 가장 손쉽게 찾아낼 수 있는지도 모르지만, 그렇다고 그 사실이 그 사람의 존재 자체를 부정하지는 않아요.' 이게 힐베르트가 강의 중에 종종 하는 말이거든."

우리가 대화를 나누는 동안 나는 스테파노스와 내가 점차 친한 친구 사이에서나 사용하는 격의 없는 반말투를 쓰고 있다는 사실을 깨달았다. 만난 지는 겨우 몇 시간밖에 되지 않았지만 나는 마치 오랜 친구를 대하는 듯한 기분으로 그와 마주 앉아 있었다. 우리의 대화는 다시 아침의 강의로 넘어갔다.

다행히도 홀에 있는 사람 중에는 그리스어를 이해하는 사람이 하나도 없었다. 그렇지 않았다면 두 명의 젊은 남자가 유럽에서 가장 유명한 카바레에 앉아 반쯤 벗고 있는 여성들에게 둘러싸인 채 샴페인을 홀짝거리며 수학에 관해 이야기하는 모습은 이상하다 못해 기이해 보였을 것이다.

잠시 후 저녁 프로그램의 시작을 알리는 음악 소리 때문에 수학에 관한 우리의 철학적 대화는 중지되었다. 나는 그때부터 눈부신 쇼에만 온정신을 집중했다. 우아하게 공중을 차는 매끈한 다리들이 놀랄 만한 움직임을 만들어 내며 믿을 수 없을 만큼 높이 뛰어올랐다. 펄럭이는 페티코트, 그물 모양의 망사스타킹, 레이스가 달린 란제리 등이 방정식, 루트, 무모순, 공리계 등을 완전히 내 머릿속에서 쓸어내 버렸다.

무용수 중에 제인 에이브릴(Jane Avril)은 루이즈 베버(Louise Webe)의 가장 뛰어난 계승자로 물랭루주 공연을 이끌고 있었다. 사실 베버는 몇 년 전까지만 해도 논쟁의 여지없이 물랭루주뿐 아니라 파리 밤 문화의 여왕 자리를 지키고 있던 무용수였다. 어찌나 욕심이 많았던지 '라 굴뤼(La Goulue, 폭식가)'라는 별명까지 얻게 되었고, 지금까지도 널리 불리는 이름이 되었다. 물랭루주를 떠나고 난 후, 그녀는 자신의 카바레를 열었지만 어려워지면서 힘든 시간을 보내야 했다. 결국 베버는 파리 사람들의 박람회 격으로 세계적으로 유명한 놀이 축제인 푸아르 뒤 트론(Foire du Trone)에서 마구간 한 칸을 빌려 공연하는 서커스 단원으로 들어갔다. 그녀의 별명을 제목으로 달고 있는 툴루즈 로트레크의 가장 친숙한 그림만이 그녀의 과거 영광을 재현하는 유일한 물건이었다.

쇼가 진행되는 동안 나는 때때로 스테파노스 쪽을 돌아보았는데, 그는 캉캉과 힐베르트에게 똑같은 관심을 기울이고 있는 듯했다. 오늘의 영웅 힐베르트는 매우 흥겨운 시간을 보내고 있었다. 아침나절 그는 우리에게 감춰져 있는 수학의 미래라는 장막을 걷어 올리라고 요구했었다. 그리고 지금 내 눈앞에 앉아 있는 그는 무용수들의 다리를 덮고 있는 페티코트를 들어 올리는 데 똑같은 열정을 보이고 있었다. 그의 테이블 위에는 샴페인 병이 쌓여 가고 있었고, 두 명의 여성이 다가가 댄스홀로 나가자고 졸라 대자 그는 관객들의 우레와 같은 환호를 온몸에 받으며 기꺼이 그들을 따라 나섰다.

쇼가 끝나고 나자 두 명의 무용수가 우리 테이블 쪽으로 다가왔다. 나와 스테파노스는 각자의 이름을 소개하고 나서 수학자라는 사실도 털어놓았다. 그러자 여인들은 "오, 그래요." 하고 말하면서도 본인들의 의지와는 상관없이 얼굴을 찌푸렸다. 그 모습에 스테파노스와 나는 웃음을 터뜨렸다. 우리는 함께 춤도 추고 술도 마셨으며 약간 취하기까지 했다. 그렇게 밤은 예상했던 대로 흘러갔다. 우리는 여성들이 머물고 있는 호텔에서 함께 밤을 보내고 다음날 아침 곧장 강연장으로 향했다.

"친구 분은 수줍음을 많이 타는 것 같아요."

내가 스테파노스 몰래 여성들에게 팁을 주고 있을 때, 스테파노스의 파트너였던 샬롯이 말했다.

"하지만 정말 따뜻한 사람이에요. 이제부터 나한테는 수학자, 특히 그리스 수학자가 최고의 손님이에요."

유클리드기하학에 관한 정의를 다루는 파도아의 강의가 아침 강연 시간 전체를 차지했다. 나는 할 수 있는 모든 노력을 기울여 강의를 이해하려고 애썼다. 전날 힐베르트와 페아노의 대립이 있었기 때문에 모두가 이탈리아인들의 응수를 기대하고 있었다. 파도아는 명백한 적의를 드러내며 작년에 힐베르트가 발표한 『기하학 기초이론』에서 발견된 수많은 실수들을 늘어 놓았다. 파도아는 연설의 마지막에 어제 힐베르트가 했던 강연에 대해 언급했다. 나는 그 부분이 전날 페아노가 자신의 팀과 만나 즉흥적으로 추가해 넣은 부분이라는 것을 확신했다.

그는 이렇게 말했다.

"어제 우리의 뛰어난 동료가 산술체계의 공리에서 무모순성을 증명해야 한다는 말을 했습니다. 아마도 그는 그러한 공리를 만족시킬 만한 일련의 실체적인 모델을 제시해야 한다고 생각하는 것 같습니다. 하지만 그런 모델은 자연수 그 자체 내에서는 절대 찾아낼 수 없습니다! 혹시 그가 모델 없는 무모순성 증명을 상상하고 있는 것은 아닐까요? 하지만 제가 보기에는 그것도 불가능할 것 같습니다. 설마 우리의 동료가 순환논법에 빠지는 위험을 모르는 것은 아니겠죠?"

맨 앞줄에 앉아 있던 힐베르트는 아무 대답도 하지 않았다. 나는 『기하학 기초이론』에 대해 연단 위의 이탈리아인이 내놓은 비평이 옳다는 것을 힐베르트가 깨달았음을 확신할 수 있었다. 사실 그것은 『기하학 기초이론』의 초판 출간 이후 앞으로 30년에 걸쳐 계속 출판될 새로운 개정판의 숫자로도 증명될 일이었다. 또한 힐베르트가 자신의 두 번째 난제를 고려하는 방식과 관련해 페아노가 그의 강의를 비판한 것에 대해 말하자면, 힐베르트는 물론이고 그의 비평가도 앞으로 수십 년 동안 그 주제가 어떤 식으로 발전해 나갈지 전혀 예상하지 못한 것 같았다.

아침 강연이 끝났을 때 나는 거의 탈진한 상태였다. 반면에 스테파노스는 전날 밤의 여흥과는 상관없다는 듯 지친 기색이 전혀 보이지 않았다. 그는 밤에 자신의 예술가 친구들과 계획대로 만나게 될 것이며, 친구들 모두가 나와 만나기를 기대하고 있다고 알려 주었다. 어제 그가 말한 대로 전혀 미루지 않고 나를 친구들에게 소개하겠다는 것이었다.

"다들 수학에 관심이 많아."

그가 이렇게까지 말했으므로 더 이상 거절할 수도 없었다. 이틀 동안 사치스러운 밤 문화를 만끽했으니 집시 스타일의 비스트로에서 조용한 하룻밤을 보내는 것도 그리 나쁠 것 같지 않아 나는 기꺼이 그의 초대를 받아들였다.

그리고 저녁에 만날 약속을 정하고 오후 강연 노트를 빌려 주겠다는 스테파노스의 다짐을 받고 난 다음, 곧장 호텔로 가 침대 속으로 뛰어들었다.

제 5 장

물랭루주에서 쥐트까지는 500미터도 떨어져 있지 않았다. 하지만 클리시 거리에서 라비냥가에 이르는 그 500미터의 거리가 두 세계를 마치 몇 광년쯤 떨어진 장소처럼 갈라놓고 있었다. 막 휘황찬란한 도시의 대로를 벗어나 겨우 몇 분쯤 걸어가면 작은 마을이 자리 잡은 좁은 골목길로 들어서게 되어 있었다. 근사하게 차려입은 승객을 태운 말이 끄는 마차와 택시의 행렬을 벗어났는가 싶으면 갑자기 사람이라고는 찾아보기 힘든 한적한 거리를 걷게 되는 것이다. 만약 누구라도 그런 상황에 처하게 되면 그것이 좋은 것인지 나쁜 것인지 갈피를 잡을 수 없게 된다.

물랭루주의 벨벳을 덮은 안락의자 대신 쥐트의 의자는 모두 여기저기 마구 꺾인 짚단으로 만들어져 있었다. 낮은 천장 아래에는 텅 빈 맥주 통이 드문드문 놓여 탁자를 대신하고 있었다. 바닥은 톱밥 위에 자갈을 깔아 꾹꾹 밟아 두었는데, 엎질러진 술 때문에 축축하게 젖어 있었다. 물랭루주에서 맡을 수 있었던, 사람을 흥분시키는 값비싼 프랑스 향수 냄새 대신 쥐트에는 썩은 기름, 아니스, 담배꽁초 냄새가 배어 있었고, 그중에서도 최악은 코를 찌를 듯한 고양이의 오줌 냄새였다. 수백 마리는 됨직한 파리들이 붙어 있는 두 개의 가스등에서 흘러나오는 흐릿한 녹색 불빛이 긴 복도를 비추고 있었다. 방의 한쪽 끝에는 나무통과 목재 틀로 거칠게 짜 놓은 초라한 벤치가 하나 놓여 있었고, 그 위에는 커피 뽑는 기계가 얹혀 있었다. 그 뒤에는 평행의 공리에 심각한 도전장이라도 내려는 듯 선반들이 삐뚤빼뚤 달려 있었고, 그 위에는 싸구려 와인과 파스티스(pastis: 아니스와 허브를 섞어 만든 술로 물에 타서 주로 식전주로 마시는데, 향이 독특해 익숙해지기까지 약간의 시간이 걸림—옮긴이), 그리고 그 유명한 '디아볼로(diabolo: 매콤한 스파게티 소스—옮긴이)'를 준비하는 데 들어가는 박하와 구스베리 시럽 병 등이 일렬로 늘어서 있었다.

하지만 무엇보다도 볼 만했던 것은 가게 안을 채운 손님들의 모습이었다. 우선 누렇게 색이 변한 담배를 입에 물고 게으른 표정으로 앉아 압생트를 마시며 자신들의 주머니를 채워 줄 아가씨들을 기다리고 있는 싸구려 매음굴 포주들이 보였다. 아파치라고 불리는 검은 얼굴의 깡패들도 보였다. 그들은 빳빳하게 다린 손수건을 목에 둘러 묶고 큰 소리로 자신들의 모험담이나 최근 벌어진 싸움에서 이긴 이야기를 떠들어 대며 레드와인을 마시고 있었는데, 가끔씩 다 씹은 담배를 바닥에 뱉곤 했다. 멀리 떨어진 어두운 구석자리에는 연인들이 피난처를 찾아 모여 있었다. 젊은 재봉사, 모자 상인, 뒤파엘 백화점의 상점 직원 등이 근무를 마치고 남자 친구를 만나기 위해 와 있었다. 남자 친구들은 근처 공장이나 건설 현장에서 일하는 사람들로 역시 금방 일을 마치고 온 듯했다. 그들은 12시간이나 되는 힘겨운 근무를 끝내고 꿈도 꾸지 못할 정도로 깊이 곯아떨어지기 전에 늘 하던 대로 카시스 한 잔을 앞에 놓고 연인과 함께 가벼운 키스와 대화를 나누고자 이곳에 들른 것이다. 나는 만약 나의 할머니가 이런 풍경 속에 앉아 있다면 어떨까 생각해 보며 일종의 잔인한 만족감을 느꼈다.

좁은 복도는 뒤쪽 방으로 연결되었다. 우리는 두 번째 방으로 들어갔다. 첫 번째 방보다 약간 작은 듯했다.

"여기가 바로 무정부주의자들이 어울린다는 곳이야."

스테파노스가 설명했다.

그들은 다양한 '중상자'들로 「리베르탱Libertin」의 편집 팀 일원으로 구성되어 있다고 했다. 물론 그들 스스로는 자신들을 시인이자 엄선된 실직 청년들이라 불렀으며, 자신들의 분노와 실망을 사회적 교란을 위해 다양한 형태로 표출하며 그 결과는 신경 쓰지 않고 오로지 그 과정에 행복해하는 사람들이었다.

"오늘 임무를 맡은 스파이가 누군지는 죽어도 알아맞힐 수 없을걸."

스테파노스가 다시 말을 이었다.

"하지만 분명히 이것 하나만은 명심해야 해. 비밀경찰이 이 장소를 '무정부주의자들의 둥지'라고 낙인찍은 후에는 그날의 정치적 활동에 관한 정보를 매일 가져다주는 조건으로 매음굴 포주나 도둑들이 자유롭게 드나들 수 있도록 허락해 줬거든."

사회주의자와 노동당 조직인 제2인터내셔에서 제적당한 후 파리의 무정부주의자들은 폭력적인 저항단체로 변해 가기 시작했다. 8년 후에 1892년 그들은 일련의 폭탄 테러를 감행했는데, 이것은 당국에 상당한 위협이 되었다. 그들의 지도자 중에 한 명인 라바숄(Ravachol)을 체포해 처형하고 나자 무정부주의자들의 활동이 약간 뜸해지는 것처럼 보이기도 했다. 하지만 프랑스 당국은 최근 국제 박람회 때문에 경계 태세를 한층 강화하고 있었다.

세 번째 방은 비어 있었다.

"들어와서 둘러봐. 스페인 방이야. 주인장 프레데 씨가 몽마르트르에 상주하는 스페인 화가들을 특히 좋아하거든. 그래서 겨울에는 그들에게 이 방을 내주고 있어. 하지만 오늘은 따뜻하니까 분명히 밖에 앉아 있을 거야. 프레데 씨가 그 친구들을 '나의 화가들'이라고 부르면서 방까지 내주고 있기 때문에 그들도 돌아가면서 최선을 다해 가게 장식을 돕고 있지."

스테파노스가 이야기했다.

실제로 방의 벽들은 아름답게 꾸며져 있었는데, 한쪽 벽면은 완전히 종교적인 그림으로 채워져 있었다.

"'성 안토니우스의 유혹(Temptation of St. Anthony)'이야. 내 친구가 그렸어."

스테파노스가 다시 설명했다.

그 그림의 맞은편 벽에는 에펠탑 주위로 비행선이 돌고 있는 그림이 그려져 있었다. 다른 사람의 솜씨라는 것이 확연히 드러났다.

"혹시 알베르토 산토스 뒤몽(Alberto Santos-Dumont)이라는 이름 들어 봤어?"

스테파노스가 물었다.

"부유한 브라질 사람인데, 날아다니는 장치를 만든다고 집안의 재산을 엄청나게 써 댔지. 꼭 몽골피에(Joseph Montgolifier)식 열기구처럼 생겼지만 뒤몽은 기계에 열을 이용한 것이 아니라 기름으로 돌아가는 모터를 달았어. 이 그림에 보이는 게 바로 그의 최근 발명품이야. 생클루에서 비행을 시작해서 파리로 날아와 에펠탑을 돌고 난 다음 처음 출발했던 곳으로 되돌아갔지. 그날 앞만 똑바로 쳐다본 파리 사람은 하나도 없을 정도였어. 다들 하늘만 올려다보고 있었지. 얼마나 많은 사람들이 발을 헛디뎌 코를 땅에 박고 넘어졌는지는 말을 안 해도 알겠지?"

복도 끝에 있는 문은 정원으로 이어져 있었다. 역시나 빈 맥주통과 다 부서진 의자가 놓여 있었지만, 아카시나무와 밤나무 밑에 있으니 완전히 다른 '가구' 같았다. 정원 구석에는 주인의 작은 당나귀 롤로가 줄에 매어 있었다. 나중에 알게 된 사실이지만 프레데 제라르는 여러 해 동안 여기저기 떠돌아다니며 생선 파는 일을 했고, 당시 롤라가 그의 수레를 끌었다고 한다. 그리고 나서 프레데는 한동안 아리스티드 브뤼앙의 카바레에서 일종의 가수 비슷한 일을 하다가 쥐트를 열게 되었다는 것이다. 주인이 카페 주인으로 지위가 상승하자 롤로도 신분이 상승해서 가게의 마스코트 노릇을 하고 있었다.

스테파노스의 친구들은 사실 그곳에 앉아 있었다. 우리가 문을 지나 밖으로 나서자마자 시골의 달콤한 공기 내음이 허파를 가득 채웠다. 그때만 해도 몽마르트르 언덕은 여전히 시골이었다. 나는 깊이 숨을 들이마셔 정원과 근처 공원에서 가볍게 불어오는 저녁 순풍의 맛을 음미했다.

스테파노스의 친구들은 우리를, 혹은 스테파노스를 반갑게 맞아 주었다.

"살루트 레 그렉(*Salut le Grec*, '어서 와 그리스인'이라는 뜻)."

그들 중 한 명이 장난스럽게 소리쳤다. 스테파노스는 자신의 성 칸다르트지스가 라틴어 발음에 길들여진 그들의 혀로는 발음하기가 어렵다고 설명했다. 또 그들의 무리 중에는 그리스인이 자신밖에 없기 때문에 그를 그리스인으로 부르는 데 모두 합의했다는 것이다.

"듣고 있으면 정말 웃겨. 특히 파블로(Pablo Ruiz Picasso)는 나를 엘 그레코(le Grec: 그리스 태생의 스페인 종교 화가로 본명은 도메니코스 테오토코폴로스Domenikos Theotokopoulos였으나 '그리스인'이라는 뜻의 '엘 그레코'로 불림—옮긴이)라고 부르는데, 사실 나는 자 없이는 직선 하나도 똑바로 못 그리거든."

스테파노스는 이렇게 말하며 친구들에게 나를 소개시켰다.

"우리나라에서 온 친구야. 미카엘 이게리노스라고 해. 이 친구들은 파블로 루이즈, 마누엘 파야레스(Manuel Pallares), 카를로스 카사헤마스(Carles Casagemas)야."

그는 갑자기 민망한 듯이 웃으며 말을 이었다.

"숙녀 분들은 잘 모르겠는데."

나는 스테파노스가 프랑스인들의 꾀바른 기지를 제대로 배운 것을 보고 감탄했다. 세 명의 스페인 친구들과 함께 앉아 있는 여인들은 숙녀라는 이름에는 근처도 못갈 것 같은 사람들이었다. 그들 중 한 명이 나서 소개를 마무리했다.

"나는 제르멘(Germaine Montero: 파리 출신의 샹송 가수이자 연극, 영화 배우—옮긴이)이고 저쪽은 오데트, 그리고 저쪽 작은 친구는 앙투아네트예요. 조심해요, 아직 처녀니까."

앙투아네트가 입에 담기 민망한 말을 내뱉었고, 그 말에 모두 웃음을 터뜨렸다.

나는 우리의 새로운 친구들을 아래위로 훑어보았다. 세 명의 스페인 남자에게 유일한 공통점이 있다면 모두 검은 벨벳 양복을 차려입은 것이었다. 그 점 말고는 세 명이 모든 면에서 판이하게 달랐다. 파블로는 작은 키에 예민해 보였는데, 외모는 거의 여성을 연상시킬 정도였다. 사실 당시에는 나이가 스무 살도 안 됐을 때였고, 친구들 중에서도 가장 어렸지만 어쨌든 무리의 리더 역할을 하는 것 같았다. 카사헤마스는 눈 밑이 어둡게 푹 꺼져 있고 표정도 우울해서 실제보다 좀 나이 들어 보이는 얼굴이었는데, 앞에 앉아 있는 제르멘을 애타는 눈빛으로 바라보다가 곧 절망적인 눈빛으로 바라보기를 반복하고 있었다. 팽창된 동공과 떨리는 손이 그가 오랫동안 마약에 중독되어 있음을 보여 주고 있었다. 반면 파야레스는 큰 키에 운동선수처럼 다부진 체격이어서 카페의 황폐한 풍경에는 어울리지 않는 듯했다. 여자들의 경우에는 '파리의 작은 아씨들(Petites Dames de Paris)'에 등장하는 명랑하고 쾌활하며 자유분방한 주인공들을 떠올리게 만들었다. 셋 다 지나치다 싶을 만큼 치장을 하고 있었다. 머리와 손톱에 엄청난 손질을 한 것 같았고, 옷차림은 당시의 엄격한 도덕적 관점에서 보자면 그저 흘낏 쳐다보기만 해도 지옥에 떨어질 것 같은 기분이 들게 했다. 특히 제르멘이 그런 분위기를 주도했다. 큰 키에 늘씬한 몸매에다 눈도 커다랗고 감각적이었으며 입술도 도톰했다. 그녀는 카사헤마스의 뜨거운 관심을 애써 모른 체하고는 있었지만 눈썹을 찡긋거린다거나 무심한 듯 의도적인 눈길을 보냄으로써 그의 관심을 붙들어 두고 있었다. 또한 지나치는 손길로 그를 슬쩍 만지기도 했는데, 그럴 때마다 가여운 카사헤마스는 사시나무 떨듯 떨어 댔다. 오데트는 툴루즈 로트레크의 그림에서 막 튀어나온 듯한 모습이었다. 통통하고 가슴도 컸으며 육감적인 몸매였는데, 스테파노스에게 특별한 관심을 보였다. 마지막으로 ‘작은’ 앙투아네트는 장난기로 가득 찬 검고 작은 눈동자와 전형적인 파리 사람의 코가 특징이었는데, 친구의 소개말이 전적으로 틀렸다는 것을 온몸으로 증명해 보이느라 바빴다.

“파블로는 오직 그림만을 위해 살아. 화폭 위에 자신의 영혼을 옮겨 놓는다고 할 수 있어. 또 파리 사람들을 농락하는 일도 하지. 만약 그들 중 하나가 이 친구를 죽이지 않는다면 언젠가는 반드시 유명해질 거야.”

스테파노스가 설명했다.

“이미 유명해졌다고 해야죠. ‘임종의 순간(Last Moments)’이 박람회장 스페인 전시관에 걸려 있는 거 잊었어요?”

오데트가 거들었다.

“유명하기만 한 줄 알아? 돈도 많다고.”

이번에는 파야레스였다.

“베르타 베유가 지난주에 100프랑이나 줬잖아. 그림 세 점에 진짜 순금 덩이를 준 거야. 오늘 아침에도 더 살 만한 그림이 있나 나머지 그림들을 둘러보겠다고 어찌나 일찍부터 찾아왔는지 알아? 우리한테 그 여자를 소개시켜 준 마냐츠라는 스페인 친구가 아침 11시에 약속을 잡는 정신 나간 짓을 했더라고. 베르타 할멈이 그 뚱뚱한 몸을 끌고 6층까지 올라와서는 문을 열라고 죽어라 두들겨 대는데, 그 시간에 누가 도대체 문을 열겠느냐고? 카사헤마스는 와인을 3리터나 들이붓고 평소처럼 제르멘 꿈을 꾸면서 곯아떨어져 있었거든. 파블로에게 그날 밤 프랑스어를 가르쳤던 그 제르멘 말이야. 그리고 파블로도 코를 드르렁 골면서 꿈속을 헤매고 있었어. 나로 말하자면……."

그는 다른 두 여성에게 윙크를 하더니 다시 말을 이었다.

"저기 두 숙녀 분들을 밤새 돌봐야 했는데, 그게 어찌나 힘들던지 말이야. 그래서 결국 베르타 할멈은 큰 소리로 욕을 해 대며 다시 아래층으로 구르다시피 내려가 버렸지. 그리고 우리가 자신을 바람맞혔다고 생각한 거야. 다행히도 그때 마나츠가 나타나서 할멈을 진정시키고 다시 6층으로 올라가자고 설득하는 데 성공했지. 그러고는 루 가브리엘에 사는 사람 전부를 깨우고 마침내 파블로까지 깨울 수 있었던 거야. 그때 할멈의 표정이 어땠는지 다들 봤어야 하는데. 완전히 땀으로 목욕을 한 채 죽을 듯이 헐떡거리면서 화가 나 어쩔 줄을 몰랐어. 파블로는 잠이 덜 깬 멍한 표정으로 여전히 잠옷만 입은 채 그 앞에 서 있었거든.

모두의 웃음소리가 작은 정원을 가득 메웠다. 단지 카사헤마스만이 조용히 앉아 분노에 찬 표정으로 담배를 빨아들이며 제르멘을 향해 고통스러운 시선을 던지고 있었다.

"그건 그렇고, 전시회는 가 봤어?"

파블로가 물었다. 그는 서툰 프랑스어로 한 단어 한 단어 조심스럽게 골라 천천히 이야기했다.

"아직, 내일 스테파노스하고 가 볼까 생각 중이야."

내가 이렇게 대답하는 순간 프레데가 나타났다. 그는 생각보다 키가 작았고 짙은 턱수염을 기르고 있었으며 눈은 작았지만 명석해 보였다. 머리에는 붉은 손수건을 동여매고 나막신을 신은 모습이 해적과 난파선의 희생자 중간쯤 되는 분위기를 풍겼다.

"우리 아들내미들은 뭐 마실 거야?

그가 따뜻한 말투로 물었다. 앞에 앉은 세 명의 스페인 화가들을 사랑스러워하고 있음이 역력했다. 모두 주문을 했는데, 나는 가게의 위생 상태로 보아 잔이 얼마나 지저분할지 짐작이 갔기에 높은 도수의 알코올이 잔에 묻은 세균을 박멸해 버리기를 바라며 코냑 한 잔을 요청했다.

"어이, 프레데! 기타는 어떻게 된 거야? 망가졌어?"

옆자리에 앉아 있던 한 노인이 소리를 질렀다.

"일이 먼저야, 이 사람아."

비스트로 주인이 대답했다. 그는 우리가 주문한 것을 가져다주고 나서 자신의 '해적' 통나무 탁자에 자리를 잡고 앉았다.

"바베트, 가게 좀 봐요."

아내에게 이렇게 말하더니 그는 자신의 기타를 들고 연주하기 시작했다.

그의 노래는 음정이 하나도 맞지 않았고, 직업의 특성 때문인지 목소리도 매우 쉬어 있었다. 기타 또한 오직 한두 개의 코드만으로 연주되었고 음도 맞지 않았다. 하지만 분위기만은 마법 같았다. 그는 오래전에 인기를 끌었던 낭만적인 노래를 부르고 있었다. 현대의 거의 모든 피아노 선생님들이 '엘리제를 위하여(Fur Elise)'나 '보리수(Lindenbaum)' 같은 곡과 함께 그들의 학생들에게 가르치는 '체리의 계절(Le Temps des Cerises)'이나 '사랑의 기쁨(Plaisirs d'Amour)' 같은 노래였다. 따라서 나도 어린 시절 부모님의 손에 이끌려 억지로 참석해야 했던 여러 저녁 모임 같은 곳에서 별 재능도 없는 내 또래의 여자 아이들이 매우 열심히 연주하는 것을 자주 들었던 기억이 났다. 그 애들은 바짝바짝 마르는 입술을 수시로 적시면서 혀를 깨물고 인상을 쓴 채 겨우겨우 실수 없이 연주를 끝내곤 했지만, 연주에서 감정이라고는 전혀 느껴지지 않았다. 물론 나 역시도 실크 드레스 아래서 이제 막 봉긋이 올라오기 시작하는 그 애들의 사랑스러운 가슴이나, 하늘의 도움으로 피아노 스툴 다리에 긴 치마가 끼여 잠시 동안 드러나는 그 애들의 발목에 더 큰 관심이 갔음은 물론이다. 하지만 아리스티드 브뤼앙의 가게에 고용되어 일하다가 지금은 지저분하기는 해도 파리에서 유명세를 떨치는 비스트로 주인이 된 사람이 세계 각국에서 모여든 집시 친구들과 함께 앉아 불러 주는 그 노래를 듣고 있자니 기분이 남달랐다.

"그쪽도 파리에 사나?"

파블로 루이즈가 물었다.

"아니, 괴팅겐에서 공부하고 있어. 파리는 학술대회 때문에 온 거야."

"수학 학술대회 말이에요?"

앙투아네트가 새된 목소리로 교태를 부리며 물었다.

"거기서는 뭐에 대해 토론하는데요? 일 더하기 일이 몇인지, 그런 거 얘기하는 거예요?"

파블로가 그녀 쪽으로 짜증스러운 눈길을 던졌다.

"농담은 그만하고, 그곳에서는 무슨 얘기들이 오갔어? 수학계에는 뭐 새로운 일 없나? 재미있는 사건 같은 거 말이야."

나는 수학에 정통하지 않은 사람들과 수학에 대한 이야기를 나누는 것을 그다지 좋아하지 않았다. 수학에 관한 이야기가 시작될 것 같은 조짐이라도 보이면 일단 우거지상을 하고 불편한 표정으로 쳐다보는 사람들의 시선이 마음에 들지 않았기 때문이다. 지금도 여자들의 표정이 딱 그랬다. 나는 이미 앙투아네트의 '일 더하기 일' 언급 때문에 기분이 상해 있었다. 물론 몇 년 후 러셀이 자신의 책에서 수백 페이지 분량을 바로 그 질문에 할애하게 된다는 사실은 꿈에도 모르고 있었다. 어쨌거나 '모든 과학의 여왕'인 수학과 나와의 관계는 그것에 문외한인 사람들과는 전혀 공유하고 싶지 않은 완전한 참여(정신적인 면에서)와 숭배로 이루어진 것이었다. 따라서 그 질문은 곧장 스테파노스의 골대로 날아갔다. 그리고 나는 곧 그가 수학에 대한 열정적인 관심과 재능뿐 아니라 누군가를 가르치는 데에도 뛰어난 재주를 타고 났다는 사실을 알게 되었다. 그는 예의 그 수줍음을 극복하고 말을 하기 시작했다. 파블로 루이즈는 그의 말 한마디 한마디를 경청하며 기회가 있을 때마다 끼어들어서 부족한 프랑스어가 허락하는 한 할 수 있는 질문은 다 했다. 파야레스도 흥미로운 표정으로 듣고 있었다. 오데트는 대화를 이해하려 노력하고 있었지만 다른 두 여성은 지루해 죽겠다는 표정이었다. 카사헤마스는 자신만의 세계에 푹 빠져 있었다.

"강연은 모두 훌륭했어."

스테파노스가 말문을 열었다.

"푸앵카레, 클라인, 아다마르 모두 대단했지만 그중에서도 힐베르트의 강연이 가장 주목할 만하다고 생각해. 겨우 한 시간이라는 짧은 시간 동안 그는 수학계가 아직 그 해답을 찾지 못한, 여러 절박한 문제들을 청중에게 폭넓게 제시했거든. 나는 그의 논문이 다가올 새로운 세기에 수행될 수학 연구를 위한 협의 사항을 제시해 줄 거라고 믿어."

"구체적으로 무슨 수학 연구를 말하는 거야? 이미 필요한 것은 다 밝혀내지 않았어? 처음에는 너의 그리스 동포들부터 시작해서 뉴턴과 데 카르트가 다 해 놓은 것 아니었어?”

파야레스가 이렇게 묻자 스테파노스가 웃으며 대답했다.

“지난 세기는 수학적 발견에서 가장 풍성한 결실을 거둔 시기라고 할 수 있어. 하지만 우리가 나아갈 길 앞에는 그보다도 훨씬 더 풍성한 것들이 놓여 있을 거라고 믿어 의심치 않아. 여전히 많은 문제들이 우리가 풀어 주길 기다리고 있지. 일반적으로 새로운 이론들은 기존의 어려운 문제를 풀기 위해 고안되는 경우가 많은데, 그 새로운 이론의 탄생과 함께 또 다른 문제가 태어난다고 할 수 있어.”

“그 문제들이 어떤 건지 궁금한데, 예를 들어 줄 수 있어? 여기 있는 사람들이 모두 이해할 수 있을 만한 걸로 말이야.”

파야레스가 이렇게 제안하자 스테파노스가 대답했다.

“그래, 마침 좋은 예가 하나 생각났어. 공간 개념이라고는 전혀 없는 나도 이해할 수 있는 문제니까 너희들에겐 정말 쉬울 거야. 어떻게 보면 공간을 재현하는 게 너희들 일이잖아.”

나는 수학에 적대적이던 청중의 관심을 자연스럽게 끌어모으는 그의 재주에 새삼 놀랐다. 나라면 죽었다 깨어나도 생각해 내지 못했을 사소하지만 진심이 담긴 칭찬을 이용해 즉시 모두의 관심을 얻어 낸 것이다.

“하지만 우선 몇 가지 짚고 넘어가야 할 것이 있어.”

그는 이렇게 운을 떼었다.

“일반적인 정다각형은 각각의 변이 같은 크기이고, 변과 변을 잇는 각도 다 동일해. 세 각이 60도인 정삼각형, 네 각이 모두 90도인 정사각형, 각각의 각이 108도로 동일한 오각형, 120도로 동일한 육각형 등이 좋은 예라고 할 수 있어. 그럼 여기서 첫 번째 문제를 낼게. 우리가 일정한 크기의 평면을 한 종류의 정다각형으로 덮으려 한다면 어떤 다각형이 필요할까? 모든 다각형의 크기는 반드시 동일해야만 하고, 표면은 남는 부분 없이 다 덮여야만 해. 자, 어서들 풀어 봐. 이 정도면 아주 쉬운 문제야. 딱 너희들 취향에 맞는 문제잖아."

"어디 보자."

파블로가 나섰다.

"몇 개의 다각형이 모서리에서 만나야만 할 것 같은데. 그래야만 그 각들이 모여서 완전한 원을 만들 수 있으니까. 삼각형도 마찬가지야. 예를 들어 하나의 각이 60도인 삼각형 여섯 개가 모이면 360도가 되는데, 바로 원이 360도거든."

"정사각형으로도 만들 수 있어. 정사각형의 한 각은 90도니까 네 개가 모이면 되잖아."

파야레스가 끼어들었다.

"오각형으로도 될까?"

스테파노스가 물었다.

"오각형의 한 각은 108도라서 네 개가 모이면 432도가 되잖아. 그러면 서로 겹치게 될 테니까 불가능할 것 같은데."

파야레스가 대답했다.

"그렇다고 세 개만으로는 충분치가 않아요."

오데트도 끼어들었다.

"세 개를 다 합해도 324도밖에 되지 않으니 원을 완성하려면 36도가 더 필요하잖아요. 그러니 오각형은 안 될 것 같은데요."

그녀는 의기양양한 표정으로 파블로를 돌아보았다. 그에게 잘 보이려고 끼어들었음이 분명했다.

"그럼 자네의 결론은 뭐지?"

스테파노스가 재촉했다.

"오각형으로는 덮을 수 없어. 세 개는 너무 적고, 네 개는 너무 크고. 하지만 육각형으로는 가능해. 한 각의 크기가 120도니까 셋을 더하면 360도가 되잖아."

파블로가 결론지었다.

스테파노스와 나는 의미심장한 미소를 주고받았다. 보통 화가들은 뛰어난 공간 감각을 보여 준다. 따라서 그들이 세 가지 해결책을 그토록 빠르게 찾아낸 것은 별로 놀랄 만한 일이 아니었다. 하지만 자신들이 찾아낸 답이 유일한 해결책이라는 사실을 그들이 증명할 수 있을까?

"게다가 다른 해결책은 전혀 없어."

우리가 다시 질문을 던지기도 전에 파블로가 대답했다.

"맞아, 하지만 왜 그럴까?"

스테파노스는 전혀 당황한 기색 없이 되물었다.

"무슨 뜻이야? 왜냐고? 다른 방법이 있으면 자네가 하나만 더 대봐. 그럼 내가 모두에게 술을 한 잔씩 돌리지. 다른 해법은 없어. 내가 장담해."

하지만 파블로는 좀 더 신중했다.

"우리 아버지도 늘 그렇게 말씀하셔. '초상화를 그리는 방법은 오직 하나뿐이다. 하나가 유일한 방법이지. 내가 장담해.' 하지만 나는 정말 그렇다고 생각하지는 않아."

“만약 지금 제시한 세 가지 해결책 말고 다른 해법이 없다는 것을 확실히 하려면 우리는 반드시 그것을 증명해야만 해. 수학에서 막연한 ‘장담’이란 아무짝에도 쓸모가 없거든.”

내가 끼어들었다.

“그러니 다시 한 번 살펴보자고.”

스테파노스가 다시 말을 이었다.

“다각형의 각을 더했을 때 정확히 360도가 되어야 한다는 사실에는 변함이 없어. 게다가 모든 각의 크기는 똑같으니까……”

“……우리는 그저 다각형의 숫자에 그 각을 곱해 주기만 하면 되지.”

파블로가 승리를 장담한다는 듯이 의기양양하게 말을 던졌다.

“하지만 다각형의 면이 많으면 많을수록 각의 크기도 커지게 돼.”

스테파노스가 계속 말을 이었다.

“따라서 다각형의 면이 많아질수록 원을 완성하는 데 더 적은 수의 다각형이 필요하다는 결론이 나오지. 이미 우리는 세 개의 육각형까지 나아갔지. 만약 우리가 두 개의 다각형만으로 원을 완성하려면 한 각의 크기는……”

“……180도가 돼야 하죠.”

오데트가 대답했다.

“맞아, 하지만 그렇게 되면 그것은 더 이상 각이 아니라 그냥 직선일 뿐이야.”

파블로가 대꾸했다.

“바로 그렇기 때문에 좀 전에 찾아낸 세 가지 해법이 유일한 해결책이라는 거야. 이렇게 해서 우리는 주어진 공간을 빈틈없이 채울 수 있는 정다각형은 정삼각형, 정사각형, 정육각형 세 가지뿐이라는 사실을 증명해 낸 거고."

스테파노스가 의기양양하게 결론지었다.

"이 문제의 해법은 알코올에게 바쳐야만 할걸."

파블로가 신이 나서 말했다.

"프레데, 모두에게 와인 한 잔씩 가져다 줘요. 고마움은 베르타 부인의 현찰에게 표시하고요!"

그는 말 그대로 신이 나 있었다.

우리 모두가 파블로의 건강과 '뚱보 베르타 할머니'의 지갑, 그리고 수학을 위해 건배했다. 파블로는 스테파노스에게 이야기를 계속하라고 재촉했다.

"좀 전에 우리는 주어진 표면을 빈틈없이 덮을 수 있는 도형이 그다지 많지 않다는 사실을 증명했어. 그렇다면 이번에는 표면을 덮을 수 있는 최적의 방법을 생각해 보자고. 즉 완벽하게 덮지 못한다면 가능한 넓은 면적을 덮어 보자는 거야. 만약 똑같은 모양의 타일로 평평한 표면을 덮는다고 할 때 타일로 덮이지 않은 면을 최소화하려면 어떤 방법으로 배치하는 것이 가장 이상적일까? 우리에게 10cm×10cm 크기의 정사각형 면적이 있고, 지름이 1cm인 원반으로 그 면적을 덮는다고 가정하면 얼마나 많은 원반을 그 안에 배치할 수 있을까?"

"별로 어렵지 않은 것 같은데요."

오데트였다.

"만약 원반의 지름이 1cm이고 주어진 정사각형의 한 변 길이가 10cm라고 한다면 가로세로 10줄씩 늘어놓으면 되잖아요. 그러면 100개가 들어가겠네요."

"오, 대단해, 넌 별이야!"

앙투아네트가 소리를 질렀다. 그냥 무슨 말이라도 하기 위해 아무 생각 없이 던진 말 같았다. 오데트가 남자들의 관심을 모두 독차지하고 있다는 것을 그제야 알아차렸고, 그것이 마음에 들지 않았던 것이다. 파야레스와 파블로 루이즈의 얼굴에는 오데트의 말에 동의하지 못하겠다는 듯한 미소가 번져 나갔다.

"아닌 것 같은데."

파블로가 먼저 입을 열었다. 그는 주머니에서 동전 몇 개를 꺼내더니 탁자 위에 늘어놓았다.

"오데트, 원반을 하나 다음에 또 하나, 이런 식으로 늘어놓으려는 것 같은데 그러면 원반과 원반 사이에 공간이 생기게 돼. 그보다는 내 방법이 더 좋을 것 같거든."

그는 한 줄에 10개씩의 동전을 평행이 되게 두 줄로 늘어놓더니 이번에는 그 사이에 아홉 개의 동전을 끼워 넣었다.

"이런 식으로 열개의 동전이 늘어선 사이에 아홉 개의 동전을 계속 끼워 넣으면 10cm의 평면 안에 11줄의 원반을 넣을 수 있어. 10개짜리 여섯 줄과 아홉 개짜리 다섯 줄이지. 그렇게 하면 벌써 105개의 원반이 들어가잖아. 그리고 내 생각에는 여기 있는 우리의 친구 엘 그레코가 또 이렇게 말할 것 같거든. '자네들은 아직 그것이 최선의 해결책인지 확신하지는 못하잖아. 그러려면 다른 해결책이 없다는 것을 증명해야만 해'라고 말이야."

앙투아네트가 오데트를 향해 잔뜩 독기 품은 승리의 미소를 날렸고,

그것을 보고 있자니 마치 그 문제를 푼 사람이 앙투아네트라도 되는 것 같은 착각이 들었다.

"만약 원한다면 좀 더 어려운 문제를 낼 수도 있어."

스테파노스가 말을 이었다.

"아직까지 풀리지 않은 문제인데, 앞의 문제와 같은 상황을 3차원 공간으로 전환하기만 하면 되는 거야. 동일한 크기의 구체를 가능한 최소한의 공간만을 남기면서 쌓아 올리려면 어떤 방법이 가장 좋을까?"

"맙소사, 도대체 누가 그런 걸 알고 싶어 해요?"

앙투아네트가 투덜거렸다.

"청과물 상인. 사과와 오렌지를 가장 효과적으로 쌓아 올리려면 어떻게 해야 할지 늘 고민할 테니까."

파야레스가 대답했다.

"본인이 얼마나 정확한 답을 말했는지 알면 깜짝 놀랄걸."

내가 말했다.

"정말로 수학자들도 이 문제를 '청과물 상인 문제'라고 불러. 물론 청과물 상인들은 그 문제를 오래전에 해결했지. 그들은 우선 등변삼각형의 기본 틀을 마련하고자 바닥에 사과 한 층을 깔아 놓는데, 이전 문제에서 우리가 동전으로 했던 방식과 똑같이 한다고 생각하면 돼. 그렇게 하면 사과 세 개마다 하나의 삼각형이 형성되고 그 중심에는 사과 하나가 더 들어갈 수 있지. 그 위에 두 번째 층이 놓이는 거고, 그다음부터는 계속 같은 방식을 유지하면 되는 거야."

"그렇다면 뭐가 어렵다는 거지? 시장에 가면 널려 있는 게 사과 피라미드 쌓아 올린 거잖아. 꼭 수학자가 아니더라도 그걸 쌓아 올리는 방법

정도는 알 수 있다고. 내 고향 마을 고르다 델 에브로에서도 노점상들이 과일을 진열할 때 그런 식으로 쌓아 올리거든. 하지만 그들은 학교라고는 가 본 적도 없는 사람들이야. 자네도 알지, 파블로?”

파야레스가 이렇게 물었다.

이전 해의 스페인은 미국과 쿠바가 벌이는 쿠바 독립전쟁으로 혼란 그 자체였다. 파야레스도 징병에 끌려갈 위험에 처해 있었지만, 파블로와 함께 마을 주변의 산으로 도망쳐 거의 6개월 동안이나 동굴 속에서 야만인 같은 생활을 했다.

“이 문제에서도 역시 난관은 마찬가지야.”

내가 말했다.

“어떻게 그것이 최고의 방법이라는 사실을 증명하느냐는 거지. 청과물 상인의 방식으로는 74퍼센트의 공간을 채울 수 있어. 다시 말해 26퍼센트의 공간이 남아 있다는 말이지. 그렇다면 그 나머지 공간을 좀 더 줄일 수 있는 방법은 없을까? 지금까지는 어느 누구도 다른 방법을 발견하지 못했지만, 청과물 상인의 방법이 최선이라는 사실 역시 아무도 증명하지 못했거든.”

“그 방법이 최고의 해결책이라는 것을 의심하는 청과물 상인은 아마 하나도 없을걸.”

파야레스가 고집스럽게 주장했다.

“나 역시도 그 방법을 의심하는 청과물 상인은 하나도 못 봤어. 하지만 그것을 의심하는 천문학자는 한 명 알고 있지. 게다가 굉장히 뛰어난 학자야. ‘동일한 모양의 구체를 어떻게 하면 최적의 방식으로 쌓아 올릴 수 있을지 결정하는 문제’는 3세기 전 케플러(Kepler, Johannes)가 처음 제시했는데, 그는 행성의 궤도운동을 처음 공식화한 사람이고, 청과물 상인의 방식이 최선이기는 하지만 그것은 단지 추측일 뿐이므로 증명이 필요하다고 주장하기도 했지. 그리고 그 증명이 지금까지도 이루어지지 않은 거야."

내가 설명했다.

"그러니까 지금 우리 앞에는 아무도 그 해법을 알지 못하는, 풀리지 않은 수학 문제 하나가 놓여 있는 거라고."

스테파노스가 내 말을 받았다.

"사실 케플러의 추측은 누구라도 쉽게 이해할 수 있어. 가장 간단한 형태로 표현하면, 그것은 힐베르트가 강연에서 제시했던 23가지 난제 중의 하나라고 할 수 있어. 물론 쉬운 공식으로 풀 수 있는 것들도 있지. 예를 들어……."

"수학은 이제 그만!"

제르멘이 반대하고 나섰다.

"얼마나 아름다운 밤이에요? 우리 수학 얘기는 그만하고 춤이나 추러 가요."

토론을 상당히 즐기고 있던 파블로의 얼굴에 분노의 기색이 스치고 지나갔다. 하지만 사랑하는 여인이 원하는 대로 하지 못할까 봐 전전긍긍하는 카사헤마스의 인상을 살핀 후 그는 마음을 바꿔 먹었다.

"좋아, 물랭 드 라 갈레트(Moulin de la Galette)로 가자."

파블로가 말했다. 평소와 마찬가지로 다른 사람의 동의는 전혀 구하지 않고 혼자 결론을 내리고 있었다.

물랭루주와는 달리 물랭 드 라 갈레트 댄스홀은 예전에 진짜 풍차

방앗간이었던 곳이다. 전설에 따르면 1814년 나폴레옹의 퇴각 후 러시아 군대가 파리에 입성했을 때, 방앗간의 주인이었던 드브레(Debray)라는 젊은 남자가 자신의 목숨을 바쳐 그곳을 지켰다고 한다. 마침내 그가 코사크 기병대의 손에 죽었을 때, 군대는 그의 죽음을 저항의 본보기로 삼으려고 그의 사지를 절단해 방앗간 풍차에 매달아 놓았다고 한다. 그리고 몇 년 후 드브레의 후손들이 그 건물을 댄스홀로 개조했다.

형형색색의 옷차림을 하고 물랭 드 라 갈레트에 몰려드는 사람들, 이리저리 몸을 흔들며 춤을 추는 무용수들, 화려한 의상, 조명, 그리고 무대 자체의 환상적인 분위기는 19세기 후반에서 20세기 초반 수많은 화가들이 가장 선호하는 그림의 주제가 되었다. 르누아르(Renoir, Pierre-Auguste)와 고흐(van Gogh, Vincent Willem)도 이미 자신들의 그림 속에 그 장소를 그려 넣었으며, 몇 년 후에는 위트릴로(Utrillo, Maurice) 역시 그들의 예를 따랐다. 그날 밤 우리의 다국적 그룹에 끼여 있던, 아직 그 이름이 널리 알려지지 않은 한 젊은 화가는 춤을 추는 대신 자신의 노트에 끊임없이 스케치를 하고 있었다. 그리고 머지않아 그 거친 스케치는 20세기의 가장 유명한 화가의 사인이 적힌 물랭 드 라 갈레트의 또 다른 흔적으로 남게 된다.

대형 홀은 녹색으로 장식되어 있어서 그곳에 서 있으면 마치 거대한 정원 속에 있는 듯한 느낌이 들었다. 주로 관악기로 구성된 오케스트라가 유쾌한 폴카를 연주하며 우리를 맞았고, 제르맨이 카사헤마스의 손을 잡자 그는 수줍게 그녀의 뒤를 따라 무대로 나섰다. 파블로는 춤은 절대 추지 않겠다는 의사를 확실히 했다. 오데트가 스테파노스에게 손을 내밀자 그는 얼굴을 붉히며 그 손을 잡았지만 즉시 춤에는 소질이 없다고 사과하는 것도 잊지 않았다. 나는 파야레스와 앙투아네트를 향해 나중에 함께하겠다는 신호를 보내고는 잔을 집어 들고 파블로의 옆으로 갔다. 그는 이미 그림을 그리고 있었다.

"나를 특히 매혹시키는 것은 춤의 유동성이야."

파블로가 입을 열었다.

"눈을 크게 뜨고 기억 속에 이 장면들을 찍어 넣어 봐. 얼굴의 특정한 위치, 색상이 정렬된 방식, 빛과 그늘의 변화 등등을……. 그리고 눈을 감았다가 다시 떠 봐. 그러면 모든 게 변해 있을 거야. 규칙 같은 것은 없어! 어떤 얼굴은 움직였을 테고, 또 어떤 얼굴은 눈감기 전 그 자리에 그대로 있을 거야. 똑같은 색깔이라도 다른 순서로 배열되어 있으면 다른 그림을 만들어 내지. 만약 표현주의 화가가 이곳에 있다면 그는 몇 분 만에 10개도 넘는 그림을 상상해 낼걸. 물론 그의 기억력이 모든 것을 뒤죽박죽 섞어 놓지 않을 정도는 된다는 가정에서 말하는 거야. 하지만 나는…… 그것들을 한꺼번에 그리고 싶어."

그동안 폴카는 왈츠로 바뀌어 있었다.

카사헤마스는 바가 있는 곳으로 돌아가려 하고 있었고, 제르멘은 그를 플로어에 계속 붙잡아 두려고 고집을 피우는 중이었다. 혼자 보내기로 작정했던 조용한 저녁 시간과는 너무도 달라진 밤이었다.

우리는 새벽녘이 되어서야 헤어졌다. 스페인 친구들과 스테파노스가 살고 있는 집은 댄스홀 근처였다. 그들은 자고 가라고 붙잡았지만 밤새 술을 마셔 대면서 한바탕 춤까지 추고 난 후라 바닥에서 웅크리고 잘 생각을 하니 도저히 마음이 내키지 않았다. 나는 거의 쓰러지듯이 마차 뒷자리에 올라탔고, 마부에게 겨우겨우 호텔의 위치를 알려 줄 수 있었다.

제 6 장

금요일 아침 강연이 끝나자마자 스테파노스와 나는 택시를 잡아타고 국제 박람회장의 스페인 전시관으로 향했다. '새로운 스페인 화가들'이라는 이름이 붙은 전시 공간에 도착했을 때 우리는 그 작품을 보았다. 파블로 루이즈의 '임종의 순간.' 솔직히 나는 그 작품이 썩 마음에 들지는 않았다. 흐리고 우중충한 색감이 죽음의 장면이라는 주제와 잘 어울리기는 했지만 내 기분뿐 아니라 그 당시 파리 전역에 퍼져 있던 축제 분위기와는 전혀 어울리지 않았다.

"여동생 콘치타의 죽음에서 영감을 얻은 작품이라는데, 파블로가 열세 살이던 5년 전에 세상을 떴다나 봐."

스테파노스가 설명했다.

"우리 둘만 있으니까 하는 얘기지만 사실 파블로 자신은 이 그림을 별로 좋아하지 않는 것 같아. 물론 전시회에 뽑힌 것 자체는 매우 자랑스러워하지만 이 그림이 자신의 예술관을 제대로 대변한다고 생각지는 않는 거지. 그의 표현대로라면 이 그림은 자신의 아버지나 할아버지도 그릴 수 있는 작품이라는 거야. 본인은 여전히 자신만의 스타일을 찾고 있는 중이래."

그림이 마음에 들지 않았음에도 나는 그것을 그린 화가와 전날 밤 직접 만났을 뿐 아니라 술까지 마셨다는 사실에 은근한 자부심을 느꼈다. 물론 그것은 젊음의 전형적인 허영심에 지나지 않았다.

우리는 스페인 전시관을 조금 더 둘러보고 나서 그리스 전시관으로 발길을 돌렸다. 물론 그러한 우리의 행동이 그저 단순한 취향 문제였는지, 아니면 맹목적인 애국심에서 비롯된 것인지는 확신할 수 없다. 하지만 나는 고국 화가들의 그림에서 큰 감명을 받았다. 특히 야코비데스(Jakobides, Georgios)의 '아이들의 연주회(The Children's Concert)'가 감동적이었다. 네 명의 꼬마가 맨발로 서서 한 여성이 안고 있는 아기에게 악기를 연주해 주는 모습을 표현하고 있었다. 첫 번째 아이는 북을 치고 있었고, 두 번째 아이는 트럼펫을 불고 있었으며, 세 번째 아이는 가려져서 잘 보이지 않았지만 손에 들고 있는 것이 하모니카라는 것은 알아볼 수 있었다. 네 번째 아이의 경우는 다른 아이들 뒤에 서 있는 것으로 보아 초대받지 않은 참가자 같았지만, 화단에 물을 줄 때 이용하는 주둥이가 긴 수통을 마치 색소폰처럼 들고 서서 있는 힘을 다해 불고 있었다. 관람객의 영예를 안은 아기는 연주 중인 소년 오케스트라 단원 모두를 한꺼번에 보듬어 안기라도 하려는 듯 팔을 활짝 펼치고 있었다.

"어떻게 생각해? 우리 그리스 동포의 그림이 훨씬 낫지 않아?"

내가 스테파노스에게 물었다. 나는 개인적으로 야코비데스라는 화가를 알고 있었다. 당시 그는 독일에 살고 있었기에 여러 번 그의 작업실에 놀러 가기도 했었다. 며칠 동안 죽 지켜본 결과 스테파노스는 나름의 예술관이 있었다. 나는 야코비데스에게 전해 줄 의도로 스테파노스에게 그의 작품에 관한 의견을 물은 것이다. 아마도 나는 이런 이야기를 전달할지도 모른다. '내가 얼마 전 파리에 갔을 때 어떤 친구하고 자네 작품에 대해 이야기를 나누었거든. 그 친구의 의견은……'

"이 그림을 보면 내 어린 시절이 떠올라."

스테파노스가 말문을 열었다.

"군악대가 우리 마을을 지나치면서 광장에 모여 연주를 한 적이 있었거든. 그다음부터 나를 비롯한 마을 아이들은 계속 합주단을 만들어 연주를 했어. 나는 물통을 색소폰처럼 들고 다니며 연주했고, 트럼펫을 연주하는 아이는 빈 물병을 들고 다녔지. 북 치는 아이는…… 글쎄, 뭐든 두들겨 댔던 것 같아. 이 그림은 내 삶의 한 장면이야. 이 집은 우리 집이고, 소년들은 내 친구들이고, 이 여인은 우리 어머니 같아. 아기는 내 동생이겠지, 만약 내게 동생이 있었다면 말이야. 이 그림이 마음에 드는지 물어봤지? 마음에 드는 정도가 아니라 감동받았어. 내가 어떤 문제의 해답을 찾지 못해 우울한 기분을 안고 온기 없는 싸늘한 자취방으로 돌아가게 되면 이 그림을 마음속에 떠올려야겠어. 그러면 기분이 좋아질 것 같아. 하지만 이 그림은…… 수학적이라고는 할 수 없어. 어쩌면 그 때문에 내 마음이 위안을 얻는지도 모르겠다. 쓸데없는 의문이나 문제 같은 것을 떠올리지 않아도 되니까. 어느 날 밤 문득 잠에서 깨어난다고 해도 그때 당시에는 못 보고 지나쳤던 무언가를 이 그림 속에서 발견하게 될 것 같지는 않아. 그 시절 기억만은 언제나 내 마음속에 즐거움으로 남아 있을 거야."

그는 내 표정을 보고 호탕하게 웃었다.

"당황했나 보구나! 가끔 내가 감상적이 되기도 하니까 이해해 줘. 그럼 이제 갈까?"

그리스 전시관을 빠져나와 우리는 에펠탑 쪽으로 걸어갔다. 그리고 사이요 언덕(the hill of Chaillot)에 올라서서 센 강 건너편에 자리한 탑을 한동안 바라보았다. 멀리서 보니 근사하기가 이루 말할 수 없었다. 부드럽게 굽이치는 조화로운 대칭선들은 그 자체만으로도 아름다웠고, 좁은 중심축은 하늘을 향해 뻗어 올라가는 듯했다. 기하학자로서 나는 뼈대만으로 형성된 삼각형의 화려한 모습에 만족감을 느끼지 않을 수 없었다.

우리는 강을 따라 내려가서 이에나 다리를 건넜다. 에펠탑이라는 그 거대한 철제 괴물에 가까이 다가설수록 나는 그것이 얼마나 엄청나게 큰지 실감할 수 있었는데, 마침내 그 밑에 다다랐을 때에는 거의 입을 다물 수 없었을 뿐만 아니라 두려운 마음마저 들었다. 마치 7000톤에 달하는 철근 더미가 곧장 내 머리 위로 무너져 내릴 것만 같았다. 그것은 인간의 허영심을 채우는 것 외에는 아무런 목적이나 기능도 없어 보이는, 그저 흉측하고 우울한 구조물일 따름이었다.

"지상에서 300미터 상공에 꽂힌 깃대에서 휘날리는 깃발은 전 세계에서 오직 프랑스 국기 하나뿐일 겁니다."

구스타프 에펠(Gustave Eiffel)이 프랑스 혁명 100주년을 기념하며 에펠탑의 꼭대기에 프랑스 삼색기(the tricolore)를 올릴 때 했던 말이다.

"정말 굉장하지!"

스테파노스가 말했다.

"주변을 감싸고 있는 공기보다 이 탑의 무게가 더 가볍다는 사실을 알고 있어? 만약 우리가 탑의 사각형 바닥 부분을 원형으로 감싸고 그 원형을 탑의 꼭대기까지 원통으로 끌어 올린 다음, 그 안에 뜨거운 공기를 주입하면 탑의 무게보다 공기의 무게가 더 나가게 될 거야."

그의 눈은 신이 난 어린아이처럼 반짝였다. '자신의 탑'이 무척 자랑스러운 것 같았다.

나는 그런 스테파노스의 모습을 심술궂은 표정으로 바라보았다.

"그건 그렇고, 도대체 이 금속 쪼가리에는 무슨 의미가 담겨 있는 거야? 심미적이든가 실용적이든가 그것도 아니면 사회적인 요구를 충족시킨다든가 뭐든 하나라도 있어야 되는 거 아냐?"

활기로 들떠 있던 그의 표정이 도저히 믿지 못하겠다는 듯한 표정으로 바뀌었다.

"정말 이해 못하는 거야? 이 탑은 새 시대를 기념하는 거야. 기술력의 시대 말이야. 지금 우리 눈앞에 있는 존재는 통계, 역학, 화학, 전기의 경이로운 만남을 통해 탄생한 거라고. 모든 기술력이 한자리에서 만나 세계에서 가장 높은 건축물을 만들어 냈어. 게다가 그 모든 주제의 기초는 수학에서도 찾을 수 있잖아. 지금 네가 보고 있는 것은 대수학, 삼각법, 미적분학의 찬양이야. 지혜의 탑이란 말이야! 네가 이 탑을 그런 식으로밖에 못 보다니 정말 놀라울 따름인걸."

스테파노스의 말에 나는 짜증스럽다는 듯이 대꾸했다.

"이건 자기 과신의 탑일 뿐이야. 이것이 상징하는 유일한 가치는 인간의 오만함뿐이라고. 수학을 이용해 인간은 다리, 집, 기차, 배 등을 만들어 낼 수 있는데도 굳이 그 존재 자체를 정당화하려고 이런 기묘한 장치를 만들 필요는 없다고 봐."

장난스러운 미소가 스테파노스의 얼굴에 떠올랐다.

"꼭 알렉상드르 뒤마의 이야기를 듣고 있는 것 같은데. 아, 물론 뒤마의 아들 뒤마 피스 말이야. 그와 함께 많은 사람들이 에펠탑 건설 당시 너와 비슷한 주장을 공개적으로 발표했거든. 사실 나는 별로 놀라지 않았어. 예술가나 문필가들은 과거에 사로잡혀 있는 경우가 많으니까. 하지만 파리 오페라하우스를 설계한 건축가 가르니에가 그들의 대열에 합류했다는 사실은 좀 놀랍더군. 그는 몇 년 전 자신의 최고 작품이라 할 수 있는 오페라하우스를 설계했을 때 들었던 여러 비평을 모두 잊었던 모양이야. '이 얼마나 끔찍한 건물인가! 도대체 어느 양식에도 부합하지 않는군. 그리스도 아니고 로마 양식도 아니야!' 당시 여왕마저도 이렇게 말했어. 그리고 내 생각에는 오페라하우스에 관한 한 여왕의 의견이 그다지 틀리지 않았던 것 같아. 나도 그 건물이 전혀 마음에 들지 않았거든. 하지만 그때 가르니에가 했던 대답만은 존경하지 않을 수가 없더군. '이것은 나폴레옹 3세 양식입니다, 마담!'이라는 말로 여왕을 완전 무장해제시켰거든. 나는 자신들의 심미적 원칙이 전복되는 것을 바라보는 화가들의 마음을 이해할 수 있어. 심지어 가르니에의 입장도 이해가 돼. 프랑스의 주도적인 건축가라는 위치를 잃어버릴지 모른다는 두려움이 컸을 테니까. 하지만 너는 이해를 못하겠어. 도대체 무슨 이유로 현대 과학의 승리를 구현해 낸 작품을 그렇게까지 비난하는 거야?"

"누군가의 의견에 보수주의와 극우적인 믿음이라는 색을 입혀 단번에 무시해 버리는 것은 뭐 그다지 어려운 일도 아니지. 우리 여기서 이럴 게 아니라 위로 올라가 보자. '너의 에펠탑'의 좋은 점 하나를 꼽으라면 그 꼭대기가 파리에서 에펠탑이 보이지 않는 유일한 장소라는 거잖아!"

내가 심술궂게 이야기했다.

다행스럽게도 탑이 개방되면서 엘리베이터가 설치되었기 때문에 우리는 꼭대기까지 걸어서 올라가지 않아도 되었다. 가엾게도 개회식에 참석했던 관리들은 모두 걸어 올라갔었다. 전하는 말에 따르면 피에르 티라르 총리는 끝내 꼭대기에 오르지 못해서 장관들이 그를 대신해 에펠에게 레지옹도뇌르훈장을 수여했다고 한다.

계속 투덜거리기는 했지만 탑의 꼭대기에서 바라본 파리의 전경은 숨이 멎을 만큼 장관이었다. 파리 시내 전체가 우리 아래에 펼쳐져 있었고, 은빛 뱀처럼 구불구불 기어가는 센 강은 도시의 여러 구역을 연결하면서 한편으로는 도시를 반으로 가르고 있었다. 지난 며칠간 내가 찾아다녔던 모든 기념비와 술집, 극장들이 나름의 기능적 정체성을 띠고 있는 듯했다. 물론 모든 것이 너무도 작아 비현실적으로 보이기는 했지만 말이다. 심지어 박람회장에 설치된 높이 100미터의 페리스 휠 놀이기구조차도 장난감처럼 보였다. 나는 약간 자존심이 상하지만 적어도 탑의 전망대만큼은 오를 만한 가치가 있다고 생각한다. 따라서 탑에 대해 앞서 내린 내 평가가 어느 정도는 틀렸다는 사실을 인정해야만 했다.

우리는 이틀 밤이나 함께 어울려 다녔던 몽마르트르 언덕을 보기 위해 돌아섰다. 30여 개의 풍차 중에 비록 몇몇은 보수가 필요할 정도로 낡았거나 다른 목적으로 이용되고 있었지만 아직도 꽤 많은 수가 돌아가고 있었다. 언덕 꼭대기에는 마치 케이크 위에 크림을 듬뿍 얹어 놓은 모양을 한, 용도를 알 수 없는 구조물 하나가 반쯤 짓다만 형태로 놓여 이상한 모습을 하고 있었다.

"저게 뭐야?"

내가 물었다.

"사크레쾨르 성당(the church of Sacré Coeur). '주님의 성스러운 심장'이라는 뜻이지. 감히 기득권에 위협을 가하는 파리 코뮌에 가담한 시민 17,000여 명을 두 달에 걸쳐 모조리 학살할 수 있게 도와주신 주님을 찬양하고자 독실한 가톨릭 신자들이 짓고 있는 건물이야."

스테파노스의 목소리는 비꼬는 듯했지만 단호한 분노가 느껴졌다.

"파리 사람들은 넉 달에 걸친 프로이센의 포위 공격 때문에 대부분 굶주림에 지쳐 있었고, 정부의 실정(失政)에도 분노하고 있었는데, 실정은 결국 1870년의 패배로 이어졌지. 국민들은 그러한 티에르(Thiers, Louis Adolphe) 정부에 맞서 봉기를 일으키고, 정부는 즉시 충성스러운 군대의 일부를 동원하였지만, 막지 못하고 베르사유까지 철수하게 돼. 결국 당국은 시민의 공격에 굴복하는 대신 이전의 적(프로이센)과 동맹을 맺기로 하지. 비스마르크가 많은 수의 프랑스 전쟁 포로를 석방하자 그들은 자국으로 돌아와 다시 정부군에 가담하게 되었어. 결국 티에르의 군대는 짧은 포위 공격 후 마침내 5월 28일 다시 파리를 빼앗게 된 거야. 그리고 수많은 반란군과 정부에 협력하기를 거부하는 모든 사람을 처형시켜 버렸어. 신심이 돈독한 가톨릭 신자와 민주적으로 선출된 정치인들에게는 얼마나 다행한 일이었겠어! 이제 내려갈까?"

우리는 아름다운 전망을 좀 더 감상하기 위해 걸어서 내려가기로 했다. 1층에서 우리는 잠시 멈춰 섰다. 그곳은 에펠탑을 탄생시킨 한 프랑스 과학자를 기리는 장소로 지정된 곳이었다. 난간을 빙 둘러서 72명의 저명한 프랑스 과학자 이름을 새긴 액자가 걸려 있었다. 그 이름 중에서 우리는 기하학자 퐁슬레(Poncelet, Jean Victor), 라그랑주(Lagrange, Joseph-Louis: 뉴턴의 미적분을 바탕으로 최초의 해석역학 책을 저술한 학자), 라플라스(Laplace, Pierre-Simon: 만약 우리가 주어진 시간 내에 한 물체의 정확한 위치와 속도를 알아낼 수 있다면 앞으로 그것이 나아갈 경로까지 정확히 계산할 수 있다고 주장했던 인물), 푸리에(Fourier, Jean Baptiste Joseph: 열전도 방정식을 풀기 위해 오늘날 푸리에 급수라 불리는 것을 고안해 냄), 코시(Cauchy, Baron Augustin Louis 칼 바이어슈트라스Karl Weierstrass와 함께 현대 해석학의 창시자로 불림) 등을 알아볼 수 있었다.

하지만 코시라는 이름을 본 스테파노스는 분노했다.

"현대의 성 이그나티우스 데 로욜라(Ignatius de Loyola)나 다름없는 자의 이름까지 여기다 끼적거려 놓으면 지옥문 앞에는 대체 어떤 이름이 적혀 있을지 궁금하군."

나는 미심쩍은 눈길로 그를 바라보았다. 괴팅겐 대학의 교수들은 늘 상당한 경의를 표하며 코시를 언급했다. 그들은 코시를 복잡한 해석학의 창시자 가운데 한 명이자 리만만큼이나 중요한 수학자로 간주하고 있었다. 오늘날 그의 이름을 붙여 부르는 코시 수열에 기반을 두고 그가 만든 실수의 집합은 독일인 데데킨트가 고안해 낸 데데킨트의 절단만큼이나 독일 내에서 널리 가르치는 이론이었다. 따라서 나는 왜 스테파노스가 피에 굶주린 종교 재판의 지도자 이름을 그에게 가져다 붙이는지 이해할 수가 없었다.

“무엇보다도 그는 예수회의 일원이야.”

이렇게 말하는 스테파노스의 모습은 사흘 동안 내가 알던 사람이라고는 생각할 수도 없을 만큼 감정적이었다.

“기하학이 아무리 중요하더라도 그것이 그들의 죄를 씻어 버릴 면죄부는 될 수 없어. 하지만 내가 코시에게 화를 내는 진짜 이유는 그의 종교나 정치적인 믿음 때문이 아니라 다른 수학자들에 대한 그의 태도 때문이야. 특히 아벨(Abel, Niels Henrik)과 갈루아(Galois, Évariste)에게 한 짓은 수학에 있어서 그가 아무리 선구적인 업적을 남겼다고 하더라도 그 빛을 다 흐리게 할 만큼 치명적이라고 할 수 있어.”

나는 동의할 수 없었다. 나 역시 사람을 판단하는 잣대가 엄격하기는 했지만, 지적 창작 활동은 그 창작가의 개별적인 인성과는 구분되어야 한다고 믿었기 때문이다. 예를 들어 뉴턴은 반박의 여지가 없는 악당이었다. 자신의 적은 합법적이든 불법적이든 무슨 수를 써서라도 찍어 눌러 버려야 직성이 풀리는 인물이었다. 특히 무명 시절에 그를 물심양면으로 도와준 핼리(Halley, Edmund) 같은 이들에게 배은망덕하기로 이름 높았다. 심지어 영국 조폐국의 이사로 재직하던 시절에는 재정적인 추문에 휩쓸리기도 했고, 권력자들의 후원을 얻기 위해 조카를 그들의 노리개로 상납하기도 했다고 한다. 하지만 그러한 악행 중에 어느 것 하나도 그가 발견한 중력의 법칙이나 미적분학, 또는 백색광 이론의 가치를 상쇄시키지는 못한다. 마찬가지로 코시의 수학적 기여도 다른 수학자들에 대한 그의 태도와는 별개로 평가받아야 한다고 믿었다. 나는 스테파노스에게도 그대로 이야기했다.

“하지만 그의 행동이 수학의 발전을 몇십 년은 뒤처지게 했다는 것을 내가 증명해 보인다면 어쩌겠어?"

스테파노스가 고집스럽게 반박했다. 태양은 밝게 빛나고 있었고, 1층에서 바라보아도 경치는 여전히 장관이었지만 대화는 점점 폭풍 속으로 질주하고 있었다. 우리는 에펠탑 안에 있는 카페로 들어가 각각 보졸레 와인 한 잔씩을 주문했다. 그리고 안락의자에 몸을 파묻었을 때 스테파노스가 공격을 시작했다.

"다항 방정식 문제는 인간의 역사만큼이나 오래됐어. 거의 대부분의 고대 국가에서도 다항 방정식 안에서 일련의 미지수에 미지수를 더하거나 곱하는 방식, 다시 말해 어떻게 제곱 방정식을 만드는지에 관해 다 알고 있었다는 거야. 그들이 이용하던 방식을 현대의 방식으로 바꾸어 보면 그것이 지금의 2차방정식 해법과 같다는 것을 금방 알 수 있지. 하지만 미지수가 세제곱이 되면 어떤 일이 일어날까? 1100년 경 오마르 하이얌이 기하학을 이용해서 그런 종류의 3차방정식을 푸는 법을 알아냈어. 하이얌이 누군지는 알지? 왜 일전에 네가 유클리드의 공리를 설명하면서 언급했던 사람 말이야. 하지만 그는 2차방정식에 상응하는 3차방정식을 만들어 내는 것에는 실패했어. 아마도 그 사실이 하이얌을 두고 두고 힘들게 했었나 봐. 그가 쓴 이런저런 글들을 보면 미래에 자신보다 현명한 누군가가 분석적인 방법을 적용해 그 방정식을 풀어 주길 바라는 소망과 축복의 말이 꽤 많이 등장하거든."

사실 나는 오마르 하이얌의 방정식에 관한 이야기는 그때 처음 들었다. 하지만 적어도 그의 축복을 받을 만한 자격이 있는 현명한 사람, 다시 말해 3차방정식의 풀이 공식을 발견한 사람이 누군지는 알고 있었다. 그는 바로 니콜로 폰타나(Niccolo Fontana)라는, 독학으로 수학을 깨친 이탈리아 수학자였다. 폰타나는 고향 마을인 브레시아 지역에 프랑스군이 쳐들어왔을 때 입에 부상을 입어 말을 심하게 더듬게 되었는데, 그 때문에 생긴 별명이 바로 타르탈리아(Tartaglia, 말더듬이)였다. 그가 바로 3차방정식의 해법을 발견해 낸 사람이다. 하지만 폰타나의 해법은 자신의 소망과는 달리 1545년 카르다노(Cardano, Girolamo)라는 또 다른 수학자가 쓴 『위대한 술법(Ars Magna)』이라는 책으로 발표된다. 폰타나의 공식은 매우 기발한 방식을 이용하고 있어서 4차방정식에도 적용할 수 있었다. 따라서 그의 바통은 4차가 아닌 5차방정식의 해법을 찾아낼 사람에게 전달되기를 기다리고 있었다.

나는 이렇게 말했다.

"수요일 강연에서 힐베르트는 다항 방정식 문제는 전혀 언급하지 않았어. 그게 중요하지 않아서 제외해 버렸다고는 생각할 수 없으니 어쩌면 그 문제는 이미 풀렸는지도 모르는 일이야."

이 문제는 스테파노스가 잘 아는 영역이었다. 그는 이렇게 대꾸했다.

"매우 유명한 사람을 포함해서 여러 수학자들이 5차방정식을 풀고자 상당히 오랜 기간 노력했지만 그 해법을 찾지 못했어. 그러던 중 1824년, 겨우 스물두 살밖에 되지 않은, 아벨이라는 이름의 한 무명 수학자가 모든 것을 뒤집어 놓았지. 수학의 네 가지 기본연산, 그러니까 사칙연산과 거듭제곱만 가지고는 5차방정식을 해결할 방법이 없다는 사실을 증명한 거야! 다시 말해서 5차방정식의 해법이 있다는 사실은 누구라도 알고 있지만, 우리가 이용할 수 있는 수단만으로는 그것을 표현할 방법이 없음을 증명한 사람은 아벨이 처음이었던 거지."

"그래! 힐베르트가 실체를 정확하게 논증하지 않은 채 고르단의 문제에 해법이 있다는 사실만을 증명해 냈을 때 수학계의 반응도 싸늘했잖아. 그러니 어떤 해법에 공식이 존재하지 않음을 증명했을 때 그것이 받아들여지기까지 아벨이 얼마나 힘들었을지 상상할 수 있을 것 같아."

"맞아, 정말 안된 일이지. 아벨은 무척이나 가난했는데도 사비를 털어 자신의 해법을 적은 책자를 인쇄했어. 그리고 여러 수학자들에게 보냈지. 하지만 대부분 아무런 반응도 보이지 않았다고 해. 상상이나 할 수 있겠어? 심지어 가우스는 그 편지를 열어 보지도 않았대. 그가 사망했을 때 주변 사람들이 그의 논문 사이에 던져져 있는 것을 발견했다더군. 거의 절망에 빠진 아벨은 여행자 대출을 받아서 파리까지 날아갔어. 그리고 직접 코시를 찾아가서 자신이 연구한 것을 자세히 설명했지. 하지만 코시는 그를 철저히 무시했다고 해. 하지만 그보다 더 끔찍했던 것은 아벨이 프랑스 아카데미에 자신의 연구를 제출했는데, 우연치 않게도 아카데미측에서 코시에게 그 논문을 소개해 달라고 부탁했던 거야. 어떻게 됐을 것 같아? 코시는 당연히 소개하지 않았어. 게다가 그 논문을 잃어버리기까지 했대! 그동안 아벨은 극도의 가난에 허덕이다가 결국 병을 얻고 말았지. 간단히 결론만 말하자면 유럽 이곳저곳을 여행한 후에 아벨은 노르웨이로 돌아가서 1829년에 스물일곱이라는 젊은 나이로 죽고 말아. 내가 왜 코시가 수학 발전을 수십 년이나 뒤처지게 한 장본인이라고 하는지 알겠지? 당시로서는 그가 아벨의 연구 성과를 제대로 평가할 만한 지식과 명성을 누리던 유일한 사람이었어. 만약 코시가 아벨의 연구를 살펴보는 데 아주 잠깐의 시간만이라도 내주었더라면 그의 논문을 잃어버리는 지경까지는 가지 않았을 거야."

"너무 과장하는 거 아냐? 코시만 그런 식이었던 건 아니잖아. 내가 보기에는 가우스도 별로 다르게 행동하지 않았어. 네 입으로 말했던 거 생각 안 나? 대부분의 위대한 수학자나 과학자들은 보통 비슷한 행동 양식을 보여 준다고. 대부분 젊은 학자들의 연구는 좀 의심스러운 눈길로 바라보지. 특히 아벨의 발견처럼 뭔가 획기적인 것일수록 더욱 경계하는 경향이 있어. 그래서 자신에게 특별히 득이 된다고 판단되지 않는 한 그들의 연구를 그다지 심각하게 검토하지 않는다는 거야.

가우스 얘기가 나와서 말이지만, 기억나지? 어제 우리가 보여이의 비유클리드기하학에 대해 얘기했던 것. 사실 보여이의 아버지가 가우스와 매우 친분이 깊어서 그에게 아들의 연구를 평가해 달라고 부탁했다고 해.

그런데 가우스가 뭐라 그랬는지 알아? 보여이의 아버지에게 자기가 얼마 전 그 결론에 이미 도달했기 때문에 그의 연구는 독창적인 것이 아니라고 했다는 거야. 그래 좋아, 그게 사실이기는 해. 하지만 그게 정말 가우스의 발견이라고 하더라도 자신은 그걸 외부에 발표할 생각도 없으면서 굳이 그 젊은 수학자의 연구에 대해 자신이 원조라고 우길 필요가 있었냐는 거야. 내 말은 위대한 사람들은 다 그런 식이라는 거지. 그게 우리가 걱정해야 하는 것이기도 하고……."

"솔직히 난 걱정 안 해."

스테파노스가 웃으며 말했다.

"만약 내가 힐베르트의 두 번째 문제, 다시 말해 공리계의 무모순성과 완전성을 실험하는 일반적인 방식을 찾아내게 된다면 미카엘이라는 친구에게 부탁해서 힐베르트 교수를 직접 소개해 달라고 할 거거든."

그의 말에 나도 역시 웃음을 터뜨렸다. 생미셸 거리의 카페에서 시작해서 물랭루주에서도 끊이지 않고 이어 나갔던 논쟁이 떠올랐다.

"그럴 일은 없을 것 같은데. 그런 보편적인 방식 같은 건 절대 발견하지 못할 거야. 그런 건 아예 존재하지도 않을 테니까. 그리고 절대 그럴 리도 없겠지만 만에 하나라도 네가 그걸 발견해서 발표하길 원한다면 나한테는 절대로 찾아오지 않는 게 좋을 거야. 그랬다가는 코시와 가우스가 얼마나 천사 같은 사람들이었는지 바로 깨닫게 해 줄 테니까. 나는 네가 그 저주받은 방식을 이용해 수학의 지위를 기계적인 과정으로 추락시키는 꼴은 절대 두고 보지 않을 거야. 아벨처럼 생각해 보는 게 어때? 모두가 5차방정식의 해법을 찾으려고 애쓸 때 그는 그런 해법은 존재하지 않는다는 것을 증명해 냈잖아. 그건 아벨이 선입견 없이 연구에 임했기 때문에 가능했던 거야. 너도 그렇게 할 수 있어! 그러니 만약 힐베르트의 문제에 부정적인 해법을 발견하게 된다면 그때는 나를 찾아와도 돼. 힐베르트는 물론이고 푸앵카레와 콘스탄티노스 왕세자까지 소개시켜 줄게."

우리는 보졸레 한 잔씩을 더 주문하고 우리의 미래를 위해 건배했다. 그리고 스테파노스가 이렇게 말했다.

"어쩌면 네 말이 맞을지도 몰라. 내가 코시를 너무 야박하게 평가하는지도 모르지. 그렇지만 갈루아에까지 생각이 미치니 정말 화가 나는걸. 그의 이름도 여기 있어야만 해. 이 모든 프랑스 이름들하고 함께 말이지. 사실 갈루아의 경우에는 코시만 욕먹을 짓을 한 게 아니야. 아카데미 회원, 왕정복고주의자, 성직자, 여자들까지 그의 몰락에 합세했거든. 하지만 역시 코시의 비뚤어진 성격도 한몫을 했지."

괴팅겐에 외따로이 떨어져 있었기에 나는 프랑스 과학계의 정치적 음모에 관해서는 아는 바가 없었다. 갈루아도 그 이름하고 젊은 나이에 죽은 뛰어난 수학자였다는 사실만 들어서 알고 있을 뿐 더 이상은 아는 바가 없었다.

갈루아에 대한 나의 부족한 상식을 스테파노스가 채워 주었다.

"에바리스트 갈루아는 나폴레옹 전쟁 시기에 태어났어. 그의 가족은 황제와 혁명에 헌신했지. 하지만 부르 라 렌(Bourg-la-Reine)의 시장으로 있던 그의 아버지는 불운하게도 교회의 권위자들과 심하게 충돌했어. 결국은 1829년 교구 목사가 꾸민 음모의 희생자가 되어 절망한 나머지 자살하게 돼. 아버지의 죽음에 충격을 받은 어린 갈루아는 말 그대로 질풍노도의 학창 시절을 보내게 되나 봐. 수학 선생님만 제외하고는 모든 선생님이 그의 피를 보고 싶어 안달했을 정도라니 말 다했지. 고등학교를 마친 후에는 에콜 폴리테크니크(École Poly technique, 국립이과학교)에 입학하려고 두 번이나 원서를 냈는데, 두 번 다 떨어지고 결국 에콜 노르말(École Normale, 파리고등사범학교)에 입학하게 돼. 당시 에콜 노르말은 그다지 이름이 알려져 있지 않았어.

당시 갈루아는 5차방정식 문제뿐 아니라 전체 다항 방정식의 일반적인 문제도 다 해결한 상태였어. 사칙연산과 제곱근을 이용해 풀 수 있는 다항식과 그렇지 않은 다항식을 구분해 내는 기준을 발견했지. 그리고 그 연구 결과를 적어 코시에게 보냈어. 그런데 코시가 그걸……"

"잃어버렸다는 거야?"

내가 끼어들었다.

"정확해, 미카엘. 잃어버렸어. 그러니 내가 그에게 분노하지 않을 수가 있겠어? 미래의 수학계를 구원할 수도 있었던 당대의 가장 뛰어난 수학자 두 명의 연구 결과를 몇 년 사이에 두 개나 잃어버린 거라고.”

“왠지 네 분노가 정당하다는 생각이 들려고 하는걸. 그래서 갈루아는 어떻게 됐어?”

“포기하지 않았지. 두 번째로 그것을 적어서 아카데미에 보냈어. 그동안 갈루아는 아벨의 연구 업적에 대해 알게 되었는데, 그때는 아벨이 사망한 지 1년쯤 지난 후였지. 그는 그 노르웨이 수학자의 연구를 신중히 살펴보다가 그 결론이 자신의 일반적인 정리에서 직접 유추해 낼 수 있는 것임을 알게 된 거야. 그래서 그 관찰 내용을 자신의 연구에 덧붙여 달라는 글을 아카데미에 제출했지. 이번에는 아카데미에서 푸리에에게 그것을 평가해 달라고 전달했고.”

“푸리에도 그것을 무시했다는 말을 하려는 건 아니겠지. 내가 아는 한 푸리에는 나폴레옹의 절친한 협력자였어. 나폴레옹이 황제가 되기 전에 그를 이집트 원정에 데리고 가기도 했었다고. 그러니 푸리에는 갈루아의 정치적인 설득에 아무런 선입견도 없었을 거야.”

“그래, 없었어. 하지만 운명의 여신이 갈루아를 피해 간 거지. 푸리에는 아카데미의 결정적인 회의를 며칠 앞두고 사망했어. 게다가 자신의 견해뿐 아니라 갈루아의 연구 결과를 적은 기록까지 무덤 속으로 가져가 버렸는지 다시는 찾을 수가 없었지.

그리고 얼마 지나지 않아 정세가 불안해지면서 샤를 10세가 추방되고 루이 필리프 1세가 그 자리를 계승하게 돼. 루이 필리프는 오를레앙가 출신이었지만 혁명에 참가하면서 자신이 자코뱅당의 동맹이라고 선언하지. 1830년에 혁명이 일어나자 그는 티에르와 라파예트(Lafayette, Marquis de)의 도움으로 왕좌에 오르고, 믿기지 않겠지만 ‘시민 왕’이라는 별명을 얻게 돼. 에콜 노르말의 학생들도 혁명에 참가하려고 하지만 학교에서 문을 잠가 버리고 학생들을 안에 가둬 버려. 그러자 엄청난 소란이 일어나게 되고, 갈루아는 아버지의 민주적 유산을 이어 나가고자 에콜 노르말의 학생과 학교가 대립하는 사이에서 주도적인 역할을 하게 돼. 그 결과 학교에서 퇴학을 당하게 되지. 아카데미에 제출했던 연구 기록이 두 번이나 분실된 일이나 에콜 폴리테크니크에 두 번이나 떨어진 일, 그리고 아버지의 자살로 힘든 청소년기를 보낸 것과 더불어 이 사건은 젊은 갈루아가 감당하기에는 너무 벅찬 일이었어. 그가 그다지 유약한 성격이 아니었음에도 말이야. 그래서 갈루아는 자신의 분노를 발산할 출구로 정치를 택하고 국민 포병대에 자원하지. '시민 왕'이 자신의 즉위식을 마치자마자 서둘러 불법으로 선언해 버렸던 조직이야. 어느 날 저녁 갈루아는 한 선술집에 앉아 왕의 스파이가 군주를 모욕한 죄로 고발당했다는 사실에 기뻐하며 축배를 들다가 체포되어 재판에 회부되지만 무죄방면 돼. 젊은 혈기에 취한 상태에서 축배를 들었기 때문에 국가에 대한 위협을 가했다고는 볼 수 없다고 판결이 내려지거든.

하지만 갈루아는 정치적인 활동을 완전히 포기하지 않은 채 다시 수학 연구에 매진하게 되지. 그는 세 번째로 연구 기록을 적어 아카데미에 제출하고 판매 부수가 많지 않은 작은 규모의 정기 간행물에 기사도 몇 건 작성해서 보내. 그리고 자신의 이론을 이해시키려고 카페 등지를 찾아다니며 강의도 하기 시작해. 하지만 그의 강의 능력은 무언가를 발견해 내는 그의 재능에는 한참 미치지 못했나 봐. 사실 학자들이 그의 논문을 읽기 꺼려한 이유가 그것이 너무 어려웠기 때문일 수도 있어. 그가 카페에서 강의를 시작하면 학생들이 점차 줄어들다가 결국에는 아무도 나타나지 않는 경우가 비일비재했거든.

그동안 갈루아는 시위에도 끊임없이 참가하여 결국은 다시 체포되는데, 이번에는 실형을 선고받고 생트 펠라지 감옥에 수감돼. 그리고 그곳에서 자신이 아카데미에 제출한 세 번째 연구 기록이 거절당했다는 연락을 받아. 아카데미 측에서 푸아송(Poisson, Siméon Denis)에게 검토를 부탁했지만 그가 거절했다는 거야. 푸아송은 갈루아의 논점이 명확하지 않아 도저히 그 정확성을 평가할 수 없다고 평했다고 해. 사실 내가 아까도 말했듯이 갈루아는 자신의 생각을 표현하는 데 어려움을 겪었기 때문에 이런 결과가 나올 만도 했어. 하지만 푸아송보다 실력 있는 수학자가 그것을 검토했더라면 그 연구의 중요성을 알아차리고도 남았을 거야. 그랬다면 표현 방식의 결함이나 증명에 상세함이 부족하다고 해서 그 논문을 거절하지는 않았을 거라고."

"글쎄, 아무리 수학자라고 해도 관료주의적인 사람은 있으니까."

내가 스테파노스를 약 올리며 말했지만 그는 자신의 이야기에 너무 몰두해서 내가 끼어드는 것조차도 알아차리지 못한 것 같았다.

"이 극의 마지막 장은 갈루아가 감옥에서 나오고 난 다음에 벌어져. 무엇이 진실인지 정확하지는 않지만 전하는 이야기에 따르면 스테파니라는 한 여자가 관련되어 있어. 갈루아가 한동안 치료를 받았던 마을 병원의 의사 딸이었지. 당시 그가 썼던 논문 귀퉁이에 스테파니라는 이름이 자주 등장했다고 해. 사실 우리는 정확히 무슨 일이 일어났는지는 알 수가 없어. 스테파니가 다른 남자와 연인 관계였는지, 아니면 그 남자가 그저 스테파니를 혼자 사모했는지, 그것도 아니면 그녀가 양다리를 걸치고 있었는지 말이야. 하지만 어떤 이유에서였든 간에 데르뱅빌이라는 남자가 그에게 결투를 신청해. 갈루아는 자신의 결투 실력을 잘 알고 있었어. 그리고 데르뱅빌의 사격 실력이 자신보다 훨씬 뛰어나다는 사실 또한 잘 알고 있었기에 자신이 죽게 될 것을 짐작하고 있었지. 그는 결투 전날 친구 아우구스트 슈발리에(Auguste Chevalier)에게 편지를 쓰느라 밤을 꼬박 새웠어. 그 서신 속에서 갈루아는 '피도 눈물도 없는 바람둥이 여자'가 정직한 두 명의 시민이 결투를 치르도록 몰아갔다면서 닥쳐올 죽음의 책임을 그녀에게 돌리고 있지. 또한 자신의 연구에 수학자들이 주도적으로 관심을 갖도록 최선을 다해 힘써 달라고 친구에게 간곡히 부탁했어.

결투는 센 강의 외딴 다리 밑에서 벌어졌고, 예상대로 갈루아는 치명상을 입게 돼. 그리고 다음날 코친에 있는 병원에서 형의 팔에 안겨 숨을 거두지. 그 후 11년이 지나서야 마침내 조제프 리우빌(Joseph Liouville)이라는 사람이 갈루아의 연구를 진지하게 살펴보게 돼. 1843년 리우빌은 프랑스 아카데미 회원들을 앉혀 놓고 자신이 갈루아의 논문에서 사칙연산과 제곱근을 이용해 어떤 다항 방정식이라도 풀 수 있는 완벽한 해법을 발견했다고 발표함으로써 그들을 놀라게 해. 게다가 그는 이 방식 뒤에는 대수학뿐만 아니라 기하학에까지 적용할 수 있는 매우 심오하고도 중요한 이론이 감춰져 있다는 사실도 공표하게 되지.

그런데 지금 여기에 갈루아의 이름이 적혀 있어?"

이렇게 말하는 스테파노스의 목소리는 감정에 북받쳐 떨렸고, 손은 수학자의 이름이 새겨진 현판을 가리키고 있었다.

"물론 없지! 반면에 푸아송의 이름은 여기 있어. 코시의 이름 가까운 곳에 말이야."

갈루아가 스테파노스의 영웅이자 우상이라는 사실은 쉽게 짐작할 수 있었다.

"별로 어려울 것도 없어. 제르멘을 유혹하기만 하면 돼."

내가 그를 보며 말했다.

"그러면 카사헤마스가 당장이라도 네게 결투를 신청할 거야. 그때 주저하지 말고 그를 쏴 버리면 간단히 갈루아의 복수를 할 수 있잖아. 만약 카사헤마스가 결투를 신청하지 않고 파블로 루이즈를 찾아가서 그 친구 어깨에 기대 울어 버린다면 그때는 그냥 제르멘을 차지해 버리는 거야. 물론 그렇게 되면 위대한 수학자 타이틀은 물 건너가는 거지만."

하지만 그런 농담을 하는 게 아니었다. 스테파노스는 예의상 약간 웃었지만 나는 그가 상처받았음을 알 수 있었다. 영웅의 생애를 두고 장난치면 안 되는 것이었다.

제 7 장

토요일은 학술대회 마지막 날이었고, 스테파노스와 나는 전통적인 밤샘 축하연에 참가해 다른 참석자들과 어울리기로 했다. 우리가 바에서 나왔을 때는 일요일 새벽이 밝아오고 있었다. 호텔에 잠시 들러 소지품을 챙겨 나온 후 우리는 기차역으로 향했다. 그리고 작별 인사를 나누며 곧 다시 만나자는 약속을 했다. 하지만 그 약속을 지킨 건 거의 10년이 지나서였다.

나는 새로운 친구들의 주소와 이름이 적힌 종이를 주머니 가득 챙겨 들고 머리는 새로운 생각과 경험으로 꽉 채운 채 마차에 올라탔다. 하지만 머지않아 그 모든 것을 깨끗이 잊어버리게 될 줄이야.

파리에서 나는 새로운 내 삶의 한 장이 열리고 있다는 느낌을 받았다. 하지만 괴팅겐으로 돌아왔을 때 또 하나의 장이 닫히고 있음을 깨달았다. 돌아온 지 이틀 후, 나는 전보 한 장을 받았다. 아버지의 병세가 심각하니 서둘러 아테네로 돌아오라는 내용이었다.

아테네에 도착했을 때 상황은 예상보다 훨씬 심각했다. 아버지는 치료가 불가능한 상태였고, 결국 일주일 후에 세상을 떠나셨다. 가문의 사업이 한창 번성하고 있던 시기라 도움의 손길이 절실히 필요했다. 할아버지 마브롤레온은 너무 늙어서 사위의 손에 사업을 넘기고 은퇴한 지 이미 오래였다. 할머니는 대인관계나 인맥 구축에는 천재적이라 할 만큼 독보적이었지만 상업, 화물, 보관, 융자 등에 관해서는 아는 바가 거의 없었다. 어머니의 경우는 당시의 시대적 관습에 따라 피아노를 치거나 자수를 놓거나 자선 활동에 참가하는 일 등으로 활동 영역이 한정되어 있었다.

나는 어쩔 수 없이 수학 교과서를 회계 교과서로 바꾸어야 했고, 그동안 누리던 쉽고 도회적인 유럽인의 생활방식을 일하면서 먹는 점심과 사업상의 약속으로 대체해야만 했다. 하지만 그 정도로는 충분치 않았는지 장례식이 끝나고 한참의 애도 기간이 지난 후 '정착'하라는 할머니의 압력이 버티기 힘들 정도로 거세지기 시작했다. 그리고 결국은 자신의 기준에서 내게 가장 잘 어울릴 것 같은 이상적인 신붓감을 골라 왔다. 그녀는 유럽 상선을 지배하는 유서 깊은 선박 소유 가문의 딸 안나 델라포타스였다. 할머니의 목적은 나와 안나가 결혼하여 안나의 가족이 대표하는 선박업계와 우리 가문이 소유한 제조 무역업계의 결합을 도모하는 것이었다. 게다가 안나의 아버지 게라시모스 델라포타스는 여러 방면의 사업에 경험이 풍부했기에 내가 사업가로서 첫발을 내딛는 데 큰 도움이 될 수도 있었다.

하지만 그중에서도 할머니가 가장 기대하던 부분은 미래의 장모가 될 엘피니키 델라포타스가 올가 여왕(Olga Constantinovna of Russia)과 나누고 있던 우정이었다. 비록 마브롤레온 가문도 유서 깊은 귀족 가문으로 왕궁의 중요 행사에 자주 초대받기는 했지만, 할머니는 물론 어머니도 왕실 가족과는 전혀 친밀한 관계를 유지하지 못하고 있었다. 돌아가신 아버지의 경우에는 유럽에서 오랫동안 생활했던 탓에 중산계급의 민주주의 운동에 심정적으로 공감하고 있어서 왕실과 관련된 일은 무엇이든 의심의 눈초리로 보는 경향이 있었다.

엘피니키 델라포타스는 여왕의 가까운 친구들이 모이는 모임에 속해 있었다. 또한 여성 협회와 기독교 학파는 물론이고 여왕이 설립한 여러 자선단체에 회장을 맡고 있었고, 기독교 복음을 민중 그리스어로 전파하고자 하는 올가 여왕의 시도에 적극 동참하고 있었다. 델라포타스 가문은 여왕의 비서 율리아 소마키스가 맡아서 진행했던 첫 성서 번역의 주요 후원자 중 하나였다. 그리스 정교회가 그 번역을 즉석에서 거절하자 여왕은 충성스러운 친구 엘피니키의 확고한 지지를 등에 업고 호머를 민중 그리스어로 번역했던 팔리스(Pallis, Alexandros)에게 고개를 돌렸다. 1901년 11월 내가 아테네로 돌아오고 아버지가 돌아가신 지 1년 후 「아크로폴리스」 신문이 새로운 성경 번역문을 연재물로 나누어 싣기 시작하면서 저항의 폭풍이 일어났다.

당시 올가 여왕은 러시아 태생이라는 이유로 그다지 인기를 얻지 못했다. 불가리아인들은 마케도니아에 사는 그리스인들에게 점점 더 포악한 짓을 일삼고 있었고, 러시아는 모든 슬라브인의 결속을 목표로 슬라브 확대주의 정책의 선봉에 서 있었기 때문에 그들과 한패로 비쳐지고 있었던 것이다. 민중 그리스어 성경의 출판은 결국 피비린내 나는 폭동을 촉발시켰다. 시위자들은 자신들이 모셔야 할 여왕에 대해 노골적으로 적대감을 드러냈다. 여왕은 이미 1897년부터 성경 번역 사업에 대한 확고한 지지를 표하고 있었다. 당시 여왕은 다소 순진하게도 이런 말을 했다. 자신의 생각에는 그해 패배한 전쟁에서 부상한 군인들이 병상에 누워서 그들이 이해할 수 있는 언어로 성경을 읽거나, 혹은 누가 읽어 주는 것을 듣는다면 훨씬 큰 위안을 얻게 될 것이라고.

따라서 시위자들에게 가장 인기 있던 구호가 "슬라브 여인을 폐위하라"라는 사실은 결코 놀랄 일도 아니었다. 누구라도 예상할 수 있었겠지만 게오르기오스 왕의 대를 잇고자 노심초사하고 있던 또 다른 왕족 콘스탄티노스와 소피아는 그러한 소란에 별로 신경 쓰지 않았다. 그들의 지지자들은 다른 구호들 사이에서 "왕세자여 만수무강하소서!"라는 구호가 반드시 울려 퍼지게 할 만큼 적극적이었다. 시어머니와 며느리의 한 세대에 걸친 갈등은 왕족은 물론이고 국민들에게까지 그 영향을 미쳤다. 왕궁은 세 개의 당파로 분열되었다. 게오르기오스 왕은 영국인의 지지를 받았고, 올가 여왕은 그녀의 동포들에게서 존경을 받았으며, 왕세자 부부는 독일에 있는 콘스탄티노스의 직계 후손들과 손잡았다.

1901년 11월 8일, 군대가 시위 진압에 나서 11명의 시위자가 사망하는 일이 일어났고, 게오르기오스 테오토키스(Georgios Theotokis) 정부는 국회의 신임을 얻었음에도 사임을 강요받게 되었다. 그러자 이전에 올가 여왕의 민중 그리스어 성경 캠페인에 지지 입장을 취했던 프로코피오스(Procopios) 아테네 주교가 여왕과 거리를 두기 시작했다. 훗날 역사의 한 장에 '복음 사건'으로 기록된 이러한 일련의 사건이 일어나는 동안 엘피니키 부인은 왕궁을 비공식적으로 자주 방문하면서 여왕과 각별한 친분을 쌓기에 이르렀고, 바로 그러한 사실이 할머니의 입에 군침을 돌게 했다. 따라서 그분의 계획은 자신의 가문과 델라포타스 가문을 결혼으로 묶어 왕궁의 내부 집단에 발을 들일 계기를 만드는 것이었다. 할머니의 생각에는 이것이 결혼의 경제적인 이점보다 더 중요했다.

그래도 1906년까지 나는 할머니의 압력에 굴하지 않았다. 그 6년의 세월 동안, 나는 가문의 사업을 이어 나가느라 필사적으로 애쓰면서 게라시모스 델라포타스에게 엄청난 도움을 받았다. 따라서 1906년 봄 부분적으로는 미래의 장인에 대한 고마움 때문에, 한편으로는 할머니의 잔소리를 더 이상 참을 수 없어서, 그리고 또 어떤 면에서는 어머니까지 여읜 후 점점 심해지는 외로움을 이기지 못해 안나 델라포타스와 함께 식장으로 향하게 되었다. 당연히 결혼식을 집전하는 목사는 새로운 대주교였으며, 복음은 원래의 고문 형태로 낭독되었다. 우리의 결혼식은 할머니의 야망을 충분히 만족시키고도 남을 만큼 대단하고 중요한 사회적 사건이 되었다.

내가 우리의 결혼에 다소 신중하고 주저하는 태도를 보인 반면, 안나는 그러한 양심의 가책 같은 것은 전혀 느끼지 않는 듯했다. 그녀는 감정을 매우 솔직하게 드러내는 사람이었다. 외동딸이라서 어릴 적에는 응석받이로 자랐고, 어느 정도 커서는 아버지의 관대함 덕분에 20세기 초반의 여성들이 일반적으로 생각지도 못했던 독립을 할 수 있었다. 그녀는 궁정 무도회에서 젊은 장교들이 벌이는 치열한 다툼의 한가운데에 있었으며, 여행 경험이 풍부하고 또한 칼리노이 파렌(Callirhoe Parren)이라는 단체에서 활동하고 있었다. 또한 결혼과 더불어 완전히 그녀의 소유가 되도록 설립된 가족신탁 덕분에 경제적인 독립도 이루게 되었다. 사실 이것이 바로 그녀가 자신의 성을 버리고 내 성을 따르기로 마음먹은 유일한 동기였다. 그녀는 약혼식 직후, 대놓고 그 사실을 내게 털어놓았다.

1905년 10월, 아름다운 가을 어느 날 안나가 내게 팔리로까지 드라이브를 제안했다. 아테네의 테시온에서 피레우스까지 가는 전동기차가 1년 전부터 운행되고 있었기에 그것을 타면 훨씬 편하고 쾌적하게 다녀올 수 있었음에도 우리는 말이 끄는 전통 마차를 선택했다. 여행은 말에게 물을 먹이려고 중간에 잠깐 쉬는 시간을 포함해 45분 정도 걸렸다. 말끔하게 포장된 도로는 다양한 동물들이 뛰어노는 정원식 축사 키로타고로스에서 끝났다. 그곳은 작은 공원으로 수많은 공작새가 기니 암탉들과 함께 당당한 모습으로 걸어 다녔고, 한쪽에는 사슴 두 마리와 염소 몇 마리가 울타리 안에서 놀고 있었다. 두 개의 커다란 우리도 있었는데 한 곳에는 원숭이가 있었고, 나머지 한 곳에는 비참한 몰골의 사자가 갇혀 있었다. 아마도 가식적인 아테네인들에게 그곳이 축사라기보다는 동물원이라는 인상을 심어 주기 위한 방편으로 놓아둔 듯했다.

우리는 마부에게 좀 기다려 달라고 부탁하고 부둣가를 따라 걸어 내려갔다. 달콤한 냄새를 풍기는 해풍이 안나의 머릿결을 휘날렸다.

만약 그녀가 집안 간에 정략적으로 맺어진 약혼녀가 아니었다면 아마도 난 그녀에게 반했을 것이다. 주변에 엿들을 만한 사람이 아무도 없다고 생각될 때쯤 안나가 말을 꺼냈다.

"확실히 하고 넘어갈 게 있어요. 우리 결혼은 안나와 미카엘의 결혼이 아니라 델라포타스 가문과 이게리노스 가문, 혹은 마브롤레온 가문의 결혼이에요. 나는 내 조건과 타협이 가능할 만큼 상당한 지위에 있는 남편이 필요했고, 당신 정도면 충분히 그 역할을 할 수 있다고 판단했어요. 절대 당신의 얼굴에 먹칠하는 일은 없을 거예요. 하지만 내 삶의 방식을 바꿀 의도는 전혀 없어요. 우리의 결혼을 완성해 나가는 것에도 전혀 반대하지 않아요. 당신이 마음에 들거든요. 하지만 지금 당장은 아이를 갖고 싶지 않아요. 물론 당신도 지각 있게만 행동해 준다면 얼마든지 당신이 원하는 삶을 살아가도 좋아요. 만약 내 제안을 받아들일 용의가 있다면 예정대로 식을 진행하도록 해요. 물론 어느 정도 시간이 흐른 후 우리 둘 중 한 사람이 더 이상 이 결혼을 지속하고 싶지 않다고 생각한다면, 그때는 가능한 품위 있는 이혼 방법을 찾아봐야겠죠. 다행히 그렇게 되지 않는다면 언젠가는 우리의 예전 연인들을 모두 초대해 놓고 은혼식 같은 것을 치르게 될지 누가 알겠어요.”

그녀는 마지막 말을 하면서 웃음을 터뜨렸다.

충격에서 벗어나기까지는 몇 분이 걸렸다. 하지만 그동안 내가 받은 수학 교육이 사회적인 위축을 극복하도록 해 주었다. 나는 침착하게 주어진 데이터를 분석하고 모든 가능성을 고려한 후 안나의 정직함과 직접적인 제안이 그녀의 냉소적인 태도에도 불구하고 확실히 매력적이라는 결론을 내렸다. 일반적으로 다른 여성이 같은 입장에 처했더라면 취했을지 모를 가식적인 태도에 비하면 훨씬 수용할 만했다. 물론 결과는 이러나저러나 마찬가지였겠지만.

그래서 나는 그 제안을 받아들였다. 그리고 마브롤레온 가문의 이게리노스 자손이라는 타이틀 위에 델라포타스의 사위라는 지위를 하나 더 얹게 되었다. 여왕은 결혼식에 직접 참석해 그 자리를 빛내 주었으며,

그녀의 선물인, 순금으로 된 러시아 산 찻주전자 사모바르는 우리의 결혼생활 내내 거실에서 가장 눈에 띄는 자리인 벽난로 위 선반을 장식했다. 하지만 이제 안나를 다시 만난다면 그것을 되돌려 주어야 할 것 같다. 장모 엘피니키 델라포타스의 집을 방문해 그녀의 꾸짖는 듯한 시선과 질문을 받는 것보다는 그 편이 훨씬 나을 테니까.

제 8 장

결혼 첫해는 흔히 말하듯 꿈처럼 흘러갔다. 처음부터 솔직하게 입장 정리를 하고 시작했기 때문인지 안나는 나를 남편이라기보다는 새로 사귄 연인처럼 대해 주었다. 결혼식 직후 우리는 사업을 장인의 손에 맡기고 신혼여행으로 긴 유럽 여행을 떠났다. 나는 6년 동안이나 그리스를 떠나지 못했기에 익숙한 유럽의 도시들을 돌아보며 학창 시절 느꼈던 자유로움을 새삼 만끽할 수 있었다.

헌신적인 이슬람교도가 평생에 한 번은 반드시 성지를 방문하는 것과 마찬가지로 자긍심 있는 수학자들은 힐베르트와 골드바흐(Goldbach, Christian)의 출생지를 찾아가 봐야 마땅하다. 그곳은 임마누엘 칸트 (Immanuel Kant)가 일생을 보낸 곳이기도 하고, 차르가 또 한 번의 유태인 박해를 시작했을 때 민코프스키 가족이 숨어 지내던 장소이기도 했다. 따라서 나는 쾨니히스베르크에서 우리의 여행을 시작해야 한다고 안나를 설득했다. 그곳은 도시 계획조차 수학자들에게 영감을 주던 곳이었다.

십자군 전쟁에서 돌아왔을 때 게르만족 기사들은 발트 해 연안의 프레겔 강 옆에 정착했다. 그리고 나서 그들이 처음으로 세운 것은 요새였고, 그 주변으로 천천히 마을이 들어섰다. 그 장소, 그러니까 프레겔 강이 흐르는 곳에는 두 개의 작은 섬이 형성되었는데, 섬과 섬 사이에는 일곱 개의 다리가 놓이게 됐다. 그리고 그 다리들을 따라 걸어가는 것이 마을의 주요 관광 코스로 자리 잡았다.

나는 안나에게 쾨니히스베르크의 주민들이 관광객에게 제시하는 오래된 수수께끼 하나를 들려주었다. 그것은 7개의 다리를 한 번씩만 건너서 마을 전체를 돌아야 하는 문제였다. 문제에 흥미를 느낀 안나는 그것을 풀어 보겠다고 즉시 자리를 털고 일어났다. 그러고는 그 비밀스러운 경로를 밝혀내겠다면서 몇 시간 동안이나 좁은 골목길과 다리 위로 나를 끌고 다녔다. 나는 우리가 헛고생을 하고 있다는 사실을 절대 발설하지 않겠다고 속으로 다짐하면서 자제심을 잃지 않고 참을성 있게 안나를 따라다녔다. 우리는 마을을 다섯 바퀴나 돌았지만 매번 앞서 지났던 다리 위로 되돌아오기를 반복했다. 그리고 결국에는 완전히 지쳐서 어느 카페에 자리 잡고 앉았다. 핫 초콜릿을 주문하고 잠시 그 달콤한 따스함을 음미하다가 나는 승자의 미소를 지어 보이며 아내에게 우리가 시도했던 문제는 절대 답을 찾을 수 없다는 사실을 털어놨다. 하지만 아내는 그 말을 믿으려 하지 않았다. 내가 그것을 증명해 보이겠다고 했지만 아내는 단호하게 거절했다. 그러고는 이미 잡아 놓았던 저녁 계획을 취소하라고 고집을 부린 후 내게는 자정이 되기 전에는 절대 돌아오지 말라고 당부하고는 마을 지도를 석 장이나 사서 방 안에 틀어박혀 버렸다.

나는 마땅히 갈 곳을 정하지도 않은 채 길을 나섰기에 결국에는 '일곱 개의 다리'라는 간판이 붙은 지하 맥주홀에서 그날 저녁 시간을 보내기로 결정했다. 재미있는 이름에 이끌려 들어간 그곳에서 나는 커다란 공동 탁자에 자리를 잡고 앉았다. 앉자마자 퉁퉁하고 볼이 발그레한 여종업원이 소시지와 큰 컵에 담긴 맥주 한 잔을 가져다주었다. 주문할 필요도 없는 곳이었다.

건배하는 관습은 유럽 전역이 다 거기서 거기였다. 모두에게 술을 사겠다고 의미하는 건배자의 문구에는 일반적으로 공통의 수학적 원칙이 있다. 즉 계산은 1대1의 등가라는 것이다.

"한 명씩 분필로 그어 둬요!"

술집에 있는 모든 사람에게 술을 한 잔씩 돌릴 정도의 돈이 주머니에 있을 경우 거나하게 취한 영국의 고객은 이렇게 소리 지른다.

"인원수만큼 모자에 자갈을 던져요!"

스페인 사람이라면 같은 상황에서 이렇게 말한다. 술 한 잔당 자갈 하나, 술잔마다 분필 선 하나가 되는 것이다.

하지만 이곳의 전통은 조금 달랐다. 누구라도 술을 사고자 하는 사람은 잔을 높이 추켜들고 이름 하나를 부르면서 그 친구의 건강에 건배하고픈 사람을 초대하는 것이다. 만약 그 친구가 이미 세상을 떴다면 그의 추억에 건배를 했다. 그러면 종업원이 바쁘게 돌아다니며 잔이 비어 있는 손님의 잔을 채운 다음 모두가 한목소리로 아까의 이름을 외치는 것이다.

우리는 카이저와 그의 아내, 그리고 여섯 남매의 건강을 기원하며 차례로 건배를 했다. 비스마르크가 그 뒤를 따랐다. 프로이센 사람들은 수많은 전쟁에서 자신들을 승리로 이끈 그 재상을 아직 잊지 못하고 있었다. 다음은 신화 속의 영웅 지크프리트, 맥주홀 주인의 딸, 하네로어라는 이름의 소녀, 다듬지 않은 숱 많은 콧수염을 연신 손으로 만지작거리던 금발 청년의 열정적 사랑의 대상이 연이어 건배의 주인공이 되었다. 내 차례가 돌아왔을 때는 나를 제외한 모두가 거나하게 취해 있었다. 학창 시절 개발한 기술 덕분에 나는 아무도 눈치를 못 채게 하면서 상당량의 맥주를 짚단이 깔린 바닥에 버릴 수 있었다. 따라서 내가 잔을 추켜올리며 이름 하나를 외쳤을 때 그 누구도 레온하르트 오일러(Leonhard Euler)가 누구냐고 묻지 않았다.

호텔로 돌아오니 안나는 절망감에 망연자실해 있었다. 두 장의 지도가 조각조각 찢긴 채 다른 종잇조각들과 함께 바닥에 흩어져 있었고, 나머지 한 장의 지도는 얼룩이 잔뜩 묻은 채 지우개 가루로 범벅이 되어 탁자 옆에 놓여 있었다.

"포기했어요."

아내가 비참한 목소리로 말했다.

"아무리 열심히 들여다보고 노력해도 다리를 한 번씩만 건너면서 마을을 다 돌아보는 방법을 찾을 수가 없어요."

나는 최선을 다해 그녀를 위로했다.

"오일러 같은 천재가 풀었던 문제예요. 내가 처음부터 말했듯이 이 문제는 그냥 답이 없다니까요. 절대 풀 수 없어요. 오일러는 쾨니히스베르크의 다리와 거리를 하나의 선으로 잇는 2차원 도표를 그릴 수 있는지 없는지를 우리가 증명할 수 있도록 한 가지 실험을 고안해 냈는데, 일곱 개의 다리를 모두 포함하는 도표는 그 기준에 부합하지 않아요. 내가 설명해 줄게요."

나는 연필과 종이를 꺼내 오일러의 방식을 안나에게 설명해 주었다. 그녀가 똑똑하다는 사실은 미리부터 알고 있었지만, 그 증명의 절차를 어찌나 빨리 이해하는지 놀라지 않을 수가 없었다. 아내가 다녔던 젊은 여성들을 위한 힐 아카데미는 당시 유럽의 다른 학교들과 마찬가지로 예술 분야에 중점을 둔 학교였다. 따라서 그녀의 수학적 지식은 그다지 폭넓지 않았다. 하지만 두 시간 동안 발로 찾아다니고 네 시간의 '지면 학습'을 마친 후 안나는 문제의 핵심에 도달해 있었다. 그녀는 나의 즉흥 강의를 열정적으로 따라왔고 내가 증명을 마쳤을 때쯤에는 편안한 마음을 되찾았다. 그러고 나서 우리는 잠자리에 들었는데, 솔직히 그래프 이론(graph theory)이 1등급 정력제라는 사실을 인정하지 않을 수 없을 것 같다.

우리는 다음날 쾨니히스베르크를 떠났다. 그리고 지고는 절대 못사는 안나는 결국 그 도시가 싫어지고 말았다. 우리는 베를린과 빈, 그리고 스위스의 여러 리조트를 거쳐 마침내 파리에 도착했다. 그곳에 도착하자마자 나는 학술대회가 끝나고 서둘러 떠나느라, 그리고 그 후에도 여러 사정으로 서로 연락할 기회를 놓쳐 버린 스테파노스를 찾아보았지만 그도 이미 고향으로 돌아갔는지 소식을 알 수 없었다.

파리에서의 첫날 우리는 보통 부유층 신혼부부들이 신혼여행에서 할 법한 일들을 하며 보냈다. 아침에 숙소를 나서면 쇼핑을 하고 관광을 다

넜다. 루브르 박물관도 가고 에펠탑도 다녀왔는데, 두 번째 보는 것이라 그런지 에펠탑도 처음 보았을 때처럼 눈엣가시로 느껴지지는 않았다. 그리고 개선문을 지나 줄지어 늘어선 부티크와 옷가게, 골동품 상점 등도 돌아다녔다. 두말할 필요 없이 안나는 사마리텐(Samaritaine) 백화점을 거의 매일 찾았다.

내 할머니와 장모님도 포함되어 있는 속물적인 아테네 상류사회는 프랑스의 최고급 백화점이라 할 수 있는 사마리텐과 그 최대 라이벌 프랭탕(Printemps)에서 우편으로 물품을 주문했다. 매년 봄과 가을, 파리의 여러 상점에서 신상품 카탈로그를 보내오면 며칠간의 지루한 가족 상담을 거쳐 주문이 이루어졌다. 그리고 몇 달 후면 상품을 가득 담은 트렁크가 도착했다. 가끔은 배달상의 문제 때문에 기한이 한참 지나서 물건이 도착하는 경우도 있었는데, 그러면 내 앞으로 주문한 세일러복이나 디자이너 속옷이 이미 작아져서 입을 수 없는 경우도 있었다. 내가 이미 훌쩍 자랐기 때문이었다. 하지만 나는 그런 사실에는 별로 신경 쓰지 않았다. 오히려 내 관심을 끈 것은 텅 빈 트렁크나 사치스러운 포장지였다.

1900년 처음 파리를 방문했을 때, 나는 상점에는 발도 들여놓지 않았다. 쇼핑 같은 것은 안중에도 없었기 때문이다. 하지만 이번에는 '무슨 일이 있어도 반드시' 옷장 속을 한바탕 뒤집어엎어야만 하는 안나 덕분에 나도 어린 시절부터 잘 알고 있던 양쪽 백화점 매장을 자주 방문할 기회를 얻었다.

하루는 아내가 평소보다 오랫동안 마음을 정하지 못하고 이것저것 입어 보는 통에 혼자 어슬렁거리며 여기저기 둘러볼 시간을 얻게 되었는데, 나는 시간을 때우기 위해 센 강에 놓인 다리 중의 하나에 있는 펌프를 찾기로 마음먹었다. 전날 받아 두었던 파리 관광 안내서에 따르면 그 펌프를 통해 루브르 박물관에 물이 공급된다고 한다. 펌프의 표면에는 사마리아 여인을 만나는 예수의 모습이 부조로 새겨져 있다고 하는데, 사마리텐이라는 이름은 분명히 그 장식에서 따온 것이 분명했다. 하지만 나는 그 펌프를 찾을 수가 없었다. 지나는 사람들이나 쇼핑을 하는 고객들에게 물어도 아는 사람이 없었다. 사실 많은 사람들이 도대체 무슨 소리를 하느냐는 듯 호기심 어린 눈초리로 나를 쳐다보기만 했다. 늘 그렇듯이 관광객이 현지인보다 그 지역에 대해 더 많은 것을 알고 있었던 것이다. 하지만 마침내 전형적인 파리인의 복장인 베레모와 격자무늬의 스카프를 두르고 팔 밑에 바게트 빵 하나를 낀 채 누렇게 변색한 담배를 입에 문 한 노신사가 내가 원하던 정보를 주었다. 그가 어렸을 때 시 당국에서 그 펌프를 없애 버렸다는 것이다. 사실 그도 우연히 알게 된 일이지만 그때까지 그 펌프는 한 번도 사용된 적이 없었다고 한다.

우리 가족은 안나와 내가 살 신혼집 벽을 파리 출신 화가의 '수준 높은 작품'으로 장식해야 한다고 고집을 부리고 있었다. 물론 우리가 여행을 떠나 있는 동안에는 집의 어느 곳에도 절대 손을 대지 않겠다는 다짐을 받아 놓기는 했지만, 안나와 나는 둘 다 그림을 좋아했으므로 여행의 많은 시간을 미술관을 돌아보는 데 할애했다. 인상파 화가들의 작품이 여전히 미술관의 대부분을 차지하고 있었지만 차츰 '아르 누보(art nouveau)' 계열의 작품이 세력을 넓혀 가고 있음을 알 수 있었다.

오후가 되면 우리는 경마장을 찾아가거나 부아 드 불로뉴에서 보트를 타고, 저녁이면 오페라나 연극을 보기도 했는데, 솔직히 오페라는 전혀 내 취향이 아니었다. 가끔은 친구나 지인, 또는 지인의 친구나 친구의 지인 집에서 열리는 작은 음악회에 참석하기도 했다.

어느 날 안나는 그 모든 일이 지겹다고 선언했다. 물론 그녀가 쉽게 싫증을 내는 타입이기는 했지만, 어쨌든 상류사회니 명사니 하는 세상을 벗어나 새로운 공기를 숨 쉬며 파리 이외의 지역도 돌아보고, 그다지 '관심을 받지 못한' 지역을 방문해 소외된 예술가들도 만나보고 싶다고 했다. 물론 그 제안에 반대할 이유가 없었다. 특히 6년 전 프레데의 비스트로에서 아방가르드 예술가들과 처음 교류했을 때의 굉장한 기억이 아직도 뇌리에 생생히 남아 있었기에 나 역시도 그 계획에 대찬성이었다.

도시의 여러 정보에 도통해 있던 호텔 프런트 직원은 쥐트가 파리 경찰서의 명령으로 이미 문을 닫았다는 사실을 우리에게 알려 주었다. 그리고 그 주인 프레데 제라르는 몽마르트르에서 가장 오래된 비스트로 중의 하나인 라팽 아질(Lapin Agile)로 이사했다는 소식도 전해 주었다.

1880년대 초반 다재다능한 배우이자 화가에 시인이기도 했던 앙드레 질(André Gill)이라는 사람이 과거 마차들이 쉬어 가던 작은 선술집 하나를 사들였다. 그리고 그곳을 개조해 일종의 '문예 카바레'로 만들었다. 당시 그곳에 드나들던 여러 자수성가한 화가들은 한창 유명세를 떨치던 전설적인 강도단의 모험담을 건물 벽에 그림으로 그려 놓았는데, 덕분에 그 술집은 르 카바레 데 아사신(Le Cabaret des Assassins: 암살자의 술집이라는 뜻—옮긴이)이라는 이름을 얻게 되었다. 그리고 술집 주인 질은 문 위에 달린 간판에 토끼 한 마리가 앞발로 와인 한 병을 들고 있는 모습을 직접 그려 넣었다.

얼마 후 전직 무용수를 지낸 아델이라는 여성이 그 술집을 인수하면서 간판의 그림에서 아이디어를 얻어 가게 이름을 라팽 아질(민첩한 토끼라는 의미—옮긴이)로 바꾸었는데, 사실 그 이름에는 라 펭 아 질(La peint a Gill: 질이 그림을 그리다의 의미—옮긴이)의 의미도 중첩되어 있어서 이전 주인에게 경의를 표하고자 한 아델의 재치가 잘 드러나 있었다. 1903년 경찰은 강제로 쥐트를 폐업시켰다. 그곳이 무정부주의자들의 회합 장소로 이용되었을 뿐 아니라 다양한 범죄자들이 모이는 일종의 싸움터로 악명 높았기 때문이었다. 쥐트가 문을 닫자 아리스티드 브뤼앙은 라팽 아질을 사들여 과거 자신이 거느리던 고용인인 프레데를 그곳의 매니저로 앉혀 놓았다. 몇 년 후 파리를 떠나면서 브뤼앙은 그 가게의 운영권뿐 아니라 이익까지도 모두 프레데에게 넘겨주었다. 그리고 마침내 유서에도 그 사실을 명시해 놓았다. 프레데는 자신의 새로운 가게에 다시 쥐트의 분위기를 만들어가기 시작했다.

"만약 숙녀 분께서 담배 연기에 둘러싸인 채 아방가르드 시인들이 낭송하는 이해 불가능한 시를 듣고자 하신다면, 혹은 반쯤 술에 취한 이름 없는 화가들이 설명 불가능한 그들의 작품에 대해 설명하는 것을 듣고자 하신다면 라팽 아질보다 더 이상적인 장소는 없습니다."

프런트 직원이 장난기 어린 미소를 지으며 말했다.

"물론 그들이 동반하는 숙녀 분들이 모두 주일학교에 나가는 소녀들처럼 정숙한 것은 아닙니다."

이렇게 덧붙이면서 그는 다 알지 않느냐는 듯한 시선을 던졌다.

쥐트의 이전 고객들도 이 새로운 장소로 모두 옮겨 왔다. 그들 중 다시 환영받지 못한 사람들은 경찰로 하여금 강제로 문을 닫게 하는 빌미를 제공했던 매음굴 포주들과 옷 속에 칼을 품고 다니는 깡패들뿐이었다고 한다.

"하지만 이 말은 꼭 하고 넘어가야겠네요. 그렇다고 그곳에서 싸움이나 다른 언짢은 일들이 전혀 일어나지 않는 것은 아닙니다."

프런트 직원이 자신 있게 덧붙였다.

"따라서 제 의견을 물으신다면 그곳은 숙녀 분이 드나들기에 적절한 장소는 아니라고 말씀드리고 싶군요."

만약 안나가 조금이라도 몸을 사리는 성격이었다면 프런트 직원의 마지막 말은 안나의 결심을 바꾸기에 충분했을 테지만, 내가 알고 있는 안나는 전혀 그런 성격이 아니었다. 따라서 다음날 저녁 우리는 라팽 아질에 들러 술을 마셨다.

그곳은 오래된 타일 지붕이 덮인 농장으로 몽마르트르가 온통 농지였던 시대의 산물이었다. 입구에 들어서면 좁은 복도가 이어졌는데 그곳에는 흔히 볼 수 있는 커피 주전자와 와인 병, 그리고 주정(酒精) 병이 놓인 바가 설치되어 있었다. 거기서 좀더 안쪽으로 들어가면 바닥까지 붉은 천으로 덮인 두 개의 커다란 전등갓에서 분홍색 빛이 흩어지는 큰 홀이 나왔다. 프레데가 그 필요성을 느끼지 못했는지 벽에는 아무 색도 칠해져 있지 않았고, 대신 담배 연기와 습기로 검게 변해 있었다. 그가 후원하는 예술가들이 때때로 그려 주는 그림만으로도 그에게는 충분했을 것이다. 가장 눈에 잘 띄는 자리에는 어릿광대의 그림 한 점이 걸려 있었는데, 후에 알게 된 사실에 따르면 그것은 프레데가 가장 아끼는 화가의 자화상이었다.

브뤼앙 덕분에 피아노를 구입할 여유가 생기자 프레데는 피아니스트도 고용했다. 그리고 음정이 안 맞는 자신의 목소리와 박자를 무시한 기타 연주를 곁들여 피아노와 합주를 하기도 했다. 가게 한쪽 끝에 있는 벽난로 위에는 거대한 예수상이 놓여 있었는데, 보나마나 예수는 자신이 그곳에 무슨 볼 일이 있는 것인지 궁금해 하고 있을 것 같았다.

6년 전 방문했던 쥐트와 비교해 봤을 때 가게는 눈에 띄게 깨끗해져 있었다. 내가 충분한 경고를 했음에도 안나는 파스티스를 맛보겠다고 고집을 부렸고, 끝내 한 모금 입에 대더니 구역질을 해 댔다. 나는 끝까지 코냑에만 충실했지만 메뉴판에 쓰여 있던 '홈메이드'라는 글귀 때문에 좀 걱정이 되기는 했다.

얼마 후 두 명의 남자와 한 명의 여자로 구성된 일행이 우리 옆 테이블에 자리 잡고 앉았다. 그들 중 한 명의 얼굴이 상당히 눈에 익다는 생각을 하던 차에 나는 그의 목소리를 들었고 모든 미스터리가 일시에 풀려 버렸다. 6년이 지났지만 거의 고쳐지지 않고 여전히 어눌한 프랑스어와 억양에서 느껴지는 부드러운 's' 발음 때문에 그가 스테파노스의 스페인 친구 세 명 가운데 한 명이었다는 사실이 기억났다. 그리고 우리 둘은 동시에 서로를 알아보았다.

"엘 그레코의 친구 맞지? 그 수학자!"

"스페인에서 온 스테파노스의 친구!"

우리는 반갑게 악수를 나누었고 안나와 나는 그들과 동석했다. 그리고 서로의 소개가 이어졌다.

"막스 자코브(Max Jacob), 시인이자 화가, 그리고 나와 가장 친한 친구. 이쪽은 페르낭드, 내 연인. 그런데 내 소개도 다시 해야 할 것 같군.

우리가 처음 만났을 때 난 아버지 성을 쓰고 있어서 파블로 루이즈였는데, 지금은 어머니의 성을 쓰기 때문에 파블로 피카소라는 이름으로 사인을 하지."

나는 피카소가 소개한 여인을 보고 잠시 한 대 얻어맞은 듯 멍해졌다. 그녀는 환상 속 여인처럼 아름다웠다. 약간 붉은 기가 도는 갈색 머리에 눈은 커다란 아몬드 모양이었고 눈동자는 초록색이었으며 육감적인 몸매는 당장이라도 튕겨 나갈 듯한 생명력으로 넘치고 있었다. 잠시 동안 나는 할 말을 잃고 멍하니 앉아 있다가 아내의 은밀한 발길질이 있은 후에야 정신을 차릴 수 있었다.

"이쪽은 내 아내, 안나야. 그리고 여기는 파블로. 몇 년 전 파리에 왔을 때 알게 된 친구지."

나는 계속했다.

"나는 국제 수학 학술대회 때문에 왔었고, 파블로는 파리 박람회 스페인 전시관에 작품이 전시됐었어."

"오, 그 괴물 얘기는 더 이상 하지 말아 줘."

파블로는 정말 역겹다는 표정으로 말했다.

"그건 마지막 세기의 작품이었어. 동굴 속에서만 사는 사람이라도 그보다는 잘 그렸을 거야. 사실 그 작품은 이미 없애 버렸어. 언젠가 캔버스 살 돈도 없을 만큼 쪼들렸던 적이 있었는데 그래도 그림을 그려야만 했거든. 그래서 그 위에 흰 칠을 해서 다른 그림을 그렸지."

나는 스테파노스에 대해 물으면서 우리가 서로 연락이 끊겼다는 사실도 털어놓았다. 그러고 나서 그의 친구들에 대해서도 물어보았다. 그러자 그는 어두운 표정으로 대꾸했다.

"카사헤마스는 이제 이 세상 사람이 아니야. 제르멘이라고 기억나? 처음 만났을 때 함께 있었잖아. 카사헤마스가 그녀를 미치도록 좋아했거든. 하지만 제르멘은 단지 그의 감정을 가지고 놀았을 뿐이었어. 하루는 내가 그에게 함께 스페인으로 돌아가자고 설득했어. 돈도 다 떨어져 한 푼도 없었고 어떻게든 그가 제르멘을 잊도록 도와주고 싶었거든. 하지만 소용이 없었어. 몇 달 후 카사헤마스는 혼자 파리로 돌아와 다시 그녀를 찾아갔지. 그녀와 결혼하겠다는 생각에 거의 강박적으로 매달렸던 것 같아. 하지만 제르멘은 전과 조금도 달라지지 않았어. 자신은 절대 결혼 같은 것은 하지 않겠다고 고집을 부린 거야. 그러면서도 의도적으로 그의 열정은 계속 타오르도록 붙잡아 두고 있었지. 그러다 하루는 히포드롬 카페 앞에서 카사헤마스가 권총을 꺼내 제르멘을 쏘고 나서 자신의 머리도 쐈어. 그 자리에 파야레스도 함께 있었다더군. 누군지 기억하지? 어쨌든 제르멘은 가까스로 목숨을 건졌지만 카사헤마스는 그 자리에서 즉사하고 말았어."

마지막 말을 하는 파블로의 목소리가 심하게 떨렸다.

안나가 질책하는 눈빛으로 나를 바라보았다. 친구에 관한 고통스러운 기억을 되살리게 한 것을 나무라는 것이었다. 그러고는 서둘러 그 보상을 하려는지 입을 열었다.

"지금 있는 곳에서는 훨씬 행복할 거예요."

진부한 한마디라도 던져 어떻게든 어색한 분위기를 돌려보려는 시도였겠지만 뒤에 이어진 자코브의 극적인 한마디가 훨씬 효과적이었다. 그는 키가 작고 귀는 컸으며 코는 매부리코였는데, 작지만 영악해 보이는 눈에서는 비꼬는 듯 짓궂은 표정이 끊임없이 새어 나왔다.

“아무도 자기 운명은 모르는 거야.”

그의 말은 반쯤은 진지하고 반쯤은 농담처럼 들렸다.

“물론 막스 자코브처럼 위대한 점성술사를 만난다면 얘기가 달라지지. 그는 손금도 읽고, 별자리도 보고, 타로 점도 볼 줄 아는 대통령 각하의 담당 점성술사이거든.”

이렇게 말하며 그는 안나를 향해 익살스러운 인사를 했고, 동시에 주머니에서 카드 한 벌을 꺼냈다.

“마담의 운을 봐 드리죠.”

관심의 중심에 서게 된 것이 만족스러운지 안나가 기분 좋게 웃으며 말했다.

“제 카드 점을 봐 주시겠다고요? 좋아요. 하지만 저는 매우 복잡한 사람이라 쉽게 성격을 맞히기는 힘들 거예요. 만약 엉터리로 한다면 다 소문내 버릴 테니 각오하세요.”

“조심해, 자코브.”

피카소가 흥미로운 표정으로 안나를 바라보며 거들었다.

“이 숙녀 분은 마담 앙슈하고는 달라. 그러니 쉽게 속일 수 있을 거라고 생각지 않는 게 좋을걸. 게다가 아폴로의 고향 그리스에서 오신 분이잖아. 어쩌면 증조할머니가 피티아(Pythia: 그리스 시대 아폴로 델포이 신전에서 신탁을 행하던 여사제—옮긴이)였을지도 모른다고.”

마담 앙슈는 근처에서 작은 식품점을 운영하는 여인으로 그 지역의 모든 상인들과 마찬가지로 가난한 몽마르트르 화가들에게 특히 관대한 사람이었다. 특히 그녀는 자코브를 좋아했는데, 그 이유는 바로 그의 정중한 태도와 영리하고도 신중한 칭찬 때문이었다. 자코브가 그녀의 가

게를 방문하면 커다란 쟁반 가득 음식은 물론 여러 간식거리가 기다리
고 있었다. 자코브는 별자리 운이나 카드 점을 봐 주어 그녀의 애정에
보답하곤 했다. 물론 말할 필요도 없이 늘 그 가여운 여인이 기대하는,
좋은 일이 일어날 것이라는 대답을 해 주었다. 그때가 언제쯤인지는 모
르지만 말이다.

안나 자신의 생각과는 달리 그녀의 성격은 아주 단순해서 자코브 정
도의 똑똑한 남자라면 손쉽게 들여다볼 수 있었다. 그는 안나가 자신의
성격이라고 믿고 싶어 하는 성격과 실제 그녀의 성격을 반쯤 적당히 섞
어 말해 주었다. 그리고 나를 향해 장난스러운 시선을 슬쩍 던진 후 다
시 안나를 보고는 당신은 오직 한 남자만을 위해 태어난 여자는 아니
며, 시인에게 특히 사랑받을 뿐 아니라 화가들에게는 영감을 불어넣을
운명이라고 말했다. 이 말을 듣고 나는 그가 자신의 친구에게 슬쩍 기
회를 주려 한다는 사실을 알아차렸다. 자신은 여자에게는 아무런 관심
이 없다는 뜻을 노골적으로 내비치고 있었기 때문이다. 또한 이야기하
는 내내 페르낭드 쪽으로 심술궂은 시선을 던지기도 했다. 따라서 그의
마지막 말은 그녀를 괴롭히려는 의도가 분명했다. 사실이야 어찌됐든 만
약 그의 의도가 나를 화나게 하는 것이었다면 그 작전은 실패였다. 그
가 안나와 나 사이에 체결된 '신사협정'에 대해 전혀 알 리가 없었거니
와, 만약 아내가 그가 언급한 사실을 곧장 실행에 옮기기로 작정했다고
하더라도 난 그저 행운을 빌 뿐이었다. 사실 파블로가 안나를 쳐다보는
굶주린 듯한 시선과 안나가 그에 대한 답변으로 지어 보이는 의미심장
한 미소만으로 판단해 보자면 그리 불가능한 일도 아닌 듯싶었다.

나는 문 쪽에 등을 기대고 앉아 있었기에 한 쌍의 남녀가 우리 테이

블 쪽으로 걸어오고 있다는 사실을 바로 알 수 있었다.

"알리스(Géry, Alice), 나의 비둘기!"

피카소가 소녀를 반갑게 맞이하자 소녀는 전혀 주저하는 기색 없이 그의 무릎 위에 앉더니 매우 열정적이고 진한 키스를 퍼부었다. 그녀보다 나이가 열 살은 더 들어 보이는 동반자는 어색한 미소를 지으며 서 있었다. 나는 독특하게 정리한 그의 붉은 콧수염을 보는 순간 어디선가 그를 만난 적이 있다는 희미한 느낌을 받았다. 그도 역시 뭔가 기억해 내려는 듯한 표정으로 나를 바라보고 있었다.

열렬한 애정 표현을 끝냈을 때, 소녀는 피카소의 무릎에서 일어서더니 함께 들어온 남자의 허리를 다정한 태도로 팔로 감고는 서둘러 그를 소개했다.

"파블로 이쪽은 모리스 프랑세(Maurice Princet)라고 해요. 수학자에 보험 전문가이면서 내 영원한 희생자이기도 하죠. 내가 무슨 짓을 하든 다 참아 주기 때문에 늘 나한테 이용당하고 있어요."

그녀의 말이 끝나자 피카소는 부산한 손동작을 섞어 가며 특유의 프랑코-스페인 말로 자신의 일행을 소개하기 시작했다. 내 차례가 되었을 때 그가 나를 수학자로 소개하자 프랑세가 미소를 지으며 물었다.

"우리 전에 만나지 않았나요? 얼굴이 많이 낯익어요."

그때서야 나는 우리가 1900년 학술대회에서 만났다는 사실이 불현듯 떠올랐다. 그는 스테파노스와 나처럼 젊은 학생들 중 한 명이었고, 별로 중요하지 않은 사람들이 모여 있던 강연장 맨 뒷줄에 앉아 있었다. 내가 파리에서 챙겨 간 종이 쪽지들 중에 그의 이름과 주소도 적혀 있었다. 하지만 그 후 얼마 지나지 않아 내 삶에 끼어든 여러 예상치 못한 사건들 때문에 나는 그 새로운 지인들과 연락하며 지낼 수 없었다. 사실 그 종이 쪽지들은 내가 괴팅겐에서 챙겨 간 책과 노트들을 넣어 둔 트렁크 안에 지금도 보관돼 있었다.

대화는 우리의 첫 만남과 학술대회에 대한 인상으로 옮겨 갔다. 내가 수학에 관해 진지한 생각을 해 본 지도 어느덧 6년의 세월이 지났다. 따라서 나는 수학계의 새로운 발견을 따라잡는 데 약간 뒤처져 있다는 사실을 그에게 털어놓았다.

"학술대회에 참가했을 당시 나는 비유클리드기하학 연구에 푹 빠져 있었어요. 사실 힐베르트, 클라인, 민코프스키 등에 둘러싸여 있었으니 그럴 수밖에 없었죠. 괴팅겐은 비유클리드기하학을 연구하기에는 더 없이 좋은 장소였지만, 인생이 어디 생각대로만 되나요."

프랑세는 자신도 그 이후 보험회사 직원으로 일하기 시작했기 때문에 더 이상 스스로를 수학자로 생각하지 않는다고 대답했다. 하지만 여전히 너무 전문적이거나 기술적이지 않은 논문을 지속적으로 읽으면서 수학 쪽의 끈은 놓지 않으려 노력한다고 말했다.

"3년 전 푸앵카레가 대단한 책 한 권을 발표했어요. 『과학과 가설 (*Science and Hypothesis*)』이라는 책인데 수학을 철학의 관점에서 바라보고 있죠. 동시에 기술적인 세부 사항도 놓치지 않으면서 과감하고 대담한 용어들을 이용해 이론을 제시해요. 만약 수학 쪽으로 다시 발을 들이고 싶다면 일단 첫발을 내딛기에는 다른 어떤 책보다 적절한 책이 될 거예요. 사실 여기 있는 모든 분들이 읽어도 좋을 만한 책이죠."

그가 다른 사람들을 돌아보며 말했다.

"수학자들은 즐겨 사용하지만 일반인들은 치를 떠는 전문용어는 전혀 쓰지 않고 간단하고 명확하게 아이디어를 풀어 가고 있어요.”

이렇게 말하더니 그는 피카소 쪽으로 고개를 돌리고는 다시 말을 이었다.

“알리스 말로는 당신도 기하학에 관심이 많다면서요?”

“난 마음으로 공간을 이해하는 데 도움이 되는 것이라면 무엇이든 관심 있어요. 감각을 별로 신뢰하지 않거든요. 특히 눈은 자주 대상을 속여요. 인상주의 화가들은 화폭에 순간적인 이미지를 담아내려고 노력하지만 나는 대상의 실재를 잡아내고 싶거든요. 하지만 우리 눈에 보이는 것은 그 대상의 본질과는 달라요. 그래서 내가 수학에 관심을 두는 거예요. 당신네 수학자들은 보는 것에서 확신을 얻는 게 아니잖아요. 그 존재를 증명하기를 원하죠. 하지만 동시에 다양한 실재, 즉 다양한 기하학이 존재한다는 사실도 받아들이고요. 나는 한 명의 화가가 어떤 대상을 그릴 때 다른 화가와는 차별화되는 방식으로 그것을 표현하려고 한다는 것을 알아요. 하지만 수학은 객관적인 진리를 탐구하죠. 그런데 공간에 관한 이론이 그토록 많은데 그중에서 어떤 것이 진짜 객관적 진리라고 할 수 있나요? 신사 분 두 분께서 어디 설명을 해 보시죠!”

그는 검사가 재판에서 하는 몸짓을 흉내 내며 말을 끝냈다.

이것은 공개 도전장이었다. 6년 전 비스트로에 지금처럼 앉아 있을 때도 파블로는 스테파노스와 내게 기하학 강의를 해 달라고 고집을 부렸다. 역사는 다시 한 번 반복된다는 사실을 깨달았다. 하지만 이번에는 내가 이 거친 물살을 헤쳐 나가도록 도와줄 스테파노스가 곁에 없었다. 다행히 그날은 프랑세가 나를 구원해 주었다. 그로부터 몇 년간 프랑세는 화가들에게 수학 이론을 설명하는 전문가가 되었다. 그래서 얻게 된 별명도 바로 '큐비즘(cubism, 입체파) 수학자'였다. 그날 저녁 프랑세는 거의 아름다울 만큼 근사한 설명을 풀어 놓았고, 어떤 면에서 보면 그날이 그의 예술가 집단 정식 데뷔식이었다고 할 수 있다. 그는 자신이 먼저 시작해도 될지 허락을 받으려는 듯 나를 슬쩍 쳐다보며 미소를 지었다.

"그 해답은 당신이 '실재'라는 말을 어떤 의미로 쓰고 있느냐에 따라 달라질 수 있어요. 수학적 실재라는 것은 오직 어떤 체계의 틀 안에서만 존재하거든요. 각각의 수학적 체계는 그 안에서 증명할 수 있는 정리의 합이라고 할 수 있죠. 새로운 정리의 증명은 반드시 이미 증명된 다른 정리에 바탕을 두고 있어야만 해요. 그리고 그러한 정리는 또 이미 증명된 다른 정리에 의거해야만 하죠. 따라서 그 모든 과정은 독자적으로 하나씩 따로 이루어질 수가 없는 거예요. 그랬다가는 어딘가에서 막히게 돼 있어요. 특정한 아이디어가 가설이나 공리라고 불리려면 그러한 증명 없이도 받아들여질 수 있어야만 해요. 그러한 공리의 선택은 기본적으로 특별한 수학 체계를 특징짓는 것이죠. 예를 들어 유클리드기하학에서 우리는 'l이라는 선분과 만나지 않으면서 한 점 p를 통과하는, l과 정확히 평행을 이루는 직선은 오직 하나만 그릴 수 있다'라고 해요. 다른 기하학에서는 이 특정한 공리를 다른 것으로 대체하고 있죠. 즉 'l이라는 선분 위에 있지 않으면서 한 점 p를 통과하는, l과 정확히 평행을 이루는 직선은 무수히 그릴 수 있다. 혹은 하나도 그릴 수 없다'가 되는 거예요."

"도대체 이해를 못하겠네."

자코브가 답답하다는 듯 말을 이어 갔다.

"세상에는 정확히 설명할 수 있는 게 얼마나 많은데, 도대체 한 점을 통과하는 여러 선분이 어떤 선에 서로 평행이 되니 안 되니 하는 기하학 애기를 왜 하고 앉아 있는 거야? 그런 선은 단 한 번밖에 그릴 수 없다는 거 다들 알고 있잖아. 어떻게 생각해, 파블로? 자네가 이 방면에는 전문가잖아."

피카소는 아무 말도 하지 않은 채 물끄러미 프랑세를 응시했다. 그러자 그는 미소를 지으며 다시 이야기를 시작했다.

"평행의 공리가 제시하는 직접적인 결론은 삼각형 내각의 합이 180도라는 거예요. 만약 우리가 이 공리를 받아들인다면 그 결론도 증명할 수 있어요. 다시 말해 평행의 공리 없이는 백만 년이 흐른다고 해도 삼각형 내각의 합이 180도라는 사실을 증명할 수 없을 거예요."

이러한 논리에 자코브가 반박하고 나섰다.

"하지만 우리가 어떤 삼각형을 택하든 간에 그 내각을 자로 재서 더해 볼 수는 있잖아요. 그러면 180도라는 결론이 나오겠죠. 이런 일련의 과정이 우리가 올바른 공리를 선택했다는 사실을 확신시켜 주는 것 아닌가요?"

그는 동조를 요하는 표정으로 조용히 나를 바라보았지만 소용없는 일이었다. 과거에 나는 피카소와 그의 친구들에게 케플러의 가설을 설명하는 스테파노스의 설명 방식을 우러러봤다. 그리고 지금은 비유클리드기하학에 대해 스테파노스 못지않게 근사한 설명을 펼치고 있는 프랑세의 다음 설명을 기다리고 있었다. 마침내 그가 전혀 당황한 기색 없이 다시 이야기를 시작했다.

"평행의 공리를 부인했을 때 얻을 수 있는 직접적인 결론은 삼각형 내각의 합이 180도보다 작다는 것이에요. 또한 l이라는 선분 위에 있지 않으면서 한 점 p를 통과하는, l과 정확히 평행을 이루는 직선이 무수히 많다는 사실도 삼각형 내각의 합이 180도보다 작다는 것을 보여 주죠. 사실 180도가 안 되는 삼각형의 내각과 정확히 180도가 되는 내각 사이의 차이는 삼각형의 면적이 커질수록 점점 커지게 돼요. 우리가 어떤 삼각형의 내각을 측정했을 때 그 합이 정확히 180도가 된다고 어떻게 장담할 수 있죠? 오늘날 우리가 사용할 수 있는 도구로는 측정할 수 없을 만큼 아주 미세한 차이가 있을 수도 있는 것 아닌가요? 그리고 만약 시리우스(Sirius, 천랑성), 북극성, 태양, 이렇게 세 점을 꼭짓점으로 하는 삼각형을 그렸는데, 그 내각이 180도보다 작을 수도 있잖아요."

"혹은 클 수도 있고요?"

알리스가 애교를 부리며 끼어들었다. 그녀는 자신의 친구가 대화를 주도하고 있다는 사실에 신이 나서 그가 자기 소유라는 사실을 우리에게 상기시키고 싶은 듯했다.

"그래요, 더 클 수도 있죠."

프랑세가 사랑스러운 표정으로 그녀를 바라보며 동의했다.

"그러니까 댁의 말은 어떤 것이 올바른 기하학인지 우리는 알 수 없다는 건가요?"

자코브가 이렇게 묻자 프랑세가 대답했다.

"레드와 화이트 중 어떤 것이 올바른 와인인지 알 수 있어요? 이것과 마찬가지로 그 질문은 질문 자체가 성립이 안 돼요. 마치 미터와 야드 중 어떤 것이 더 올바른 거리 측정법이냐고 묻는 것과 마찬가지니까요. 또는 킬로그램과 톤 중 어떤 것을 이용하면 무게를 더 정확히 잴 수 있는지 묻는 것과도 같죠. 기하학에도 옳은 것과 그렇지 않은 것은 없어요. 모순이 없는 기하학은 모두 '올바른' 기하학이에요. 어떤 기하학도 다른 기하학보다 더 올바르거나 정확하지 않아요. 어떤 것이 좀 더 적용하기 편리하다고는 말할 수 있죠. 집을 짓거나 옷을 만들거나 혹은 시골에서 길을 찾아갈 때는 유클리드기하학이 가장 편리하게 적용되죠. 지금도 그렇지만 앞으로도 마찬가지일 거예요. 그렇지만 쥘 베른(Jules Verne)이 상상했던 것 같은 발사체를 우주로 쏘아 올리거나 기차가 출발해서 빛의 속도보다 빠르게 달리는 경우에도 편리하게 적용할 수 있을지는 잘 모르겠네요. 다시 강조하지만, 만약 우리가 다양한 기하학을 다양하게 적용한다면, 그것은 각각의 기하학이 각각의 경우에 가장 편리하게 적용될 수 있기 때문이지 가장 정확하기 때문은 아니라는 겁니다."

피카소는 프랑세의 강의에 완전히 사로잡힌 모습이었다.

"그러니까 지금까지 우리가 오랜 세월 적용해 오던 기하학의 전통을 깨뜨리는 것이 전혀 금기시되는 행위가 아니라는 건가요? 기존의 법칙을 깨뜨리고 나름대로 상상하고 이해해서 세상을 다른 식으로 제시해도 전혀 문제가 될 것이 없다는 거예요? 수천 년간 수많은 학자들의 지혜로 확립된 기하학 원리가 가장 정확하다고 얘기하는 것 자체가 잘못됐다고 말하는 건가요?"

그러자 프랑세가 다시 대꾸했다.

"다윈의 이론을 염두에 두고 들어봐요. 우리의 뇌는 자연 선택을 통해 오랫동안 주변 환경에 적응해 왔어요. 그리고 그 과정을 통해 역시 가장 적절한 기하학에도 적응해 온 거죠. 다시 말해 인류의 진화에 가장 긍정적인 기여를 해 온 기하학 말이에요."

“그렇다면 또 다른 생물학적 종이 또 다른 기하학을 창조해 냈을 수도 있는 것 아니에요?”

안나가 내게 도와달라는 시선을 보내며 물었다.

하지만 나는 프랑세의 설명에 완전히 빠져 있었기 때문에, 그리고 그가 토론을 이끄는 방식이 매우 마음에 들었기 때문에 조금도 끼어들고 싶은 마음이 없었다. 그리고 곧 프랑세가 말을 이었다.

“이것은 푸앵카레가 했던 말이에요. 이상하게 들릴지 모르지만 우리와는 다른 생리기능을 가졌지만 정신적인 기능이나 감각은 우리와 똑같은 가상의 생물체가 있다고 한번 상상해 봐요. 이 생명체들은 우리가 살고 있는 지구의 환경과는 다른 영향권에 살고 있어요. 당연히 우리가 학교에서 배우는 것과 똑같은 것을 배우는 것도 아니죠. 만약 이들이 우리와 다른 환경, 예를 들어 다른 인지력을 주는 환경, 그리고 다른 신호를 보내는 환경에 살고 있다면 그들은 우리와는 완전히 다른 기하학을 창조해 냈을 겁니다. 유클리드기하학과는 조금도 비슷할 이유가 없는 거죠.

이제 어떤 마법 같은 수단에 의해 우리가 그 세계로 가게 되었다고 상상해 보는 거예요. 지금까지 지구에서 겪은 경험과 그 경험의 직간접적인 영향, 그리고 가능한 예측으로 무장하고 말이죠. 그렇게 되면 우리는 그곳에서 관찰한 현상을 유클리드기하학을 이용해 설명하는 데 별 어려움을 느끼지 못할 거예요.

그 반대도 마찬가지죠. 만약 그 생명체 중 하나가 갑자기 우리가 사는 세계에 오게 된다면 그도 역시 그들만의 기하학을 이용해 이곳에서 일어나는 모든 일을 설명할 수 있을 겁니다. 심지어 나는 그 생명체가 우리에게 자신들의 기하학 법칙과 원칙을 가르쳐 줄 수도 있을 거라고 생각해요. 그렇게 되면 우리도 그 다른 기하학으로 우리의 세상에서 일어나는 다양한 현상을 설명할 수 있게 되겠죠. 물론 그 기하학을 충분히 공부하고 난 다음에요.“

프랑세가 나를 돌아보며 물었다.

“우주가 천체로 둘러싸여 있다고 말한 그리스 철학자가 누구죠?”

“전부 다요. 그중 중요한 철학자만 대라면 피타고라스, 플라톤, 아리스토텔레스가 있어요. 그들 모두가 우주는 유한하고 그 외부는 한자리에 영구적으로 고정된 별들로 둘러싸여 있다고 믿었어요. 피타고라스나 그의 제자 필로라오스는 우주의 중심에 불기둥이 놓여 있고 그것을 축으로 지구, 달, 태양, 그리고 당시 알려져 있던 그 외 다섯 개의 행성이 돌고 있다고 믿었어요. 그리고 그 모든 것이 천체 안에 들어 있다고 생각한 거죠. 그런데 모든 행성의 수를 더하면 아홉 개가 되잖아요. 하지만 피타고라스는 10이라는 숫자가 우주의 조화를 나타내는 완벽함을 뜻한다고 믿었다고 해요. 그래서 지구를 도는 또 하나의 행성이 있다고 상상했어요. 그게 바로 가상의 행성 안티크톤(Antichthon)이에요. 일명 반(反)지구(Counter Earth)라고 하죠. 하지만 플라톤과 아리스토텔레스는 고대와 중세 시대 다른 대부분의 철학자와 마찬가지로 지구를 우주의 중심으로 보았어요. 즉 태양과 다른 행성들이 지구를 중심축으로 회전한다는 거예요. 물론 모든 행성 주변을 도는 가장 외부의 구체와 함께요. 자 이중에서 원하는 이론을 골라 봐요.”

“그러니 우주는 유한하며 완성된 천체라는 개념은 전혀 새로운 게 아니죠.”

프랑세가 내 말을 받아 계속했다.

"그러한 우주를 한번 상상해 보자고요. 우선은 상상력을 통해 실험을 해야 하니 그러한 우주를 지배할 규칙들을 만들어 볼게요. 이 규칙들은 우리의 우주 규칙과 너무 달라 어쩌면 이상하게 들릴지도 몰라요. 하지만 어디까지나 타당한 규칙이라는 점은 확실히 하고 넘어갈게요. 전혀 비논리적이지 않다는 거죠. 자, 바로 이거예요. 이 우주의 가장 높은 온도는 그 중심에서 찾을 수 있어요. 그리고 중심에서 멀어질수록 점점 낮아져서 천체의 가장 바깥 경계 부분에 닿으면 온도는 제로(0)가 될 거예요. 좀 더 나아가서 이 우주에 존재하는 대상들은 수축계수(contraction coefficient)가 전부 똑같아서 어떤 물질로 만들었든 간에 그 치수가 주변 온도에 비례한다는 거예요. 다시 말해 우주 중심까지의 거리에 반비례한다는 거죠. 즉 어떠한 물체든 천체 바깥으로 갈수록 축소하고 중심에 가까워질수록 확장해요. 마지막으로 우리는 이러한 변형이 자동적이고 규칙적이라는 사실도 가정해야 합니다. 그래야만 변화를 경험하는 대상이 그것을 느낄 수 없으니까요.

이러한 기하학에 근거해서 보면 이 우주는 유한하죠. 하지만 그곳에 거주하는 생명체의 눈에는 무한해요. 천체의 경계 쪽으로 다가가면 갈수록 그들의 세계도 거리에 비례해 작아지니까요. 그러니 그들 눈에 비치는 천체 경계까지의 거리는 절대로 줄어들지 않아요. 다시 말해 그들의 관점에서는 그 경계에 절대 닿을 수 없다는 거죠. 그러니 그 생명체들은 '세상의 경계'가 한없이 멀리 떨어져 있다고 생각하거나, 아예 경계 자체가 존재하지 않는다고 생각할 거예요. 그것은 우리가 바다를 건널 때 주변에 우리의 위치를 가늠할 만한 육지가 하나도 없는 상태에서 받

는 느낌과 거의 비슷해요. 수평선을 향해 가고는 있지만 그것에 가까워
진다는 느낌은 전혀 받을 수 없으니까요. 그런 세상에서라면 제논의 역
설(Zeno's paradoxes: '제노의 역설'이라고도 함—옮긴이)도 그다지 역설처럼
보이지 않겠죠."

"누구의 역설이요?"

자코브가 물었다.

"제논이라고 했어요. 오, 자코브, 내 사랑."

페르낭드가 짓궂게 대답하고는 말을 이었다.

"설마 제논에 대해 전혀 들어보지 못했다고 말하려는 건 아니죠? 그
큰 키에 콧수염이 덥수룩한 근육질 남자 말이에요. 이런 부끄러울 데
가! 이제는 그를 만나고 싶어도 만날 수 없어요. 몇 세기 전에 이미 죽었
거든요. 자기가 딱 좋아할 타입이었는데!"

"이런, 내 무지를 용서하세요, 언덕 위의 백작 부인."

자코브가 잠시 생각할 틈도 없이 대꾸했다.

"잘 모를까 봐 하는 말이지만, 난 하루 종일 연인의 소파에 누워 터
키산 담배를 입에 물고 유행하는 잡지나 뒤적거리며 나 자신을 교육시
킬 정도의 사치는 부릴 여유가 없어요. 그래요, 고백하지만 난 제논이
누군지 몰라요. 하지만 당신이 그를 만났다니 정말 놀랍군요. 그렇게까
지 나이 들어 보이지는 않는데 말이에요."

피카소는 자신의 애인과 막역한 친구가 벌이는 말싸움을 즐기고 있
는 듯 보였다. 나중에 깨달은 사실이지만 자코브와 페르낭드의 신경전
은 하루 이틀의 일이 아니었다. 피카소는 지난번 파리에서 지낼 때 자
코브와 처음 만났고, 그 이후로 절친한 우정을 쌓아 왔다. 그 젊은 시인

은 자신의 거처에 갈 곳 없는 피카소가 머물 수 있도록 해 주었을 뿐 아니라, 심지어 두 사람의 생계를 해결하기 위해 본인이 직접 상점의 재고품 관리원으로 취직하기도 했다. 두 사람은 서로의 그림이나 시에 대해 토론하며 수많은 시간을 함께 보냈다. 게다가 피카소의 프랑스어 실력을 향상시키기 위해 많은 노력을 기울인 것도 이 젊은 유대인 친구가 처음이었다. 사실 그는 그럴 수밖에 없었던 것이 함께 사는 스페인 화가 친구가 자신이 지은 시를 읽어 준 첫 독자였기 때문이다. 자코브와는 달리 피카소는 여성에게 관심이 많았다. 그렇다고 여성들과 진지한 관계를 이어 나가는 것은 아니었고, 짧고 기회주의적인 연애, 예를 들어 알리스와 나누었던 그런 관계들을 에로틱한 작품 활동에 이용하고 있었기에 자코브도 그다지 반대하지는 않았다. 어쨌거나 그도 자신만의 독특한 연애 생활을 추구하고 있었으니 말이다.

그러던 어느 날 페르낭드가 두 사람의 삶에 끼어들었고 피카소는 그녀와 열정적인 사랑에 빠져들었다. 적어도 처음에는 그랬다. 이미 여성이라면 질색을 하던 젊은 시인은 이러한 '침해'가 전혀 달갑지 않았다. 그는 자신이 가진 최고의 무기들을 이용해 그녀와의 전쟁을 시작했다. 그 무기는 바로 역설, 빈정거림, 마음을 다치게 하는 말이었다. 자코브의 공격에 페르낭드도 같은 방식으로 대응하기는 했지만, 그녀는 다소 느긋한 성격의 사람이라서 특별히 공격적인 반응을 보이지는 않았다. 그녀는 오직 피카소에게만 관심이 있었기에 자코브를 진정한 적으로 간주하지 않았다. 하지만 이번에는 달랐다. 자코브가 제논의 존재를 전혀 모른다는 사실을 알게 된 이상 순순히 그 기회를 놓쳐 버리고 싶지 않았던 것이다.

피카소와는 달리 나는 두 사람의 논쟁이 싸움으로 번질 것 같아 걱정이 되어 서둘러서 제논의 역설을 설명함으로써 어떻게든 그 위기를 넘겨야겠다고 생각했다. 그런 내 마음을 눈치채기라도 했는지 프랑세는 내게 그것을 설명해 달라고 슬쩍 부탁했다.

"아리스토텔레스에 따르면 파르메니데스(Parmenides)의 제자였던 엘레아의 제논은 운동에 관한 개념을 반박하는 네 개의 역설을 만들어 냈어요. 다시 말해 어떤 운동이…… 말하자면 불가능하다는 사실을 증명하는 네 가지 예를 제시한 거죠. 물론 그가 자신의 눈에 확실히 보이는 사실까지 부인할 만큼 미쳐 있던 것은 아니에요. 단지 당대의 다른 철학자들에게 그들이 정의하는 운동의 개념이 불완전하고 전혀 치밀하지 않다는 사실을 보여 주고 싶었던 거죠.

그의 역설 중 하나를 예로 들어 볼게요. 만약 우리가 어떤 지점을 향해 돌을 던진다면 그 돌은 목표에 도달하기 전에 반드시 그 거리의 절반이 되는 지점을 통과해야만 해요. 그리고 그 나머지 거리를 이동하려면 역시 남은 거리의 절반 지점, 즉 총 거리의 4분의 1에 해당하는 거리에 있는 지점을 통과해야만 하죠. 그러고 나서 또 나머지 거리를 이동하려면 다시 한 번의 그 절반, 그러니까 총 길이의 8분의 1에 해당하는 거리를 간 지점을 통과해야 하고, 그다음에는 16분의 1, 32분의 1, 그런 식으로 계속 나아가야 한다는 거예요. 그렇게 되면 무수히 많은 절반 지점을 통과해야만 목표에 도달할 수 있다는 논리가 나오는데, 제논에 따르면 그게 불가능하다는 거죠. 다시 말해 그것은 명백한 논리적 타당성에도 불구하고 역설이 되는 겁니다. 하지만 프랑세가 설명한 세상에서는 그런 논쟁이 완벽하게 논리적이 되죠."

“당신 고국의 동료들은 무한대와 별로 친하지 않았어요. 어쩌면 아르키메데스는 제외해야 할지 모르지만요.”

이렇게 말하더니 프랑세가 다른 사람들 쪽으로 고개를 돌리며 다시 말을 이었다.

“오늘날 우리는 무한급수의 합도 유한할 수 있다는 사실을 알아요. 예를 들어 지금 얘기한 것처럼 어떤 직선의 절반, 4분의 1, 8분의 1, 16분의 1 등을 더한 합도 다시 하나로 수렴된다는 것을 쉽게 증명할 수 있다는 거죠. 하지만 내가 묘사한 상상의 세계 속에서는 이것을 역설이라고 생각조차 않는다는 거예요. 만약 그곳에서 돌멩이 하나를 우주 바깥으로 던져 천체의 반지름에 해당하는 거리만큼 중심에서 멀어지도록 한다면 정해진 거리의 절반 지점에 도착하면 돌의 크기도 정확히 절반으로 줄어 있을 겁니다. 아까 얘기했듯이 이 상상의 세계 속에서는 모든 물체가 중심에서 멀어질수록 줄어드니까요. 지능이 있는 생물체가 같은 경로를 따라 여행한다고 생각해 봐요. 그가 정해진 경로의 절반 지점에 도착하면 남은 거리는 여전히 여행 전에 보았던 거리와 똑같다는 사실을 알게 될 거예요. 중심에서 본 거리와 똑같은 거리가 남아 있는 거죠. 우리 눈에는 이 상황이 전혀 이상하지 않아요. 누군가 정해진 거리를 여행하기는 하지만 운동이 진행되는 동안 그와 비례해 여행자의 크기도 줄어들기 때문에 결과적으로 그가 정해진 거리를 완주할 능력도 그만큼 감소한다는 사실을 알고 있으니까요. 이것이 바로 우리가 인간의 기하학을 이용해 왜 그가 자신의 목적지에 절대 도달할 수 없는지 설명하는 방식이에요. 하지만 여행자 자신이 그의 기하학을 이용해 이 상황을 설명한다고 해도 전혀 이상하지 않죠. 그의 눈에 그 거리는 처음부터 무한했으

니까요. 그러니 그가 얼마나 먼 거리를 가든 상관없이 늘 무한대의 거리
가 남아 있게 되는 거죠.

다른 예를 하나 더 들어 볼까요? 빛이 하나의 매질에서 다른 매질,
예를 들어 공기에서 물로 들어갈 경우 굴절해서 경로를 바꾸게 된다는
사실은 모두 알고 있을 거예요. 얼마나 많이 굴절하게 되는지는 대상 매
질의 굴절률에 달려 있죠. 유리의 굴절률은 공기나 물과는 달라요. 그렇
다면 지금까지 예로 들었던 상상의 세계에서는 굴절률이 천체 중심에서
의 거리와 비례해 커진다고 가정해 보죠. 그곳의 거주민들은 우리가 보
는 방식으로 빛을 보지 못할 거예요. 빛이 꺾일 때 분산하는 것이 아니
라 직선으로 내리꽂힐 때 그렇게 되니까요.

자, 지금까지 나는 우리의 기하학 용어로 그 세계에서 일어나는 일을
설명했어요. 물론 그곳에 사는 지적 생명체들에게는 우리의 것과 완전
히 다른 그들만의 기하학이 분명히 있을 거예요. 그리고 그들은 자신들
의 기하학이 명백한 것이라 믿고 있겠죠. 다시 말해 우리의 기하학이 일
종의 이론 게임이고 단지 괴팍한 수학자들에게나 어울리는 것이라고 생
각할 거란 말입니다.”

“올레이(Olè, 멋지군)!”

피카소가 신이 나서 소리쳤다. 안나도 흥분한 기색이 역력했다.

“기하학에 대한 열정이 대단하시군요. 이제 남은 일은 미카엘이……
그림만 시작하면 되겠어요.”

“우리 친구 중 한 명이 기하학은 시각예술이라고 하던데요. 언어의 문
법을 글쓰기 예술이라고 하는 것과 마찬가지죠. 그건 그렇고, 아폴리네
르(Apollinaire, Guillaume)는 어디 있어요? 오늘 밤에 올 거예요?”

알리스가 물었다.

"그 박식한 기욤 아폴리네르는 오늘 밤 무척 바쁘십니다."

자코브가 거드름 피우는 흉내를 내며 대답했다.

"얼마 전 누가 책을 한 권 써 달라고 부탁하면서 돈을 주었는데, 돈은 미리 받아서 다 써 버리고 책은 아직 시작도 못한 모양이에요. 그러다 결국은 원고를 부탁했던 사람이 어제 찾아와서 기욤의 목에 칼을 들이댔다고 해요. 그래서 오늘 밤 학구적인 기욤 아폴리네르는 집에 틀어박혀 책을 끝낼 수밖에 없어요. 하지만 여기 있는 거장 피카소와 고귀한 마담 페르낭드가 주최하는 리셉션에는 나타날 테니 걱정 말아요."

"물론이죠. 내일 리셉션에는 먹을 것도 있거든요."

페르낭드가 농담으로 받았다.

친구들의 식사 시간마다 깜짝 방문을 하는 아폴리네르의 취향을 알고 있는 사람들은 모두 폭소를 터뜨렸지만, 나를 포함한 나머지 사람들은 어리둥절한 표정으로 앉아 있었다.

"이왕 말이 나왔으니 두 분도 참석하면 어때요?"

피카소가 우리 부부를 보며 제안했다.

"우리 모임은 수학자라면 언제나 환영이거든요. 물론 아름다운 숙녀분도 마찬가지고요."

그가 아내를 바라보며 덧붙였다.

"우리에게도 작품을 보여 주실 건가요? 수도 없이 많은 미술관과 박물관을 찾아 돌아다니느라 우린 완전히 녹초가 됐어요. 하지만 화가의 안내를 받으면서 그의 작업실을 둘러볼 기회는 없었거든요."

피카소가 잠시 망설이는 듯했다. 그러자 페르낭드의 얼굴에 비꼬는 듯한 표정이 비쳤다. 피카소가 안나의 청을 꺼리고 있음이 명백했다. 하지만 아내는 거절의 답은 절대 받아들이지 않겠다고 마음을 단단히 먹은 버릇없는 소녀의 표정으로 계속 그의 얼굴을 응시했다.

"일단 오세요. 뭘 해 드릴 수 있는지 그때 가서 한번 보죠."

마침내 그가 대답했다.

도저히 못 믿겠다는 듯한 짜증스러운 표정이 페르낭드의 얼굴에 드리웠다. 아마도 우리의 친구가 평소 다른 여성들에게는 좀처럼 승낙하지 않던 모종의 특권을 안나에게 부여한 모양이었다. 자코브가 안나를 향해 일부러 과장된 몸짓을 지어 보이며 그 사실을 확인시켜 주었다. 그는 이렇게 선언했다.

"마담, 당신의 아름다움에 경의를 표합니다. 우리의 거장께서 자신의 작품을 보여 주기로 결정한 것은 몇 년 만에 처음이거든요."

그리고 자코브는 조롱하는 시선으로 나를 바라보며 말을 이었다.

"물론 그 영광의 일부는 남편분에게 돌아가겠지요."

하지만 이렇듯 명백하면서도 은근한 암시에 기꺼이 무관심으로 대응함으로써 나는 그를 보기 좋게 실망시키고 말았다.

나는 아내와 나, 둘 다를 위해 '거장이자 무리의 우두머리'인 피카소의 초대를 받아들였다. 내일 밤 우리 부부 앞으로 예약된 값비싼 오페라 박스석이 비어 있을 것을 생각하니 기쁨이 배가 되는 것 같았다. 바로크 시대가 배경인, 내용도 형편없는 오페라를 감상하며 귀중한 시간을 낭비해야 할 위기에서 구원받은 것이었다. 그 작품의 유일한 목적이라면 가수들이 재능을 선보이고 새로 장만한 옷을 관객들에게 맘껏 자랑할 기회를 주는 것이었다. 하지만 텅 빈 우리의 박스석은 사회 속에서 우리 부부의 위치를 확인시켜 줄 것이 분명했다. 우리가 누군지 아는 사람들은 우리가 그 자리를 예약했다는 사실을 결국 알게 될 테니 말이다. 게다가 지금 우리 앞에 있는 사람들과 어울리는 것이 훨씬 흥미로울 테니 우리는 두 마리 토끼를 한꺼번에 잡는 셈이었다.

이번에는 알리스가 질투심을 드러낼 차례였다.

"다들 내일 뭘 할지 다 정하신 것 같은데, 그러면 오늘 밤에는 뭘 하고 보낼 건지 얘기해 주실래요? 내가 알기로는 영화 상영이 있다는 것 같던데."

엘레아의 제논이 자신의 역설을 이용해 운동 가능성에 의문을 던진 것은 기원전 450년 경이었다. 앞서 내가 설명했던 이분법 역설 말고도 제논의 역설에는 화살의 역설이라는 것도 있는데, 이것이 어떤 면에서는 영화 감상과 관련이 있다. 화살이 공간을 가로질러 날아갈 때 그것은 고정된 형태로 나열된 시간의 각 점을 지나야 하므로 과녁까지 가는 운동을 마무리할 수 없다는 역설이 나온다. 하나의 운동은 무한히 나열된 고정 지점의 합이다. 흥미롭게도 2300년 후, 엘레아 출신의 이 그리스 철학자의 반대에도 불구하고 일련의 고정된 장면으로 움직이는 듯한 인상을 주는 장면을 창조해 낼 수 있게 되었다. 에디슨(Edison, Thomas), 레이노(Reynaud, Emile), 뤼미에르(Lumiere, Louis Jean) 덕분이었다. 초기 카메라는 1초당 열여섯 개의 이미지를 투사할 수 있었는데, 이렇듯 이미지를 연속적으로 빠르게 투사하고 눈의 망막 속에 잔상이 남는 효과를 이용하면 영사기사는 관객들로 하여금 그들이 과거 어떤 시점에서 한번 일어났던 장면을 실제로 보고 있다는 착각이 들게끔 할 수 있다. 눈에 보이는 영상은 저절로 사라지는 것이 아니다. 우리의 눈은 다음 장면을 볼 때까지 이전 영상을 기억한다. 이러한 작용 덕분에 우리는 영화를 보면서도 여러 사진을 차례로 한 장씩 보는 것이 아니라 끊어지지 않은 하나의 움직이는 장면을 보고 있다고 믿는 것이다.

약 10년 전쯤인 1895년 12월, 뤼미에르는 유료 관객을 모아 놓고 처음으로 영화를 상영했다. 객석에는 한바탕 소동이 일어났다. 스크린 뒤쪽에서 기차가 달려 나와 관객을 향해 돌진한 것이다. 몇몇 여성은 두려움에 사로잡혀 비명을 지르기도 했다. 그리고 잠시 후 모든 사람이 우레와 같은 박수를 터뜨렸다. 〈열차의 도착(Arrival of a Train at La Ciotat)〉이라는 제목의 이 영화가 바로 영화의 탄생을 알린 작품이다. 이 새로운 대중오락은 전례 없는 성공을 거두었다. 10년 동안 파리에는 수십 개의 영화 상영관이 생겼고, 30~40수즈(Sous: 프랑스의 동전으로 20분의 1프랑 정도의 값어치임—옮긴이) 정도만 내면 한 편의 영화를 원하는 만큼 여러 번 볼 수 있었다. 그 금액은 오페라 극장의 좌석 안내원에게 주는 팁보다도 적었다. 모든 극장에서는 생음악 연주를 했다. 어떤 곳은 피아노 한 대만으로 연주하기도 했지만, 어떤 곳에서는 오케스트라 연주도 들을 수 있었다.

피카소와 그의 친구들은 극장이라면 사족을 못 썼기에 적어도 일주일에 하룻저녁 정도는 이 새로 발명된 예술 분야에 자신들의 시간을 바쳤다. 게다가 피카소는 이 혁신적인 표현 수단을 더 나은 공간 이해의 수단으로 이용하는 방법을 모색하고자 했다. 전직 마술사였으나 지금은 가장 유명한 영화감독으로 활동하는 조르주 멜리에스(Georges Melies)가 영화의 특수 효과를 하나씩 발명해 가는 중이었는데, 바로 이것이 피카소에게 영감을 주었다. 진실의 재현, 공간의 이용, 심지어는 연대기

순으로 나열하는 사건의 연속이라는 점에서 과거의 모든 인습을 뒤흔들고 있었기 때문이다.

피카소 자신도 열정적인 사진 작가였다. 사진기의 다양한 기술을 실험해 단지 눈에 보이는 사실보다는 좀 더 지성에 호소하는 무언가를 화폭 위에 옮겨 놓을 방법을 찾으려 노력했다. 하지만 오늘 밤은 다른 일들로 너무 정신이 없어 극장에 가는 것을 까맣게 잊고 있었던 것이다.

페르낭드는 분명히 알리스를 질투하고 있었다. 단지 그녀가 자기 남자 친구의 옛 연인이었다는 이유 때문만은 아니었다. 그보다는 피카소와 알리스의 관계가 이별 후 진한 우정을 나누는 친구 사이로 변화했음에도 여전히 섹스를 꺼리지 않는다는 사실 때문이었다. 프랑세를 피카소와 그 친구들에게 소개함으로써 알리스는 아름다운 빨간 머리 여성을 상대로 선취점을 올렸다. 그리고 밤이 깊어갈수록 페르낭드의 입지는 점점 좁아지는 것처럼 보였다. 피카소가 프랑세에게 남다른 관심을 보였기 때문이다. 하지만 페르낭드는 상황 판단이 매우 빨랐다. 그래서 지금은 알리스의 편에 서서 일행들을 얼른 극장으로 몰아가야 한다는 사실을 깨달았다. 안나와 나는 극장에 가 본 적이 없었기에 역시 두 여인의 노력에 힘을 보탰다.

몇 분 후 우리는 두에 거리에 있는 영화 상영관의 다섯 번째 줄에 나란히 자리를 잡고 앉았다. 우리의 친구는 상영되는 영화가 조르주 멜리에스의 〈달세계 여행(A Trip to the Moon)〉이라고 알려 주었다. 비록 쥘 베른의 작품에서 영감을 얻어 만들기는 했지만 영화는 구상이나 줄거리가 모두 단순했다. 하지만 특수 효과는 대단했다. 특히 영화라는 매체를 처음 감상하는 우리의 눈에는 대단한 정도가 아니라 엄청나 보였다. 우주선이 달의 눈에 부딪치며 착륙하는 장면은 영상 기술이 엄청난 발전을 이룬 오늘날의 관점에서도 정말 그럴듯했다.

당시 파리의 극장은 하층 계급의 사람들이 주로 찾았다. 특히 몽마르트르에 있는 극장들은 평판이 좋지 않았다. 영화가 상영되는 중간에 휴식 시간도 없이 계속 어두운 상태였고, 의자도 편안했으며, 음악도 계속 연주되었기 때문에 미혼 커플들의 비밀스러운 욕구를 표출하는 은밀한 장소로 이용되었으며, 몽마르트르 언덕의 매춘부들 또한 그곳을 자신들의 영업 장소로 이용하고 있었다. 관객들은 담배 피우고 소리 지르며 서로 싸우기도 했는데, 그중에서도 가장 볼썽사나운 관객은 어두운 구석에서 오줌을 싸는 족속들이었다. 그곳에 앉아 있는 동안 나는 지체 높으신 할머니를 떠올리며 마냥 흡족한 기분에 젖어들었다. 안나는 나의 장모이자 여왕 폐하의 절친한 친구인 마담 엘피니키 델라포타스를 떠올리는 듯했다. 물론 아닐지도 모르지만 그녀가 공모자(共謀者)의 느낌을 담아 내 손을 꽉 움켜쥐었을 때, 적어도 내가 받은 느낌은 그런 것이었다.

우리는 그 영화를 두 번이나 보고 다음날 다시 만날 것을 기약하며 친구들과 헤어졌다. 호텔로 돌아가는 마차를 타자마자 안나는 내 팔에 무너지듯이 안겨 왔다. 그녀는 우리의 새로운 지인들에 대해 전율하고 있었다. 그리고 그토록 멋진 저녁 시간을 보내는 데 나의 역할이 엄청났음을 깨달았는지 호텔에 도착하자마자 그에 합당한 보상을 해 주었다. 그것은 우리가 신혼이라는 사실을 감안해도 실로 관대한 보상이었다.

제 9 장

스테파노스의 옛 친구이자 이제는 차츰 명성을 얻기 시작한 피카소는 쥐트에서 몇 블록 떨어진 라비냥 광장에 있는 3층짜리 건물로 이사했다. 건물까지 오르는 길은 경사진 언덕이라 앞에서 보았을 때 1층에 해당하는 부분이 안쪽 뜰에서 내다보면 3층이 되었다.

19세기 중반쯤 세워진 그 건물은 원래 피아노 공장이었지만 이후 다양한 사업 용도로 이용되었다. 파리 코뮌 사건에 이어진 격동의 시기에는 몇몇 무정부주의자들이 피난처 삼아 숨어 있기도 해서 건물은 '파괴 활동 분자 소굴'이라는 오명을 안기도 했다. 하지만 그러한 이름은 시간과 함께 서서히 퇴색해 갔고, 지금은 주로 비주류 지식인들이 살며 소동이라고는 가끔씩 취객이 부리는 주정이나 연인들이 벌이는 사랑싸움이 전부였다. 1890년 경, 건물 주인은 건축가 바세르에게 건물을 작은 작업실로 나누어 달라고 부탁했다. 당시 몽마르트르로 몰려들기 시작한 화가들에게 임대하려는 의도였다. 전혀 상상력을 이용하지 않고, 혹은 이용할 상상력이 없어서 그랬는지 모르지만, 바세르는 단지 나무판자로 공간을 구분한 후 내부 계단만 하나 덩그러니 설치해 정말 볼품없는 열 개의 작업실 겸 아파트를 만들어 냈다. 모든 거주자들의 식수를 책임지는 단 하나의 수도와 더럽고 불결할 뿐만 아니라 문도 잘 닫히지 않는 욕실 하나가 열 개의 아파트 거주민이 이용할 수 있는 편의시설의 전부였다. 건물 전체는 누가 보더라도 알래스카 사냥꾼들의 오두막을 연상시켰는데, 아니나 다를까 거주민들은 그 건물을 '사냥꾼의 집(la maison du trappeur)'이라 부르고 있었다.

막스 자코브도 같은 건물에 아파트를 얻어 살고 있었는데, 그는 사냥꾼의 집이라는 표현 대신 '세탁선(Le Bateau Lavoir)'이라는 표현을 더 좋아했다. 사실 한쪽에서 보면 1층이고 반대편에서 보면 3층에 해당하는 곳에 작은 창문이 죽 달려 있는 모습만 보자면 그 커다란 건물은 마치 거대한 원양 정기선처럼 보였다. 하지만 창문마다 죽 널려 있는 수십 개의 작은 속옷 빨래들을 보고 있으면 세탁소의 모습을 연상시키기도 했다. 사람들은 건물의 모습이 센 강에 정박한 채 세탁소로 쓰이던 거대한 바지선을 닮았기 때문에 그런 이름이 붙었다고 말했다.

나중에 들은 말이지만 세탁선에 있는 유일한 수도가 페르낭드와 피카소의 격정적 사랑의 계기가 되었다고 한다. 1904년 이 젊은 스페인 화가는 네 번째로 파리를 방문하면서 이번에는 아예 파리에 정착해 자신의 존재를 예술계에 입증하고야 말겠다는 다짐을 했다. 그는 자신이 아끼는 여러 종류의 애완동물을 이끌고 찢어지게 가난한 화가들이 모여 사는 이 건물에 둥지를 틀었다. 당시 페르낭드는 무척 힘들고 사건 많던 청소년기를 보내고 첫 결혼에 실패한 후 조각가 로랑 드비엔느(Laurent Debienne)를 만나 역시 세탁선에 세 들어 살고 있었다. 피카소는 수돗가에 서 있는 페르낭드를 보자마자 첫눈에 반했고, 그때부터 벌어진 상황은 여러분이 상상하는 그대로다. 8월 어느 날 억수같이 쏟아지던 소나기가 두 사람에게 첫 만남의 기회를 제공했다. 비를 피해 달려가던 페르낭드가 예기치 않게 피카소와 부딪히게 되었다. 그러자 그가 길을 막아서고는 자신이 안고 있던 고양이를 그녀의 팔에 안겨 주었다. 그길로 페르낭드가 피카소의 작업실로 따라 들어갔고, 그때 이래 두 사람은 그 누구도 떼어놓을 수 없는 사이가 되었다. 물론 싸움도 잦았다. 피카소의 부정이 늘 문제가 되었다. 페르낭드에 대한 그의 소유욕이 엄청났지만, 정작 자신은 다른 여성들에 대해 끊임없이 관심을 보였다.

안나와 나는 무너질 듯한 계단을 올라가 3층으로 갔다. 분필로 '시인들의 회합'이라고 적힌 곳이 있었기에 우리는 어떤 문을 두드려야 할지 금방 알 수 있었다. 막스 자코브가 문을 열고는 거의 위협적이라 할 만큼 깊이 고개를 숙여 인사하며 우리를 맞았다.

"어디 봅시다. 피카소, 알리스, 모리스는 이미 만난 적이 있고, 물론 아름다운 페르낭드도 알고 있죠?"

그가 빈정대는 표정으로 페르낭드를 바라보며 덧붙이더니 얼굴을 찡그리는 그녀를 무시하고는 계속 말을 이었다.

"그렇다면 다른 분들을 소개하죠."

이렇게 말하며 자코브는 뚱뚱한 어느 청년 쪽으로 고개를 돌렸다. 큰 코에 짙은 콧수염, 살이 두 겹으로 접히는 정사각형 턱을 한 그 젊은 친구는 팔을 넓게 벌리며 자신의 존재를 알렸다.

"이쪽이 바로 그 유명한 시인 기욤 아폴리네르예요."

다음으로 자코브는 고개를 돌려 눈동자가 푹 꺼진 큰 눈에 입은 작고 입술은 약간 구부러진 비쩍 마른 한 남자를 바라보았다.

"그리고 이쪽은 역시 똑같이 유명한 동료 앙드레 살몽. 옆에 있는 분은 몽마르트르에서 가장 인기 있는 모델 마들린느. 그리고 마지막으로 저쪽 의자 밑에 자리를 잡고 있는 분은 고귀한 혈통의 강아지 프리카. 우리의 화가가 기르는 자신감 넘치는 미트볼 날치기 전문가."

물론, 자코브가 자신의 친구들을 유명하다고 소개한 것은 농담이었다. 당시 그들은 모두 무명이었고, 땡전 한 푼이 아쉬운 사람들이었다. 대부분은 급여 수준이 형편없는 임시직으로 겨우 생계만 유지하고 있었다. 하지만 그나마도 몽마르트르에 사는 인정 많은 노인, 예를 들어 자코브의 설명을 빌리자면 '거친 입담에 도저히 나이를 가늠하기 힘든 영리한 꼽추 할멈'인 마담 코드레 같은 이들의 자비심에 상당 부분을 기대고 있었다. 마담 코드레는 세탁선의 관리인으로 자신의 관할권 내에 사는 배고픈 화가와 시인들에게는 한없이 자비로웠다. 그녀의 냄비에는 늘 배고픈 예술가들에게 먹일 야채 스프가 끓고 있었다.

방 안에 있는 젊은 화가가 이 모임의 리더라는 사실을 모두가 인식하고 있었다. 그래서 이들은 이미 '피카소 무리'라는 이름으로 알려지기 시작하고 있었다. 지금은 그들 모두 나름대로 유명해져서 명사들의 모임에도 자주 등장한다. 그리고 그 모임에서 분야를 불문하고 그들이 내놓는 의견은 가장 널리 인정받고 있을 뿐 아니라 모든 이가 가장 두려워하는 의견이기도 하다. 피카소의 집을 찾아가기 전날 라팽 아질에서 자코브는 미래를 예견하는 자신의 능력을 뽐냈다. 이제 나는 그의 예견을 믿는다. 적어도 피카소 무리의 명성만 본다면 미래를 예견하는 그의 능력은 모든 면에서 뛰어나다고 할 수 있다.

두 개의 촛불과 내풍 램프 하나가 작업실을 밝히고 있었다. 당시 그런 건물에 전기나 가스가 공급될 리 만무했으니 당연한 일이었다. 집 안에는 물감과 곰팡이 그리고 애완견 냄새가 진동했다. 액자 틀과 캔버스가 벽, 침대 할 것 없이 여기저기 쌓여 있었다. 바닥에는 담배꽁초가 널려 있었고, 납작해진 물감 튜브와 붓을 담가 놓은 녹슨 깡통도 이리저리 널브러져 있었다. 하지만 안나는 그런 주변 상황에도 전혀 동요하거나 혼란스러워 하지 않았다. 심지어 피카소가 신호를 보내자 곧장 그의 옆으로 가서 바닥에 주저앉았다. 페르낭드의 얼굴에 잠시 불쾌감이 스치며 그늘이 지는 듯했지만, 그녀는 재빨리 제 모습을 되찾고 수줍은 듯이 내게 다가와서는 음식 준비를 도와줄 수 있느냐고 물었다. 나는 부엌처럼 보이는 방 한쪽 구석으로 그녀를 따라갔다. 그러자 이번에는 피카소가 짜증스러운 표정을 지어 보였다.

나는 이런 파티 모임에서는 각자 먹을 음식이나 술을 챙겨야 한다는 사실을 잘 알고 있었기에 보졸레 와인 두 병과 커다란 툴루즈 살라미를 가져갔다. 페르낭드와 나는 손님들이 들고 온 것을 모두 한자리에 모아 놓았다. 올리브, 정어리 통조림, 치즈 등이 있었는데, 나는 지금까지도 살몽이 들고 왔다는 카망베르 치즈의 악취를 잊을 수가 없다. 우리는 그것 모두를 여기저기 이가 빠지고 청결에 대해서는 확신할 수 없는 작은 접시에 나누어 담았다. 음식을 나누어 담는 내내 페르낭드는 의도적으로 낄낄거리며 나에게 연신 추파를 던졌다. 피카소는 때때로 곁눈질을 하며 그녀에게 성난 표정을 지어 보였다. 한편 마들린느는 그 젊은 화가에게 눈을 떼지 못하는 것 같았다. 이 무언의 몸짓 게임에 알리스와 프랑세도 차츰 개입하기 시작해 결국 게임은 저녁 내내 지속되었는데, 이 성애자들의 관계에는 그저 학문적인 관심 정도만 유지하고 있는 자코브에게는 굉장한 재밋거리를 제공한 셈이었다.

음식 준비가 끝나자 페르낭드는 남은 치즈 조각과 살라미를 집어 들더니 나에게 옆방으로 따라오라는 손짓을 하고는 앞장서 걸어갔다. 크기는 옆방보다 작았지만 훨씬 깔끔하게 정돈돼 있는 방이었다. 한가운데는 어두운 계열의 붉은 천이 덮인 커다란 목재 장이 놓여 있었다. 그 위에는 페르낭드의 초상화와 시장에서 구입한 듯한 잡동사니들, 그리고 구멍이 숭숭 뚫린 마분지 상자가 있었다. 페르낭드가 그것을 열자 놀랍게도 그 안에는 하얀 쥐 한 마리가 있었다. 피카소의 또 다른 동물 친구였다. 때때로 피카소는 작은 애완견 프리카와 함께 샴 고양이나 거북이, 또는 원숭이도 키웠다. 목재 장 뒤에는 커다란 캔버스 하나가 벽 쪽으로 돌려진 채로 있었다. 내가 호기심이 가득한 눈길로 페르낭드를 바라보자 그녀는 조용히 하라는 시늉을 하며 자신감 있는 목소리로 속삭였다.

"피카소가 몇 년 동안이나 작업 중인 작품인데 끝날 기미가 안 보여요. 그래서인지 좌절감도 커서 아무한테도 보이고 싶어 하지 않아요."

페르낭드가 생쥐에게 먹이를 주고 나서 우리는 접시와 병을 테이블로 옮겨다 놓고 다른 사람들과 함께 둘러앉았다. 우리 두 사람의 등장으로 모두 음식을 먹느라 한동안 대화가 중단되었다. 하지만 안나는 전날 피카소가 했던 약속을 잊지 않고 그에게 작품을 보여 주기로 했으니 약속을 지키라고 요구했다. 그러자 어제까지 주저하던 태도는 어디론가 사라지고 피카소는 자신의 작품을 보여 주는 일에 매우 익숙한 사람처럼 행동했다. 마치 자코브와 함께 이미 어떤 식으로 작품들을 보여 줄지에 대한 합의까지 마친 듯했다. 적어도 나는 그렇게 느꼈다. 피카소가 조용히 손을 들어 쌓아 놓은 자신의 캔버스를 가리키자 자코브가 여러 다른 화가의 목소리를 흉내 내며 그 그림을 설명하기 시작했기 때문이다.

나는 자코브의 그러한 1인극 체현이 세탁선에서 열리는 저녁 모임의 고정 여흥거리라는 사실을 차츰 깨닫게 되었다. 그는 자신의 바지를 추켜올려 삐쩍 마르고 털이 무성한 다리를 드러내며 캉캉 무용수를 흉내 내기도 했고, 피카소가 기르는 다양한 동물의 흉내를 내기도 했다. 하지만 그중에서도 가장 재미있었던 것은 자기 친구의 작품을 비평하면서 여러 화가들의 목소리를 흉내 내는 것이었다. 이제 그는 '물랭 드 라 갈레트'를 우리에게 설명하고 있었다. 페르낭드가 귀띔해 준 바에 따르면 자코브는 테오도르 루소(Théodore Rousseau)의 목소리를 흉내 내고 있었는데 거의 완벽했다.

"이 작품을 보면 뭔가 생각나는 게 있을걸."

피카소가 페르낭드와 나의 대화에 끼어들더니 내게 말했다.

"왜 그때 스테파노스와 함께 만났을 때 우리 의지와는 상관없이 모두 물랭 드 라 갈레트에 춤추러 갔던 일 생각 안 나?"

물론 기억하고 있었다. 그날 모두 함께 카바레로 몰려갔지만, 피카소는 자리에 앉아 스케치만 하고 있었던 것도 생생히 기억났다. 그는 자신이 스페인으로 돌아가서 그 스케치들을 조합해 하나의 작품으로 완성한 것이 바로 '물랭 드 라 갈레트'라고 말했다. 이틀 전 안나와 나는 르누아르가 20년 전에 그렸던 같은 주제의 그림을 감상했는데, 두 그림의 유일한 공통점은 작품의 제목뿐이었다. 인상주의 화가인 르누아르의 작품 속에서 통통하고 영양 상태가 좋아 보이는 여성으로 묘사되었던 그림의 주인공들은 오늘 밤 연회의 주최자인 우리의 화가가 그린 그림 속에서는 키 크고 마른 모습으로 변해 있었다. 르누아르의 작품 속에서 카바레 홀은 밝은 빛에 흠뻑 젖어 있었고, 그림의 색감은 밝고 다양했다. 한편 피카소는 샹들리에에 중요한 역할을 부여해 그곳에서 선택적으로 빛을 쏟게 함으로써 작가가 중요하게 여기지 않는 대상은 그늘에 감추어 두고 중요한 대상에는 빛을 비추게 하고 있었다. 르누아르 그림 속의 얼굴들은 하나같이 유쾌하고 친절하며 근심이 없어 보였다. 반면 피카소의 주인공들은 다른 세상에서 온 듯 신비스러우면서도 한편으로는 냉혹해 보였다. 그들은 어느 면으로 보나 젊은 스페인 화가가 세상을 바라보는 거대한 불신의 시선을 반영하고 있었다.

많이는 아니지만 피카소를 몇 번 만나 본 경험과 동포인 스테파노스와 나누었던 대화로 추론해 보자면 피카소는 여자라면 거의 사족을 못 쓰는 사람이었다. 하지만 그의 그림을 바라보는 동안 나는 놀랍게도 그가 여성에 대해 뿌리 깊은 경멸을 품고 있다는 사실을 알게 되었다. 아니 오히려 자신의 성 정체성에서 우러나오는 기질 때문에 드러내 놓고 여자를 싫어하는 자코브보다도 더 강렬하게 여성에게 혐오감을 드러내고 있는 듯했다. 혹시 그것이 카사헤마스와 제르멘 사건의 영향 때문일까? 분명히 친구의 비극적인 사랑 얘기가 그에게 큰 영향을 끼치기는 했을 것이다. 하지만 바르셀로나의 바리오 치노와 몽마르트르 매음굴의 단골 고객이라는 신분 이면에, 그리고 지금껏 만난 여성들과 모두 잠자리를 했다는 사실을 자랑스럽게 이야기하는 정열의 화신이라는 정체성이면에 막스 자코브보다도 훨씬 억압된 자아가 숨어 있다는 사실을 어떻게 받아들여야 하는 것일까? 나는 과거에 만난 여러 돈주안 같은 인물들에게도 비슷한 의심을 품었다. 하지만 그러한 의심은 한 번도 깊이 생각해 본 적이 없는 단순한 호기심에 불과했다.

자코브가 드가, 세잔, 마티스 등의 목소리를 흉내 내며 친구의 다른 작품들에 대한 설명을 계속했고, 좌중에서는 웃음소리가 끊이지 않았다. 그러나 나는 '물랭 드 라 갈레트'를 머릿속에서 떨쳐 버릴 수 없었다. 피카소가 카사헤마스를 주제로 그린 많은 그림들을 보여 주었다. 그림의 분위기는 어둡고 황량했으며 우울한 색조가 지배적이었다. 어릿광대와 서커스 장면들을 그린 좀 더 밝은 분위기의 그림도 있었다. 나는 페르낭드와의 관계가 그런 분위기 변화에 영향을 미친 것인지 궁금했다. 그러고 나서 그림 소개가 끝났지만 안나는 그쯤에서 만족하지 않았다.

"지금 작업하고 있는 작품도 보여 주겠다고 약속했잖아요."

그녀가 고집스럽게 말했다.

피카소는 잠시 망설이더니 곧 포기의 몸짓을 해 보였다. 그러고는 우리에게 옆방으로 따라오라고 손짓하고 방 안으로 걸어 들어갔다. 그는 벽을 향해 세워 놓았던 캔버스로 다가가 그림을 집어 들더니 우리 쪽으로 돌려세웠다. 다른 사람들은 이미 그 그림을 본 것이 확실했다. 그러나 그 그림을 처음 본 안나와 나는 자리에 얼어붙고 말았다. 다섯 명의 여성이 낯설고 부자연스러운 자세로 캔버스 위에 흐릿하게 그려져 있었다. 그림은 직선과 단절된 선만 가득했으며 곡선이라고는 찾아볼 수 없었다. 나는 구도의 일반적 개념을 이해하려고 애써 봤지만 소용없었다. 그 미완성의 그림에서 내가 받은 유일한 인상은 자신이 묘사하는 것에 대해 피카소가 품고 있는 두려움에 가까운 강한 의구심이었다. 아마도 내가 고정관념에 쉽게 휘둘리는 성향이라 그런지는 모르겠지만, 확실히 그의 첫 작품의 영향 탓인지 나는 피카소가 완전히 다른 스타일과 전혀 새로운 표현 기술을 이용해 이 작품에서도 첫 작품과 똑같은 주제, 그러니까 '여성에 대한 경멸'이라는 주제를 드러내고 있다는 생각이 들었다. 단지 이번에는 그 이유가 '두려움'으로 명백했다.

"신사 숙녀 여러분, '철학자의 매음굴'을 소개하겠습니다."

살몽이 신파조의 몸짓을 하며 설명했다. 10년쯤 지나 이 작품이 마침내 완성되었을 때 피카소는 제목을 '아비뇽의 처녀들(Les Demoiselles d'Avignon)'이라고 지었다.

피카소는 땀으로 흠뻑 젖어 있었다. 안절부절못하고 있음이 분명했다. 가느다란 헐떡임이 그가 공황 상태에 빠져 있음을 드러냈다. 아폴리네르가 그를 돕고자 한 발 나섰다.

"자, 이제 그만 이 그림은 치워 두자고. 다 완성한 다음에 보여 주면 되잖아."

이렇게 말하고 나서 아폴리네르는 몸을 돌려 모두를 이끌고 밖으로 나갔다.

우리가 다시 바닥에 자리 잡고 앉자마자 살몽이 담배를 말기 시작했다. 모두가 그를 바라보는 모습에서 나는 그가 말고 있는 것이 담배가 아님을 알아차렸다. 이번에는 내가 불편할 차례였다. 나는 대마초는 고사하고 담배도 피워 본 적이 없었다. 나는 실용적인 마음가짐뿐 아니라 자본가의 가정이라는 성장 배경 때문에도 니코틴이 제공하는 천국으로의 짧은 약속은 강하게 거부하고 있었다. 살몽이 말던 것을 끝내고 불을 붙여 깊이 한 모금 빨아들이더니 담배를 프랑세에게 넘겼다. 그것은 차례대로 한 사람 한 사람의 손을 거쳐 페르낭드에게 전해졌고 결국 내 차례까지 돌아왔다. 나는 가능한 한 무표정한 표정을 지으며 침착하게 거절했다. 다시 한 번 페브로니아 마브롤레온의 금기가 성공을 거두는 순간이었다. 옆에 앉아 있던 안나는 조롱하듯이 웃으며 자신의 손을 뻗었다. 그리고 용감하게 담배를 빨아들이더니 기침을 하지 않으려고 참으며 그것을 옆에 앉아 있던 피카소에게 넘겼다.

나는 어느 순간 안나와 피카소가 둘만의 사적인 약속을 잡았는지도 모르겠다는 느낌을 받았다. 또한 그 약속이 어떤 종류인지도 알 수 없었다. 하지만 다음 날 오후 안나는 나를 보며 수줍게 말했다.

"오늘 저녁에는 혼자 보낼 시간을 줄게요, 자기."

나는 그녀의 입장을 충분히 이해했다. 그날 밤 나 또한 죄책감 같은 것은 전혀 느끼지 않고 물랭루주로 옛 친구들을 만나러 갔기 때문이다.

<h1 style="text-align:center">제 10 장</h1>

우리가 아테네로 돌아온 후 상황이 점차 안 좋아졌다. 안나가 절대로 참을 수 없는 한 가지는 틀에 박힌 일상이었다. 우리가 외국에 있을 때 그녀는 우리가 마치 또 하나의 연인인 것처럼 행동했었고, 또한 나도 종종 있었던 그녀의 외도를 눈감아 주었으므로 우리의 협정은 매우 효과적으로 유지되었다. 하지만 아테네에서는 상황이 좀 달랐다.

우선 장모님과 나의 할머니는 물론, 아테네 사회 전체가 안나에게 '존경 받는 가정'을 꾸려야 한다는 무언의 압박을 가하고 있었으며, 그녀의 모든 시간을 집안일과 자선 활동, 귀부인들의 차 모임 파티나 다른 사회적 활동에 고르게 분배할 것을 원했다. 이 모든 압력은 안나가 자식을 낳아 대를 이을 수 있을 때까지 계속될 것이 분명했다. 그리고 그 후손들은 마브롤레온, 이게리노스, 델라포타스, 이상 세 가문의 유산을 모두 등에 지는 부담감을 떠안게 될 것이 뻔했다.

결혼 전에 우리가 이러한 문제에 대해 이야기를 나누었을 때, 안나는 아이를 원하지 않는다는 뜻을 명백히 했고, 나도 그 결심에 반대하지 않았다. 하지만 우리 가족과 주변 사회는 자식을 갖지 않겠다는 안나의 결정은 물론 그녀의 행동 모두를 용납하지 않았다. 그럼에도 그녀는 사람들의 말에는 전혀 신경 쓰지 않았고, 결혼 전과 마찬가지로 여러 남자들을 만나고 다녔으며, 자신이 원할 때면 언제라도 결혼이라는 둥지 바깥에서 모험 거리를 찾아다녔다. 그러한 모험은 때로는 며칠 동안 지속되기도 했다.

물론 나는 우리의 비밀 조약을 존중했으므로 안나가 자신이 원하는 삶을 살 수 있도록 허락했고, 나 또한 그녀와 마찬가지의 권리를 누리며 사업과 독서를 하면서 시간을 보낼 수 있었다. 나는 수학 서적을 다시 읽기 시작했으며 독일과 프랑스의 중요한 전문 정기간행물도 구독했다. 힐베르트의 파리 강연 이후 특히 현저한 발전을 이룬 수학 이론들을 따라잡기 위해서였다.

때때로 나는 젊은 시절 열정적으로 만나던, 돈만 내면 친구가 되어 주는 여성들을 만나러 가기도 했다. 그곳에서는 나도 존경받는 동년배들과 그다지 많이 다르지 않았다. 그들은 사회적인 관습에 맞추어 집안에서도 철권을 휘두르는 사람들이었다.

하지만 점차 소문이 나돌기 시작했다. 아내와 장모 사이의 다툼도 소문의 속도와 비례해 잦아졌다. 심지어는 안나라면 과할 정도로 애지중지하는 장인마저도 내게 그녀의 고삐를 잡으라는 충고를 했다. 물론 나는 그동안 우리의 협정을 충실히 지켜 나갔다. 하지만 안나는 내가 좀 더 적극적으로 자신의 편을 들어주어야 한다고 요구하며 차츰 나에게마저 자제심을 잃어 갔다.

이러한 상황은 3년이나 지속되었다. 하지만 아테네 외각의 구디(Gou)에서 군사 쿠데타가 일어나던 시기에 안나도 자기만의 반란을 일으켰다. 1909년 12월 28일, 베니젤로스가 새로운 민주정부를 수립하고자 피레이아스 항에 도착할 때쯤 안나의 시중을 들던 하녀가 '마님이 떠나셨다'는 소식을 알리는 편지 한 통을 전해 주었다. 안나는 내게 우리의 협정을 상기시키면서 자신은 그리스를 떠날 예정이고 이혼과 관련된 모든 문제는 자신의 변호사가 알아서 할 것이라는 사실을 편지에 적고 있었다.

이 사건에서 비록 안나가 여자였음에도 나는 그녀가 남자의 역할을 하고 있는 듯한 느낌을 받았다. 의심할 여지없이 자신의 연인들 중 한 명과 은밀히 그리스를 떠남으로써 안나는 우리 이혼의 모든 책임을 떠맡게 되었을 뿐 아니라 온갖 추문 또한 어깨에 짊어지게 되었다. 따라서 나는 오점 하나 없이 그리스 사회로 돌아갈 수 있었다. 내가 유일하게 받은 비난은 집안의 기강을 바로잡지 못한 책임이었다. 그 외에는 그저 사람들의 동정심을 즐기기만 하면 되었다. 물론 등 뒤에서는 버림받은 남편이라는 빈정거리는 말들이 들려왔지만, 그것도 시간이 지나면서 차츰 사그라졌다. '불륜'이란 것이 사실 오래 떠들어 댈 만한 소문거리가 아니었기 때문이다.

내가 원하는 여성들, 아까도 잠시 언급했듯이 소문날 걱정 없이 돈만 있으면 만날 수 있는 여성들을 아무 때나 마음 놓고 만날 수 있는 자유를 얻었다는 것 말고는 이혼이 내 삶에 끼친 변화는 별로 없었다. 나는 여전히 사업과 수학에 내 시간을 고르게 배분하고 있었다. 사실 나는 사업 확장 계획 같은 것은 안중에 없었으며, 사업상의 일처리는 거의 기계적으로 해 나가고 있었다. 내게 사업은 안정된 수입을 제공하고 편안한 삶을 유지해 주는 수단일 뿐이었다.

1910년 3월에 나는 아테네 대학의 니콜라오스 하치다키스(Nikolaos Hatzidakis) 교수가 미분 기하학을 주제로 강연하는 것을 들으러 갔다. 여느 때와 마찬가지로 좀 늦게 도착했는데, 예상과는 달리 강의실은 꽉 차 있었다. 내가 의식적으로 주변을 둘러보고 있을 때 뒤에서 놀랄 만큼 귀에 익은 목소리가 들려왔다.

"혹시 그리스인이세요?"

나는 뒤로 돌아 따뜻하게 스테파노스를 껴안았다. 그가 위로 올라와서 우리는 정확히 10년 전 그때와 마찬가지로 나란히 자리를 잡고 앉았다. 그날 우리는 그리스의 주도적인 수학자가 펼치는 강연에 참석했고, 그 강연자는 다른 무엇보다도 민중 그리스어로 강연하는 '죄'를 저지르고 있었다. 내가 이것을 죄라고 표현하는 데는 이유가 있다. 그리스 대학생 모임 중에 가장 요란스럽고 극성인 집단은 '복음 사건'이 일어난 처음 몇 해 동안 주도적 역할을 한 극우 단체 학생들이었다. 그들은 하치다키스가 대중을 상대로 한 강연에서 발언권을 갖는 것에 대해 매우 반대했다. 그 이유 중 하나가 바로 그가 강연에서 민중 그리스어를 쓰기 때문이었다. 나는 괴팅겐에서 공부할 때 하치다키스와 알고 지냈다. 그는 내가 기하학에 입문하기까지 많은 도움을 받은 책의 저자 이오아니스의 아들이었다. 대학 내에서 자자하던 그의 뛰어난 평판 덕분에 교수들은 그리스인에 대한 자신들의 편견을 상당 부분 바꾸기도 했다. 그러니 나도 어느 정도는 그의 총명함에 도움을 받았다고 할 수 있다.

여느 뛰어난 수학자와 마찬가지로 하치다키스도 여가 시간에는 중요한 연구들을 잠시 접고 거의 애들처럼 단순한 오락을 즐기곤 했다. 예를 들어 그는 대부분의 여가 시간에 시 습작을 했다. 각각의 단어를 구성하는 글자의 수와 원주율의 자릿수(3.14159265358979323846264338 3279……)가 일치하도록 문장을 구성하는 시였다. 이미 프랑스와 독일에서는 그런 식으로 지어진 시가 π의 자릿수를 외우기 위한 암기법의 일환으로 쓰이고 있었다. 예를 들어 프랑스 사람들은 다음과 같은 시와 함께 를 외운다.

Que j'aime à faire apprendre un nombre utile aux sages!
〈3.　1　4　1　5　　9　　2　　6　　5　3　5〉
Immortel Archimède ariste ingénieur,
Qui de ton jugement peut priser la valuer?
Pour moi, ton problème eut de pareils avantages.

독일 사람들이 외우는 것은 다음과 같다.

Dir, O Held, o alter Philosoph, du Riesen Genie!
Wie viele Tausende bewundern Geister,
Himmlisch wie du und göttlich!
Noch reiner in Aeonen
Wird das uns strahlen,
Wie im lichten Morgenrot!

"얼마나 부끄러운 일이야!"

하치다키스는 이렇게 탄식하곤 했다.

"프랑스, 독일, 영국, 모두 다 원주율 자릿수를 알려 주는 시가 있는 데, 파이의 존재를 처음 발견했다는 우리 그리스에서는 아직 그 비슷한 것도 만들어 내지 못하고 있다는 게 말이 돼?"

어느 날 그는 자부심이 넘치는 태도로 대학 도서관에 앉아 있는 내게 걸어왔다. 그리고 작은 종이 한 장을 내밀었다.

"자, 여기!"

그의 얼굴에는 기쁨이 넘쳤고, 종이에는 이렇게 적혀 있었다.

Ἀεὶ, ὁ Θεὸς ὁ Μέγας γεωμετρεῖ,

τὸ κύκλου μῆκος ἵνα ὁρίσῃ διαμέτρῳ,

παρήγαγεν ἀριθμὸν ἀπέραντον,

καὶ ὅν, φεῦ, οὐδέποτε ὅλον θνητοὶ, θὰ εὕρωσι.

(위대한 신은 불멸의 기하학자다.

원의 지름을 이용해 그 원주율을 정의하고자

유한의 삶을 살아가는 인간이

절대 알아낼 수 없는 무리수를 만들어 내셨다.)

3.14159265358979932384626…….

내 생각에 하치다키스는 힐베르트나 클라인이 낸 어려운 문제를 풀었을 때도 그때만큼 만족스러워하지는 않았던 것 같다.

하치다키스의 강연이 끝났을 때 나는 스테파노스를 설득해 우리 집으로 데리고 갔다. 크레페를 요리하는 솜씨는 나를 따를 사람이 없었고, 창고에는 사이다 몇 병이 있었으므로 우리는 처음 만났을 때만큼 즐거운 시간을 보냈다.

1903년 스테파노스는 수론으로 박사 학위를 받았다고 했다. 당시 시험 운영위원회의 회장은 아다마르였다고 한다. 그 후 스테파노스는 그리스로 돌아와 아다마르와 푸앵카레의 호의적인 추천서를 가지고 여러 대학에 교수직을 신청했지만 자리를 얻을 수 없었다. 그는 정치적으로 중립이었지만 사회적으로는 배척당하고 있었다. 게다가 아브게리오스 마노우사카스에게 도움을 청하기에는 자존심이 허락하지 않았다. 결과적으로 대학은 그에게 모든 문을 닫았다. 마침내 그는 천신만고 끝에 지방의 한 고등학교에 자리를 얻을 수 있었다. 그리고 지난 7년간 이 마을에서 저 마을로 떠돌아다녔다. 우리가 우연히 마주치기 겨우 몇 달 전에야 그는 아테네의 플라카 지구에 있는 남자 고등학교에 자리를 구해 네아폴리스의 리카베투스 산기슭에 방 하나를 얻었다.

나는 그간 있었던 이야기를 하면서 수학에 대한 열정은 아직도 전혀 식지 않았지만, 지금은 수학계가 풀지 못한 문제의 해법을 찾기보다는 최신 이론을 공부하는 데 중점을 두고 있다는 사실도 털어놓았다.

"개인적으로 나는 힐베르트의 두 번째 문제의 해법 찾기를 아직 포기 못했어. 그거 기억하지? '공리계의 무모순성을 증명하는 직접적인 방식을 찾아내는 것.' 다시 말해서 주어진 공리계가 모순인지 아닌지, 그리고 그것이 공리계의 틀 내부에서 제기될 수 있는 모든 문제에 긍정적이든 부정적이든 답을 줄 수 있을지를 논증할 수 있는 알고리즘을 찾아내는 방법 말이야."

나는 웃음을 터뜨리며 스테파노스의 말을 받았다.

"내 생각에는 네가 그 알고리즘을 찾아내기 전에 네 친구 파블로 루이즈가 '아비뇽의 처녀들'을 먼저 끝낼 것 같은데. 내가 그를 다시 만났다는 말도 했던가? 내가 1906년에 파리로 신혼여행을 갔을 때였어. 그 친구 지금은 자기를 피카소로 불러 달라고 하던데. 어머니의 성을 쓰는 거래. 그때 그가 자기 그림 한 점을 보여 줬는데, 어떻게 보면 그 안에 우리도 등장한다고 할 수 있어. 함께 물랭 드 라 갈레트로 춤추러 갔던 것 기억해? 그때 피카소는 그날 밤 풍경을 묘사하며 자신의 노트 한 권을 꽉 채웠잖아. 그리고 나중에 스페인으로 돌아가서는 그날 밤을 주제로 어마어마하게 큰 그림 한 점을 그린 거야. 네가 그에게 나를 처음 소개시켜 준 이후 바르셀로나에서 파리를 세 번이나 다녀갔다더군. 그리고 나서 1904년 몽마르트르에 정착한 거지. 지금은 다양한 분야의 친구들과 사귀고 있는데, 그중에는 시인도 있고 작가도 있어. 그리고 영원한 동반자도 있었는데, 어찌나 아름답던지 마치 보티첼리의 그림 속에서 방금 튀어나온 여신 같았어. 이름은 페르낭드라고 하는데, 난 그녀를 보자마자 내가 결혼한 지 며칠 되지도 않는 새신랑이라는 사실도 망각하고 완전히 넋이 빠졌어.

피카소의 친구들 중에는 모리스 프랑세라는 수학 자문도 있어. 우리가 학술대회에서 만났던 사람이야. 그런데 그 친구 알리스라는 아가씨에게 완전히 푹 빠져 있더라고. 얼굴은 천사인데 성격은 한 성깔 하는 아가씨였는데, 몽마르트르의 분위기에 완벽하게 적응한 것 같았어. 그리고 주변에 남자라고는 프랑세 한 사람밖에 없다는 듯 그에게 철저히 충실하던데. 전에는 한동안 피카소의 연인이었다지만, 지금은 프랑세가 자신만 바라보게 만들었더라고."

"잠깐."

스테파노스가 갑자기 말을 막았다.

"열여덟 살쯤 된 그 소녀를 말하는 거야? 큰 눈에 긴 갈색 머리를 한 르네상스 시대에 그린 성모마리아처럼 생긴 소녀? 나도 만난 적이 있는 것 같아. 내가 그리스로 돌아오던 1903년까지 파블로 피카소가 파리를 방문할 때마다 함께 만났어. 그 친구 주변에는 여자가 수도 없이 많았지. 마고라는 여성도 있었고, 마들린느도 있었어. 그리고 알리스, 그래 내가 제대로 기억하고 있다면 알리스 세리가 맞을 거야. 공사장 인부의 딸인데 집에서 가출해 몽마르트르에 거주하는 예술가들과 어울리기 시작했다고 해. 한동안은 정말 피카소와 미친 듯이 사랑에 빠졌지. 그가 알리스를 스케치한 그림도 있어. 하얀 드레스를 입고 테이블 위에 팔꿈치를 올린 채 의자에 앉아 있는 늘씬한 모습으로 그려져 있지."

"맞아 그녀야! 내가 1906년 그의 집에 초대받아 갔을 때 다른 그림들 사이에서 그것도 봤어. 그리고 그녀가 바로 프랑세를 피카소 무리에게 소개한 장본인이야. 아마도 프랑세는 그 무리 사이에서 물 밖으로 밀려난 물고기 같은 느낌이었을 거야. 그는 안정된 직장인 보험회사에서 촉망받는 사람이더라고. 가끔씩 피카소 무리와 둘러앉아 대마초를 피워 댄다는 사실만 제외한다면 그는 그곳에 모인 다른 사람들의 보헤미안적 삶과는 전혀 관계가 없는 것 같았어. 하지만 그가 수학자였다는 사실을 알게 되자마자 피카소가 그에게 완전히 넋을 잃고 말았어. 알잖아, 그가 얼마나 수학에 열정적인지. 우리와 함께 어울리던 날 밤에도 수학에 대해 강의해 달라고 졸라 대던 일 기억 안 나?

프랑세에게도 똑같이 굴었다니까. 그래서 그곳에 있는 동안 수학 강의만 했는데, 꽤 잘하더라고.

사실 프랑세에게는 안된 일이지만 피카소가 도덕적으로는 그다지 어울릴 만한 사람은 아니잖아. 물론 천재적인 화가임에는 틀림없어. 하지만 최근에는 작품이 전혀 팔리지 않고 있대. 그건 그렇고 내가 이혼 후에 다시 한 번 파리를 방문했을 때 이런 얘기를 들었어. 1907년 프랑세가 승진을 하게 됐는데, 회사에서 그를 불러 놓고 이렇게 충고를 했다고 해. 중요한 임원직에 있는 사람이 결혼도 하지 않고 여자와 사는 것은 적절치 못한 행동이라고. 더구나 도덕성이 확실치도 않은 여성과 말이지. 그래서 알리스에게 사정사정해서 겨우 결혼식을 올리게 되었는데, 피카소를 신랑 들러리로 세웠다지 뭐야. 그것도 베스트 맨으로! 그런데 그즈음 피카소는 드랭(Derain, André)이라는 다른 화가와 친분을 쌓아 가고 있었고, 그가 알리스와 완벽한 커플이 되겠다고 생각한 거야. 그래서 프랑세의 뚜쟁이 노릇을 하게 되지. 요약해서 말하자면 알리스와 프랑세는 3월에 결혼해서 같은 해 9월에 결국 이혼에 합의하게 돼. 그리고 알리스는 조금도 주저하지도 않고 프랑세 부인이라는 칭호를 버리고 드랭 부인이 되지. 지금까지 두 사람은 부부야. 하지만 얼마나 오래갈지는 두고 볼 일이야. 알리스가 다른 신랑감을 찾아낼 때까지 함께 살든가, 아니면 피카소가 또 다른 남편감을 찾아 줄지도 모르지.”

“그 친구 그림은 어떻게 돼 가? 지난번 만났을 때는 이상한 죽음에 관한 장면을 그리고 있던데. 슬픔에 푹 젖은 느낌이 드는 그림이었어. 전문가는 아니지만 도대체 어느 누가 그렇게 푸르죽죽하니 우울한 색으로

칠한 그림을 벽에 걸어 놓고 하루 종일 바라보고 싶어 하겠어. 아무리 기분이 좋아도 그 그림만 쳐다보면 바로 우울해질 것 같은 그림이더라고. 그러니 근래 들어 한 작품도 못 팔았다는 말이 이해가 돼. 내가 파리를 떠날 때 피카소는 거의 굶어죽을 지경이었다니까."

"친구 카사헤마스의 죽음에 크게 충격을 받은 것 같았어. 한동안은 그의 그림 모두가 카사헤마스나 그의 죽음과 관련된 내용이었지. 하지만 1906년 내가 그를 만났을 때는 어느 정도 충격을 극복한 것 같기도 했어. 페르낭드와의 사랑이 결정적인 역할을 한 것 같아. 우리에게 어릿광대와 서커스 장면을 그린 것을 보여 주었는데, 훨씬 즐거운 느낌이었거든. 자신이 쥐트에 자주 드나들던 시절의 모습을 어릿광대로 표현한 그림도 있었는데, 그것을 프레데에게 주었나 봐. 당연하겠지만 프레데는 그것을 자신의 새로운 카바레 라팽 아질의 넓은 홀에 걸어 그에 대한 경의를 표했지. 하지만 내가 보기에 '아비뇽의 처녀들'을 그리면서 어려워진 것 같았어. 그림의 주제가 바르셀로나의 바리오 치노 지구 아비뇽 거리의 매춘부들이야. 안나가 하도 조르는 바람에 우리에게 보여 주기는 했지만, 보통은 다른 사람에게 보여 주기를 꺼리는 것 같았어. 피카소에게 큰 골칫거리를 안겨 주는 것 같던데. 내가 지난해 파리에 갔을 때 들은 말로는 거의 2년 넘게 그 작품에 몰두하고도 결국은 끝내지 못하고 미완성으로 남겨 두었다고 하더라고."

얼마 후 대화는 자연스럽게 수학으로 넘어갔다. 우리는 파리 학술대회를 떠올리며 감회에 젖었고, 스테파노스는 힐베르트가 제시했던 문제들 중에 혹시라도 해법이 발견된 것이 있는지 궁금해 했다. 그는 1903년 그리스로 돌아온 이래 국제 수학계 소식은 전혀 듣지 못하고 있었다. 외국에서 발행하는 정기간행물은 여간해서 구하기가 힘들었고, 하나라도 정기 구독을 해 볼까 생각하기도 했지만 주머니 사정이 여의치 않았다. 그러니 최신 동향을 살필 목적으로 외국 여행을 하는 것은 두말할 필요도 없이 불가능했다. 그나마 대학 동기들이나 지인들을 통해 가끔 듣는 소식이 전부였다.

"파리에서 지낼 때, 세 번째 문제에 관해 들었던 것이 전부야."

스테파노스가 말을 시작했다.

"하지만 그때는 이미 막스 덴이라는 힐베르트의 학생이 그것을 풀었더라고. 그는 심지어 파리에서 열린 2차 학술대회 회보가 출간되기도 전에 그 문제를 부정 증명(negative proof)을 통해 풀었다고 해. 그것을 풀려면 무한대의 개념이나 리미트를 이용하지 않고 피라미드 용적을 구하는 공식의 타당성을 유추해 낼 방식을 반드시 찾아내야만 해. 그런데 그는 그것이 불가능하다는 사실을 증명했어. 물론 너도 알다시피 기하학은 내 전문 분야도 아니잖아."

1900년 국제 수학 학술대회 회보는 내가 다시 수학으로 관심을 돌렸을 때 가장 먼저 구입한 수학 관련 책이었다. 그리고 사실 그 책에 실린 힐베르트의 논문을 훑어보다가 다음과 같은 보충 설명을 읽었다. '이 논문이 작성된 이후 막스 덴이 이 문제의 불가능성을 증명했다.' 스테파노스와는 달리 나는 기하학에 특별한 열정을 품고 있었기에 그 문제에 관해 많은 조사를 했다. 따라서 그에게 좀 더 정확한 설명을 해 줄 수 있었다.

"혹시 구분구적법(the method of exhaustion: 완전 소비법, 철저 검토법, 착출법, 실진법 등으로도 불림—옮긴이)이라고 알아?"

내가 물었다.

“아르키메데스가 면적과 부피를 구하려고 썼던 방식을 말하는 거야?”

“맞아, 정확해. 일단 구하려는 면적을 일정한 크기의 삼각형으로 채우는 거야. 삼각형의 면적은 구하기 쉬우니까. 하지만 곡선으로 이루어진 모양을 측정하기는 쉽지가 않지. 늘 구하지 못하고 남는 공간이 생기거든.

그러니 처음 집어넣은 삼각형의 면적은 단지 우리가 구하려는 총 면적의 대략적인 크기일 뿐이야. 다음에 우리가 할 일은 남은 공간에 작은 삼각형을 채워 넣는 거지. 물론 그래도 여전히 채우지 못한 공간이 남을 테니 그곳에는 더 작은 삼각형을 채워 넣으면 돼. 이러한 과정을 무한히 지속하는 거야. 다시 말해서 이러한 근사치의 극한이 바로 우리가 구하려는 면적이 되는 거지.”

“그래, 르네상스 시기의 수학자들도 같은 방식을 썼어. 단지 삼각형 대신 사각형을 썼다는 점만 다를 뿐이지. 적분의 기초가 바로 거기서 출발했어. 다 대학에서 배운 내용이잖아. 그런데 그게 힐베르트의 세 번째 문제와 무슨 상관이 있다는 거야?”

“아르키메데스의 방식은 곡선으로 이루어진 모양, 예를 들어 원, 타원, 포물선 등은 물론이고 정육면체의 부피를 계산하는 데도 필수적이야. 하지만 다각형에서는 그다지 중요치 않아.”

“무슨 뜻이야?”

“만약 우리가 어떤 다각형을 선택해 그것과 면적이 같은 사각형을 그리려 한다면 무한소 면적의 무한 합이라는 개념에 의지하지 않고도 얼마든지 같은 면적의 사각형을 그릴 수 있어. 비스듬한 평행사변형의 예를 한번 살펴보자고.

한쪽에는 직각삼각형이 튀어나와 있고 그 맞은편에는 똑같은 삼각형이 하나 빠져 있잖아. 그러니 튀어나와 있는 삼각형을 잘라 내서 반대편에 가져다 붙이면 사각형 하나가 완성되지. 이런 방식은 어떤 다각형에도 적용할 수 있어. 하지만 정육면체에는 적용이 불가능하지. 피라미드를 예로 들어 볼게. 지금까지 어느 누구도 그것을 하나 이상의 여러 조각으로 나눈 후 다시 정육면체로 짜 맞춘 적이 없어. 그 부피를 계산하는 유일한 공식이 있다면 그것이 바로 아까 말했던 유명한 실진법이야.”

스테파노스가 흥미롭다는 표정으로 나를 바라보았다. 그의 눈동자가 만족스러움으로 빛나고 있었다. 그것이 단지 수학에 관해 토론하고 있다는 기쁨 때문인지, 아니면 10년이라는 긴 공백에도 불구하고 여전히 우리의 우정이 그때와 다름없이 건재하다는 사실을 발견한 극도의 희열 때문인지는 알 수 없지만 내가 느끼는 감정은 후자였다.

“심지어 가우스도 그 문제 때문에 골머리를 앓았어. 피라미드 부피를 구하는 방법과 관련된 상황이 ‘극도로 불만족스럽다’고 친구에게 편지를 써서 보내기도 했지. 그러니 너도 짐작하겠지만, 가우스가 불만을 표현할 정도면 다른 수학자들은 오죽했겠어? 그 문제 풀이를 일생의 숙명으로 삼고 수학의 왕자 가우스가 찾아 헤맨 것을 반드시 찾아내어 피라미드의 부피를 구해 보겠다고 덤볐던 수많은 수학자들이 하나같이 만족스러운 답을 얻지 못한 채 모두 포기하고 말았어. 어느 누구도 적분이나 무한대, 혹은 무한소의 개념을 이용하지 않고 피라미드 같은 입방체의 부피를 구하는 방식을 찾아낼 수 없었던 거야. 하지만 모두가 차츰 그것이 아예 불가능할지도 모른다는 사실을 깨닫기 시작했지. 물론 그것을 증명한 사람은 아무도 없었지만 말이야. 그렇게 해서 힐베르트가 자신의 강의를 통해 학생들에게 요구했던 거야. 무한대가 아닌 유한의 절차를 이용해 피라미드 같은 입방체를 널리 알려진 형태의 입방체로 단순화시키는 것이 불가능하다는 사실을 증명해 내라고…… 그리고 덴이 증명한 것이 바로 그거였어. 라울 브리카르드(Raoul Bricard)라는 사람이 이미 해 놓은 연구를 바탕으로 해낸 거지. 내게 그의 논문이 있으니까 원한다면 빌려 가도 좋아."

"굉장한 걸! 스물세 가지 문제 중에 하나를 해결했으니 이제 스물두 개 남은 거네. 나머지도 모두 해결될 게 분명해. 부정적이든 긍정적이든 반드시 증명될 거라고."

이렇게 말하더니 그가 힐베르트의 말투를 흉내 내며 다음과 같이 덧붙였다.

"기억하라고. 수학에 풀 수 없는 문제란 없는 거야!"

그는 만족스럽게 웃더니 다시 논쟁거리를 꺼내 놓았다.

"너도 기대하고 있겠지만 힐베르트의 두 번째 문제는 언젠가 내 손으로 풀고 말 거야. 공리계의 무모순성과 완전성을 유한 번의 절차 내에서 실험할 수 있는 하나의 알고리즘을 밝혀내고 말 거라고. 그 알고리즘을 통해 산술체계의 공리를 실험할 수 있게 되겠지. 사실 이미 어느 정도까지는 진척이 돼 있어. 기회가 되는 대로 내가 해 놓은 것을 보여 줄게."

사실 한동안은 그 주제에 대해 이렇다 할 만한 토론 거리가 없었다. 나는 스테파노스의 의견에 정확히 반대하는 입장이었지만, 새롭게 짚고 넘어갈 만한 내용이 별로 없었기 때문이다.

우리는 힐베르트가 제시한 난제에 관해 계속 이야기를 나누면서 그 전개 양상에 관한 정보를 교환했다. 여섯 번째 문제에서 힐베르트는 '물리학의 공리화'라는 약간 모호한 목표를 제시했다. 하지만 1903년경 하멜(Hamel, George Karl Wilhelm)은 정통 역학에 관한 공리계를 발표했다. 그리고 스테파노스와 내가 다시 만나기 1년 전인 1909년에는 콘스탄티노스 카라테오도리(Constantinos Caratheodory)라는 괴팅겐 대학 교수가 열역학에 관한, 매우 명쾌한 체계를 발표하기도 했다.

카라테오도리 교수는 흥미로운 인물이었다. 그는 콘스탄티노플의 전통 있는 파나리오테스 가문 출신으로 할아버지는 술탄의 주치의였으며 아버지는 벨기에 대사를 역임했다. 그는 원래 공학자 출신으로 이집트에 댐을 건설하는 회사에서 성공적인 회사 생활을 하고 있었다. 그러다가 피라미드의 땅 이집트에서 고대 이집트인과 알렉산드리아 기하학자들이 걸어 놓은 마법의 주문에 빠져들어 '다마스쿠스의 길(the road to Damascus: 일명 '회개의 길.' 바리새인 바울이 다마스쿠스로 기독교인을 박해하러 가다가 하나님의 음성과 눈부신 빛에 눈이 멀어 말에서 떨어진 후 기독교도로 개종했다는 일화에서 유래한 표현—옮긴이)'로 접어들어 수학자로 '개종'했다고 한다. 새로 수학 공부를 시작하기에는 다소 늦은 나이인 27세에 그는 다시 대학에 입학했다. 처음 얼마 동안 그의 동료 학생들은 '늦은 나이'에 수학자가 되겠다고 결심한 나의 동포 학생에게 냉소적인 말과 태도로 일관했다. 하지만 머지않아 카라테오도리는 독일 대학에서 점차 높은 자리에 임명되었고, 학생들의 빈정거림은 경탄해 마지않는 찬사로 바뀌어 갔다.

스테파노스와 나는 밤이 깊도록 이야기를 나누었다. 마침내 그를 배웅하고 돌아섰을 때 나는 기분 좋은 안락함이 온몸을 관통하는 듯한 느낌이 들었다. 지난 10년 동안 그처럼 충만한 느낌에 빠져 보기는 처음이었다.

그날 밤 이래로 우리는 목요일 오후마다 교대로 서로의 집에서 만나기 시작했다. 그리고 이 목요일 만남은 내 삶에서 가장 중요한 행사로 자리 잡았다. 그것은 마치 다시 되돌릴 수 없는 과거로 이어지는 다리이자 절대로 올 것 같지 않은 미래로 인도하는 다리이기도 했다.

그러는 동안 주변에서는 다양한 사건들이 일어났는데, 비록 스테파노스와 내가 둘 다 정치와는 아무 상관도 없는 삶을 살고 있었지만, 그 사건들은 우리의 삶에 어쩔 수 없이 영향을 끼치고 있었다. 1912년 그리스는 불가리아와 세르비아의 편에 서서 터키에 선전포고를 했다. 우리는 둘 다 징집이 되었지만 1897년 전쟁에 참가해 영웅적인 무공을 세운 스테파노스는 곧장 전방의 보병부대로 차출되었다. 나는 한편으로는 수학적 배경 때문에, 다른 한편으로는 정치적 연줄 덕분에 군 총사령부의 포병대 전략 부서에 배치되었다.

군대가 처음 수학에 관심을 보이기 시작한 것은 3차방정식 문제를 풀었던 이탈리아인 타르탈리아가 미사일 궤도는 곡선이라는 사실을 증명했던 16세기 초반이었다. 그 전까지는 지구상의 모든 운동은 직선이라고 보았던 아리스토텔레스학파의 전통이 지배적이었다. 타르탈리아의 증명은 반세기 후 갈릴레오가 완성하였는데, 그는 미사일 궤도가 포물선이라는 사실을 증명해 보였다. 그 이후 수학은 전쟁의 기술에 점차적으로 더욱 깊이 개입하게 된다. 나폴레옹이 프랑스군 장교들을 교육시킬 목적으로 설립했던 파리 에콜 폴리테크니크 대학이 수학 연구에서는 국가 최고의 교육기관으로 성장한 사실은 결코 우연이 아니었던 것이다.

결과적으로 그리스 군대의 조직 임무를 맡던 프랑스 고문들이 총사령부에 수학 지식을 겸비한 병사들이 있어야 한다고 추천하게 된 것이다. 그리고 내가 바로 '수학 지식을 겸비한 병사' 중 한 명이었다. 1912년 10월 26일, 그리스 군대는 테살로니키로 진군했고, 스테파노스의 연대가 처음으로 마을에 막사를 설치했다. 그로부터 이틀 후에는 왕세자와 최고사령관이 장교들을 이끌고 마케도니아의 수도에 본부를 차렸고, 나도 그 일원이었다. 그곳의 분위기는 전쟁 중이라기보다는 축제에 가까웠다. 터키 수비대가 한 발의 총성도 울리지 않은 채 항복하고 마을에서 철수했기 때문이었다. 그리스인, 유태인, 슬라브인, 블라크인, 그리고 많은 유럽인들 모두가 아무 일도 없었다는 듯 그들의 삶을 영위하고 있었다. 시장은 활기차게 북적거렸고, 상점은 사람들로 꽉 차 있었으며, 호텔, 극장, 음식점 등도 드나드는 손님으로 정신이 없었다. 이러한 정경에 유일하게 그림자를 드리우고 있던 것은 불가리아가 곧 그리스와의 동맹을 깨뜨릴지도 모른다는 소문이었다. 테살로니키의 거대한 국제항을 손아귀에 쥐고 통제하는 것이 선조로부터 이어온 그들의 꿈이었는데, 그리스가 그것을 소유하고 있다는 사실을 도저히 받아들이기 힘들었기 때문이다.

나는 도시에 입성한 지 닷새 만에 스테파노스를 만났다. 정오였고 우리는 바닷가를 거닐었다. 둘 다 24시간의 휴가를 받아 놓은 상태였다. 우리는 근처의 작은 음식점에 들어가 꼬치에 낀 홍합과 뱅어, 그리고 레드와인을 주문했다. 그러고 나서 서로의 전쟁 이야기를 나누기 시작했다. 사란다포로스(Sarandaporos)와 지안니사(Giannitsa)에서 싸웠던 스테파노스는 전투 당시의 상황과 우리 군의 승리를 잔뜩 흥분한 상태로 설명했다. 나는 지금까지 전혀 알지 못했던 그의 또 다른 측면을 발견하고 놀라운 눈으로 바라보았다.

내가 아는 사람들 대부분은 1897년의 패배가 무능력한 정치인과 군대 때문이라고 생각했다. 나는 스테파노스도 그 관점을 공유한다고 믿었다. 따라서 그가 할당된 임무 이상으로 군에 충성하며 자신의 의무를 다하는 것은 그 패배의 기억을 떨쳐 버리기 위한 것이라고 생각했다. 하지만 부분적으로는 아토스 산에 있는 수도원에서 직송해 온 와인 덕분에, 그리고 한편으로는 겨울임에도 무척이나 화창한 날씨 덕분에 그의 혀는 예상치 못하게 꼬이고 있었고, 나는 스테파노스의 또 다른 면을 발견할 수 있었다. 마음속 깊은 곳에서 그는 1897년의 패배를 자신의 개인적인 패배로 여겼다. 그리고 이번 전투에서 그리스가 거둔 승리는 일종의 놀라운 결과라고 생각했다. 그는 거의 광적으로 흥분해서 이야기를 하고 있었는데, 그 모습은 힐베르트의 프로그램과 함께 수학의 기초를 재구성하는 것을 삶의 공공연한 목적으로 삼은 수학자에게는 왠지 정도를 벗어난 것처럼 보였다.

그러고 나서 이번에는 내 차례였다. 사실 스테파노스의 무용담에 비한다면 그다지 극적이지는 않았지만 어쨌든 나도 전쟁에 관한 '모험'을 들려주어야 했다. 나는 그에게 프랑스군 고문들이 그들의 포병대에 적용하는 수학 공식과 그들이 적의 미사일 궤도를 계산할 때, 그리고 어느 지역이 상대적으로 안전한지를 결정할 때 이용하는 공식을 말해 주었다. 사실 군대에서 이용하는 수학은 매우 단순했지만 본부의 고급 장교들은 프랑스 고문들과 함께 일하는 나와 또 다른 세 명의 수학자들을 천재로 취급하고 있었다. 따라서 그들은 기회가 있을 때마다 우리에게 별의별 일거리를 다 가져다주며 귀찮게 하지만 우리는 지위가 지위이니만큼 거부하지도 못하고 그 일들을 처리해야만 했다.

나는 스테파노스에게 저녁에 선약이 있는지 물어보았다. 요즘처럼 날씨가 좋을 때면 테살로니키에 있는 거의 모든 호텔에서는 매일 밤 댄스파티를 열기 때문이었다. 그날 밤 나는 스플렌디드 호텔에 초대를 받고 스테파노스를 데려가고 싶었다. 나는 그가 머뭇거리고 있다는 사실을 바로 알아차렸다. 얼굴이 붉어지고 손도 이리저리 꼬였으며 콧수염도 뻣뻣해졌다.

"저기, 사실은 내가 요즘 어떤 간호사를 만나고 있거든. 원래 외국에 사는 지원병이야. 스위스 몽트뢰에 산다고 했던 것 같아. 그런데 전쟁이 시작되자마자 여왕이 조직한 간호부대에 자원해 들어갔어. 그리고 그녀가 속한 조가 진군하면서 우리 연대를 도왔는데, 지금은 군 병원에서 일하지. 사실 그녀에게 오늘 밤 댄스파티에 데려가겠다고 약속했는데, 이게 무슨 운명의 장난도 아니고 어떻게 너도 똑같은 댄스파티에 가자고 제안을 하지! 네가 기분 상하지 않았으면 좋겠는데, 그녀가 다른 사람들과 어울리는 것을 좋아할지 잘 모르겠거든. 사실 좀 특이한 여성이라서 그래. 사교적인 우아함 같은 것에는 전혀 관심이 없는 것 같거든. 게다가 아직……."

그는 잠시 망설이더니 이내 마음을 다시 먹었는지 말을 이었다.

"저기…… 혹시라도 내가 먼저 말을 걸지 않는다면 제발 우리가 아는 사이라는 사실을 드러내지 않았으면 해."

나는 친구의 행운에 기분이 들떠 그의 걱정을 웃음으로 날려 버렸다. 그리고 내가 얼마나 눈치가 빠른지 확신시키며 약 올리는 미소와 함께 그의 정복자를 어서 빨리 만나보고 싶어 견딜 수 없다는 말도 해 주었다. 그날 밤 나는 내가 얼마나 놀라게 될지 상상조차 하지 못했다.

당시 나는 두 명의 프랑스 장교, 영국 대사관의 상급 직원 한 명, 그리고 이탈리아 상인 한 명과 함께 작은 사교 집단을 구성하고 있었다. 나의 외국인 친구들은 머지않아 우리의 동맹군이 터키와 평화협정을 맺게 될 때 우리도 협상 테이블에 앉기를 원한다면 이오니아에서의 입장을 확실히 해야 할 것이라는 데 모두 동의했다. 영국 대사관 직원은 에피루스 북부에 새로운 국가가 세워질 것이고, 그 국가와 그리스의 국경은 이오니아가 될 것이라고 확신하고 있었다. 알리파샤후국의 고대 수도인 그 도시는 터키인들이 여전히 지배권을 잡고 있었고, 그들은 그리스의 맹렬한 공격으로부터 도시를 방어하는 데 사력을 다했다. 알바니아 건설이 그들 국가의 이익에 얼마나 중요한지에 대해 이탈리아 상인이 역설하고 있을 때 스테파노스가 문가에 나타났다. 그리고 그의 팔에 부드럽게 기대고 있는 사람은 바로…… 안나였다.

내가 안나를 마지막으로 본 것은 그녀에게 '버림받기' 바로 전날이었다. 우리의 이혼은 양측 변호사들이 처리하였고, 안나는 지난 3년간 그리스에 발도 들이지 않았었다. 내가 여러 번 주장했던 것처럼 나는 안나에게 아무런 악감정도 없었다. 그녀의 탈출은 어떤 면에서는 내게도 도움이 되었기 때문이다. 게다가 나는 전형적인 남성의 소유욕 같은 것은 느껴 본 적이 없었기에 그녀의 행동에 그다지 상처받지도 않았다. 안나의 기질을 잘 알고 있었으므로 나는 우리의 만남 때문에 그녀가 난처해하는 일은 절대 없으리라고 확신했다. 하지만 스테파노스가 걱정이었다. 그가 자신의 '포획물'이 나의 전처라는 사실을 알 리는 없지만 머지않아 알게 될 것이 뻔했고, 그렇게 된다면 끔찍한 기분에 사로잡힐 것이 당연했다. 그리고 그런 상황이 곧 닥치리라는 것은 불을 보듯 뻔했다.

나를 발견하자마자 안나는 매우 친근한 태도로 손을 흔들더니 스테파노스 쪽으로 몸을 기대고 손으로는 나를 가리키며 그의 귀에 대고 무슨 말을 속삭였다. 가여운 스테파노스의 얼굴이 붉으락푸르락 수백 가지의 빛으로 변했다. 내가 끼어들어 그를 진정시켜야 할 것 같았다. 나는 두 사람에게 다가가 안나의 뺨에 가볍게 키스를 하고 반쯤은 농담을 섞어 가며 그녀가 나를 포기하는 실수를 하기는 했지만, 적어도 나의 가장 친한 친구의 마음을 사로잡았으니 기쁘기 그지없다고 말했다. 그날 밤 가벼운 대화가 오갔지만 스테파노스가 충격에서 헤어나려면 얼마나 오랜 시간이 걸릴지 보지 않아도 알 수 있을 것 같았다.

며칠 후, 에피루스에서 전방으로 진격하라는 명령이 작전 계획 사단으로 날아들었다. 스테파노스의 부대는 테살로니키에 남아 마을을 방어해야 했는데, 터키인이나 불가리아인의 공격은 그다지 심하지 않았다.

그는 알렉산드로스 스키나스(Alexandros Schinas)라는 자가 게오르기오스 왕을 암살하던 당시 그 현장에 있었다. 그 사건으로 콘스탄티노스의 왕위 등극은 일사천리로 진행되었다. 왕세자와 세자비의 지속적인 음모에도 이루어지지 않던 일이 마침내 한 남자의 거사로 실현된 것이다. 공식적으로는 알렉산드로스 스키나스라는 그저 미치광이의 소행일 뿐이라고 발표되었지만, 국민 대부분은 그가 불가리아 정부가 보낸 암살자라고 확신했다. 하지만 내가 잘 아는 한 소식통에 따르면 그는 독일 비밀 조직의 살인 도구였다. 프로이센은 마침내 그리스 왕권과 충성스러운 동맹을 맺을 수 있게 되었다.

테살로니키가 해방된 지 넉 달 후, 그리고 암살이 있기 며칠 전, 이오니아 군 정부는 그 마을을 그리스군에 내주었다. 1차 발칸전쟁이 사실상 끝난 것이다. 하지만 머지않아 이전 동맹이 무너지게 되리라는 사실은 명백했다. 작전 계획 부서에서 나는 프랑스군 고문 중 한 명인 모론 부관과 특별한 우정을 나누게 되었다. 그는 에콜 폴리테크니크를 졸업한 수학에 매우 정통한 인물이었다. 게다가 훌륭한 체스 주자이기도 했다. 어느 날 저녁 우리는 체스 게임을 한 판 두었는데, 그것은 애국적인 이유 때문에라도 내가 이겼다고 선언할 만한 게임이었다. 어쨌거나 게임이 끝나고 나서 모여 있던 우리는 대부분의 수학자가 그 특별한 지적 게임에 매우 큰 관심을 두고 있다는 사실에 대해 이야기하기 시작했다.

"체스는 규칙이 매우 명확하게 정리된 게임이야."

내가 먼저 말을 꺼냈다.

"따라서 그것을 설명하는 수학적 모델을 고안해 내는 것도 가능할 거야."

"그런 식이라면 전쟁이나 국제 정치학에도 수학적 이론을 적용시켜 어떤 규칙을 만들어 낼 수 있을걸."

우리가 새롭게 형성한 사교 집단에 속한 또 다른 수학자인 코스타의 말이었다.

모론은 한동안 멍한 표정으로 콧수염만 쓰다듬으며 생각에 잠겨 있더니 마침내 말문을 열었다.

"내 생각에는 아직 수학이 그 정도까지 발전하지는 않은 것 같아. 오늘날 우리가 이용할 수 있는 가장 정밀한 수학적 도구는 미적분학이야. 하지만 그것은 이기심이나 자유의지와는 거리가 먼 자연력을 다루는 사람들을 위해 생겨난 학문이지. 자연은 매번 같은 방식으로 적용할 수 있는 규칙에 지배당하잖아. 어느 누구도 그 규칙을 무시하거나 다르게 적용할 이유가 없으니까. 하지만 체스에서는 상황이 다르지. 각각의 선수가 생대방의 움직임에 따라 자신만의 경기 규칙을 적용해야만 해. 그러니 각 선수의 전략은 무엇보다도 상대 선수의 전략에 따라 결정된다고 할 수 있어. 전쟁도 마찬가지잖아. 원정 계획이나 국제적인 외교 협상을 할 때도 그렇고. 그러니 내가 아는 한 그런 수학, 그러니까 두 적군의 전략적인 상호작용을 결합시킬 만한 수학은 존재하지 않아. 그렇다고 영원히 발명되지 않으리라는 것은 아니야. 지금은 연구에 몰두해 있는 예전 내 동창들 대다수가 자네들의 생각에 큰 관심을 표할 거야."

당시 대화는 가벼운 기분으로 나누던 것이기에 아무도 더 이상의 논쟁을 벌이지는 않았다. 하지만 나는 그날의 대화를 스테파노스에게 들려주고 그의 의견을 물으면 매우 흥미롭겠다고 생각했다. 그래서 스테파노스와 목요일 만남을 다시 시작하게 되면 바로 그렇게 하리라고 다짐했다. 하지만 당분간은 우리의 만남도 요원할 것 같았다. 그리스와 불가리아의 갈등 때문에 우리는 테살로니키로 돌아가라는 명령을 받았지만, 그곳에 도착해 보니 스테파노스의 연대는 이미 카발라 외곽으로 이동하고 없었다. 우리의 이전 동맹과 마주하고 있는 곳이었다.

1913년 다시 분쟁이 일어났고, 그것은 거의 한 달이나 끌다가 우리 군의 승리로 끝났다. 나는 8월에 제대했으며 스테파노스는 그로부터 두 달 후에 돌아왔다. 그가 돌아왔다는 소식을 듣자마자 나는 한 시도 지체하지 않고 그를 만나러 갔다. 이번에도 우리는 서로의 전쟁담을 나누었지만 내 경우에는 거의가 이론이었고, 친구의 경험담은 매우 직접적이면서도 사실적이었다. 그의 부대는 거의 모든 군사 작전에 참여했다. 그는 킬키스와 도이라니에서 벌어졌던 전투, 크레스나 해협에서의 돌격 작전, 시미트리에서의 작전 등을 묘사했다. 평소 습관대로 그는 자신의 개인적인 공훈을 가능한 한 평가절하하고 축소하여 이야기했다. 하지만 가여울 만큼 누추한 그의 방에 걸린 유일한 장식품인 자코비데스가 디자인한 빛나는 은메달이 전쟁에서 그의 공헌이 절대 사소한 것이 아니었음을 증명해 주고 있었다.

"이러지 마. 난 그저 운이 좋았을 뿐이야. 내 위치에 있다면 누구라도 똑같았을 거라고."

이 말이 내가 스테파노스에게서 들을 수 있었던 유일한 대답이었다. 우리는 안나에 대해서도 이야기를 나누었는데, 스테파노스는 있는 대로 얼굴을 붉히며 심하게 더듬는 말투로 자신은 안나가 나의 전처라는 사실을 전혀 알지 못했고, 둘 관계의 주도권은 모두 안나에게 있었다는 사실을 내게 확신시키려 무던히도 노력했다. 물론 나는 그의 말이 모두 사실임을 전혀 의심하지 않았다. 제대 후 스테파노스는 테살로니키에서 일주일 정도 안나와 함께 지냈다. 그러던 어느 날 아침 안나는 스위스로 돌아간다는 '따뜻한' 편지 한 장을 남기고 사라져 버렸다고 한다.

"그럼 이제 우린 비긴 거네."

나는 이렇게 말하며 웃었다. 하지만 곧 그 주제가 스테파노스를 불편하게 만들고 있다는 사실을 깨닫고는 서둘러 화제를 바꾸었다. 그때 내 마음에 가장 빨리 떠오른 주제가 전쟁의 종결과 부쿠레슈티 조약(Treaty of Bucharest) 이후의 새로운 전개 국면이었다.

그에 대해 스테파노스는 거의 염세적이라 할 만큼 비관적인 견해를 내놓았다.

"그리스인들은 엄청난 희생의 대가로 얻은 것을 쓰레기처럼 내다버리는 데 타의 추종을 불허할 만큼 재능이 있어. 적이 아니라 그들 스스로가 자신들에게 해를 끼치는 거지. 나는 그리스라는 국가의 '공리계'가 형편없이 정의되었다고 생각해. 그것의 무모순성과 완전성을 증명하는 일은 거의 불가능하다는 생각이 들 정도니까."

그는 웃음을 터뜨리며 마지막 말을 덧붙였다. 우리가 만날 때마다 어김없이 다시 등장하는 13년 전 파리에서 나누던 토론을 다시 끌어낸 것이다.

"그러니까 산수의 완전성과 무모순성을 증명하는 것은 애들 장난이라는 거야."

내가 빈정대는 말투로 한마디 했다.

그는 매우 공격적으로 폭소를 터뜨리더니 말을 이었다.

"산수라고 해서 림보(limbo: 지옥의 변방. 기독교 신자가 될 기회를 얻지 못한 착한 사람이나 세례도 받기 전에 죽은 어린이·이교도·백치의 영혼이 머무는 곳을 이르는 말—옮긴이)에서 영원히 머물 수는 없는 거야. 신의 논문 어딘가에 그 완전성과 무모순성이 증명되어 있을 거라고. 유한 번의 절차를 통해 주어진 공리계가 완전하고 모순되지 않는다는 사실을 증명할 수 있는 알고리즘이 반드시 존재할 거야. 그래서 수학이 정치와는 다른 거라고. 언젠가는 우리도 그 체계의 틀 안에서 하나의 진술이 참인지 거짓인지를 결정할 수 있는, 우리에게 맞는 공리계를 고안해 낼 수 있을 거야. 그러고 나면 내가 발명해 낸 알고리즘도 모순 없이 완벽하다는 사실을 입증할 수 있겠지."

사실 그때만 해도 나는 수학에 대한 스테파노스의 낙관주의가 어느 정도까지 그 정당성을 입증하게 될지 알 수 없었다. 완전히 '길들여진' 수학에 대한 그의 꿈은 내겐 가장 끔찍한 악몽이었기 때문이다. 모든 수학자에게 위협으로 다가갈 것이 뻔한, 완전성과 무모순성을 입증하는 방법을 밝혀내는 것은 수학을 대하는 나 자신의 미적 감수성과도 직접적인 갈등을 일으켰다. 한편 얼마 지나지 않아 나는 국가의 미래를 바라보는 그의 비관적 관점이 완전하게 정당화되는 것을 볼 수 있었다. 몇 년 후 그리스가 거머쥔 승리의 월계관은 내전의 잿더미 속으로 묻혀 버렸다. 발칸 전쟁을 승리로 이끌었던 힘과 결단력은 점차적으로 반목과 비열한 소심함으로 변해 갔으며, 결국은 그리스인들을 반으로 갈라 한쪽은 왕권주의자, 또 한쪽은 자유주의자로 대립하게 만들었다.

심지어는 거리를 지나는 풍금 소리도 두 진영으로 나뉘어 왕당파 쪽에서는 끊임없이 '독수리의 아들(The Son of the Eagle)'을 연주해 대며 거리를 행진했고, 다른 절반의 진영에서는 베니젤로스를 추앙하는 노래인 '프실로리티스 산의 아들(The Son of Mount Psiloritis)'이 끊임없이 흘러나왔다. 하지만 두 곡 모두 스피로스 카이사리스라는 한 작곡가의 작품이라는 사실을 아는 사람은 거의 없었다. 그는 자신의 각본 속에서 외교관의 역할을 완벽히 수행하고 있었다.

나는 조국 그리스의 정치를 깊이 있게 이해해 본 적이 한 번도 없었다. 그것은 어쩌면 내가 이해하려고 진지하게 노력한 적이 없기 때문인지도 모른다. 이성적인 방식으로만 사고하려 드는 내 기질은 사실상 정치의 본질적 특성인 다양성, 모호함, 예측 불가능성 등과는 맞지 않았다. 하지만 '국가분열(National Schism)' 앞에서는 나도 어쩔 수 없이 모든 상황을 동시에 생각해 보게 되었다. 머지않아 나도 주변의 사회적 관계를 절반으로 줄여야 할지 모른다는 깨달음을 얻은 것이다.

살아생전 나의 아버지는 델타 가문과 친밀한 관계를 유지하셨으며 두 가문은 사업적으로도 깊이 관련되어 있었다. 나 역시도 스테파노스나 페네로페, 델타와 절친한 사이를 유지하고는 있지만 그들의 정치적인 관점까지 공유하는 것은 아니었다. 나는 페네로페와 함께 그녀의 책이나 알렉산드리아에 있는 그리스 공동체, 혹은 각자가 다녀온 여행에 대해 서로 이야기 나누는 것을 매우 좋아했다. 델타 씨는 콘스탄티노스 카라테오도리의 사촌이었으며 종종 독일 수학계의 새로운 소식이나 여타의 소문을 내게 전해 주곤 했다. 따라서 가끔씩 북부 키피시아 교외에 사는 그들의 집을 방문해 달라는 초대를 받는 것은 내게 특별한 즐거움을 주기도 했다. 1915년 어느 날 저녁도 나는 여느 때와 마찬가지로 전혀 아무런 의심 없이 그들의 초대에 응했다.

내가 독일에서 학교를 다닐 때 현재 아테네 예술학교의 교수로 재직 중인 게오르기오스 야코비데스(Georgios Jakobides)라는 화가와 친하게 지냈다. 야코비데스는 니콜라스 왕자의 개인적인 친구이기도 했는데, 왕당파에 대한 지지를 전혀 감추지 않았다. 하지만 어느 누구에게도 자신의 신념을 강요하지는 않았다. 키피시아를 다녀온 지 이틀 후 나는 자신의 집을 방문해 달라는 그의 초대를 받았다. 늘 그랬던 것처럼 야코비데스는 매우 정성을 다해 나를 맞았다. 하지만 이상하게도 다른 손님들의 태도는 처음부터 냉담하기 그지없었다. 대부분은 그저 나를 무시했지만 그들 중 한 명은 직접 나를 공격하기도 했다.

"이게리노스 씨, 댁도 이제는 어느 편에 설지 태도를 분명히 하시지

요. 하루는 베니젤로스 일파의 소굴을 방문해 국가의 적들과 신나게 놀
아나고, 또 그 다음날은 우리 같은 애국파의 모임에 나타나는 일을 영원
히 계속할 수는 없는 것 아닙니까. 마치 그렇게 하는 것이 전혀 잘못된
일이 아니라는 듯이요."

나는 그가 무슨 말을 하는지 처음에는 잘 이해하지 못했다. 페네로
페의 아버지 에마뉘엘 베나키스는 베니젤로스의 열렬한 지지자였다. 그
러니 얼빠진 작자들이 보기에는 델타나 베나키스 가문을 방문하는 사
람은 누구라도 베니젤로스 일파이므로 왕당파의 모임에 끼어들어 물을
흐리면 안 되는 것이었다. 나는 아직 그러한 광기에 동참할 준비가 되어
있지 않았을 뿐 아니라 두 진영 중 어느 한쪽을 택할 마음도 없었다. 따
라서 이쪽 아니면 저쪽을 선택해 지인들 중 절반을 잃어버리는 대신, 나
는 그들 모두를 포기하고 스스로를 사회 활동에서 격리하기로 마음먹
었다.

전쟁이 지속되는 동안 나는 책만을 벗 삼아 대부분의 시간을 홀로
지냈다. 일주일에 한 번 스테파노스를 만나는 것이 유일한 사회 활동이
었다. 우리 두 사람은 그리스가 둘로 분열되어 가는 과정을 놀라움과
고통의 심정으로 바라보았다. 베니젤로스의 '친협상(pro-Entente)' 군은
아테네 점령을 목전에 두고 있었고, '아테네 왕국'의 왕당파 정부는 그리
스 영토가 상실되어 가는 모습을 지켜보며 마치 아무 일도 없다는 듯
무관심으로 일관했다. 좀 더 개인적인 차원에서 보자면 얼마 전만 해도
전장에서 전우애를 나누던 동료 군인들이 서로를 괴롭히고, 모욕 주고,
체포하고 심지어 가끔씩은 서로에게 총질을 하기도 했다.

전쟁이 끝나 가면서 희망의 빛이 조금씩 비치기 시작했다. 승리의 기

뿐, 마케도니아와 트라키아 나머지 지역의 해방, 소아시아 연안의 획득, 이 모든 것이 잠시 동안이나마 분열을 끝내게 되리라는 희망을 심어 주었다. 하지만 그것은 단지 꿈이었음이 곧 드러났다.

1920년 3월 20일, 그리스 해군의 구축함 히에라크가 서머나 항에 정박해서 특별한 모임 장소로 이용되었다. 그리스 총리 엘레프테리오스 베니젤로스, 소아시아에 주둔 중인 그리스 정규군의 육군참모총장 레오니다스 파라스케보풀로스(Leonidas Paraskevopoulos), 서머나의 그리스 공동체에서 주요 인사로 존경받는 의사 아포스톨로스 프살토(Apostolos Psaltov), 그리고 괴팅겐과 베를린의 대학에서 교수로 재직했으며 함수론과 열역학 공리계에 관한 선구적 논문으로 국제적으로도 매우 명망이 높은 콘스탄티노스 카라테오도리가 회동해 곧 설립 예정인 서머나 대학에 관해 토론을 벌였다. ′스테파노스는 콘스탄티노스 카라테오도리 교수의 가까운 협력자 중 하나였다.

두 번째 대학을 그리스에 설립하려는 계획은 베니젤로스가 매우 여러 해 동안 마음속에 품어 오던 것이었다. 서머나에 국제적인 대학을 설립해 유럽의 문화적 가치와 고대 동부의 지혜를 연결하는 다리 역할을 하겠다는 생각은 매우 호소력이 있었다. 한편으로 그것은 비잔틴 왕국의 땅을 다시 소유하려는 일부 그리스인들의 야망을 드러내는 원대한 계획의 평화로운 얼굴이었다. 서머나 대학은 그 문화적인 영향력을 이용하여 다국적 사회에 그리스의 지배권을 확보하는 것을 목표로 하고 있었다.

그러한 목표에 다가가는 동안 대학은 다양한 문명이 하나로 녹아드는 융합의 장소를 제공해야만 했다. 이런 것을 두고 바로 키메라

(chimera: 그리스 신화에 등장하는 반인반수의 괴물로 근거 없는 망상이나 환상을 일컫는다—옮긴이)라고 하는 게 아니겠는가. 그렇다. 얼마 지나지 않아 뒤따른 비극적 사건들이 그것을 증명하고 있었다. 어느 한쪽을 택하는 우를 범하지 않았음에도 내 삶에 너무나도 큰 영향을 끼쳤던 국가 분열이라는 정치 현실에 환멸을 느끼던 나는 새로운 대학의 설립이라는 그들의 계획을 희망의 밝은 빛으로 오해하고 말았다.

1920년 카라테오도리가 아테네에 도착했을 때 나는 그를 찾아가 대학 설립 기금 지원은 물론, 도울 수 있는 일은 무엇이든 하겠다고 제안했다. 그리고 그와 대화를 나누는 동안 스테파노스에 대해 이야기할 기회를 얻었다. 나는 스테파노스가 지금껏 수행해 온 연구는 물론이고 그의 성격과 수학에 대한 헌신적 열정도 설명했다. 그러자 카라테오도리가 그를 한번 만나 보자고 했다.

다음날 스테파노스가 그를 방문했고 두 사람은 두 시간 이상이나 대화를 나누었다. 스테파노스가 무모순성 증명에 관한 자신의 계획에 대해서도 이야기했는지는 잘 모르겠지만, 수론에 관한 연구와 그 주제에 관한 논문을 카라테오도리에게 보여 준 것은 분명했다. 카라테오도리가 즉시 스테파노스에게 새로운 대학의 직원 자리를 제안했을 뿐 아니라 강좌가 개설되는 대로 교수 자리도 보장해 주겠다는 약속까지 했기 때문이다. 그리스의 관료들이 읽기조차 거부했던 그 모든 자료들이 베를린 출신의 유명한 과학자의 관심을 사로잡았던 것이다.

뛰어난 수학자라는 사실 외에 카라테오도리는 뛰어난 행정관이기도 했다. 신설 대학은 빠르게 연구 장비와 일반 강의실, 계단식 강의실, 그리고 완벽한 도서관을 갖추어 갔다. 또한 부총장 임명자를 길러낸 유수의 유럽 대학과 견주어도 손색이 없을 만큼 뛰어난 교수진도 확보했다. 이러한 성과는 서머나의 그리스인들이 쏟아 부은 엄청난 기부와 프랑스에 사는 스타로스 팔라치스(Stavros Palatzis)라는 한 그리스인의 막대한 지원 덕분이었다. 그는 건물 장비를 들이는 데 200만 프랑을 기부했으며, 매년 대학 경비로 25만 프랑을 기부하겠다고 약속했다. 새로운 대학은 '빛은 동방으로부터(Ex oriente lux)'라는 표어를 모토로 삼고 1922년 10월 그 첫발을 내딛기로 일정을 잡았다.

하지만 하늘의 뜻은 그렇지 않았던 모양이다. 1920년 11월 1일, 베니젤로스가 예상치 못하게 선거에서 패했고, 유혈을 피해야 한다는 적들의 '충고'에 그는 엠피리코스의 소유인 나르키소스 호를 타고 프랑스로 건너갔다.

그리고 끔찍한 재앙이 뒤따랐다. 소아시아와 흑해 연안에서 3000년이라는 세월을 살아 온 수백만의 그리스인들이 난민으로 전락하고 말았다. 그들은 조상의 땅을 영원히 등지고 떠나 버렸으며, 동시에 '동방으로부터 오는 빛'을 퍼뜨리기로 되어 있던 계획도 모두 무산되었다. 카라테오도리는 화염에 휩싸인 서머나를 뒤로하고 마지막 배에 올랐다. 아테네에서 2년간 교직에 있다가 1924년 독일로 돌아간 후 뮌헨 대학에서 린데만의 뒤를 이어 교편을 잡았다.

스테파노스 역시 비참한 생활로 다시 돌아갔다. 하지만 이번에는 신체의 허기보다 정신의 허기가 더 컸다. 열광과 낙관주의의 바람이 모든 것을 휩쓸고 지나가던 시기에 그가 재난의 기운을 미리 감지했다는 사실도 전혀 위안이 되지 않았다. 1897년과 마찬가지로 그는 이 새로운 재난을 자신의 개인적인 패배이자 실패로 받아들였다. 하지만 이번에는 그 진지함의 정도가 실로 엄청났다. 사실 교수의 꿈이 산산조각 난 것은 그에게 그다지 큰 충격이 아니었다. 그에게 수학이란 사회적이거나 전문적인 발전의 수단이 아니라 일종의 소명이자 삶의 방식이었다. 게다가 그가 자기 자신을 다시 추스르도록 도와준 것도 수학이었다. 이전에 가르치던 고등학교 수학교사 자리는 여전히 비어 있었기에 적어도 먹고 살 걱정은 하지 않아도 되었다. 그는 예전에 세 들어 살던, 히포크라테스 거리에 있는 작은 방으로 다시 돌아가 새로운 열정으로 연구에 몰두했다.

그리고 우리는 목요일 만남을 다시 시작했다. 그는 진행 중인 연구의 진척 상황이나 개인적인 발견을 내게 정기적으로 보고했으며, 나는 정기 구독하는 간행물에서 읽은 국제 수학계의 동향을 그에게 매번 업데이트해 주었다. 무엇보다도 나는 그가 차츰 회복돼 가는 모습을 보는 것이 정말 기뻤다. 그리고 일시적이나마 힐베르트의 두 번째 문제인 완전성과 무모순성 증명을 잊고 수론 연구에 열정적으로 매달리는 모습을 볼 수 있다는 사실도 고마웠다.

그렇게 모든 것이 제자리를 찾아가고 있었다. 적어도 소피아가 우리 삶에 끼어들기 전까지는 그랬다.

제 11 장

마담 폴리세니의 살롱은 '신사들에게 가장 인기 있는' 만남의 장소였다. 그곳은 파리에 있는 카페 샹탕의 느낌을 약간 풍기면서 런던의 '신사클럽' 같은 인상을 주려고 애쓰는 모습이 역력했다. 이렇듯 그럴싸한 겉모습 뒤에는 살롱의 추악한 실제 모습이 감추어져 있었는데, 사실 이곳은 부유한 아테네 남성들이 드나드는 고급 매음굴이었다.

신고전주의 양식으로 지은 거대한 2층짜리 건물은 나무로 빽빽이 둘러싸인 정원 안에 깊숙이 위치해 있었다. 따라서 거리를 지나는 사람들의 흘낏거리는 눈초리에서 완전히 벗어날 수 있었다. 많은 비밀 통로를 통해 아무도 모르게 정원으로 들어선 고객들은 에로틱한 분위기를 더욱 자극하는 인동덩굴과 안젤리카, 분꽃, 오렌지 꽃향기로 인해 어지러운 나무들 사이로 곧장 녹아들게 된다. 만약 방문객이 결혼한 유부남이

거나 사회적 지위나 위상으로 보아 완전한 비밀이 필요하다면 그는 반갑지 않은 만남을 피해 옆문으로 드나들 수도 있었다. 한편 나처럼 혼자 사는 사람은 정문으로 드나들었는데, 그곳에는 영국 집사 차림의 하인이 대기하고 있다가 방문객의 지위에 걸맞은 매너를 갖추어 그를 고급스러운 가구와 장식을 갖춘 응접실로 안내했다. 그곳의 가구들은 영국식 디자인에 맞추어 값비싼 나무로 제작한 후 그에 어울리는 벨벳이나 캐시미어 커버를 댄 것이었다. 한쪽에는 크고 편안한 소파가 쿠션으로 덮여 있었고, 낮은 커피 탁자에는 재떨이와 그 계절에 피는 가장 아름답고 신선한 꽃이 꽂힌 값비싼 크리스털 꽃병이 놓여 있었다. 벽에는 묘한 분위기를 자아내는 에로틱한 그림과 누드 몇 점이 걸려 있었다. 방 뒤쪽에는 그랜드 피아노 한 대를 놓아두고 여자들이 차례로 연주하면서 손님들을 즐겁게 하는 데 이용되었는데, 가끔은 플루트를 연주하는 여성이 나와 합주를 하기도 하고, 또 가끔은 노래도 불렀다. 때때로 축음기에 레코드판을 틀어 생음악을 대신하기도 했다.

이곳에서 바로 마담 폴리세니가 자신의 '피후견인'들에게 둘러싸여 고객을 맞았다. 고객들은 모든 연령층을 아우르지만 여성들이 한결같이 모두 젊다는 사실만 제외하면 1층의 풍경은 평범한 사교 장소와 많이 다르지 않았다. '신사'들은 모두 술잔을 들고 시가를 피우며 서로서로, 또는 아가씨들과 담소를 나누었다. 만약 누군가 한 여성을 택해 그녀와 좀 더 사적인 시간을 보내려면 마담 폴리세니를 불러 자신의 의사를 전하면 위층에 방이 마련되었다. 그런 다음 마담 폴리세니가 '가여운 소녀의 지참금' 명목으로 돈을 받는 것이 일상적인 절차였다. 사적인 시간을 위해 지불하는 금액은 마담 폴리세니가 정하는 것으로 협상이 불가능했으며, 그녀는 이 돈을 소녀의 '보호자'와 나누어 가졌다. 마담 폴리세니는 '고객'이라는 단어를 끔찍이도 싫어했기에 그녀의 집을 찾는 사람은 모두가 '방문객'이었다. 그녀의 방문객 중 신뢰도가 높은 사람은 마음에 드는 소녀를 집으로 데려갔다가 다음날 그녀의 숙소이자 직장인 마담 폴리세니의 집으로 다시 데려다 줄 수 있었다.

라코니아 출신의 가난한 시골 농부의 딸로 젊었을 때 상당한 미모를 자랑했던 마담 폴리세니는 시골 아낙이라는 예정된 운명을 거부하고 더 나은 삶을 찾아 아버지의 집을 떠나 도시로 나왔다. 그녀는 타고난 미모와 상대를 유혹하는 뛰어난 능력으로 중년의 독일 건축가를 만나 마침내 그의 사랑을 얻게 되었다. 그는 독일에서 실패하고 제2의 인생과 젊음을 찾아 그리스로 건너온 사람이었는데, 당시 성장하는 그리스의 수도는 오토 크로프 같은 사람에게는 기회의 산실이었다. 따라서 폴리세니와 결혼생활을 지속하던 10년 동안 그는 엄청난 재산을 모을 수 있었다. 현재 폴리세니가 소유한 신고전주의 양식으로 지은 거대한 주택과 특별 허가된 지역에 있는 땅, 그리고 상당한 액수의 현찰이 그에 해당했다. 그러고 나서 그는 곧 세상을 떠나는 자비까지 베풀었다. 머릿속에 여러 야심찬 계획을 세우고 있던 미망인 폴리세니는 이제 물려받은 유산을 수단으로 그 꿈을 현실화시키기만 하면 되었다.

마침내 그녀는 '살롱'을 여는 아이디어를 실천에 옮기기로 했다. 하늘이 도왔는지 살롱의 직원으로 들어오겠다는 여성 후보자는 넘쳐났다. 중산층이나 하류층 출신으로 바르지 못한 행실 때문에 엄한 아버지에게 쫓겨난 소녀들이 그 집의 첫 거주자가 되었다. 후에 피난민의 행렬이 이어지면서 갈 곳 없는 소녀들이 아테네로 밀려들기 시작했고, 결국은 그동안 조직된 갱단의 포주들에게 손쉬운 먹잇감이 돼 주었다.

1923년의 어느 날 밤 나는 그 집에서 처음 소피아를 만났다. 그녀는 오데사 출신으로 어머니는 그리스인이고, 아버지는 우크라이나에서 오랫동안 살았던 루마니아인이었다. 러시아 혁명이 일어나던 해에 소피아는 14살이었다. 초기에는 중립을 지키던 그녀의 아버지는 우크라이나 독립운동에 가담해 세바스토폴 외곽에서 벌어진 전투에서 전사하고 말았다. 볼셰비키 승리의 여파 속에서 그리스군 대대도 포함된 연합군은 퇴각했고, 반혁명군에 협력했다고 의심받은 오데사에 있던 그리스인들은 온갖 종류의 역경과 고난을 감내해야만 했다. 혁명 기간에 소피아는 어머니마저 잃고 아무런 보살핌이나 수입도 없이 홀로 남게 되었다. 절망에 빠져 있던 그녀는 어린 소녀들을 '구하기 위해' 고국으로 데려가는 임무를 수행 중이라는 한 사기꾼 집단의 제안을 받아들였다. 그들은 목적지에 도착하는 대로 머물 곳을 마련해 주고 일거리도 찾아 주겠다고 약속했다.

그렇게 해서 소피아는 1919년, 16살의 나이에 마담 폴리세니의 집으로 오게 됐다. 내가 그녀를 처음 만났을 때 소피아는 이미 삶의 가장 암울한 경험에서 받은 상처투성이었다. 나는 처음에 내가 그녀와 사랑에 빠졌다고 생각했다. 확실히 그녀를 대할 때면 일종의 애틋함 같은 묘한 기분이 느껴졌다. 그것은 안나에게서는 물론이고 일시적으로 만났던 다른 누구에게서도 느껴 보지 못했던 매우 낯설고도 신비로우며 굉장한 감정이었다. 부유한 아테네의 가장 더러운 일면을 매일 마주하며 살아가는 그녀의 크고 우울한 갈색 눈동자의 깊은 심연에서 나는 불신이 뒤섞인 순수함을 보았다. 슬라브 억양이 약간 묻어나는 그녀의 말투는 내게 마법을 거는 주문이었다. 소피아의 발바닥과 발가락에서 그녀가 감히 자신의 운명에 저항했음을 보여 주는 씻을 수 없는 흔적을 발견했을 때, 나는 그녀를 구해야겠다고 마음먹었다.

우선 나는 마담을 직접 만나 소피아를 풀어 주는 조건이라면 아무리 큰 금액이라도 기꺼이 지불할 용의가 있다는 의사를 전달했다. 당연히 마담은 그 금액에서 자신의 몫을 챙기면 되는 것이었다. 하지만 마담은 내 마음을 바꾸려고 갖은 방법을 다 시도했다. 우선 그녀는 내가 원하면 언제라도 소피아를 안을 수 있고, 더 원한다면 ‘예외적’인 조치라도 취해 주겠다고 했다.

“제발 골치 아픈 일이 생기지 않게 해 주세요, 이게리노스 씨. 그 애는 여기 있어야만 해요.”

또 마담은 소피아가 강제가 아닌 자신의 의지로 가게에 머무는 것이며, 지금의 상태에 매우 만족하기 때문에 가게를 떠난다면 머지않아 더 안 좋은 상황에 빠지게 될 것이라는 말로도 나를 설득했다. 하지만 나는 끝까지 의지를 굽히지 않았다.

마담은 내가 절대로 설득되지 않을 사람이며, 만약 그녀가 요구에 응하지 않는다면 골치 아픈 문제를 일으킬 만한 의지와 힘이 있는 사람이라는 사실을 깨닫자마자 입장을 바꾸었다. 거래의 불문율에 따르면 소피아의 소유권은 오데사에서 그녀를 데리고 온 남자에게 있기 때문에 그녀의 운명도 그 남자의 손에 달려 있다고 말했다.

“소피아는 이오르다니스 호우르다코글로우의 소유예요. 그 남자하고 골치 아프게 엮이지 않는 게 신상에 좋아요.”

마담 자신은 느끼지 못했겠지만 호우르다코글로우라는 이름을 발음

하는 그녀의 목소리는 떨리고 있었다. 나는 열쇠를 쥐고 있다는 그 남자를 만나게 해 달라고 고집을 피웠고, 결국 원하는 대로 해 주겠다는 답변을 들었다.

마담에게서 아무런 연락도 없이 일주일이 지났다. 나는 다음번에는 어떤 조치를 취해야 할지, 또 어떻게 하면 내 생각을 좀 더 설득력 있게 전달할 수 있을지 고민 중이었다. 그러던 어느 날 저녁, 내가 평소보다 좀 늦게 걸어서 집에 돌아가고 있을 때 어두운 골목길에서 낯선 사람이 다가왔다. 화려한 실크넥타이를 곁들인 영국식 정장 차림이나 몸에서 풍기는 값비싼 담배의 기분 좋은 향기, 혹은 새끼손가락에 끼고 있는 금반지, 그 어느 것도 그가 범죄 집단에 속해 있다는 사실을 감춰 주지는 못했다.

"미카엘 이게리노스 씨?"

그의 물음에 나는 고개를 끄덕여 대답했다.

"보스를 만나고 싶다고 하셨다면서요? 호우르다코글로우 씨께서 기다리고 계십니다."

나는 그가 안내하는 대로 따라갔다. 우리는 30분 정도 걸어 테시몬 지역에 있는 어느 카페로 들어갔다. 카페 안은 매우 좁고 붐볐으며, 반쯤 썩은 일고여덟 개의 나무 탁자가 대나무 의자에 둘러싸여 있었다. 한쪽 탁자에서는 다섯 명의 노인들이 카드게임을 하는 중이었다. 역시나 작은 또 하나의 방 안에서는 면도도 하지 않은 우울하게 생긴 두 명의 남자가 백개먼(backgammon: 실내에서 두 사람이 하는 서양식 주사위 놀이―옮긴이)을 하는 중이었다. 두 사람은 재킷을 어깨 뒤로 넘겨 느슨하게 걸침으로써 자신들이 거친 남자들이라는 인상을 주고 싶은 듯했고,

둘 다 새끼손가락의 손톱을 길게 기르고 있었는데 그것 또한 '거친 남자'의 다른 표현 방식 같았다. 아마도 정문을 지키는 조직의 문지기들일 거라고 생각했다. 우리는 그 방을 가로질러 갔지만 어느 누구도 관심을 기울이지 않았다. 아무도 훔쳐보지 못하는 벽 안에 만들어 놓은 벽감 뒤에 탁자가 하나 놓여 있었고, 그곳에 앉아 있는 사람이 바로 악명 높은 이오르다니스 호우르다코글로우였다. 그는 키가 작고 머리가 약간 벗겨져 있었는데, 그것을 감추려고 머리카락 몇 올을 옆으로 넘겨 빗었지만 그다지 성공적이지는 않았다. 얼굴은 완전히 무표정했는데, 그것은 내가 더 젊었을 때 친구가 묘사해 주었던 전형적인 도박사들의 모습을 연상시켰다. 그 친구는 나를 도박의 세계로 끌어들이려고 여러 번 시도했지만 성공하지 못했다.

"상대가 너에 대해 아무것도 알아내지 못하도록 해야만 해. 네가 기쁜지 슬픈지 혹은 두려운지 확신이 있는지 절대 알게 해서는 안 되는 거야. 네가 게임에 쏟아 붓는 돈이 그저 하루 저녁 용돈인지, 아니면 네 전 재산인지 알게 해서야 되겠어? 도박사는 손재주가 좋다고 되는 게 아니라 영리한 허세꾼이 돼야 하는 거라고. 네가 예측 불가능한 사람이라는 사실도 예측하지 못하게 하는 거야."

그는 이렇게 말했다. 하지만 이러한 친구의 충고는 호우르다코글로우를 만나기 전까지는 내게 아무런 가치도 없었다. 사실 카드게임이라고 해 봐야 '시골 친구들의 클럽'에서 이틀 밤 돈을 잃고 난 후에는 발도 들이지 않았기 때문이다. 당시 극도의 권태로움과 자욱한 담배 연기에 휩싸인 채 나는 폴리소스의 바닷가 나이트클럽에서 하룻밤을 신나게 놀 수 있는 금액을 지불하고도 그에 상응하는 흥겨움이나 볼거리는 전혀 제공받지 못했다. 하지만 지금 이곳, 아테네의 초라한 한 카페에서 나는 첫눈에 봐도 경험 많은 전문 도박사 앞에 서 있었다. 이제 나는 그와 돈이나 보석이 아닌 한 사람의 목숨을 걸고 포커 게임을 해야 했다.

그는 아무 말도 하지 않고 반쯤 감은 듯한 눈으로 오랫동안 나를 쳐다보았다.

"됐어, 디오니시스."

호우르다코글로우가 옆에 있던 부하에게 이렇게 말하자 그는 아무 말 없이 방을 나갔다. 그리고 호우르다코글로우는 계속해서 조용히 나를 바라보았다. 나는 앉으라는 말도 기다리지 않고 의자에 앉았다. 그리고 그에게는 시선을 주지 않은 채 웨이터를 불렀다. 코냑 한 잔을 시키고 커다란 시거에 불을 붙인 후 연기가 목에 걸려 기침이 나는 일이 없기를 바라며 담배를 입에 물었다. 학교 다닐 때 이후로는 처음 피워 보는 담배였다. 하지만 집에는 늘 값비싼 담배들이 흘러 넘쳤다. 사업상 우리 회사와 협력하는 선장들이 보내 오는 선물이었다. 따라서 그냥 썩혀 버릴 수는 없었기에 나는 늘 몇 개 정도 지니고 다니며 가끔씩 주변 사람들에게 권하곤 했는데, 어디서 누구에게 권하든 늘 환영받았다. 하지만 내가 피워 보기는 처음이었다. 그것도 전혀 아무렇지도 않은 표정을 짓고 속으로는 연기를 삼킬까 봐 노심초사하면서 말이다. 나는 냉소적인 표정으로 호우르다코글로우를 바라보기 시작했다.

서로 입 다물고 앉아 있어 봐야 아무 소용도 없음을 깨달았는지 그가 먼저 전술을 바꿨다.

"날 보자고 했다면서? 용건이 뭔지 얘기해 보시지."

"얼마나 원해?"

나는 웃음을 참으려고 애쓰면서 가능한 한 깊은 곳에서 울리는 듯한 목소리로 물었다. 그리고 이 웃기게 생긴 작은 남자가 어떻게 범죄의 세계에서 공포의 대명사 같은 존재로 성장할 수 있었는지 궁금해졌다. 그가 얼마나 위험한 인물인지 깨닫지 못하고 있었기에 나는 여전히 냉정한 태도를 잃지 않았다. 다시 말해 나는 주어진 역할을 완벽하게 해내고 있었다. 내 작전에 완전히 넘어간 호우르다코글로우는 자신 앞에 앉아 있는 남자가 부유한 마마보이가 아니라는 사실을 깨달은 것 같았다. 보나마나 마담 폴리세니가 나에 관한 모든 정보를 전달하면서 그런 식으로 귀띔했을 것임은 불을 보듯 뻔했다. 그때부터 우리는 협상을 시작했다. 까다로운 조건, 은밀한 협박, 은근한 암시, 그리고 거부 못할 만큼 구미 당기는 제안이 이쪽저쪽으로 한참 동안 오갔고, 마침내 우리는 상당한 액수의 합의금을 결정했다.

나는 양자 이양이 폴리세니의 집에서 이루어져야 한다고 주장했다. 그리고 만에 하나 앞으로 소피아와 내가 호우르다코글로우 자신이나 그 부하들과 마주치는 일이 있다면, 그것이 우연이라 할지라도 반드시 후회하게 만들겠다는 말도 덧붙였다. 그는 야비한 웃음으로 응수했지만, 내 말을 새겨들었다는 사실만은 직감적으로 느낄 수 있었다.

처음에 나는 안전상의 이유로 소피아를 우리 집에 머물게 했다. 그리고 '다른 쪽'에서도 우리의 협상이 유효하게끔 하고 싶었다. 경찰관으로 근무하는 친구 구라 경관은 호우르다코글로우가 무언가를 더 바라고 또 찾아올 수도 있다고 했다. 사실 호우르다코글로우를 만나면 어떻게 행동해야 할지 알려 준 사람도 그 친구였다.

"그자를 보면 바로 내게 연락해."

그는 이렇게까지 당부했다. 아니나 다를까 한 달쯤 지나 우리는 집 앞에서 어슬렁거리는 호우르다코글로우의 모습을 보았다. 그는 인상적인 분위기를 풍길 목적이었는지 매우 신중한 태도로 좁은 보폭을 떼어 놓고 있었는데, 그 모습은 오히려 천박함을 강조할 뿐이었다. 소피아는 창백한 표정으로 떨기 시작했지만 나는 곧 침착해졌다.

나는 그녀에게 경찰에 있는 친구와 만나 곧 사태를 해결할 수 있다고 자신 있게 말했다. 그날 밤 '정체를 알 수 없는 갱단'이 호우르다코글로우의 집에 들이닥쳐 그를 결박하고 죽지 않을 만큼 두들겨 팼다. 그러고 나서 갱들은 집을 아수라장으로 만들어 놓았다. 그날 밤 디오니시스는 자신이 자주 다니는 한 수상한 바에서 체포됐고, 형사들은 그의 몸에서 몇 그램의 대마 잎을 찾아냈다. 평소 지니고 다니던 양에는 훨씬 못 미쳤지만, 하룻밤 정도 구치소에 집어넣어 두 명의 감방 친구들에게 흠씬 두들겨 맞도록 하기에는 충분한 양이었다. 다음날 아침 디오니시스는 두 눈두덩과 온몸에 시퍼런 멍이 든 채로 풀려났다. 마지막으로 마담 폴리세니는 경찰서로 소환되었다. 그녀의 집에 납치된 소녀가 감금당해 있다는 신고로 집 안은 철저하게 수색당했다. 이번 사건은 경찰 조직이 노동조합 활동가나 동맹 파업자, 혹은 학생들을 검거하는 대신 일반 범죄 집단을 대상으로 비공식 활동을 했던 몇 안 되는 경우 중 하나였다. 사실 그리 일반적이지는 않지만 어쨌든 이런 일도 결국은 경찰이 해야 하는 일이었다. 우리 회사의 직원인 구라 경관의 동생은 월급이 상당히 인상되었고, 우리는 호우르다코글로우 소식을 다시는 듣지 못했다.

소피아가 한 명의 주인에게서 또 다른 주인에게로 넘겨진다는 느낌이 들게 할 수는 없었다. 호우르다코글로우 갱단이 마침내 소피아를 자유롭게 해 주기로 했다는 확신이 들자 나는 소피아를 위해 아파트를 얻었고, 그녀가 직업을 찾도록 도와주었다. 여자 재봉사가 그녀를 조수로 받아 주었으며, 머지않아 소피아는 생활을 꾸려나가기에 충분한 수입을 벌게 되었다.

우리는 3년 동안 행복했다. 내게 모든 것을 빚지고, 나를 신처럼 떠받드는, 내 나이의 절반밖에 안 되는 젊은 여성과 함께 돌아다니는 느낌은 중년의 내 마음에 낯선 매력으로 다가왔다. 마치 위험에 빠진 젊고 아름다운 공주를 구해 주는 동화 속에 등장하는 정의의 기사라도 된 듯한 느낌이었다. 물론 가끔은 나도 정신을 차리고 혹시 노망이 든 것은 아닌지 내 자신에게 묻곤 했다. 나는 그녀와 함께 춤을 추러 간다거나 초대에 응하는 일은 하지 않았지만, 소피아가 좋아하는 극장에는 자주 다녔다. 우리는 시외로 나가 긴 산책도 했다. 또 어떤 때는 팔리로 만으로 바다를 보러 가기도 했고, 가끔은 카이사리아니 수도원까지 올라가기도 했으며, 다프니에 있는 비잔티움 교회 유적지를 답사하기도 했다. 함께 있을 수만 있다면 우리는 소풍을 가든 사랑을 나누든 만족했다. 하지만 차츰 둘 사이에 참을 수 없을 만큼 기나긴 침묵이 자리 잡기 시작했다. 오후에 차 한 잔씩 손에 들고 불가에 앉아 있을 때면 서로에게 아무 할 말이 없었다. 사실 우리는 공통점이라고는 티끌만큼도 없었다. 둘이 함께할 만한 특별한 계획이 없을 때면 둘 사이의 어색함은 거의 견디기 힘들 정도였다.

이러한 난국을 극복해 볼 작정으로 우리는 스테파노스에게 함께해 줄 것을 요청했다. 그는 우리의 평범치 않은 관계를 이해해 줄 유일한 사람이었다. 내가 등을 돌리자마자 경멸적인 표현을 보태어 악의적인 소문을 낼 걱정 같은 것은 하지 않아도 되었다. 그리고 내가 세상에서 가장 사랑하는 두 사람은 첫눈에 서로에게 본능적으로 끌렸다.

우리의 '3각관계'는 효과가 있었다. 하지만 이 관계의 시초를 제공한 나는 점차 밖으로 밀려났다. 스테파노스와 소피아는 늘 서로에게 할 말이 있었음은 물론이고, 함께할 일도 있었다. 어느 정도 시간이 지나서야 나는 무슨 일이 일어나고 있는지 깨달았다. 한번은 내가 예고 없이 방 안에 들어서자 낮은 목소리로 스테파노스와 속삭이고 있던 소피아의 얼굴에 당황한 죄책감이 드리운 듯했다. 나는 두 사람을 주시하기 시작했고, 며칠 지나지 않아 내 친구와 나의 애인이 열렬한 사랑에 빠졌음을 확신했다.

그 사실을 알아차렸을 때 나는 해방감을 느꼈다. 그리고 천천히 소피아와의 관계를 정리하기 시작했다. 물론 내가 해야 할 도리와 책임은 저버리지 않았다. 그러는 동안에도 스테파노스와의 목요일 만남은 계속됐고, 그를 만날 때마다 나는 소피아와 관계를 정리해서 내가 얼마나 홀가분한 느낌인지 반복적으로 말했다. 또한 그녀의 미덕을 강조하면서도 소피아와 나와의 관계는 이제 어떤 상황에서도 되돌릴 수 없다는 점을 확실히 했다. 물론 그것은 전혀 틀린 말도 아니었다.

스테파노스가 '비밀리에' 소피아를 만나기 시작했다. 사실 나는 대부분의 상황을 알고 있었고, 나머지도 충분히 짐작할 수 있었기에 내게 모든 것을 털어놓으라고 그를 설득했다. 그래야만 그가 짊어진 부당한 죄책감을 덜어 줄 수 있을 뿐 아니라, 비록 그와 내가 기존에 하던 역할을 맞바꾸기는 했지만 아무런 부담 없이 셋이 함께 소풍을 갈 수도 있기 때문이었다. 하루는 그가 자신의 마음을 열어 보여 주었고, 나는 그를

'축복'하면서 두 사람의 결혼식에 신랑의 베스트 맨이 되어 주겠다고 제안했다. 하지만 소피아는 아직도 어색하게 행동하고 있었기 때문에 우리는 이러한 사실을 그녀에게 알리지는 않았다.

스테파노스와 나 사이에 '배신'의 그림자가 걷히고 나자 우리의 목요일 만남은 예전의 매력을 다시 찾았다. 하지만 안타깝게도 우리의 '3각관계'는 다시 소생할 수 없었다. 어느 정도 시간이 흐르고 난 후, 나는 셋이 함께 키피시아로 여행을 하자고 제안했다. 기차를 타고 역에서 내린 우리는 말 한 필이 끄는 마차로 갈아타고 코키나라스 개울 위쪽으로 길이 끝나는 곳까지 나아갔다. 그리고 말에서 내려 작은 돌다리를 건너 숲으로 들어갔다. 걸어가는 동안에는 서로 이야기를 나눌 필요가 없었기에 상황은 견딜 만했다. 하지만 곧이어 넓은 들판이 나타나자 우리는 자리를 펴고 둘러앉았다. 날씨는 따뜻했고 코키나라스에서 갈라져 나오는 여러 실개천은 우리 주변을 졸졸 흘러갔다. 그리고 향기로운 산들바람은 시원하게 원기를 회복시켜 주었다. 하지만 그 어느 것도 우리 사이에 자리한 어색함은 사라지지 않았다. 내가 아무리 과장하는 어조로 농담을 해도 소용없었고, 스테파노스가 과거 이야기를 들려주어도 변함이 없었으며, 소피아가 아무리 정성껏 우리를 배려해 주어도 달라지지 않았다. 어쩔 수 없이 우리는 각자의 생각과 후회, 자책감 속으로 빠져 들어갔다. 그날의 식사는 내 생애에 두 번 다시 없을 불편한 식사였다.

저녁에 집으로 돌아가 서재에 앉고 나서야 나는 겨우 평온을 찾았다. 조금이라도 기분을 바꿔 볼 심정으로 「수학 연보(*Mathematische Annalen*)」 최신호와 프랑스 코냑 한 병을 꺼냈다. 바깥 거리에서 아코디언 한 대가 아티키의 노래를 연주하고 있었다.

'살아오는 동안 수많은 푸른 눈을 봤어요…….'

제 12장

바깥 거리에서 누군가 아코디언으로 아티키의 노래를 연주하는 소리가 들렸다.

'살아오는 동안 수많은 푸른 눈을 봤어요……'

그 즉시 머릿속에 떠올랐던 모든 이미지가 사라졌다. 3분도 채 되지 않았지만 그 짧은 시간 동안 마치 꿈속처럼 나는 스테파노스와 함께했던 내 삶 전체를 돌아보고 있었다. 갑자기 나는 현실로 돌아왔고, 안토니우 경관의 팔을 부여잡은 채 침대 위에 죽어 있는 친구를 내려다보았다.

"사인이 뭔지…… 아십니까?"

나는 겨우겨우 기어들어 가는 목소리로 물었다.

"의사 선생님?"

안토니우 형사가 나를 대신해 의사에게 되물었다.

"심장마비 같습니다. 하지만 피부색이 좀 이상해요. 특히 혀도 그렇고요. 물론 부검할 예정이니 내일 오후쯤에는 정확한 사인을 알 수 있을 겁니다. 정확한 것은 잠자다가 사망했다는 거예요. 아침 5시경으로 추정됩니다. 실례하지만 저는 가봐야겠네요. 나중에 경찰서에 들러서 자세한 사항을 이야기하죠."

안토니우는 의사에게 인사하고 입구를 지키던 경찰관을 불러 물었다.

"목격자는 없나?"

"이웃 사람들을 탐문하고 있습니다. 하지만 이미 출근하고 집에 없는 사람들도 있어서 모두 다 만나 보려면 오후까지 기다려야 할 것 같습니다."

"알았네. 자네는 여기 있다가 모두의 진술을 받는 즉시 경찰서로 들어오게. 피해자가 들어가고 나가는 모습을 본 사람은 없는지, 또 방문한 사람은 없었는지 확인해야 하네. 검시관이 시체를 가져가기 전까지는 집 안에 있는 물건을 아무도 손대지 못하게 하고, 검시관이 떠나고 나면 입구를 막아 아무도 들여보내지 말고."

그는 내게 돌아서더니 이렇게 말했다.

"선생님의 진술도 필요합니다. 제가 아는 바로는 피해자의 생전 모습을 마지막으로 보았던 사람 중 한 분이시니까요. 서까지 함께 걸을까요?"

나는 조용히 그를 따랐다. 사람을 의기소침하게 만드는 경찰서의 노란 벽들이 이상하게도 내 기운을 다시 회복시켰다. 안토니우가 우리 집에 가서 진술을 받겠다고 정중히 제안했지만 나는 그 호의를 거절해야만 했다. 내 집은 스테파노스의 기억으로 가득 차 있었기 때문이다.

나는 스테파노스와 내가 파리에서 처음 만난 사연이며 우리의 우정, 그리고 목요일마다 정기적으로 만났던 일 등에 대해 그에게 모두 이야기해 주었다. 또한 내가 속속들이 알고 있던 스테파노스의 일상도 안토니우에게 전부 설명해 주었다.

스테파노스는 매일 아침 6시 반이면 자리를 털고 일어났다. 7시에는 학교로 출발했고, 가는 길에 아스클레피오스와 솔론 스트리트 코너에 있는 타나시스 카페에 들러 뜨거운 차 한 잔을 사들고 갔다. 그러고는 나머지 아침 시간을 전부 학교에서 보냈다. 보통 집에 돌아오는 길에는 히포크라테스 거리에 있는 작은 음식점에 들러 점심을 먹었다. 물론 때때로 아스티나 유로파 같은 고급 레스토랑에 들러 값비싼 음식을 먹기도 했다. 오후 시간에는 이웃에 사는 아이들에게 개인 강습을 해 주었고, 그렇지 않을 경우에는 주로 책을 읽으며 보냈다. 물론 우리의 목요일 만남은 이러한 일상에서 예외의 경우였다. 하지만 이틀에 한 번꼴로 저녁나절 두세 시간 정도 걸리는 산책을 나갔는데, 거의 새벽 1시가 되어서야 집으로 돌아오곤 했다. 그는 그 산책은 자신의 일상에서 가장 창조적인 시간이라고 여러 번 말했다. 밤거리를 홀로 걸으면서 자신이 하고 있는 수학 연구에서 가장 중요한 부분을 생각하고 정리하는 시간이었던 것이다. 밤 시간에 나가지 않고 집에 있을 때면 보통 책상에 앉아 있었지만, 산책하는 동안에는 책이나 논문으로 인한 압력에서 완전히 해방되었다. 주의를 분산시키는 펜이나 노트도 집에 놓고 나가서 머릿속에서만 복잡한 문제들을 정리해 마음의 노트에 적어 놓거나 관심을 끄는 전략적인 문제들을 스케치하곤 했다.

하지만 어떤 해결책을 찾으려는 시도는 대부분 실패로 끝났다. 안토니우에게도 설명했지만 수학자에게는 풀리지 않는 문제에 단지 몇 발자국 다가서는 것만으로도 행운이라 할 수 있는데, 그런 행운은 일 년에 두 번 만나기도 힘들었다. 따라서 스테파노스가 자신이 매달린 문제들 중의 하나에서 마침내 어떤 단계에 도달했다는 말을 우리의 목요일 만남에서 하는 경우도 좀처럼 흔치 않았다. 하지만 그런 일이 있으면 그는 지체하지 않고 며칠 내로 외국의 정기간행물 가운데 하나에 자신의 논문을 투고했다. 당연한 일이지만 그 단계에도 난관은 존재하고 있었다. 과학 잡지의 심사위원들은 학계에 몸담고 있지 않은 사람의 논문을 발표할 때면 더욱 신중했기 때문이다. 하지만 스테파노스는 투고 논문 중 서너 개가 발표되는 만족스러움을 맛보았다. 하나는 프랑스 과학 아카데미 논문집 「콩트 랑뒤(*Comptes Rendus*)」에, 또 하나는 「악타 아리스메티가(*Acta Arithmetica*)」에, 그리고 나머지 한두 개는 다른 정기간행물에 실렸다.

스테파노스가 가장 자랑스러워했던 논문은 「콩트 랑뒤」에 실렸던 「쌍둥이 소수와 관련된 추측에 관하여(*On the Conjecture Concerning Twin Primes*)」였다. 유클리드가 매우 눈부신 솜씨로 증명했던 것처럼 소수는 무한히 존재한다. 다시 말해 1과 자기 자신 이외의 수로는 나눌 수 없는 수가 무한히 존재한다는 것이다. 스테파노스의 논문에서 다루었던 질문은 쌍둥이 소수, 예를 들어 3과 5, 11과 13, 17과 19처럼 두 수 사이에 오직 하나의 수만이 있는 소수의 쌍도 무한히 존재하는가, 였다. 1900년 파리 강연에서 힐베르트는 쌍둥이 소수 추측을 그의 스물세 가지 난제에 포함시켰다. 1924년 스테파노스는 하나의 방식을 고안해 쌍

등이 소수가 십만 자릿수를 넘어서까지 계속 나타난다는 사실을 증명해 보였다. 프랑스인들은 그의 방식이 고도로 독창적이고 선구적 방식이라고 칭송했고, 그 칭찬이 그리스까지 메아리쳐 돌아왔다. 그때가 바로 서머나 대학의 슬픈 운명 이후 그가 아테네 대학에서 교편을 잡을 수 있었던 유일한 기회였다. 하지만 그때 테오도르 팡갈로스(Theodore Pangalos)의 독재 시대가 시작되었고, 대대적인 격변의 시대 속에서 정치적인 인맥이 없는 수학자는 아무리 실력이 뛰어나더라도 일단 의심의 눈초리로 바라보는 학자들 때문에 스테파노스의 존재는 또다시 잊혀지고 말았다.

조바심으로 일그러진 안토니우의 얼굴을 보고서야 나는 이번 사건과 아무 관련도 없는 이야기 쪽으로 내 진술이 빗나가 버렸다는 사실을 깨달았다.

"그의 논문 말고 제발 이번 사건과 관련이 있는 사실만 이야기해 주십시오."

그가 책망하는 듯한 목소리로 말했다.

나는 소심한 미소로 사과하고 사건과 관련된 이야기를 계속했다. 내가 말했듯이 스테파노스는 매일 밤 10시면 집을 나가 이곳저곳을 헤매고 다니며 머릿속에 있는 수학 문제에 대해 생각했다. 때때로 발길이 부주키 클럽(Bouzoukia clubs) 중 하나에 닿을 때면 주저하지 않고 안으로 들어가 라키 한 잔을 마시며 노래 몇 곡 듣기도 했다. 그런 후에 집으로 돌아왔다.

안토니우의 눈이 빛났다.

"어젯밤에도 그중 한 장소에 들렀다고 생각하십니까?"

"당연히 그랬을 겁니다. 하지만 확신은 못하겠어요. 스테파노스가 그 클럽에 들르겠다고 계획하고 나가는 것은 아니거든요. 그저 발길 닿는 대로 걷다가 클럽이 나타나면 들어가서 한잔 마시는 거예요. 그게 답니다. 하지만 어제는 무언가 풀어야 할 문제가 있는지 온통 신경이 거기에만 쏠려 있었어요. 그래서 내 생각에 어제 산책은 평소보다 매우 길어졌을 것 같아요. 그러니 부주키 클럽이 있는 곳까지 갔을 겁니다."

"많은 범죄자들이 그런 클럽에 자주 드나든다는 사실은 알고 계실 겁니다. 혹시 친구 분이 그런 사람들과 거래가 있었습니까? 마약이나 뭐 그런 것을 공급하지는 않았을까요?"

"스테파노스는 절대로 그런 일에 손댈 사람이 아니에요. 부주키 클럽의 손님들은 그를 좋아했어요. 스테파노스를 '학교 선생님'이라고 부르면서 자신들이 드나드는 클럽에 그런 직업을 가진 사람이 들른다는 사실을 자랑스러워할 정도였죠. 그들이 마약을 제공했을 가능성은 있어요. 자신들이 사용하니까요. 하지만 나는 스테파노스가 매일 마시는 라키 이외에 그 어떤 것도 받지 않았을 거라고 확신합니다. 만약 받았다손 치더라도 그것이 마약이라는 것을 알면서 받지는 않았을 거예요."

"친구 분의 사인이 혹시 마약 때문일 가능성도 있기 때문에 여쭤 본 겁니다."

"스테파노스는 절대 마약 같은 걸 할 사람이 아닙니다. 그건 내가 보증합니다. 그에게 황홀감을 줄 수 있는 것은 오직 수학 문제뿐이에요. 그것만으로도 얼마든지 그의 기분을 들뜨게 할 수 있죠. 가끔 술을 마시기는 했지만 그것도 아주 적은 양이었어요. 취하기 위해서가 아니라 그저 술 맛을 즐기기 위한 것이었으니까요."

"혹시 건강상의 문제는 없었습니까? 육체적으로 힘들어하거나 그러지는 않았나요?"

"내가 아는 한 그는 누구보다도 건강했어요. 매일 산책을 나갔을 뿐 아니라 학교에 결석 한 번 안 했던 사람이니 그건 확실합니다."

안토니우는 혹시 스테파노스가 나 이외에 가깝게 지내던 지인이 있었는지 물었다. 내가 왜 소피아에 대해 언급하지 않았는지는 나도 잘 모르겠다. 어쩌면 그녀의 과거가 형사들의 의심을 사게 되어 곤경에 빠지게 되지는 않을까 걱정이 되어 그녀를 보호하고 싶었는지도 모르겠다. 게다가 나는 두 사람의 관계가 어느 정도까지 진척됐는지 알고 있었다. 사랑하는 사람을 잃어버린 고통만으로도 충분히 힘들 텐데 심문받는 고통까지 안겨 줄 수는 없었다.

"알겠습니다, 이게리노스 씨."

안토니우가 이렇게 말했다.

내가 진술서에 사인했을 때 그가 다시 말을 이었다.

"다시 귀찮게 해드릴지도 모릅니다. 하지만 지금은 끝났으니 돌아가셔도 됩니다."

그는 걱정스러운 표정으로 나를 바라보았다. 내 꼴이 엉망이었음이 분명했다.

"댁까지 저희가 모셔다 드릴까요? 매우 피곤해 보이시네요."

나는 그럴 필요까지는 없다고 말하고 혼자 집으로 향했다. 발은 기계적으로 걸음을 떼어 놓고 있었지만 머릿속은 엉망이었고, 어두운 생각으로 꽉 차 있었다. 그때 나는 그의 모습을 보았다. 그리고 얼어붙었다. 내가 그의 모습을 본 것은 몇 년 전 그날, 우리 집 주변을 어슬렁거리는 것을 소피아와 함께 지켜본 것이 마지막이었다. 구라 경관의 부하들이 한 수 가르쳐 준 것에 단단히 겁을 집어먹었는지 그때 이후로는 내 주변에서 멀리 떨어져 있기로 마음먹은 것 같았다. 따라서 도대체 무슨 이유로 이오르다니스 호우르다코글로우가 내 삶에서 가장 끔찍한 사건이 일어난 날, 내 집 문 밖에서 사악한 미소를 머금고 나를 바라보고 서 있는 것인지 나는 도무지 알 수가 없었다. 잠시 동안 나는 그와 무슨 말이라도 해야 할 것 같은 생각이 들었지만 그럴 기운이 없었다. 그가 인사를 건네는 것도 무시하고 나는 그냥 집 안으로 걸어 들어갔다.

마르타는 노심초사하며 나를 기다리고 있었다. 이미 오후 3시였고 나는 아침부터 아무것도 먹지 않았다. 유모가 제발 한입이라도 먹으라고 사정했지만, 나는 코냑 한 병을 들고 방으로 올라갔다. 그리고 혼자 있고 싶으니 무슨 일이 있어도 방해하지 말아 달라고 부탁했다. 넉 잔째 술을 마시고 나서야 나는 머릿속에 물 밀 듯이 밀려드는 어두운 생각들을 밀어내기에는 코냑만으로는 역부족이라는 사실을 깨달았다.

생각은 간헐적인 현상의 합성물이야.

나는 스스로에게 말했다.

따라서 푸리에 급수로 설명할 수 있지. 그 구성물을 찾아내려면…….

나는 헛소리를 하고 있다는 사실을 순간적으로 깨달았다. 잠이 부족했다. 나는 코냑 다섯 번째 잔과 수면제 두 알을 삼키고 곧장 잠자리에 들었다. 하지만 침대로 가기 전에 비틀거리며 창가로 걸어가 두꺼운 커튼 뒤에 숨어서 길가 쪽을 내다보았다. 호우르다코글로우의 모습은 더 이상 보이지 않았다.

나는 밤늦게 깨어났고 몇 분이 지나서야 내가 어디 누워 있는지, 그리고 무슨 일이 일어났는지 깨달았다. 복도를 걸어오는 마르타의 발자국 소리가 들렸다. 그 가여운 여인은 분명히 그녀의 '아기'를 걱정하고 있을 테지만 나는 아직 그녀의 부드러운 표정과 걱정, 그리고 입 밖으로 내지 못한 질문들과 마주할 용기가 없었다. 그러니 그냥 방에 누워 있는 편이 나을 것 같았다.

그리고 소피아는? 지금 그녀에게는 무슨 일이 일어났을까? 우리가 마지막으로 만났을 때 그녀의 냉담함을 생각해 보면 굳이 나쁜 소식을 전하러 그녀를 찾아갈 필요는 없을지도 몰랐다. 하지만 머지않아 그녀도 알게 될 테니까.

소피아는 강해.

나는 또 혼잣말을 했다.

그녀는 더 나쁜 일도 겪었으니 금방 털고 일어날 거야.

하지만 호우르다코글로우는? 그가 원하는 것이 무엇일까? 나는 창가로 다가가 다시 밖을 내다보았다. 아무도 없었다.

그도 분명히 내 친구의 사망 소식을 들었을 거야. 그래서 내가 슬퍼하는 모습을 보며 고소해 하려고 나를 찾아왔을 거야.

나는 다시 생각했다. 그런 인간들은 자신의 구역에서 패배한 기억을 쉽게 잊지 않는 법이다. 하지만 그가 다시 소피아의 삶에 개입하려 든다면 어쩌지? 경찰 친구 구라는 그리스 북부로 전근을 갔고, 지금 벌어지고 있는 상황을 보자면 다시 경찰에 비공식적인 도움을 요청하기는 힘들 것 같았다.

만약 필요하다면 사적으로 폭력배를 고용해야 할지도 몰라. 하지만 문제는 호우르다코글로우가 아니야.

날카로운 물건으로 찌르는 듯한 두통 때문에 나는 다시 현실로 돌아왔다. 시계를 보니 이미 자정이 지나 있었다. 여덟 시간 넘게 잠을 잤지만 당분간은 잠자는 것 이외에 해결책은 없는 듯했다.

자, 수면제 두 알과 코냑 한 잔을 더 마셔보는 거야. 잘 자, 스테파노스……

다음날 아침 기분이 훨씬 나아진 나는 마르타의 마음을 편안하게 해 주려고 아침 식사를 든든히 먹었다. 그러고 나서 사무실로 나가 일가친척 하나 없던 스테파노스의 장례식 준비를 하도록 직원에게 지시했다. 그리고 다시 회사 일에 몰두하려고 노력했다. 오후에 집에 돌아왔을 때 나는 다시 호우르다코글로우를 보았다. 그는 밝은 색 정장에 검은 셔츠를 입고 옅은 색 넥타이를 매고 있었다. 신문에서 때때로 묘사하는 미국인 갱단의 스타일이 그에게도 영향을 미친 것이 분명했다.

얼마 후 안토니우가 다시 나를 찾아왔다. 집 안으로 들어와 자리를 잡고 앉은 그는 음료나 음식은 모두 거절하고 곧장 본론으로 들어갔다.

"스테파노스 칸다르트지스는 어제 의사가 얘기했던 심장마비 같은 자연적 원인으로 사망한 것이 아닙니다. 수면제를 과다 복용한 것으로 밝혀졌습니다. 혹시 그분이 평소에도 수면제를 많이 복용했나요?"

"내가 아는 한은 아니에요."

"하지만 검시 결과에 따르면 사망하던 날 밤 상당량의 약을 복용했습니다. 하지만 약 봉투나 상자 같은 것이 집 안에서는 전혀 발견되지 않았으니 실수로 다량을 복용했다고는 말하기 힘들 것 같습니다. 따라서 두 가지 가능성이 제기됩니다."

그는 잠시 멈췄다가 내 표정을 세심하게 살폈다.

"자살 아니면 타살입니다."

나는 멍한 표정으로 그를 바라보았다.

"친구 분이 자살할 만한 이유 같은 것이 있었나요? 학교 일이든 개인적이든 재정적이든 간에 무슨 문제가 있지는 않았습니까?"

"아니요, 스테파노스는 조용한 삶을 살았어요. 연구와 실험에 모든 것을 바치던 사람이었죠."

"그분을 알고 있던 얼마 안 되는 사람들도 그렇게 얘기 하더군요. 주로 이웃이나 학교 동료, 집주인, 그 지역에 사는 화학자 한 사람 등이었어요. 하지만 선생님 말고는 스테파노스 씨에 대해 잘 아는 사람이 없었습니다. 선생님은 친구 분이 사망하기 몇 시간 전까지 함께 있었던 분이에요. 혹시 그때 친구 분이 평소와 좀 다르지 않던가요? 화가 났다거나 걱정스러워 보이거나 하지 않았는지요?”

“아니요, 평소와 다름없었어요. 지난번에 말씀드렸듯이 밤 10시면 늘 나가던 산책도 우리의 만남이 끝나고 나서 평소와 마찬가지로 나갔습니다.”

“하지만 지하세계 사람들을 만나러 간다고 말씀하셨죠.”

“경찰이 부주키 연주자들을 ‘지하세계’ 사람들로 즐겨 표현한다는 사실을 저도 잘 압니다. 그게 공산주의자들과 경찰의 유일한 공통점이잖아요. 경찰의 판단이 맞는지 틀리는지는 잘 모르지만 스테파노스와 달리 저는 그런 종류의 카페에는 잘 가지 않아요. 선입견 때문은 아닙니다. 단지 그들의 음악에 별 매력을 못 느끼기 때문이죠. 하지만 그것은 스테파노스가 유일하게 관심을 보이던 음악이었어요. 그는 그 리듬이 자신을 진정시켜서 편안한 상태에서 생각할 수 있게끔 도와준다고 했어요. 특히 스테파노스는 부주키 소리 자체를 매우 좋아했어요. 그 맑은 소리와 정확한 음색을 좋아했죠.”

“사실이 그렇더라도 분명 누군가로부터 이번 죽음에 쓰인 약을 전달받았음이 분명합니다. 자진해서 받았든지 전혀 모르고 받았든지 아무튼 확실해요.”

나는 말도 안 되는 소리 하지 말라는 뜻으로 손을 내저었다.

이제 서로에게 질문이나 들려줄 말이 더는 없음을 깨달았는지 안토니우가 인사를 하고 자리를 떴다.

나는 마음이 진정되지 않아 산책이라도 해야겠다는 심정으로 밖으로 나섰다. 2분 전쯤 안토니우 경관을 문까지 바래다주었을 때 거리에는 아무도 없었다. 하지만 산책을 하려고 집을 나섰을 때 밖에는 다시 호우르다코글로우가 서 있었다. 나는 그를 무시하고 계속 걸었다. 지난 며칠 동안 이런 식의 무언극이 몇 차례나 반복되었다. 만약 내가 차라도 한잔 마시려고 자케아라토스 카페에 들르기라도 하면 어디선가 그가 나타나 고갯짓으로 인사를 하고는 웨이터를 불러 주문을 했다. 내가 사무실에서 나오면 그는 길 건너편 상점 바깥에서 진열장을 바라보는 척하며 서성이고 있었다. 극장에라도 가려고 하면 그는 마치 최근 들어 영화에 심취한 사람마냥 내 뒤를 쫓아왔다.

어느 날 책을 한 권 사려고 에스티아 서점에 들러 신간 서적을 둘러보고 있었다. 내가 도착하고 몇 분 지나지 않아 호우르다코글로우가 나타나서는 도스토예프스키의 책 한 권을 들고 내 뒤에 섰다. 이 어이없는 무언극을 끝낼 때가 된 것 같았다. 서점 밖으로 나가 그를 기다렸다. 그가 나타나자마자 나는 가능한 한 위협적인 태도를 취하며 날카롭게 말했다.

"이미 우리 사이에 할 말은 다 끝나지 않았나? 만약 옛일이 그립다면 얼마든지 다시 한 번 재현해 줄 수도 있어."

"진정해요, 이게리노스 씨."

그가 아무런 두려움도 묻어나지 않는 목소리로 대꾸했다.

"내 말을 듣고 나면 아마 마음이 바뀔 겁니다. 하지만 당신의 지인들이 우리가 함께 있는 모습을 목격할 필요는 없어요. 그러니 한 시간 후에 늘 가던 카페에서 보죠."

"이봐, 3분 줄 테니 하고 싶은 말이 있으면 하고 꺼져. 안 그러면 내가 하고 싶은 대로 할 테니까. 그 지경까지 가길 원하는 건 아니겠지?"

이상하게도 나보다는 호우르다코글로우에게 훨씬 잘 어울릴 것 같은 협박조의 말투를 쓰는 것에 나는 은근한 재미를 느끼고 있었다.

하지만 그는 결코 쉬운 적수가 아니었다. 그도 역시 내가 좀 전에 썼던 위협조의 말투로 대답했다.

"정 원한다면……. 우리가 함께 있는 모습이 발각된다고 해서 내 명성에 해가 될 것은 없어. 내가 하고 싶은 말은……."

무표정으로 일관하며 나는 그의 말을 들었다. 마음이 혼란스러워지기 시작했지만 여전히 냉정을 가장했다.

그가 말을 마쳤을 때 나는 역시나 무표정한 얼굴로 대답했다.

"잘 알았어. 누가 옳은지는 곧 알게 되겠지."

제 13장

그 이후 나는 소피아를 만나지 않았다. 장례식장에서 우리는 조용히 서로를 안아 주었고 함께 아끼던 한 남자를 위해 울어 주었다. 나는 소피아와 대화를 시작하면 양쪽 모두 할 말을 찾기 어려울 것이라는 사실을 알았다. 그래서 회사 직원을 불러 그녀의 주변을 살피도록 일렀고, 혹시라도 무슨 어려운 일이나 곤란한 일이 생기면 즉시 내게 알리도록 지시했다. 그것 말고는 그녀의 삶에 일절 관여하지 않았고, 내가 그랬던 것처럼 그녀 스스로 자신의 삶을 계획해 나갈 수 있도록 놓아두었다.

장례식을 치르고 난 지 며칠 후 안토니우는 우리 집으로 찾아와 유모 마르타와 집안일을 돕는 젊은 가정부, 그리고 정원사의 진술을 들었다. 그 후 우리는 여러 날 동안 안토니우의 모습을 볼 수 없었다. 아마 다른 곳을 찾아다니며 심문 조사를 하고 있으리라.

호우르다코글로우도 주변에서 사라졌다는 사실을 알아차린 나는 깊은 안도의 한숨을 내쉬었다. 그는 영원히 내 곁을 떠나 버린 것 같았다. 나는 아르기리스라는 젊은 직원을 시켜 먼발치에서 비밀리에 호우르다코글로우의 일거수일투족을 미행하게 했다. 그가 내게 전하는 보고가 내 추측을 확신시켜 주었다. 호우르다코글로우는 늘 가는 곳들을 방문하며 하루하루를 보내고 있었다. 사창가를 돌며 상납금을 수금하고 대부분의 시간은 카페나 도박장에서 보냈다. 하지만 어느 날 아르기리스가 걱정스러운 얼굴로 나를 찾아왔다.

"어제 호우르다코글로우가 친구 분의 죽음을 조사했던 경찰관과 만나는 모습을 봤습니다. 사복 차림이었지만 금방 알아볼 수 있었어요. 테시온 기차역 바깥에서 만나 함께 걸어가면서 꽤 오랜 시간 대화를 나누던데요."

경찰이 갱단과 긴밀한 연락을 취한다는 사실쯤은 나도 잘 알고 있었다. 심지어 그 일당 중에서 경찰의 *끄나풀*을 모집하기도 했다. 호우르다코글로우와 안토니우의 만남도 분명 그런 종류의 만남일 것이다. 하지만 걱정이 되는 것은 어쩔 수 없었다.

별 특별한 사건 없이 며칠이 지나갔다. 그러던 어느 날 아르기리스가 호우르다코글로우의 심복인 디오니시스가 경찰서를 방문해 거의 두 시간 이상 그곳에 머물렀다는 소식을 전했다.

그리고 이틀 후 마르타가 몹시도 당황스러운 표정으로 내 방으로 찾아와 안토니우 경관이 응접실에서 기다리고 있다는 말을 전해 주었다.

"지난번 진술을 다시 한 번 들어야겠습니다."

"그렇게 하시죠."

“1929년 1월 24일 목요일 오후 5시에 스테파노스 칸다르트지스 집을 방문하셨고, 그곳에서 9시까지 머물다 돌아오셨다고 하셨죠?”

“예, 맞아요. 그랬어요.”

“그렇다면 네 시간 동안 함께 있었던 거군요?”

“수학에 관한 이야기를 나누면서 체스를 두었다고 말했잖아요. 목요일마다 돌아가면서 우리 집이나 그의 집에서 늘 해 오던 일이에요.”

“이야기를 나누면서 혹시 다투시지는 않았나요?”

“스테파노스와 내가요? 물론 아니에요. 왜 그런 질문을 하죠?”

“피살자의 집주인 칼리오페 보우르보우니스 씨가 소리 지르는 것을 들었다고 증언했습니다.”

“우리는 어떤 수학 문제에 관해 서로 정반대의 의견을 고집하고 있었어요. 그래서 좀 흥분해 언성을 높였을 수는 있지만 그게 답니다.”

“보우르보우니스 부인 말로는 선생님이 매우 분노해서 소리를 질렀다고 하던데요. ‘자네는 그럴 권리가 없어. 절대로 그렇게 하도록 내버려두지는 않을 거야!’라고 했다던데 무얼 못하게 하겠다는 말이었습니까, 이게리노스 씨?”

“그런 말을 했는지는 정확히 기억나지 않지만 아마도 체스게임 때문이었을 거예요. 스테파노스가 저를 속이려고 했었나 보죠.”

“이게리노스 씨, 1929년 1월 24일 목요일 오후 당신은 스테파노스 씨와 체스를 두지 않았습니다. 그는 이웃 사람의 아들에게 체스 두는 법을 가르치고 있었거든요. 1월 23일 수요일 소년의 집에서 그는 마지막으로 체스를 가르칩니다. 그리고 그날 집으로 돌아가면서 체스 판을 이웃 집에 그냥 두고 가죠. 스테파노스 씨의 집에서 다른 체스 판은 발견되지 않았습니다."

나는 어이가 없었다.

"이해를 못하겠군요. 분명히 기억하는데 우린 체스를 두었어요. 그건 그렇고 체스가 이번 사건하고 무슨 상관이 있다는 겁니까?"

그는 내 질문은 무시하고 계속 말을 이었다.

"9시 반쯤 집으로 돌아온 후 다시 밖으로 나가지는 않으셨죠?"

"그래요."

"하지만 나이 든 가정부의 진술에 따르면 11시 반쯤 선생이 다시 나가는 소리를 들었다고 하던데요?"

"마르타는 아직도 내가 어린아이라고 생각해요. 작은 소음도 다 신경 써서 듣죠. 하지만 보셨다시피 노인이에요. 분명 무슨 소리를 듣기는 했겠지만 나는 아니에요. 아마 다른 소리를 듣고 나라고 생각했을 거예요. 그 시간 나는 깊이 잠들어 있었어요."

"하지만 12시 반쯤 집으로 돌아오는 소리도 들었다고 진술했습니다."

"경관님, 다시 말하겠지만 나는 밖에 나가지 않았습니다. 그러니 다시 돌아올 필요도 없었고요. 만약 내가 어딘가 갔다고 마르타가 혼자 상상 했다면 분명히 다시 돌아왔다는 상상도 했을 겁니다. 도대체 이해를 못 하겠군요. 왜 아니라는데도 자꾸 고백을 하라고 고집을 부리는 거죠? 그리도 당신이 무슨 말을 하려는 건지도 이해 못하겠어요."

그는 다시 한 번 내 질문을 무시했다.

"선생님의 옷을 누가 챙겨 줍니까, 이게리노스 씨?"

"게오르기오스아요. 마르타 밑에서 가사 일을 돕는 가정부죠. 분명 그 친구일 겁니다."

"그렇다면 마르타가 늘 선생님의 복장을 주의 깊게 살피겠군요."

"당연히 그러겠죠."

"1월 25일 아침 게오르기오스아가 진흙이 범벅이 된 신발 두 켤레를 빨았습니다. 24일에 비가 많이 내려 길이 온통 질척거렸으니 그럴 만도 하죠. 하지만 선생님이 한 번만 나갔다 왔다면 왜 신발 두 켤레를 빨았을까요?"

"무슨 말을 하는 겁니까? 게오르기오스아가 까먹고 있었을지도 모르잖아요. 미리미리 빨아 놓지 않아서 그랬을 수도 있죠. 내 신발이 단 두 켤레만 있는 것도 아니고 반드시 그때그때 빨아야 하는 건 아니니까요. 그러니까 내 말은……."

나는 말을 멈췄다. 눈앞이 희뿌예지고 관자놀이는 타오르는 듯했으며 입 안은 바짝바짝 마르고 있었다.

"그러니까…… 당신 말은…… 그러니까 내가…… 스테파노스를……."

"1월 24일 선생님은 친구 분의 집을 방문했습니다. 그리고 저녁 9시에 그 집을 나섰죠. 스테파노스 씨는 10시에 산책을 나섰고요."

"매일 밤 서너 시간이나 되는 긴 산책을 나간다고 이미 얘기했잖아요. 특히 생각해야 할 수학 문제가 있을 때는 더욱 길어지죠. 우리가 토론을 한 후였으니 그날도……."

"스테파노스 씨는 새벽 1시경 안전하게 아무 탈 없이 집으로 돌아가 바로 잠자리에 들었습니다. 그의 귀가 시간은 밤에 잠을 잘 못 이룬다는 이웃 한 분이 확인해 준 사실입니다. 집 안에 있는 식탁 위에서 우리는 물병 하나를 발견했는데, 스테파노스 씨가 잠자리에 들기 전 다 마셨는지 물은 거의 남아 있지 않더군요. 우리는 그 물을 감식반에 보냈습니다. 물에서는 다량의 수면제가 발견되었는데, 사체 부검에서 나왔던 성분과 정확히 일치하였습니다. 그 약이 스테파노스 씨의 사인이라는 것은 의심할 여지가 없습니다."

"무슨 말인지 알겠어요. 하지만……."

"조사해 보니 그리스로 수입되는 약품들 중에는 그 가루의 성분과 일치하는 것이 없었습니다. 약품을 수입하는 두 군데의 대형 제약회사에서 지난 몇 년간 그들이 수입한 약품의 샘플을 경찰에 모두 제공해 주었지만 스테파노스를 죽인 수면제는 찾을 수 없었죠. 한편……."

그는 차가운 시선으로 나를 바라보았지만 예의 바르고 양해를 구하는 듯하면서도, 한편으로는 비웃음 비슷한 미소를 짓고 있었다.

"한편 선생님 욕실에 있는 약품 캐비닛에는 엄청난 양의 수면제가 보관돼 있더군요. 가정부의 설명에 따르면 그 약을 독일에서 구입하셨다면서요. 독일에 종종 들르시기 때문에 캐비닛이 늘 꽉 차 있다는 말도 해 주더군요. 하지만 선생은 거의 사용하지 않는다면서요? 그런데 친구분이 죽고 나서 며칠 후 가정부가 약병 중 두 개가 사라진 것을 발견했다고 합니다. 가여운 소녀는 친구의 죽음에 너무나도 상심한 선생께서 그 약을 모두 먹은 것은 아닌지 무척이나 걱정을 하더군요. 사라진 약병 두 개는 어디로 갔을까요, 이게리노스 씨? 어떻게 단 사흘 만에 그 안에 있는 약이 모두 사라졌을까요?"

나는 마른입에서 침을 삼켜 보려고 애썼다. 물, 물이 절실하게 마시고 싶었다.

"약간의 오해가 있는 것 같군요. 나도 가끔 불면증 때문에 고생합니다. 그래서 밤에 수면제를 먹곤 해요. 내가 독일에 있을 때 바덴바덴에 있는 의사가 추천해 준 약이죠. 하지만 한동안은 거의 사용하지 않아서 얼마나 많이 남아 있었는지 확실히는 모르겠어요. 게오르기오스아도 분명히 헷갈렸을 겁니다. 그리고……"

그는 짐짓 겸손한 체하며 손을 들어 올렸다.

"됐습니다, 이게리노스 씨. 나머지는 제가 말씀드리죠. 스테파노스 씨가 규칙적으로 밤 10시면 산책을 나갔다가 자정이 넘어 집으로 돌아왔던 것은 사실입니다. 그리고 선생님이 얘기했던 대로 보통은 그 산책을 걸어서 갔던 것도 사실이고요. 하지만 최근 들어 그는 훨씬 짧은 거리를 걸었던 것으로 확인됐습니다. 시간이 있을 때마다 트램(노면 전차)을 타고 다녔거든요. 물론 그것을 타고 어디로 갔는지는 선생도 잘 알고 있을 겁니다. 소피아 니콜레스쿠를 방문했죠. 플라카 지구에 사는 전직 매춘부 말입니다. 그녀의 이전 직업과 학교 교사라는 스테파노스 씨의 지위 때문에 두 사람의 관계는 비밀에 부쳐야만 했겠죠. 하지만 그것 말고도 두 사람이 자신들의 관계를 숨겨야 하는 또 하나의 이유가 있었을 겁니다. 안 그렇습니까, 이게리노스 씨? 바로 선생께 그 사실을 숨겨야 했던 거죠. 소피아는 스테파노스의 여자이기 전에 당신의 정부였으니까요. 내 말이 틀렸습니까?"

"아니요! 당신 말이 틀린 건 아니에요. 하지만 우리는 이미 오래전에 끝난 사이였……"

"하지만 지난번 내가 스테파노스 씨와 친분이 있는 다른 지인이 있느냐고 물었을 때는 왜 소피아 양에 대해 전혀 언급하지 않았죠. 혹시라도 잊고 계신 건 아니겠죠?"

"그건 내 실수예요. 처음부터 말해야만 했어요. 하지만 소피아는 힘든 일을 너무 많이 겪었……"

"나도 압니다. 알아요. 러시아 혁명이 발발했을 때 16살의 나이로 그리스에 건너왔다고 하더군요. 그녀를 '구해 준' 사람들은 다른 수많은 소녀들에게도 똑같은 짓을 저질렀어요. 전쟁으로 폐허가 된 마을을 돌아다니며 안타까운 처지에 있는 여자들을 모아 그리스로 데려와서는 험한 일을 시킨 거죠. 여자들이 아직 젊고 아름다울 때는 부유층 남자들을 상대하는 고급 매음굴로 보내고, 여자들이 나이가 먹어 쓸모가 없어지면 '가정집'으로 보내 중산층 남자들이나 그들의 무분별한 아들의 노리개가 되게 했지요. 이른바 여자들의 '이력'이 끝나면 그때는 누구라도 똑같은 상황에 처하게 됩니다. 부둣가에 있는 사창가로 보내져서 하룻밤 정박해 가는 선원들이나 부두 일꾼들을 상대하는 겁니다. 성병에 걸리지 않거나 술 취해 설쳐 대는 주정뱅이의 칼을 피해 간신히 살아남은 사람은 가장 낮은 지위의 하녀가 되기도 하죠. 선생은 소피아 니콜레스쿠 양이 이른바 자신의 운명적인 직업에서 당시 최고의 전성기를 누리고 있을 때 만나셨더군요. 그리고 상당한 금액을 지불하고 그녀를 정부로 사들이셨죠. 우리가 조사한 바에 따르면 공교롭게도 선생은 젊은 시절부터 특히 '직업 여성'들을 선호하셨더군요. 소피아 양의 '보호자'에게 엄청난 금액을 지불하면서까지 그녀의 자유를 되찾아 주고 살아갈 집도 마련해 준데다가 매달 일정 수입까지 얻게 해 주셨으니 얼핏 보자면 선생의 행위는 매우 존경할 만한 일입니다. 하지만 정작 소피아 양은 선생이 보장해 준 비교적 안락한 생활이 그다지 만족스럽지 않았나 봅니다. 재봉사에게 재봉 일을 배우기 시작하더니 몇 달 전에는 떡하니 자기 가게를 차렸더군요. 가격도 싸게 받고 손님들에게 매우 친절하기도 해서 가게는 점점 번창했고요. 그렇게 손님이 늘고 사업도 어느 정도 자리가 잡히면서 더 이상은 선생의 호의나 돈이 필요 없어졌을 겁니다. 그래서 미련 없이 떠난 거죠."

나는 분노로 목이 메는 것 같아 큰 소리로 그의 말을 반박하기 시작했다.

"말도 안 되는 소리 하지 말아요! 어디선가 잘못된 정보를 주워들은 거요! 재봉 일을 배우라고 제안한 것도 나였고, 그녀를 조수로 받아 주는 대가로 재봉사에게 돈을 지불한 것도 나였소. 가게에 첫 손님을 소개시켜 준 것도 바로 나였다고요. 곤경에 처한 소녀를 구해 놨더니 당신은 나를 더럽고 이기적인 인간으로 매도하고 있소. 잘 모르는 것 같은데 소피아가 나를 떠난 것이 아니라 내가 소피아와 결별을 선언했던 거였소!"

나의 분노에도 그는 전혀 동요하지 않았다.

"소피아 양도 바로 그렇게 말하더군요. 그녀는 가능한 한 최고의 단어들을 써 가며 선생의 은혜를 치하했습니다. 자신의 수호천사니, 갑옷을 입은 기사니 하면서요. 그리고 이렇게 말하더군요. 자신이 더 이상 선생을 원치 않는다는 사실을 눈치채고는 선생이 먼저 둘 사이에 거리를 두는 자상함을 보여 주셨다고요. 만약 그러지 않았다면 소피아 양은 자기가 먼저 생명의 은인을 저버리는 파렴치한 짓은 절대 하지 않았을 거라고 했습니다."

"그렇다면 지금까지 왜 쓸데없는 얘기들을 늘어놓은 겁니까? 도대체 왜요?"

"선생은 절대 나쁜 사람이 아닙니다. 소피아 양이 다른 남자에게 관심을 갖게 된 사실을 알게 되자 선생은 그 사람이 그녀 또래의 젊은 남자이길 바랐던 겁니다. 고귀한 성품에서 우러난 진실한 마음에서 선생은 소피아 양에게 더 나은 삶을 찾아 주고자 결혼을 허락하기로 마음먹은 거죠. 하지만 그런 선생을 화나게 만든 것은 바로 자신의 예전 여자 친구가 그녀 또래의 젊은 청년이 아니라 나이 든 자신의 친구와 사랑에 빠졌다는 사실이었습니다. 두 사람은 심지어 결혼할 계획까지 세우고 있었죠. 스테파노스 씨가 선생의 예전 정부와 결혼하겠다는 말을 털어 놓자 마침내 선생의 분노가 폭발한 겁니다. 그래서 다툼이 시작되었고, 선생은 이렇게 소리를 지르죠. '자네는 그럴 권리가 없어. 절대로 그렇게 하도록 내버려 두지는 않을 거야!' 그리고 실제로도 그 일이 일어나도록 내버려 두지 않았던 겁니다.

선생은 9시에 친구 분의 집을 나와 집으로 돌아왔습니다. 그리고 11시 반에 깨끗한 신발로 갈아 신죠. 신고 들어왔던 신발은 진흙 범벅이었을 테니까요. 그리고 그 길로 집을 나서 스테파노스 씨의 집으로 다시 갑니다. 집 주인은 나가고 없다는 사실을 이미 알고 있었기 때문이죠. 깨어 있던 이웃 주민 한 사람과 행인 한 사람이 그 시간에 선생을 보았다고 증언했습니다. 두 사람 다 경찰이 제시한 사진을 보고 선생을 알아보더군요. 선생이 친구 분의 집으로 들어가서 두 병의 수면제를 물병에 쏟아 붓고 나오는 데는 5분이 채 걸리지 않았습니다."

"다 말도 안 되는 소리요! 당신이 얘기하는 그런 일은 일어나지 않았소! 형사님은 실제 일어난 사건과 상상 속에서 만들어 낸 이야기를 뒤섞어 사실을 온통 왜곡하고 있소. 나는 소피아와 스테파노스가 결혼하기를 원했소."

"지금 선생의 태도는 평소 미카엘 이게리노스 씨답지 않군요. 그리고 한 가지가 더 있습니다. 발칸 전쟁 기간에 선생이 친구라고 칭하는 그분이 선생의 전 부인과도 잠시 사귀었다고 하던데요. 여자들이 모두 선생을 떠나 스테파노스 씨에게 가는 묘한 습관들이 있었나 봅니다. 사실 선생의 마음이 이해되지 않는 것은 아닙니다. 남자가 그런 일을 인정하고 받아들이는 게 쉽지는 않으니까요. 특히 두 번씩이나요. 체포영장을 가지고 왔습니다. 사건의 정황이 너무나도 명확하기 때문에 범행을 자백하는 게 선생에게 훨씬 도움이 될 겁니다. 자신의 소유라고 생각했던 여자가 어느 날 선생을 배반하고 가장 가까운 친구였던 스테파노스 씨를 선택한 것에 분노해서 살인을 저지른 거라고 말입니다. 그녀가 자신의 또래가 아닌 선생과 동년배인 나이 든 남자를 선택했다는 사실뿐 아니라 선생보다 훨씬 가난한 사람을 골랐다는 사실이 선생의 자존심에 치명상을 입힌 겁니다. 예전에 전 부인과의 관계는 용서해 주었지만 이번에는 참을 수 없었겠죠. 같은 일이 두 번이나 일어났으니까요. 이 모든 정황과 증거가 당신이 범인이라는 사실을 입증하고 있습니다."

그때 나 스스로도 놀랄 만큼 갑자기 이상한 평화가 밀려들었다. 심지어 나는 말을 하고 있다는 사실도 알아차리지 못한 채 간단히 대꾸했다.

"변호사에게 알려야겠네요."

제 14 장

나는 니코스 알렉산드로 변호사에게 내 변호를 맡겼다. 그는 아테네에서 가장 비싼 변호사였고 어려운 사건을 잘 해결하기로 정평이 나 있었으며 패소가 확실한 사건에서도 승리하기로 유명했다. 하지만 그도 첫 공판에서 내가 유죄 판결을 받는 것을 막아 주지는 못했다.

안토니우 경관은 상당히 잘 해내고 있었다. 자신이 확보한 몇 가지 증거를 이리저리 조합해 내게 불리한 상황을 그럴 듯하게 만들어 냈다. 나는 사건이 일어나던 날 밤 단 한 차례만 외출했다는 주장을 밀고 나갔지만, 마르타는 내가 집에 들어왔다가 같은 날 밤 다시 외출했다고 증언했다. 그러나 자신의 진술이 내게 불리하게 작용한다는 사실을 깨닫고는 진술을 번복함으로써 오히려 판사들의 의심만 초래하고 말았다. 스테파노스가 사망하던 날 밤 그와 내가 체스를 두었다고 말한 것도 사실이 아닌 주장으로 비쳐졌다. 증인으로 출두한 스테파노스의 이웃이 그가 자신의 집에 체스 판을 두고 갔다고 증언했기 때문이다. 그리고 그날 밤 스테파노스와 나 사이에 있었던 말다툼을 내가 의도적으로 숨기려 한 다는 인상도 심어 주었다.

불면증에 시달린다는 이웃 주민이 내가 밤늦은 시간 스테파노스의 집으로 다시 들어가는 모습을 보았다고 증언한 후에는 디오니시스도 증언석으로 불려 나갔다. 스테파노스가 죽은 지 며칠 후 내가 호우르다 코글로우와 잠시 이야기를 나누었을 때, 그는 내가 스테파노스가 사는 아파트 정원으로 들어가는 모습을 디오니시스가 목격했다고 이야기했다. 그리고 그것을 침묵하는 대가로 돈을 요구했다. 내가 그 제안을 거절하자 그는 디오니시스가 목격한 것을 안토니우 경관에게 팔 것이며 법정에서 내게 불리한 증언을 하겠다고 협박했다. 범죄자들이 경찰에 자신들의 진술을 넘기는 대가로 약간의 보답을 받는다는 것은 그리 드문 일도 아니었다. 내 경우에는 단지 돈이 목적이 아니라 나를 곤경에 처하게 하려는 또 다른 동기가 있었다는 점만이 다를 뿐이었다. 호우르 다코글로우는 나를 증오하고 있었다. 그의 사고방식대로 설명하자면 내가 그의 '머리 꼭대기'에 앉아 있었기 때문이었다.

스테파노스와 소피아의 관계를 감추려 했던 나의 순진한 의도 역시 불리하게 작용했다. 검사는 나의 그런 의도를 '범죄를 저질렀다는 자백과 동등한 것'이라고 주장했다. 과거 안나와 관련된 이야기도 역시 내게 결정적으로 불리한 증거가 되었다.

"처음에는 아내, 그다음에는 정부가 피고인을 떠나갔습니다. 어쩌면 이 사실이 그의 범죄를 정상 참작하게 만드는 요인이 될지도 모릅니다.

하지만 한편으로 이 사실은 미카엘 이게리노스가 끔찍한 범죄를 저지르는 강력한 동기가 되었던 것입니다."

검사는 자신의 최종 논고에서 이렇게 말했다. 따라서 시민들의 강한 호기심을 끌었던, 그리고 다양한 매체에 흥미로운 기삿거리를 제공했던 재판에서 판사는 나에게 유죄를 선고했다. 알렉산드로 변호사는 이 사건은 반드시 이길 수 있다고 확신하며 즉시 상소했다. 그리고 그동안 나는 감옥에 갇혀 있어야 했다.

유죄 판결을 받은 지 일 년쯤 지났을까. 하루는 교도관이 내게 누군가 면회를 왔다고 알려 왔다. 하지만 변호사가 방문하는 날짜도 아니었고, 마르타는 이틀 전에 이미 다녀갔기 때문에 좀 의아한 기분이 들었다. 그 와중에도 나는 제발 마르타가 다시 찾아온 것이 아니기를 빌었다. 그녀의 헌신과 사랑은 언제나 감동적이었지만 갈수록 정도를 더하는 끊임없는 자기 비하와 자책은 나를 지치게 했기 때문이다. 매번 마르타가 다녀갈 때마다 같은 장면이 반복되었다. 그녀는 가슴을 쥐어뜯고 통곡하면서 자신이 내게 얼마나 큰 해악을 끼쳤는가에 대해 스스로를 비난했고, 그러면 철창 안에 앉아 있는 내가 오히려 그녀를 위로하고 다독여야 했다. 마르타는 경찰에 살인이 벌어지던 날 밤 내가 두 번째 외출을 했다고 진술하는 실수를 범한 것 때문에 자신을 용서할 수 없었던 것이다. 게다가 그녀는 일명 구식 가정부라서 밑에 부리는 하인들의 실수마저 자신의 책임으로 받아들이고 있었다. 이것은 마르타 자신의 증언뿐 아니라 집 안 정리를 담당하는 게오르기오스아가 증언한 내용, 즉 흙 묻은 운동화 두 켤레와 수면제 약병 두 개가 사라졌다는 사실 때문에도 그녀의 양심이 힘들어 하고 있다는 것을 의미했다.

나는 도대체 누가 왔을까 궁금해하며 면회실로 걸어갔다. 무거운 강철 문이 열리자 그곳에 그녀가 있었다. 창백한 얼굴로 의자 앞에 서 있는 크고 감정이 풍부한 그녀의 두 눈은 울어서 빨갛게 변해 있었다. 자제심을 잃지 않으려고 몹시도 애쓰고 있는 듯 했지만 오히려 그런 노력 때문에 당장이라도 쓰러질 것처럼 안쓰러워 보였다. 그 사람은 바로 소피아였다.

우리는 스테파노스의 장례식에 관해 간단히 몇 마디 주고받았다. 소피아를 마지막으로 만난 것은 내가 피고석에 앉아 있을 때였다. 내 입장에서 그날 그녀의 증언은 전혀 나무랄 데가 없었다. 그녀는 나에 대해 충심을 바쳐 최고의 찬사를 보냈다. 내가 그녀에게 얼마나 많은 것을 베풀었으며, 스테파노스와는 얼마나 끈끈한 우정을 나누고 있었는지에 대해 매우 우호적인 표현을 써 가며 자세히 설명했다. 또한 자신과 나와의 관계에 대해 설명하면서 자신이 스테파노스와 결혼하기로 결정한 것은 내가 먼저 결별을 선언하고 나서 둘의 관계가 완전히 정리된 후였다는 점을 판사석에서 확신할 수 있도록 매우 강조해 이야기했다. 그녀는 자신과의 관계 때문에 스테파노스가 살해되었다는 주장은 전혀 근거 없는 것이라고 매우 강력하게 부정했다. 그리고 나의 결백을 추호도 의심하지 않는다는 말로 증언을 마무리했다.

하지만 과거 그녀의 눈빛 속에서 두려움과 절망을 읽어 내고, 그 이후에도 여러 번 눈빛이 말하는 바를 제대로 짐작해 냈던 나는 피고석을 지나쳐 가는 그녀의 눈동자 속에서 이번에는 불안한 의심의 빛을 찾아낼 수 있었다. 그러한 의심의 기미를 눈치챘기에 나는 그녀가 감옥으로 면회를 오리라는 기대는 한 번도 하지 않았다.

몇 분 동안 우리는 아무 말도 없이 그저 서로를 바라보기만 했다.

"저 떠나요, 미카엘."

이렇다저렇다 구체적인 설명도 없이 그녀가 불쑥 이렇게 말했다. 나는 미심쩍은 표정으로 그녀를 바라보았다.

"스테파노스가 떠난 후에……."

그녀는 뭔가 적당한 표현을 찾으려는지 잠시 말을 멈췄다.

"스테파노스가 죽고 당신은 감옥에 갇히고 난 뒤 호우르다코글로우의 부하들이 저를 미행하기 시작했어요. 지금까지는 거리를 두고 따라다니지만 가는 곳마다 그 사람들과 마주쳐요. 집 앞에 있는 카페에서 커피를 마실 때도 한 명이 있었고, 트램을 기다리고 있을 때도 마치 우연이라는 듯 하나가 옆에 따라 붙었어요. 하루는 여성 고객의 집에 들렀다가 나오는 길에 디오니시스를 봤어요. 내 발에 각인을 새겼던 자 말이에요. 길 건너편 포장도로 위에 서서 사악한 미소를 지으며 지켜보고 있더군요. 이제 내게 남은 유일한 해결책은 아테네에서 영원히 사라지는 거예요. 볼로스에 사는 제 또래의 남자를 알아요. 소아시아 난민인데, 이웃 사람이 그와의 결혼을 주선해 줬어요. 성실하고 말도 별로 없고 아주 좋은 사람이라고 하더라고요. 담배 공장에서 일하는데 직업도 꽤 안정적이고, 마을에 있는 난민 구역에 방 두 개짜리 집도 장만했대요. 그곳에서도 재봉일 구하는 것은 어렵지 않을 거예요……."

나는 미소 지으며 대답했다.

"그래, 가는 게 좋겠어, 소피아. 상황이 이 지경까지 됐으니…… 네 말이 맞아. 그게 최고의 해결책 같다."

"이 말도 하고 싶었어요……."

그녀는 잠시 망설이더니 다시 기운을 내 말을 이었다.

"당신이 죄를 지었는지 결백한지 솔직히 나는 잘 몰라요. 내 안의 모든 것이 당신은 절대로 그를 죽였을 리 없다고 말하고 있지만 지금까지 드러난 정황들만 보자면 혼란스럽기 그지없거든요. 하지만 어떤 상황이 벌어지든 당신은 언제나 나를 지켜주는 수호천사예요. 이 사실만은 절대로 변하지 않을 거예요. 어떤 일이 있어도, 당신이 유죄든 아니든 간에 절대로 변하지 않아요. 마음속에서도 기도할 때도 꿈속에서도 당신은 늘 내게 삶을 다시 돌려준 사람일 뿐이니까요."

내가 조심스럽게 다가가자 소피아는 자신의 이마를 내밀었다. 그리고 나는 그녀에게 아버지의 마음으로 키스해 주었다.

"내 걱정은 하지 않아도 돼. 반드시 잘 헤쳐 나갈 테니까. 넌 그냥 행복하게……."

나는 말을 다 끝맺지도 못한 채 성급하게 뒤돌아 걸어가서 문을 두드렸다. 교도관이 즉시 문을 열어 주었다.

소피아의 방문으로 나는 조바심을 느끼기 시작했다. 그녀가 다녀간 뒤 나는 과거의 기억과 이미지를 떠올리며 초조해했다. 하지만 늘 기대는 위안 말고는 해결책이 없었다. 마르타는 내게 오는 우편물을 모아 정기적으로 교도소까지 가져다주었다. 거의 대부분은 내가 정기구독으로 보는 다양한 잡지들이었다. 나는 잡히는 대로 아무거나 하나를 골라 펼쳐 보았다. 여러 논문 중에 눈길을 끄는 것이 있었다.

「원적법에 관하여: 최종 평가(*On the Squaring of the Circle: A Final Assessment*)」.

쓸쓸한 웃음이 터져 나왔다. 아낙사고라스(Anaxagoras)가 감옥에 간했을 때 하나의 원과 면적이 동일한 정사각형을 그리는 문제에 몰두했다는 말을 플루타르크가 어딘가에 적어 놓았던 것을 읽은 기억이 났다. 그래, 아낙사고라스! 이오니아 출신의 부유한 젊은이로 별난 구석이 많았던 그는 진리 탐구에 헌신하겠다며 재산은 전혀 돌보지 않았다고 한다. 소아시아 이민자이기도 했던 그는 아테네에 처음으로 철학의 불꽃이 타오르도록 한 인물이기도 하다. 또한 최초로 일식과 월식 현상을 설명했으며 원근법에 관한 최초의 논문을 쓰기도 했다. 하지만 아테네 사람들은 그가 페리클레스와 절친한 사이라는 사실을 못마땅해했다. 그래서 페리클레스와 그 추종자들에게 보이던 적대감을 그를 향해 드러내기 시작했고, 결국은 그를 감옥에 가두고 말았다. 그리하여 아낙사고라스는 유죄 판결을 받게 되는데 죄목은 불경죄였다. 감히 신성한 달이 자체적으로 빛나는 것이 아니라 다른 곳의 빛을 반사한 것이라고 주장했기 때문이다.

감옥에 갇혀 있는 동안 그는 주어진 원과 면적이 같은 정사각형을 그리는 문제를 해결하려고 부단히도 노력했다. 아마도 그가 이 문제를 연구한 첫 번째 수학자였을 것이다. 그보다 몇 년 일찍 오에노피데스(Oenopides)가 기하학적 작도를 위한 규칙을 세운 일이 있었는데, 이때의 작도는 직선 자와 컴퍼스만 이용해야 했다. 아낙사고라스는 주어진 규칙과 도구를 이용해 하나의 원형과 면적이 동일한 정사각형을 그려 보기로 했다. 하지만 아무리 애를 써 봐도 실패만 거듭할 뿐이었다. 그 후 아낙사고라스의 뒤를 이어 여러 사람이 다양한 각도에서 그 문제에 접근해 안티폰의 진법(Antiphon's method of exhaustion) 같은 혁명적인 기술을 고안해 내기도 했는데, 아르키메데스는 이 방법을 다양한 문제에 매우 독창적으로 적용시켰으며, 몇 세기 후 뉴턴과 라이프니츠는 이 기법을 이용해 적분법을 개발하기도 했다. 그들은 모두 복잡한 곡선을 작도해 냈는데, 디노스트라투스(Dinostratus)는 원적곡선(the quadratrix)을, 아르키메데스는 나선형 곡선(the spiral curve)을 그렸다. 그리고 원의 면적과 원 둘레의 길이를 놀랄 만큼 정확하게 계산해 냈다. 하지만 어느 누구도 직선 자와 컴퍼스만 이용해 원과 면적이 같은 정사각형을 그리지는 못했다.

17세기 데카르트가 이 문제에 중요한 진전을 이루어 냈다. 오늘날 '데카르트 좌표계'로 불리는 좌표계를 고안해 기하학과 대수학을 결합시켰던 것이다. 대수학의 계산력이 기하학의 도움으로 그 진가를 발휘하게 됐으며, 형태를 만들어 내는 기하학의 능력은 수학자들로 하여금 대수학의 개념을 시각화할 수 있도록 도와주었다. 또한 기하학 문제에 대수학 공식을 이용할 수도 있었다. 그리하여 원을 정방형으로 만드는 문제에 대한 관심이 다시 불붙기 시작했다. 하지만 여전히 그 해답은 수학자들의 열망을 교묘히 비껴가기만 했다.

하지만 늦은 감이 있기는 해도 이 문제의 해법에 대한 회의적인 목소리가 들려오기 시작했다. 직선 자와 컴퍼스만을 이용해 원과 면적이 동일한 정사각형을 그린다는 것 자체가 불가능할지 모른다는 의견이었다. 이러한 관점을 처음 제시한 것은 가우스였다. 하지만 그 역시도 그 관점을 증명해 내지는 못했다. 방정식의 해법에 제곱근을 이용한 아벨과 갈루아의 선구적인 연구 덕분에, 직선 자와 컴퍼스만을 이용해 그릴 수 있는 작도를 사용할지 그렇지 않은 작도를 사용할지 결정할 수 있는 검사 방법을 명확한 대수학 언어로 쉽게 표현할 수 있게 되었다. 이 검사 방법은 파리 에콜 폴리테크니크의 조교수 피에르 완첼(Pierre Wantzel)이 발명한 것으로, 이 발명이 아니었으면 아무도 그의 이름을 기억하지 못했을 것이다. 완첼 교수는 어릴 때 모든 과목에서 최고점을 받으며 신동으로 불렸다. 그는 서른넷의 나이로 세상을 떠났는데, 길지 않은 생애 동안 공학을 공부하고 대형 공기업에서도 근무했으며, 여러 중고등학교와 대학에서 물리학과 수학을 가르치고 취미로 음악도 연주했다. 하지만 그의 이름을 널리 알리게 된 계기는 바로 직선 자와 컴퍼스만 이용해 그릴 수 있는 작도와 그렇지 않은 작도를 구분해 내는 검사 방법을 고안한 것이었다. 원과 면적이 동일한 정사각형을 그리기 위해 필요한 전제 조건은 원둘레와 그 지름의 비율인 π가 2차 대수학 방정식의 해법이 되어야만 한다는 것이다.

신비에 휩싸여 있던 문제의 해법으로 나아가는 길이 마침내 열렸다. 1873년, 프랑스의 수학자 샤를 에르미트(Charles Hermite)는 자연로그의 밑 수인 e 상수가 초월수라는 사실을 증명했다. 다시 말해 그것은 어떠한 대수학 방정식의 근이 될 수 없다는 것을 의미한다. 1882년에는 린데만(Ferdinand von Lindemann)이 에르미트의 방식을 이용해 π도 역시 초월수라는 사실을 증명했다. 그리고 그것으로 끝이었다. 2,300년이라는 기나긴 세월 동안 시도한 끝에 수학자들은 평범하고 논쟁의 여지도 없는 명백한 수학 방식을 이용해 직선 자와 컴퍼스만으로 원과 면적이 같은 정사각형을 작도하는 것은 사실상 불가능하다는 것을 밝혀냈다. 그보다 몇 년 앞서 고안되었던 완첼의 검사 방법은 하나의 입방체를 주고 직선 자와 컴퍼스만을 사용해 부피가 정확히 두 배가 되는 입방체를 작도하는 것이나, 하나의 각을 세 등분하는 것이 불가능하다는 사실을 증명하는 데 도움을 주었다.

"이 문제에 대한 전체 역사는 우리를 한 가지 결론으로 이끌어 간다."

글쓴이는 이렇게 결론 부분을 시작하고 있었다.

"하나의 수학 문제는 그것을 처음 공식화한 사람이 그러리라 생각했던 것보다 훨씬 더 많은 비밀을 감추고 있을지 모른다. 원을 정방형으로 만드는 것은 유클리드 평면 기하학과 관련된 문제였다. 그렇지만 부정적이든 긍정적이든 그 문제를 해결하려면 데카르트의 분석 기하학이나 갈루아의 방정식이론 같은, 유클리드기하학보다 훨씬 진전된 이론이 필요하다. 따라서 한 가지 이론의 틀 내에서 공식화할 수는 있어도 그 이론으로 해결할 수 없는 수학 문제가 있다는 사실에 놀랄 필요는 없다. 이는 단지 수학에 동반되는 경이로움과 도전, 그리고 장애의 한 일면을 증명하고 있을 뿐이다. 어느 누구도 수학이라는 과학의 장막을 완전히 걷어 낼 수는 없으며, 어느 누구도 그 전체 영역을 설명할 수는 없다. 때론 운 좋은 수학자들이 그 거대한 장막에 작은 구멍을 내고 수학이라는 초월적 진리의 극히 미세한 일부를 훔쳐보기도 한다. 하지만 그 장엄한 광경을 들여다보았을 때 치러야 하는 대가는 엄청나게 무겁다. 갈루아의 경우가 바로 그 예다."

마음을 진정하려고 집어 들었던 치료약이 제 효과를 나타냈다. 감옥에 갇혀 있던 아낙사고라스가 매번 기하학을 공부하며 어떤 느낌을 받았는지 정확히 알 수는 없지만, 원을 정방형으로 만들어 보겠다는 그의 시도를 따라 떠났던 긴 여정이 내게는 확실히 도움이 되었다. 소피아의 방문으로 조바심 나던 마음이 많이 진정된 것이다. 그 후 며칠 동안 훨씬 더 확실하고 실제적인 수학 문제들이 나의 기분을 바꾸는 데 여러모로 도움을 주었다.

항소심 재판 날짜가 정해졌다. 알렉산드로 변호사는 법정에서 매우 훌륭하게 자신의 역할을 수행했다. 물론 안토니우 경관이 수집해서 솜씨 좋게 앞뒤를 맞춰 놓은 증거를 없애 버릴 수는 없었지만, 각 증거의 신빙성에 의심을 품게 하는 데는 성공했다. 그가 가진 비장의 카드는 동기의 결여였다. 그는 내 친구와 내 전 연인이 서로 끌렸다는 사실을 다양한 방법을 동원해 증명해 보였다. 그러고는 그러한 사실이 계획적인 살인을 저지를 만한 동기가 되기에는 충분치 않다는 점을 전면에 부각시켰다. 테살로니키에서 스테파노스와 안나가 잠시 사귀었던 것도 매우 사소하고 부적절한 관계로 보이게끔 하는 데 성공했으며, 내가 열정만으로 살인을 저지를 만한 사람이 아니라는 점도 정확히 지적했다.

알렉산드로 변호사는 희생자가 가장 아끼던 친구는 살인 누명을 쓰고 감옥에 갇혀 있는데, 스테파노스의 죽음으로 실제적인 이득을 보게 된, 과거 소피아의 벌이를 가로챘던 인신 매매범들은 검사 편에서 증인석에 오르고 있는 끔찍한 현실에 통탄을 금할 수 없다고 주장했다. 또한 그는 호우르다코글로우의 경우 형식적인 심문 과정을 겪는 수고조차 하지 않았을 뿐 아니라 지하 세계를 휩쓸고 다니는 사기꾼 디오니시스의 증언은 심지어 아무런 의심도 없이 받아들여졌다고 말했다. 그리고 어떻게 여성을 성노예로 매매하는 갱단의 일원이 희생자의 집 앞에 우연히, 그것도 사회의 존경받는 일원인 나에게 살인 누명을 씌우기에 딱 적당한 시간에 서 있을 수 있었는지 물었다. 게다가 그 존경받는 사회의 일원은 과거 그들의 손아귀에서 가여운 희생자 한 명을 구해 냄으로써 갱단과 원한 관계에 놓여 있다는 사실도 우연의 일치인지 궁금하다고 했다.

"스스로 죄진 자의 증언은 다른 이의 죄를 증명할 수 없습니다(*Reus reum non faciet*)!"

그의 목소리가 높게 울려 퍼졌다. 사실 안토니우는 처음부터 나를 범인으로 지목하고 있었기 때문에 호우르다코글로우와 그 부하들의 행적을 조사하는 일에는 형식적인 수준으로도 관심을 기울이지 않았던 것이다. 이는 형사로서 그의 입장만 따진다면 정당화될 수도 있을지 모른다. 하지만 법정에서 다투기에는 거의 치명적인 실수였다. 알렉산드로 변호사는 안토니우 형사의 이러한 허점을 이용해 경찰이 내게 선입견을 품고 있었다는 사실을 보기 좋게 증명했다.

그렇게 해서 1932년 5월 16일 정확히 오전 10시, 니코스 알렉산드로 변호사가 교도소로 나를 찾아왔다. 그의 얼굴은 기쁨으로 빛나고 있었다.

"미카엘, 우리가 해냈어요."

그는 이렇게 말문을 열었다.

"상고심 법원이 오늘 아침 8시 반에 판결을 내렸어요. 증거 불충분으로 무죄 석방입니다. 이제 자유인이니 어서 짐 싸서 나갑시다."

알렉산드로의 확신도 있고 해서 사실 어느 정도까지는 예상한 결과였지만 안도감은 예상외로 엄청났다. 경제적인 풍요와 사회적 지위 덕분에 나는 교도소 내에서도 많은 특권을 누렸다. 독방을 사용하고 면회 시간의 제한도 없었으며 좋은 음식과 책, 신문, 그 외에도 원하는 것은 무엇이든 제공받을 수 있었다. 하지만 그래도 감옥은 감옥이었다.

10시 반쯤 우리는 아베로프 교도소 정문을 걸어 나와 알렉산드라

거리로 나섰다. 포도밭이 있는 암벨로키피 지역에서 풍겨 오는 꽃 내음과 오렌지 꽃향기를 싣고 오는 봄날의 공기를 나는 배고픈 사람처럼 게걸스럽게 들이마셨다. 왼쪽에 있는 난민 거주지는 생명력으로 넘치고 있었다. 소아시아에서 도망쳐 온 그곳의 거주민들은 자신들에게 허용된 모든 수단을 동원해서 생존을 위해 싸우고 있었다. 작은 꼬마들 한 무리가 하얗게 빛바랜 오두막 사이를 뛰어다니며 노는 모습이 보였다. 길 건너편에는 파나시나이코스 축구 경기장이 보였다. 그곳에서 게임이 있을 때마다 함성과 응원 소리가 교도소까지 들렸다. 감옥에 갇히기 전까지 나는 축구에는 조금의 관심도 없었지만 이제는 그 관중들 틈에 섞이고 싶은 마음이 간절했다. 감옥에서 보낸 그 기나긴 일요일 한낮을 그들의 함성과 응원 소리가 함께해 주었기 때문이다. 나는 안젤로스 메사리스, 안토니스, 혹은 솔리나스, 그리고 그 외에도 내 감방의 견디기 힘들 만큼 고요한 침묵을 뚫고 들어오던, 수천의 입이 부르고 환호하던 그 이름들, 그 전설의 영웅들의 모습을 실제로 보고 싶었다.

나는 감옥에서 사용하던 대부분의 소지품을 감방 동료들에게 주고 나왔다. 책은 베니젤로스 특별법에 따라 위험 인물로 간주되어 수감된 정치범들에게 주었고, 옷과 신발, 세면도구 등은 죄를 짓고 들어온 수감자들에게 주었다. 그래서 들고 나온 작은 가방에는 칫솔 하나와 다른 죄수들이 전혀 관심을 보이지 않던 힐베르트의 『기하학의 기초』 최신판, 그리고 푸앵카레가 발견한 수학의 새로운 분파라 할 수 있는 『위치의 해석(*Analysis Situs*)』에 관한 푸앵카레 자신의 강의집만 들어 있었다. 푸앵카레의 또 다른 저서 『과학과 가설(*Science and Hypothesis*)』은 시위에 참가했다가 2년형을 받은 철학과 학생 마놀리스에게 주고 나왔다. 그 책은 프랑세가 피카소 무리에게 수학을 설명할 때 참고하던 책이기도 했다.

알렉산드로는 자신의 차로 집까지 태워다 주겠다고 제안했지만 2년이 넘는 세월을 갇혀 있다 나오니 걷고 싶은 마음이 간절했다. 나는 가방을 변호사에게 주면서 마르타에게 전해 달라고 부탁했다. 그리고 두 시간쯤 후에 집에 도착한다는 말도 함께 전해 달라고 했다. 나는 다임러 승용차가 사라질 때까지 그 자리에 서서 지켜보았다. 그러고 나서 길을 건너 축구 경기장 뒤쪽으로 걸어가 리카베투스 언덕 쪽으로 이어지는 좁은 길 중 하나를 따라 올라가기 시작했다. 푸른 정적과 가시투성이 양골담초 사이로 한참 올라가서 언덕 꼭대기에 있는 작은 성게오르기오스 교회까지 다다르니 숨이 턱까지 차올랐다. 언덕의 비탈길에는 소박한 캐모마일, 오만한 양귀비, 밝은 노란색 데이지 등의 야생화로 수놓은 짙은 푸른색 카펫이 두툼하게 깔려 있었다. 그 모습을 보니 30여 년 전 괴팅겐 대학에서 학생들이 교수들과 함께 떠났던 소풍이 떠올랐다. 비록 그 중세풍의 마을을 감싸고 있던 언덕의 모습은 이곳의 언덕과 많이 달랐지만, 잠시 동안 나는 그곳으로 다시 돌아간 듯한 착각에 빠져들었다. 당장이라도 힐베르트 교수가 클라인 교수에게 그해 8월 파리 강연을 위해 준비 중인 자신의 논문에 대해 이야기하는 소리가 들리는 것만 같았다. 나는 즉시 그 생각들을 털어 버렸다. 만약 파리에서의 추억을 다시 떠올리게 된다면 아마도 그때는…….

멈춰 서서 발아래 펼쳐진 아테네 시내를 내려다보았다. 공기가 어느 때보다도 청명했다. 전날 내린 비로 핀다로스의 '청자색 왕관을 쓴 도시' 위로 늘 떠다니던 먼지들이 모두 가라앉고 없었다. 내가 서 있는 곳 반대편에는 아크로폴리스가 빛에 흠뻑 젖어 눈부시게 빛나고 있었다. 나는 파르테논 신전도 바라보았다. 그러자 그 구조 속에 얼마나 많은 비밀이 숨겨져 있을지 궁금했다. 나는 이 고대 건물이 갖는, 숨이 멎는 듯한 아름다움이 수학을 포괄적으로 적용해 지은 그 구조에서 연유한다고 믿었다. 하지만 그곳에 서 있는 동안 갑자기 황금 분할의 심미적 능력이 정말 일반적으로 믿어지는 것만큼 그렇게 커다란 힘을 발휘하는지 궁금해졌다.

멀리 팔리로 만에 정박한 배의 돛대가 보였다. 싱그러운 대로를 죽 가로질러 그 양쪽으로 픽스 맥주 공장 너머에 난민 정착촌이 형성돼 있었다. 내가 감옥에 갇혀 있던 20개월 남짓한 기간에 도시는 엄청나게 변해 있었다. 1922년 대거 유입된 소아시아 난민뿐 아니라 도시에서 성공해 보겠다고 이곳저곳에서 몰려든 수많은 그리스 사람들 때문에 주택 수요는 엄청나게 늘어나 있었고, 그 부족분을 메우기 위해 새로운 정착지가 우후죽순처럼 생겨났다. 물론 이 모든 일들은 내가 감옥에 가기 전부터 시작되었지만, 감옥에 있는 동안 나는 줄곧 어린 시절만 마음속에 그리고 있었기에 지금 눈앞에 보이는 도시의 모습은 너무나도 새로워 보였다. 이제부터 시작될 나의 삶만큼이나 새로웠다.

나는 마침내 마음을 정했다. 아테네에 며칠 더 머무르며 주변을 정리한 다음 해외로 나갈 것이다. 아마도 독일로 갈 가능성이 가장 크다. 며칠은 바덴바덴에 머물러도 좋을 것이다. 아니면 새로운 세상으로 나가는 관문과도 같은 뉴욕의 엘리스 아일랜드에서 매주 출발하는 긴 여정의 선박 여행을 떠나도 괜찮을 것 같았다.

나는 한참을 그곳에 더 서 있다가 일부러 네아폴리스 지역을 피해 콜로나키 지구 쪽을 향해 내려가서 아카데미 거리 위쪽으로 멀리 돌아 집으로 향했다.

눈에 눈물이 그렁그렁한 마르타가 나를 맞았다. 식탁에는 간 고기와 쌀을 포도나무 잎에 만 돌마스, 토마토를 곁들여 숯불에 구운 페타 치즈, 많은 양의 오레가노와 후추 등 평소 내가 좋아하는 음식이 가득 차려져 있었다. 내가 걸어서 집에 돌아간 탓에 요리할 시간이 있었던 모양이었다. 나는 엄청난 식욕으로 먹어치웠다. 세 시간이나 걸어서인지 입맛이 돌아와 있었다. 점심을 마치고 나서 나는 석방을 자축하는 의미로 제일 좋아하는 코냑 비스키 VSOP 한 병을 열었다. 눈꺼풀이 무거워지고 있었다. 긴 산책, 식사, 그리고 코냑이 서로 상승 작용을 하는 듯했다.

"잠시 눈을 좀 붙여야겠어요."

나는 이렇게 소리쳤다. 몇 분 후 마르타가 문을 두드렸다.

"정기간행물들이 며칠 전에 도착했더구나."

잡지는 나중에 전해도 됐을 텐데, 마르타는 나를 다시 한 번 보고 싶었던 것이다. 내가 정말로 돌아온 것인지 이 모든 상황이 꿈은 아닌지 확인하고 싶었을 것이다.

"고마워요, 할머니."

내가 이렇게 말하자 마르타가 말했다.

"돌아와서 기쁘구나. 그리고 날 용서해 주렴."

"또 시작하시는 거예요? 그러지 마시라고 여러 번 말씀드렸잖아요. 욕먹을 사람은 할머니를 혼란스럽게 만든 안토니우 형사예요. 그리고 저도 마찬가지고요. 그날 밤 두 번째로 외출했다는 사실을 처음부터 말씀드렸어야 했어요. 하지만 어쨌거나 모두 끝난 일이잖아요."

그녀는 울어서 빨개진 눈으로 한동안 나를 바라보고 서 있다가 밖으로 나갔다. 나는 조심스럽게 문을 닫았다.

우편으로 도착한 잡지들은 최근 프랑스와 독일에서 출간된 것이었다. 대학 시절을 떠올리며 나는 독일에서 발행한 정기간행물을 먼저 들춰 보았다. 여전히 나는 대부분의 논문에서 일반적 개념 정도는 충분히 이해할 수 있을 만큼의 수학적 지식을 알고 있었다.

별로 깊이 몰입하지 않은 채 나는 리만의 가설과 소수로 이루어진 수열에 관한 전개를 읽어 보았다. 또한 차원에 관한 새로운 정의를 다룬 기사와 몇몇 다른 논문들도 대충 훑어보았다. 그때 갑자기 그것을 보았다. 발이 꽁꽁 얼어붙는 듯했고, 머리에서는 피가 역류하는 듯한 느낌이 들었다. 그리고 손은 심하게 떨렸다. 나는 진정하려고 노력하면서 종이 한 장과 펜을 꺼내 방 안에 놓인 작은 책상에 가서 앉은 다음 열에 들떠 무언가 써 내려가기 시작했다. 이미 잠은 다 달아나 있었다.

두 시간 후 내가 품고 있던 모든 회의가 사라졌다. 모든 것이 수정처럼 투명했다. 그리고 나는 내가 무엇을 해야 할지 정확히 알았다. 그것이 내게 남은 마지막 임무였다……

Denouement

…… 그것을 처음으로 대중에게 알리고……

그는 바닷속으로 사라져 갔다.

신입생, 수습생을 가리지 않고 학교의 모든 사람이 본관 앞 분수대 앞으로 모여들었다. 본관 입구의 꼭대기에는 원형 안에 오각형을 새겨 넣고 그 안에 다섯 개의 대각선을 그려 전설적인 5각 별 모양을 만든 학교의 상징이 달려 있었는데, 피타고라스학파 사람들은 그것을 '건강'을 의미하는 히기에이아(Hygeia)라고 불렀다. 후에 신성한 비율로 불리게 되는, 피타고라스 기하각의 정점이라 할 만한 그 황금분할은 학교 곳곳에 그려져 있었다. 하지만 그것은 비극적인 역설을 보여 줄 뿐이었다. 신성한 비율을 상징하는 숫자 π는 사실 피타고라스의 수학에 따르면 절대 숫자가 될 수 없었기 때문이다!

피타고라스가 설립한 학교의 네 번째 교장 리시포스는 연설을 시작했다. 그의 목소리는 매우 피곤하게 들렸다.

"몇 달 전, 학교위원회는 학파 회원 중 한 명을 영구적으로 제적해야 한다는 강한 압력을 받았습니다. 히파소스가 신입 회원에게 기하학을 가르쳐서는 안 된다는 학교의 규칙을 계속해서 위반했기 때문입니다. 그는 불경스러운 토론을 통해 학파의 신성한 비밀을 누설했습니다. 또한 '만물은 수'라는 스승의 가르침에 감히 반기를 들었습니다. 정사각형의 네 면과 그 내부를 가로지르는 대각선 사이의 비율을 숫자로 표현할 수 없다는 거짓된 주장을 펼치고 있었습니다. 따라서 학교는 앞서 말씀드린 영구 제적이라는 조치를 취하기로 결정했습니다. 더 이상 선택의 여지가 없기 때문입니다. 회원 제적에 관한 학교 규정에 따라 우리는 히파소스에게 그가 처음 학교에 입학할 당시 기부했던 선물의 두 배를 되돌려 준 후 떠나기를 명했습니다. 그리하여 규정을 어긴 자는 학교에서 돈을 지불한 배를 타고 펠로폰네소스로 떠났습니다. 그리고 오늘 아침 전갈이 하나 도착했습니다."

리시포스는 잠시 말을 멈추더니 깊이 숨을 들이쉬고 다시 말을 이었다.

"아마도 신이 그분의 방식대로 불경한 자를 처단하기로 결정하신 듯합니다. 히파소스가 타고 가던 배가 침몰해 그도 익사했다는 전갈이 왔습니다."

제 15 장

　정확히 아침 8시 반, 여느 때와 마찬가지로 대법원 검찰관 아게실라오스 콘도게오르고스는 자신의 사무실에 도착했다. 보좌관이 로비에서 그를 기다리고 있다가 무언가 건네주었다.

　"검사님 앞으로 도착한 겁니다."

　콘도게오르고스는 아무 말도 하지 않고 직원으로부터 커다란 봉투를 받아들었다. 그는 자신의 보좌관뿐만 아니라 검찰관 사무실의 전체 직원들과 거의 대화를 나누지 않았다. 커피를 주문할 필요조차 없었다. 그의 업무 방침에 따르면 커피는 출근하자마자 정확히 3분 내로 책상 위에 준비되어 있어야만 했다.

　안으로 들어서기 전에 콘도게오르고스는 복도에 서서 만족스럽게 자신의 사무실을 둘러보았다. 가죽을 씌운 안락의자와 떡갈나무로 만든 책장으로 된 사무실, 그리고 커다란 창문이 자랑스러웠다. 그는 안으로 들어갔다. 콘도게오르고스는 이 모든 것을 혼자 힘으로 열심히 노력해서 일궈 냈다. 그때그때 상황에 따라 적절히 대처한 덕분이었다. 그는 왕당파든 자유당이든 독재자든 권력을 잡은 당사자를 위해서라면 상대를 가리지 않고 적당한 수준의 지원을 아끼지 않았다. 누가 자신의 상관이 되든 그는 자기 지위가 위태로워지기 전까지는 매우 신중하게 처신했다. 적을 만들지 않기 위해 매우 조심하는 동시에 많은 연줄을 만드는데 심혈을 기울였다. 정권이 바뀔 때마다 그 권력의 중심에 선 자는 콘도게오르고스를 내치는 것보다는 곁에 두는 편이 훨씬 이득이라고 믿었다. 그는 법에 정통했을 뿐 아니라 자신에게 유리하다고 판단될 경우 그것을 교묘히 이용하는 방법도 잘 알고 있었다. 무엇보다도 그는 본인이 매수하기 힘든 사람이라는 인상을 주고자 모두와 적당한 거리를 유지하고 있었다.

그가 자리에 앉아 은제 종이칼을 집어 들었을 때 여직원이 문을 열고 들어와 커피를 내려놓았다. 그는 여직원이 문을 닫고 나갈 때까지 기다렸다가 봉투를 뜯고 편지를 꺼내 읽기 시작했다.

"게오르고스."

잠시 후 그가 보좌관을 불렀다.

"예, 검사님."

보좌관이 문을 반쯤 열고 들여다보았다.

"들어와, 앉게."

그가 놀라는 표정을 지으며 자리에 앉았다. 콘도게오르고스는 자신의 생각을 보좌관과 상의하는 법이 거의 없는 사람이었다. 게오르고스가 무슨 일이냐는 표정으로 상관을 바라보자 그가 들고 있던 편지를 건네주었다.

"읽어 보게. 32년 동안이나 법조계에서 일해 왔지만 이런 경우를 당하기는 처음이야. 일단 먼저 읽어 보고 나서 안토니우 형사에게 내가 가능한 한 빨리 만나자고 한다고 연락해 주게. 도대체 이런……."

보좌관이 편지를 읽기 시작했다.

1932년 5월 16일

아테네

대법원 검찰관님께.

안녕하십니까?

제가 이 편지를 쓰는 이유는 스테파노스 칸다르트지스의 살인을 자백하기 위해서입니다. 무고하고 결백한 한 인간을 무참히 살해한 저의 행위는 혐오스럽다는 말만으로는 설명할 수 없습니다. 아래에 적고 있듯이 저는 정말이지 무지하고 쓸모없는 인간입니다.

먼저, 사실을 말씀드리겠습니다.

1929년 1월 24일 목요일 나는 네아폴리스 지구에 사는 절친한 친구 스테파노스 칸다르트지스의 집을 방문했습니다. 우리는 늘 하던 대로 오후 5시에 만나 9시까지 함께 앉아 있었죠. 그리고 9시 5분쯤 나는 그 집을 나왔습니다. 친구가 평소 습관대로 저녁 산책을 나설 거라는 사실을 알고 있었기 때문입니다. 게다가 산책이 길어질 것도 확신하고 있었죠. 수학 문제 때문에 골머리를 앓고 있을 때면 시간 가는 줄 모르고 몇 시간씩 거리를 헤매고 다니는 것이 그의 습관이었으니까요.

집에 도착하니 9시 반이었습니다. 나는 가정부에게 뜨거운 차를 한 잔 부탁하고 10시 반쯤 되었을 때 그만 잠자리에 들겠노라고 얘기했습니다. 잠시 후 그녀도 잠자리에 드는 소리가 들렸죠. 11시 30분이 되어 가정부가 깊이 잠들었을 것으로 짐작한 나는 가능한 한 소리를 내지 않고 조용히 집을 나왔습니다.

이것이 바로 첫 번째 실수였죠. 마르타가 내 유모가 된 이후로 일종의 선별적인 청각이 발달했다는 사실을 간과한 것입니다. 그녀는 나의 움직임과 관련된 것이라면 아주 미세한 소리까지도 구분해 낼 수 있었습니다. 그러니 내가 나가는 소리에 놀라 깨어나서는 걱정을 하고 있었던 거죠. 하지만 한 시간 정도 만에 내가 돌아왔기 때문에 굳이 무슨 말을 하지 않아도 될 거라 생각하고 그녀는 다시 잠을 청했던 겁니다. 그러고는 안토니우 형사의 솜씨 좋은 심문에 걸려든 거죠. 내가 살해 혐의를 받고 있다는 사실을 몰랐기 때문에 마르타는 그날 밤 나의 두 번째 외출에 대해 언급했던 겁니다. 사건의 아주 사소한 부분과 관련된 나의 증언을 자신이 확인해 주는 역할을 한다고 믿었던 거겠죠. 지금까지도 마르타는 자신이 마땅히 해야 할 일을 했을 뿐 아무 잘못이 없다는 사실을 받아들이지 않고, 오히려 멍청한 짓을 했다고 스스로를 용서하지 않고 있습니다.

잠시 이야기가 본론을 벗어났군요. 수면제 두 병을 집어 들고 나는 친구의 집으로 다시 갔습니다. 그 시간까지 스테파노스가 돌아오지 않았을 거라는 사실을 알고 있었거든요. 그곳에 도착했을 때는 이미 자정이 되었습니다. 바로 그때 나는 두 번째 실수를 저지르고 맙니다. 근처 이웃집의 창문 하나에 불이 켜져 있다는 사실을 알아차리지 못한 겁니다. 그리고 이웃 사람이 나를 목격할 수 있다는 사실도 간과하고 말았죠. 하지만 당시 나는 반드시 필요하고 긴박한 일을 수행하고 있다는 맹목적인 믿음에 사로잡혀 있었기 때문에 아마 불빛을 보았다고 하더라도 전혀 주저하지 않았을 겁니다. 어쨌든 친구의 방에 들어가 수면제를 물병에 쏟아 부었습니다. 그가 보통 산책에서 돌아오면 침대에 들기 전까지 적어도 물을 석 잔 이상 마신다는 사실을 알고 있었거든요. 그러니 뜻대로만 된다면 심장을 단도로 찌르는 것만큼이나 확실하게 그를 살해할 수 있으리라 확신한 겁니다. 하지만 그날 오후 우리가 나누었던 대화 때문에 나는 내 행위가 정당하다고 믿었습니다. 물론 스테파노스는 이 세상에서 내가 사랑하는 유일한 사람이었기에 깊은 슬픔이 가슴을 억누르고 있었습니다. 그러나 그에 대한 사랑도, 그리고 앞으로 그 없이 살아가며 느껴야 할 깊은 외로움에 대한 두려움도 내가 의무라고 믿은 어리석은 행위를 멈추게 할 수는 없었습니다.

아무도 지켜보는 사람이 없다고 믿으며 나는 스테파노스의 방을 나왔습니다. 하지만 밝혀진 것처럼 그것은 어리석은 믿음이었죠. 나중에 알게 된 사실이지만 호우르다코글로우의 심복 디오니시스가 내가 그 집에서 나오는 모습을 목격했더군요. 호우르다코글로우는 소피아 니콜레스쿠를 그리스로 데려온 갱단의 두목입니다. 그는 소피아와 스테파노스가 서로 사랑하는 사이라는 소문을 듣고는 돈푼이나 뜯어낼 궁리를 하고 있던 겁니다. 그래서 부하들을 시켜 그의 일거수일투족을 미행하고 있었던 거죠. 그러다가 스테파노스가 살해됐다는 소식이 들리자 호우르다코글로우는 나를 찾아와 자신이 범죄 현장에 있던 내 모습을 목격했다는 사실을 폭로하겠다고 협박하며 거래를 요구했습니다. 하지만 나는 그 협박을 무시했고, 그것이 오히려 효과적인 대처 방법이었음이 재판을 통해 드러났습니다. 내 변호사가 상고심 재판에서 그의 증언을 완전히 뒤집어엎었을 뿐 아니라, 오히려 판사가 그를 범인으로 의심하게끔 몰아감으로써 나의 유죄 판결을 둘러싼 혐의를 희석시키는 효과를 불러왔으니까요.

나는 12시 반쯤 집으로 돌아왔습니다. 하지만 내가 나가는 소리는 물론 들어오는 소리도 마르타가 모두 듣고 있었다는 사실은 전혀 눈치채지 못했습니다.

나의 세 번째 실수는 다음 날 수면제 병을 제자리에 놓지 않았던 겁니다. 그래서 안토니우 형사가 정보를 얻으려고 눈치 빠르게 우리 집 가정부에게 접근했을 때, 그녀는 상당량의 수면제가 집의 약품 보관 캐비닛에서 없어졌다는 사실을 알려 주고 만 거죠.

나머지 이야기는 알려진 그대로입니다. 스테파노스의 이웃, 디오니시스, 마르타, 그리고 우리 집 가정부의 증언은 재판부로 하여금 내가 유죄라는 사실을 확신하게 했습니다. 그래서 나는 유죄 판결을 받았죠. 내 변호사 니코스 알렉산드로 씨는 상고심을 청구했고, 재심에서는 반드시 무죄 판결을 받아내겠다고 장담했습니다. 그리고 그의 장담대로 2심의 분위기는 1심 때와는 천지 차이였습니다. 알렉산드로 변호사는 경찰이 제시한 증거들이 우연히 맞아떨어지는 일련의 사건들을 나열하고 있을 뿐 논쟁의 여지가 있으므로 증거 불충분이라는 점을 내세워 무죄를 강력히 주장했습니다. 솔직히 법원이 정말 내 변호사의 능변에 휘둘린 것인지, 또는 변호사의 숨겨진 연줄이 큰 역할을 했던 것인지 나는 알지 못합니다. 어쨌든 오늘 아침 나는 법원의 석방 판결을 받아 자유의 몸이 되었습니다. 내가 체포되고 유죄 판결을 받는 데 가장 큰 역할을 했던 안토니우 경관에게는 큰 낭패가 됐겠지요.

안토니우 형사가 찾아내지 못했던 가장 중요한 단서는 바로 나의 살해 동기였습니다. 바로 그것이 재판 과정 중에 가장 큰 논쟁거리가 됐었죠. 내 과거를 깊이 파고들어 가면서 그는 내가 소피아 니콜레스쿠 양과 한때 관계를 가졌지만, 최근 들어 그녀가 스테파노스와 깊은 사이를 유지했다는 사실을 알아냈습니다. 그러한 사실과 여러 증거들을 토대로 안토니우 형사는 이번 사건을 질투에 의한 고전적 치정극으로 만들어 버렸습니다. 별로 어려운 일도 아니었을 겁니다. 하지만 그게 바로 실수였죠.

내가 소피아를 만나 그녀가 자신을 착취하는 범죄 집단의 손아귀에서 빠져나갈 수 있도록 도와준 것은 사실입니다. 그리고 소피아와 나는 잠시 연인으로 지내기도 했습니다. 하지만 둘 다 사랑에 빠진 것은 아니었죠. 그녀가 내게 헌신적이었던 이유는 고마움 때문이었습니다. 내 경우에는 번쩍이는 갑옷을 입은 정의의 기사라는 어린애 같은 역할 놀이에 푹 빠져 있었던 것이고요. 솔직히 말해 내가 소피아와의 관계를 끝낼 수 없었던 진정하고도 유일한 이유는 만약 그녀가 내 보호의 그늘에서 벗어난다면 또다시 갱단의 손아귀에 들어갈지도 모른다는 두려움 때문이었습니다. 나는 그녀를 빼내 오려고 엄청난 액수의 돈을 갱단에게 지불했습니다. 따라서 친구가 소피아에게 진정으로 관심을 보이고 있을 뿐 아니라 소피아도 그 관심에 동조한다는 사실을 알았을 때, 나는 안도하는 심정으로 즉시 소피아와의 관계를 정리해 두 사람에게 길을 열어 주었습니다.

따라서 내가 스테파노스를 죽인 것은 절대 질투 때문이 아닙니다. 또한 내가 안나 델라포타스와 이혼한 지 3년쯤 지났을 때 스테파노스가 그녀와 잠깐 사귀었다는 사실도 추가적인 살해 동기로 제시되었습니다. 하지만 그것 역시 말도 안 되는 증거였죠. 안나와 나의 결혼은 사실 편의상의 계약이었고, 이혼 또한 두 사람 모두에게 환영할 만한 해방감을 주었습니다. 살해 동기는 그런 것과는 아무 상관이 없는 완전히 다른 쪽에 있었습니다.

나는 1900년 8월 스테파노스를 처음 만났습니다. 둘 다 파리에서 개최된 제2차 국제 수학 학술대회에 참가하고 있을 때였죠. 그곳에 참석한 다른 사람들과 마찬가지로 우리도 특히 다비트 힐베르트의 연설에 열광했습니다. 힐베르트 교수는 스물세 가지 난제를 던져 주면서 그것이 다가올 20세기 수학 연구의 핵심을 이룰 것이라고 장담했죠. 힐베르트의 스물세 가지 난제와 그것을 둘러싼 연구와 발견은 지속적으로 스테파노스와 나 사이의 토론 주제가 되었습니다.

스테파노스는 산술체계 공리의 완전하고 무모순적인 특성을 증명하는 두 번째 문제에 특히 몰두해 있었습니다. 그리고 이 문제의 해법이 공리계의 폭넓은 평가의 일부가 되어야만 한다고 믿었죠. 힐베르트 교수가 자신의 연설을 통해 이러한 점을 은근히 시사했거든요.

어떤 과학의 기초 연구에 몰두하고자 할 때, 우리는 그 과학의 기초적인 아이디어 사이의 관계를 정확하고 완벽하게 설명해 주는 공리를 반드시 세워야만 합니다. 그리고 그렇게 세워진 공리는 해당 과학의 기초적 아이디어를 정의할 수 있어야 하고, 우리가 실험하는 과학의 영역에 속하는 그 어떠한 진술도 유한 번의 절차를 통해 완전하고 무모순적이라는 사실이 증명된 공리를 적용해 끌어낼 수 없는 한 정확하다고 할 수 없습니다. 이를 신중하게 고려해 보면 다음과 같은 결론이 나옵니다. 단일 공리계의 특정한 진술들이 서로 의존적이든 아니든, 혹은 그 공리체계가 특정한 부분을 공통으로 담고 있든 아니든, 그것은 반드시 독립적이어야만 합니다. 만약 각각의 공리가 완전히 독립적인 공리계에 도달하고 싶다면 말입니다.

하지만 공리와 관련된 수많은 질문들 중에서도 나는 다음에 제시된 것을 가장 중요한 것으로 지정하고 싶습니다. 하나의 공리계가 전혀 모순되지 않음을 증명하는 것은 그것을 바탕으로 한 유한 번의 논리적 절차가 절대 모순된 결과를 끌어내지 않음을 증명하는 것입니다.

그때 이래로 우리가 마주 앉아 토론할 때면 스테파노스는 그런 절차가 반드시 존재할 거라는 믿음을 강하게 드러냈습니다. 즉 어떠한 공리계를 유한 번의 논리적인 단계를 거쳐 실험한 후 그것이 완전하고 무모순적이라는 사실을 증명할 수 있는 알고리즘을 찾아낼 수 있다는 것이었죠. 내가 아는 한 그런 것을 찾아내는 것은 불가능했습니다. 게다가 사고 자체가 불가능한 어떤 장치가 기계적인 알고리즘을 통해 수학의 무모순성을 증명해 낸다는 사실 자체가 저의 심기를 몹시도 불편하게 했습니다. 만에 하나라도 그런 알고리즘이 실제로 존재하고 그것을 누군가 발견해 낸다면 창조적 힘으로서의 수학이라는 학문의 생명은 끝이 나는 것이니까요.

위에서 언급했듯이 그 운명의 목요일 오후 5시 나는 스테파노스를 방문했습니다. 그는 매우 열정적으로 나를 맞이하더군요. 그러고는 이렇게 외쳤습니다.

"미카엘! 내가 그것을 증명했어!"

그는 15페이지로 구성된 논문을 내밀더니 자신이 드디어 어떤 공리계가 완전하고 무모순적인지 아닌지를 실험해서 결정할 수 있는 방식을 고안해 냈다고 말하더군요. 그리고 그 방식을 처음으로 적용해서 자연수열에 관한 페아노의 공리계가 모순 없이 완전하다는 사실을 증명해 냈다고 했습니다.

그는 한 시간이나 걸려 내게 그 방식을 설명했습니다. 그런데 너무 놀랍게도 그의 이론은 완벽하더군요. 스테파노스는 힐베르트의 두 번째 문제를 풀어낸 유명 인사가 될 것이 분명했습니다. 그렇게 되면 외국의 모든 대학문이 그의 앞에 활짝 열릴 것임은 의심의 여지가 없었고요. 만약 그가 그리스에 남기로 결정한다면 아테네의 배타적인 대학마저도 쌍수를 들어 그를 환영할 것이 뻔했습니다. 가랑이 사이로 꼬리를 내리고 서로 모셔가겠다고 으르렁거리며 싸울 것이 분명했습니다.

하지만 과학의 여왕, 수학이 치러야 할 대가는 엄청났습니다. 스테파노스의 개인적인 승리는 창의적인 수학의 마지막을 의미했으니까요. 셀 수도 없이 많은 무능력한 수학자들이 임의의 공리계를 고안해 낸 후 그의 방식을 적용해 기계적으로 그것의 무모순성을 증명해 낸 다음 그것으로 자신들의 경력을 보증받을 것이 분명했습니다. 그렇게 된다면 수학은 사고력의 정수가 아닌 일상적이고 기계적인 게임 그 이상도 이하도 아닌 것이 되는 것입니다.

그 연구를 파기해 버리고 그런 것이 존재한다는 사실조차도 잊어버리라고 아무리 그를 설득해 봐도 헛일이었습니다. 빌기도 하고 협박도 해 봤습니다. 스테파노스의 집 관리인이 '자네는 그럴 권리가 없어. 절대로 그렇게 하도록 내버려 두지는 않을 거야!'라는 외침을 들었을 때가 바로 그를 설득하고 있을 때였습니다. 그 말은 안토니우 형사가 재판에서 저를 몰아세우는 데 매우 효과적으로 이용했던 증거이기도 했죠. 나는 심지어 고대 그리스의 비극을 예로 들면서 어떤 이론의 무모순적인 특성을 증명하려는 시도는 일종의 오만에 지나지 않는다고 말하기도 했습니다.

하지만 그 말에도 스테파노스는 전혀 마음을 바꾸지 않았습니다. 그는 자신의 새로운 발견이 새로운 수학의 시대를 여는 일생의 작품이라고 생각했던 겁니다. 또한 그는 힐베르트의 연설 때문에 많은 사람이 그 문제에 지대한 관심을 보이며 연구에 몰두하고 있으니 자신이 그것을 발표하지 않더라도 머지않아 누군가 그것을 발견할 것이라고 저를 설득하려 들었습니다. 그리고 오늘 나는 그의 말이 사실이라는 것을 알게 되었습니다. 하지만 그때 당시는 그 말을 이해하려 들지도 않았을 뿐 아니라 이해할 수조차 없었습니다.

그것이 어떻든 간에 나는 한동안 공부했던 역사를 통해 과학적 진실은 절대 숨길 수 없으며 어떠한 속임수에 의해서도 중단될 수도 없다는 사실을 배워야만 했습니다. 2,500년 전 피타고라스학파 내에서는 정사각형 내부의 대각선과 그 측면의 비율이 무리수라는 사실을 밝혀냈습니다. 그러한 발견은 피타고라스의 철학 체계를 그 뿌리부터 뒤흔드는 것이었습니다. 실제로 우리가 정사각형의 측면을 숫자 1이라고 한다면 내부의 대각선은 정수나 분수로 표현할 수 없는 2의 제곱근이 됩니다. 가장 간단한 형태의 도형 내부에 피타고라스학파의 전체 강령을 전복시키기에 충분한 요소가 담겨 있었던 것입니다. 당시에도 나처럼 과학의 종말이 왔다고 허둥대며 두려움에 어쩔 줄 모르는 무지한 사람들이 있었습니다. 따라서 그들은 과학적 진리에 침묵의 규칙을 부과하려는 어리석은 시도를 하게 됩니다. 전하는 이야기에 따르면 이러한 무리수의 엄청난 비밀을 감히 누설하려 했던 메타폰텀의 히파소스는 누군가에 의해 살해되었다고 합니다. 그것이 바로 수학사의 첫 번째 피타고라스 범죄였습니다.

하지만 그 범죄도 비밀이 새어 나가는 것은 막지 못했습니다. 또한 비밀의 누설로 생겨난 위기도 막지 못했으며 수학의 진보를 막을 수도 없었습니다. 그 위기는 '불균형에 관하여(On Asymmetries)'라는 부제를 달고 있는 유클리드의 『원론』 제10권에서 처음으로 해결되었습니다. 그리고 마지막 해법은 지난 세기에 데데킨트가 내놓았습니다. 그는 모든 실수의 완벽한 정의를 구성했던 인물입니다. 어찌 보면 당연한 일이라고도 할 수 있겠지만 피타고라스학파의 외면과 음모에도 불구하고 수학은 그 위기를 거치면서 한층 단단한 기반을 얻게 되었습니다. 수와 측량에 관한 피타고라스 이론의 결정적인 실수를 폭로하고 그것을 수정하는 것에 기반을 두고 있었기에 피타고라스학파는 그 위기가 닥치는 것을 무슨 수를 써서라도 막아 보려 했던 것이죠.

하지만 그 운명의 목요일 밤, 내 머릿속에는 이러한 이야기들이 전혀 떠오르지 않았습니다. 스테파노스와 이야기를 나누는 동안 나는 그의 마음을 돌리는 것이 불가능하다는 사실을 깨달았죠. 그러고는 광기가 나를 사로잡기 시작했습니다. 수단과 방법을 가리지 않고 그가 자신의 연구를 폭로하는 것을 막아야겠다고 생각했습니다. 우리는 이야기를 계속 나누었습니다. 하지만 차갑고 병적인 집착에 사로잡혀 나름의 결정을 내리고 난 후 나는 갑자기 마음이 진정되는 느낌이었습니다. 그 때문에 스테파노스는 결국 나를 설득했다고 믿은 모양입니다. 사실 그날 밤 우리는 체스를 두지 않았습니다. 안토니우 형사의 진술이 정확했던 것입니다. 우리가 대화를 마쳤을 때는 체스를 두기에는 이미 늦은 시간이었습니다. 그 길로 나는 그의 집을 나왔습니다. 마음속으로는 이미 그를 살해하겠다는 결심을 하고 있었습니다. 고통스럽기는 하지만 그것이 나의 임무라고 철석같이 믿고 있었던 겁니다.

앞서도 언급했듯이 나는 밤 12시에 그의 집으로 다시 돌아와 물병에 수면제 두 병 분량을 털어 넣은 후 그가 써 놓은 논문을 찾아 들고 돌아왔습니다. 그것은 스테파노스의 방에 있는 낡은 책상에 달린 유일한 서랍 속에 들어 있었습니다. 잠자리에 들기 전에 나는 그 논문을 불길 속에 던져 넣고 마지막 한 장까지 말끔히 태워 잿더미가 된 것을 확인했습니다. 그때 이후로 나는 내 행동에 죄책감을 느끼지 않았습니다. 오늘 전까지는 말입니다. 고통, 그렇습니다. 깊은 고통을 느꼈습니다. 스테파노스는 나의 유일하고도 진정한 친구였고, 나를 충만하게 하는 유일한 대화 상대였으니까요. 하지만 후회는 아니었습니다. 내가 인간 문명의 근저를 이루는 과학의 멸망을 구원했다고 깊이 확신하고 있었기 때문입니다. 내적으로는 내가 가해자인 동시에 피해자라는 생각을 했습니다. 신은 당신이 파괴하려는 자를 먼저 미치게 하신다(*Quem Deus vult perdere, prius dementat*).

멀쩡한 의식으로 나는 재판을 준비했습니다. 먼저 유명한 범죄 전문 변호사, 니코스 알렉산드로를 고용했죠. 그는 소문대로 뛰어난 전략으로 재판에 임했습니다. 내게 결백 여부는 전혀 묻지도 않더군요. 사실 알렉산드로 변호사에게는 피고인이 죄가 있는지 없는지가 중요한 것이 아니라 그가 자신의 의뢰인인가 아닌가만이 중요한 사실이었던 겁니다. 그는 내가 진술한 사실에 대해 절대 번복하지 말라고 다짐하더군요. 그렇지 않으면 자신은 다른 방법을 강구해야 한다면서요. 그리고 그가 예상한 대로, 혹은 그가 계획한 대로 1심에서는 유죄 판결이 내려졌고, 상고심에서는 무죄가 판결되어 마침내 오늘 아침 나는 교도소를 걸어 나왔습니다.

적어도 오늘 아침 느지막한 시간이 되기 전까지 나는 내 석방이 당연하다고 믿었습니다. 내가 실제로 범죄를 저지른 것이 아니라 이른바 과학의 신성한 정의를 수행하는 비밀 요원의 역할을 했다고 믿고 있었습니다. 하지만 오늘 오후 모든 것이 변했습니다. 집에 도착하자마자 나는 내 앞으로 도착한 최근 우편물들을 훑어보았습니다. 그중에는 내가 정기 구독을 신청해 받아보고 있는 다양한 수학 잡지의 최신호도 여러 권이 있었습니다. 그것들을 대충 넘겨보다가 나는 "수학 원리와 관련 체계들의 형식적으로 결정 불가능한 명제들에 관하여(*On Formally Undecidable Propositions in Principia Mathematica and Related Systems*)"라는 제목의 기사 하나를 발견하고 눈을 뗄 수 없었습니다. 그것은 오스트리아의 젊은 수학자 쿠르트 괴델(Kurt Godel)이라는 사람이 발표한 것으로 나는 지금까지 한 번도 그에 대해 들어 본 적이 없었습니다. 작가 소개를 살펴보니 그는 파리 학술대회가 개최된 지 6년 후인 1906년에 태어났더군요. 그리고 현재는 빈 대학에서 교편을 잡고 있었습니다. 화이트헤드와 러셀의 추천사가 나의 관심을 끌었습니다. 이 두 명의 학자는 영국 출신의 수학자이자 철학자로 지금까지 수학의 기초를 수립하고자 가장 진지한 시도를 해 왔던 인물들입니다. 사실 어떤 면에서 보면 나 역시 수학의 기초와 관련된 문제로 인해 감옥에 수감돼 있었기 때문에 그 논문에 특별한 관심을 기울이지 않을 수 없었습니다. 사실 나는 스테파노스의 예측이 언젠가는 현실이 되지 않을까 두려웠습니다. 다시 말해 누군가 그의 방식을 발견해서 내가 세상에서 가장 비열한 방식으로 지키려 했던 비밀을 만천하에 드러내지는 않을까 두려웠던 겁니다.

괴델의 논문을 읽고 난 후, 나는 상상했던 것보다 더 끔찍한 일이 벌어졌다는 사실을 깨달았습니다. 논문을 한줄 한줄 읽으며 글쓴이가 설명해 놓은 각각의 단계를 밟아 나가는 동안 주변부터 세상이 무너져 내리는 듯한 느낌이 들었습니다. 젊은 괴델은 고대 산술학을 포함할 만큼 풍부한 공리 이론도 절대 완벽할 수 없다는 사실을 증명해 보이고 있었습니다. 어떤 이론의 틀 내에서 공식화할 수는 있지만 그것이 참이라는 사실을 증명할 수 없는 명제가 늘 존재한다는 사실을 보여 주었습니다. 비록 공리의 형태를 취한 그런 식의 명제가 존재할 수 있고, 그것이 확립할 수 있는 이론과 연결되어 있다손 치더라도 그 사실은 변하지 않는다는 것입니다. 새로운 공리는 또다시 '증명 불가능한' 새로운 명제를 던져 주기 때문이라는 것이죠. 다시 말해서 그 명제는 참이라고 증명할 수도, 참이 아니라고 부정할 수도 없게 되는 것입니다. 그는 또한 공리계의 무모순적인 특성은 그 공리계의 틀 안에서 증명이 불가능한 명제와 등가를 이룬다는 사실도 증명해 보였습니다. 다시 말해 스테파노스가 목숨을 걸고 발견해 낸 알고리즘은 절대 존재할 수 없다는 것입니다. 나의 불운한 친구는 자신의 증명 과정 어딘가에서 실수를 저질렀음이 분명합니다. 하지만 내가 그의 논문을 불태워 버렸으니 그 실수한 부분이 어딘지는 이제 아무도 알 수 없게 되었죠. 하지만 그 실수는 괴델이 아니라 스테파노스가 저지른 것이었습니다. 괴델의 논문은 세계에서 가장 권위 있는 수학 잡지 중 하나에 게재된 것입니다. 그러니 이 시대 최고의 수학자들의 손에서 철저한 검증을 마쳤음이 분명합니다. 내가 그 논문에서 아무런 오류를 발견하지 못했다는 사실은 전혀 중요한 것이 아닙니다. 사실 스테파노스의 원고에서도 나는 아무런 허점을 발견하지 못했으니까요. 사실 그때 나는 분노에 눈이 멀어 정신없이 서두르기만 했습니다. 스테파노스가 그 논문을 출판사에 보내도록 내버려 두기만 했어도 검토자들의 눈에서 그의 실수는 물론 나의 실수도 다 발견되었을 것입니다. 그를 살해함으로써 적어도 나는 스테파노스가 공공연히 모욕당하는 것은 막아 준 셈이니 그것으로 아주 작은 위안이라도 삼을 수 있을지 모르겠습니다.

따라서 스테파노스에 대한 나의 범죄는 히파소스의 목숨을 앗아버린 피타고라스학파 사람들의 것과 마찬가지로 몰지각하고 불필요한 것이었습니다. 편집증 같은 망상이 몰아간 믿음과는 달리 나는 오만의 죄를 방지하고자 신이 보낸 사자가 아니었습니다. 오히려 오만의 죄를 저지른 것은 나 자신이었습니다. 나는 그저 평범한 범죄자에 지나지 않을 뿐 아니라 더 끔찍한 것은 멍청한 범죄자이기도 했습니다. 그러니 범죄자의 운명을 받아들여야 마땅합니다. 지금

이 순간 나는 스테파노스의 목숨을 앗아간 것과 똑같은 수면제 두 병을 손에 들고 있습니다.

당신이 이 글을 읽고 있을 때쯤이면 나는 이미 스스로에게 합당한 벌을 내렸을 것입니다.

미카엘 이게리노스

시적 허용의 경계

『살인을 부르는 수학 공식』은 온전히 상상력으로 창작된 소설이다. 부분적이든 전체적이든 실화를 이야기하는 것이 아니다. 등장인물들, 예를 들어 마브롤레온, 이게리노스, 델라포타스, 마노우사카스 가문의 사람들은 물론이고 칸다르트지스와 호우르다코글로우, 그리고 그의 부하들, 경찰, 변호사 등도 모두 상상 속의 인물이다. 당연히 그들의 이름도 모두 무작위로 선택해 붙인 것임을 밝혀 둔다.

하지만 소설의 내용은 1900년에서 1931년까지 유럽과 그리스에서 실제로 일어난 역사적 사건을 바탕으로 펼쳐진다. 내용의 근간을 이루는 역사, 지리, 과학, 기술적인 세부 사항들은 매우 정확하게 기술되었고, 연대기적 자료 또한 한 치의 오차 없이 적용되었다. 작품에 등장하는 가공의 인물들은 역사 속의 실존 인물과 만나고 소통한다. 그때 실제 인물과 관련된 정보는 아래 제시된 바와 같이 한두 가지 예외는 있을지라도 최대한 믿을 만한 출처에서 끌어 와 이야기 속에 끼워 넣은 것이다.

2장에서 언급된 1900년 파리 제2차 국제 수학 학술대회에 전 세계의 명망 있는 수학자들이, 오늘날 그런 학술대회가 개최될 경우 모든 이가 기대할 정도로, 대거 참여했는지는 확실치 않다. 하지만 당시 그들은 모두 생존해 있었고, 언급된 작품과 활동은 모두 정확한 사실에 근거한다. 힐베르트가 그 학술대회의 주요 연사였음은 의심할 여지가 없는 사실이고, 인용한 그의 연설문 내용 역시 실제 연설문에서 충실하게 옮겼다. 힐베르트와 페아노 팀의 논쟁도 실제로 일어났던 사건이다.

나는 작품 속에서 피카소를 실제보다 두 달 정도 일찍 파리에 도착한 것으로 설정했다. 실제로 그는 1900년 가을에 파리를 처음 방문했다. 하지만 그 사실 외에 다른 사항들, 예를 들어 그가 친구들과 나눈 대화나 친구들의 실존 유무, 그가 자주 다니던 장소, 습관 등은 모두 역사적 사실에 근거하였다.

카라테오도리 자코비테스와 하치다키스에 관해 언급한 부분도 모두 사실이다.

Prelude와 Interlude의 이야기를 끌어가는 히파소스는 역사 속의 인물이지만 그와 관련된 주변 이야기는 전해 오는 이야기를 참고해 가능한 정확하게 전달하려 노력했다. 다른 등장인물들은 이야기 전개상 필요해서 창조해 냈다.

마지막으로 소설의 배경이 되는 시기 이외의 시간대에서 일어나는 사건들도 소설 속에서 언급하였다. 예를 들어 방정식과 관련된 페르마의 마지막 정리는 1995년 앤드루 와일스(Andrew Wiles)가 증명했다. 한편 구체를 쌓아 올리는 것과 관련된 일명 '청과물 상인 문제'에 관한 케플러의 추측은 1998년 컴퓨터의 도움으로 증명되었다. 리만의 가설과 쌍둥이 소수 추측은 오늘날까지도 해결되지 않은 채 남아 있다.

쾨니히스베르크의 다리 문제에 관한 오일러의 해법은 현대 그래프 이론의 기초를 형성했다. 현대 그래프 이론은 네트워크 계획이나 우리의 일상과 관련된 여러 가지 상황에 적용된다.

알리스-프랑세-드랭은 1954년 드랭이 사망할 때까지 결혼생활을 유지했다. 아마도 피카소가 자신의 옛 연인을 위해 올바른 선택을 했던 것 같다.

알리스와 이혼 후 프랑세는 '피카소 무리'에서 떨어져 나와 다른 예술가 집단과 어울리기 시작했으며 여전히 화가들에게 수학적인 문제를 강의하는 역할을 담당했다. 그는 자신의 강의 주제를 늘 쉽게 접근할 수 있는 앙리 푸앵카레의 책에서 찾았는데, 이 책에서 다루는 토론도 역시 푸앵카레의 책에서 영감을 얻은 것이다.

"모든 것의 뒤에는 수학이 숨어 있다."

김원기(수학 저술가. 『수학의 노벨상 필즈상 이야기』의 저자)

1. 수학 소설에 대하여

미국에서 인기리에 방영되고 있는 드라마 중에 〈넘버스(Numbers)〉가 있다. 천재 수학자를 동생으로 둔 FBI 수사관이 동생의 도움을 받아 범죄 해결의 실마리를 찾는다는 줄거리로 수학 교양서로도 유명한 키스 데블린이 자문을 맡고 그에 대한 책까지 썼다. 과학을 소재로 한 드라마는 많이 있지만 수학을 소재로 한 드라마는 보기 드문 것이어서 〈넘버스〉의 성공은 유례없는 것이라고 할 수 있다. 이 드마라는 피타고라스 이후 모든 수학자들의 신념이라고 할 수 있는 "모든 것의 뒤에는 수학이 숨어 있다."는 아이디어로부터 출발한 것인데, 시청자들은 자동차 문을 여닫는 리모컨, 지문의 일치를 확인하는 컴퓨터 프로그램 등이 복잡한 수학적 방정식에 의해 작동한다는 것을 알게 되는 동시에, 무작위적으로 보이는 범죄에서도 발생 패턴을 수학적 모델로 간주할 수 있다는 것을 보기도 한다.

과학 소설의 하위 장르로서의 수학 소설(mathematical fiction, math fiction)은 이 드라마 〈넘버스〉처럼 수학적 아이디어가 중요한 소재가 되는 소설들을 말한다. 미국 찰스턴 칼리지의 교수 알렉스 카스만은 수학 소설에 관한 가장 방대한 사이트를 운영 중이다(그는 직접 단편 수학 소설을 쓰기도 했다). 수학적 아이디어가 등장하는 소설들을 모두 수학 소설로 보자면 아주 오랜 역사를 지닌다고 할 수 있지만(카스만은 가장 오래된 작품으로 고대 그리스의 작가 아리스토파네스의 희곡『새』를 언급하고 있다), 실제로 가장 본격적인 최초의 수학 소설을 말하자면 (이 소설에도 등장하지만) 에드윈 애보트가 지은 고전적인 소설『플랫랜드』가 될 것이다. 한국어로 번역되기도 한 이 작품은 2차원 세계에서 살고 있는 도형들의 이야기를 다루고 있다. 이 소설에서 영감을 얻은 다른 저자들은『플랫랜드』의 후속편과 확장편의 이야기를 새로 쓰기도 했다.

수학 소설에서 수학은 여러 가지 형태로 등장한다. 고전적인 형태는 수학적 아이디어의 기발함에서 소설의 착상을 얻는 것이다. 예를 들어, A. J. 도이치의『뫼비우스라는 이름의 지하철』(1950)은 보스턴의 복잡한 지하철에서 열차가 통째로 사라져 버린 사건을 다루고 있다. 열차는 사라졌는데 사람들은 지하에서 열차가 지나가는 소리를 계속 듣는다. 며칠 뒤 열차는 갑작스레 나타나 다음 정거장에 도착하는데, 이 열차에 타고 있던 승객들은 며칠이 지나 버렸다는 사실을 전혀 알아차리지 못한다. 수학자는 지하의 선로 망이 너무 복잡해져서 뫼비우스의 띠처럼 위상학적으로 꼬여 버린 것이 아닐까 추측한다. 사라져 버린 동안 기차는 뫼비우스의 띠 반대편을 계속 달리고 있었다는 것이다. 사실 이런 수학적 설명은 부정확하지만 위상 수학의 꼬여 있는 공간이란 아이디어는 많은 작가들에게 영감을 주어 유사한 주제의 소설들이 자주 등장했다.

한편 수학 소설은 역사적인 산물이기도 하다. 미해결 문제를 소재로 하는 소설이라면, 언제고 그 소재의 생명력이 사라질 위험에 처해 있기 때문이다. 유명한 단편인 아서 포지의 『악마와 사이먼 플래그』(1954)는 악마가 세 가지 질문에 답하면 영혼을 빼앗겨야 하는 불운한 수학자의 이야기를 다루고 있다. 수학자는 마지막으로 "페르마의 마지막 정리는 맞는 거야?"라고 물었고, 악마는 순식간에 우주를 돌아다니고 오더니 패배를 선언한다. "목성에 있는 친구는 편미분 방정식을 암산으로 푸는 녀석인데, 이 문제에 대해서는 손을 들었더군."이라면서 말이다. 그러나 앤드루 와일즈가 1993년(최종적으로 발표한 것은 1995년)에 이 문제를 풀어 버림으로써 이 소설은 역사적인 기록으로만 남게 되었다.

하지만 역시 미해결 문제를 다루고 있기는 하지만, 골드바흐의 추측을 다룬 소설 『페트로스 아저씨와 골드바흐 추측(사람들이 미쳤다고 말한 외로운 수학 천재 이야기)』는 사이먼 플래그의 이야기와는 조금 다른 운명을 맞이할 듯하다. 이것은 수학 자체를 소재로 했다기보다는 수학을 소재로 한 수학자들의 이야기이기 때문이다. 4 이상의 모든 짝수는 두 개의 소수의 합으로 표현될 수 있다는 골드바흐의 추측이 참으로 입증되든 혹은 반증되든, 이 난제를 풀기 위해 자신의 모든 것을 소모시켰던 수학자의 이야기란 여전히 수학의 아름다움과 가치를 느끼게 해 줄 하나의 프리즘으로 존재할 것이기 때문이다.

이런 고전적인 사례들과 비교해 볼 때 『살인을 부르는 수학 공식』은 조금 특이하다. 이 소설은 겉으로 보면 살인사건을 둘러싼 미스터리 소설의 구조를 가지고 있고, 주인공과 친구는 수학자이다. 여기서 등장하는 수학 이야기는 주인공의 살해 동기를 이해하기 위한 하나의 배경이다. 주인공이 왜 친구를 살해했는지를 알기 위해서는 소설의 배경이 되는 수학과 수학의 역사를 알아야 하는데, 그것은 20세기의 가장 위대한 수학적 프로젝트와 관련이 있다.

2. 파리 수학자 대회와 힐베르트 문제들

국제 수학자 대회(International Congress of Mathematicians)는 현재 4년마다 한 번씩 전 세계의 지도적인 수학자들이 모여 수학이라는 학문의 현재를 평가하고 미래를 전망하는 전 수학자들의 잔치가 되어 있다. 수학의 노벨상이라는 필즈상뿐만 아니라 전산 수학의 네반린나상, 응용수학의 가우스상 등 중요한 상이 시상되는 대회이기도 하다.

맨 처음 이 대회를 열어야 한다고 주장했던 것은 독일의 수학자 펠릭스 클라인과 게오르크 칸토르였다. 1893년 시카고 만국 박람회와 함께 열린 수학자 대회에서 펠릭스 클라인은 "만국의 수학자들이여 단결하라!"는 구호와 함께 세계적인 수학자들의 대회를 조직할 것을 역설했다. 전 세계 수학자들은 이에 적극적으로 동의했고 첫 번째 국제 수학자 대회가 1897년 스위스의 취리히에서 열리게 된다. 이 첫 대회에서 당시 가장 선구적인 수학자 중 한 사람이었던 프랑스의 앙리 푸앵카레는 수학이 물리학과 함께 긍정적인 상호작용을 주고받으며 발전하기를 희망했다.

사실 수학에는 발상의 창조성과 증명의 엄밀함이 모두 중요하지만,

모든 수학자들이 이 두 가지에 다 능한 것은 아니다. 푸앵카레는 엄밀한 증명을 선호하는 수학자라기보다는 직관과 자유로운 발상을 선호하는 수학자였다. 그래서 그는 순수 수학보다는 응용 수학을 더 선호했고 중요하게 생각했다. 하지만 가우스 이래 유럽 수학의 중심지 중 하나였던 괴팅겐의 학파를 이끌고 있던 힐베르트는 그렇게 생각하지 않았다. 그는 순수 수학이 수학 연구의 중심이어야 한다고 생각했고, 그의 그러한 신념은 3년 뒤에 파리에서 열린 국제 수학자 대회의 기조연설을 통해 명쾌하게 개진되었다. 이 소설의 중요한 배경이 되는 파리 수학자 대회와 힐베르트의 연설이 바로 이런 맥락에서 이루어진 것이다.

힐베르트는 원래 24문제를 고민했지만 마지막에 한 문제는 포기했다고 한다(100년 만에 밝혀진 사실이다). 이렇게 만들어진 23문제는, 어떤 것들은 훗날 애매하거나 불명료한 것으로 판명나긴 했지만, '진정한 힐베르트 문제'라고 따로 분류되는 10여 개의 문제들은 모두 해결이 되었고 20세기 수학의 발전 과정에서 중요한 역할을 했다. 당시의 수학자와 수학도들에게, 지도적인 수학자가 '우리 모두의 과제'라고 제시한 문제들은 목표와 가야 할 길을 제시해 주는 예언자의 목소리로 들렸을 것이다. 이 책은 바로 그 장소의 역사적 의미와 열광을 담고 있다.

힐베르트 이후 세계적인 수학자들이 과제의 목록을 제시하는 것은 관행처럼 반복되고 있다. 란다우 문제로 알려진 정수론의 문제들(골드바흐의 추측, 쌍둥이 소수 추측 등)이 그렇고, 2000년 수학자 대회에서 필즈상 수상자 출신인 스티븐 스메일이 발표한 18개의 문제도 그렇다. 특히 스메일 리스트는 21세기의 '힐베르트 문제들'을 의도하고 만들어진 것으로 대부분 미해결 과제로 현재 수학도들의 도전을 기다리고 있다.

3. 완전한 공리계로부터 모든 것을 풀 수 있는 알고리즘까지

『살인을 부르는 수학 공식』에서 중요한 핵심이 되는 힐베르트의 문제는 2번 문제인 "산술의 공리들이 무모순임을 증명하라."는 것이지만, 실제 소설의 맥락에서는 "10번 문제," 즉 "임의의 주어진 디오판토스 방정식이 정수해를 갖는지 판별하는 알고리즘을 제시하라."는 문제와 얽혀 조금 복잡해지고 있다.

이것을 이해하기 위해 당시 수학사의 흐름을 약간 알아보자.

오랫동안 서구에서 '수학'이란 유클리드의 기하학을 가리키는 것이었다. 『원론』은 19세기까지 유럽에서 교과서로 사용되었고, 몇 개의 무정의 용어와 공리만으로 수학의 전 체계를 연역할 수 있다는 것은 수학이 가장 완전한 지식임을 의미하는 것으로 받아들여졌다. 스피노자 같은 철학자가 자신의 철학 체계를 유클리드 기하학의 체계처럼 구성하려고 했던 것은 바로 그런 맥락에서 이해되어야 한다. 흠 없이 완전한 지식, 그것이 수학이었고 모든 지식의 이상이었다.

하지만 비유클리드 기하학의 발견은 수학의 상을 뒤흔드는 것이었다. 사람들은 '또 다른 수학'이 가능하다는 것을 충격으로 받아들였다. 19세기 수학자들은 수학을 더 확실하고 완전한 체계로 만들어야 한다는 강박을 느끼고 완전한 공리적 체계에 대한 연구에 열을 올리게 되었다. 힐베르트는 수학에 대한 수학, 즉 수학적 체계의 정당화를 위한 메타 수학적 연구도 수학의 일부임을 선언했고 수학은 그 자신의 정당화를 하나의 학문적 과제로 인식해야 했다.

소설에 나오는 주제페 페아노나 프레게는 모두 수학 기초론이라는 분야의 선구적 업적을 남긴 사람이었다. 당시 수학자들은 수학의 전 분야를 수론을 포함하는 산술(arithmetic)이나 집합론으로 환원시킬 수 있다고 생각했고, 이 산술론이나 집합론의 기본 공리를 완벽하게 정립하면 수학의 기초를 세울 수 있다고 믿었다. 힐베르트는 그것을 형식적 공리 체계(형식주의)에서 찾으려고 했고 러셀은 프레게의 업적을 이어받아 수학의 기초를 논리학에서 찾으려고 한 사람이었다(논리주의). 19세기 후반부터 20세기 전반까지 여러 학파와 많은 수학자들이 이 작업에 뛰어들었고 대략 체르멜로-프랭켈 공리계라고 불리는 체계가 (완전한 합의를 이룬 것은 아니었지만) 일반적으로 수학자들이 신뢰할 수 있는 표준적인 공리 체계로 자리 잡았다.

그러나 1931년 괴델은 산술 공리계에서 참이지만 증명도 반증도 불가능한 명제가 반드시 존재하며(제1불완전성정리), 산술 공리계는 무모순인 한 자신의 무모순을 입증할 수 없다(제2불완전성정리)는 것을 발표한다. 다시 말해, 수학은 잘 작동하는 한, 자신의 무모순을 입증할 수 없다는 것으로, 힐베르트의 2번 문제가 해결이 불가능하다는 것을 의미한다(다르게 말하면, 힐베르트 2번 문제는 '부정적으로' 해결된 것이다).

그런데 소설 속의 스테파노스는 어떤 공리계의 무모순을 증명할 수 있는 방법을 찾아내었다(고 착각한다). 주인공은 여기에 대해 이렇게 말한다.

하지만 과학의 여왕, 수학이 치러야 할 대가는 엄청났습니다. 스테파노스의 개인적인 승리는 창의적인 수학의 마지막을 의미했으니까요. 셀 수도 없이 많은 무능력한 수학자들이 임의의 공리계를 고안해 낸 후 그의 방식을 적용해 기계적으로 그것의 무모순성을 증명해 낸 다음 그것으로 자신들의 경력을 보증받을 것이 분명했습니다. 그렇게 된다면 수학은 사고력의 정수가 아닌 일상적이고 기계적인 게임 그 이상도 이하도 아닌 것이 되는 것입니다.

사실 주인공의 이 관점은 힐베르트의 2번 문제와 10번 문제를 교묘하게 뒤섞은 듯한 느낌을 준다. 만일 힐베르트의 기대대로 완전한 공리계가 만들어질 수 있다면 어떤 일이 벌어질까? 그 공리에 의해서 차례대로 수학을 증명해 나가기만 하면 수학의 전 체계가 완성이 되지 않을까? 이런 식으로 생각하면 힐베르트의 10번 문제, 즉 정수해만을 허용하는 디오판토스 방정식에 대해서 그 답이 존재하는지의 여부를 판별하는 알고리즘(문제를 해결하는 논리적 과정)이 존재하는가, 라는 문제가 2번 문제와 깊은 관련을 가질 수 있다는 것이 드러난다.

이 문제는 다음과 같이 이해하면 좋을 것이다. 튜링이라는 천재는 컴퓨터의 이론적인 원리를 테이프 위에 0과 1만을 쓰고 지우는 튜링 머신이라는 가상의 기계를 통해 설명했다. 입력된 값에 대해 형식적인 기호 조작을 통해서 답을 얻는 기계적인 과정이 계산이라는 것이며, 그것을 수행하는 것이 바로 알고리즘이다. 튜링의 기계는 단순한 구조이지만, 원리적으로는 어떤 성능을 갖고 있더라도 컴퓨터가 할 수 있는 일이라면 모두 할 수 있다. 튜링은 이 튜링 머신의 아이디어를 제시하면서 "어떤 문제가 주어졌을 때, 튜링 머신이 언제쯤 계산을 멈출지 미리 알 수 있을까?"를 물었다. 이것을 정지 문제(halting problem)라고 하는데, 이 질문은 힐베르트의 10번 문제와 함께 이해하면 "모든 수학 문제를 기계적으로 풀 수 있는 절차가 존재하는가?"라는 질문으로 번역될 수 있다. 만일 이러한 절차(알고리즘)가 존재한다면 아마도 수학에서 창의성은 필요하지 않으며 이 일반적인 알고리즘에 의해서 답을 구해 나가면 될 것이다(물론 다행히도 그러한 알고리즘은 존재하지 않는다는 것이 밝혀졌다).

이 소설에서는 이와 유사하게 스테파노스가 2번 문제("공리계가 무모순임을 증명하라.")를 해결하는 과정에서 어떤 공리계이든 무모순인지 아닌지 증명함으로써 수학적 정리들을 기계적으로 양산해 낼 수 있는 파괴적인 발견을 해냈다는 식으로 주인공이 느끼는 절망과 공포를 설명하고 있다. 이것은 수학의 본질과 깊은 관련이 있는 이야기로 조금 더 언급할 가치가 있다.

학교에서 배우는 수학은 사실 학문이 아니라 계산법에 가까울 때가 많다. 실제 수학이란 문제들을 해결하기 위해 끊임없이 창조적인 개념과 테크닉을 개발해 가는 과정(연구)을 의미한다. 물론 그 과정에서 새로운 문제가 등장하거나 기존의 문제가 새롭게 해석되곤 한다. 그런 과정에서 볼 때 수학은 역동적이고 창조적이며 실험적이다. 하지만 연구가 끝나고 그것을 정리할 때면 수학은 늘 체계적이고 연역적으로 정리된다. 이런 측면에서 볼 때 수학은 늘 기존의 지식으로부터 도출된 결론들의 집합으로만 보인다.

정지 문제와 힐베르트 10번 문제는, 수학이 일반적인 알고리즘에 의해서 수행될 수 있는가를 물었다. 물론 그것이 불가능하다는 점이 밝혀지긴 했지만 그러한 알고리즘의 존재를 생각해 봤던 당시 사람들에게는 그것은 수학의 종말을 의미하는 것으로 여겨질 수 있었을 것이다. 더 이상 증명을 위한 아이디어를 짜 낼 필요가 없이, 공리들만 바꾸어 넣으면 기계적으로 수학의 전 체계를 연역할 수 있을 테니 말이다. 소설 속의 주인공이 스테파노스의 (잘못된) 연구 결과에 대해 경악하며 분노하고 좌절하고, 더 나아가 스테파노스를 죽이려 했던 것은 바로 이런 이유에서였을 것이다. 자신이 소중하게 여기는 수학을 지키기 위해서. 마치 피타고라스학파의 전설 속에서 히파소스를 죽였던 것처럼 말이다.

그러나 히파소스의 전설이 말해 주듯, 그러한 시도는 헛된 것이다. 히파소스가 아니더라도 누군가는 반드시 무리수의 존재를 알아냈을 테니 말이다. 수학의 진리란, 누군가의 입을 막거나 목숨을 빼앗는다고 해서 영원히 묻어 둘 수 있는 게 아니다. 소설 속의 주인공의 독백처럼 말이다. '창조적 수학'의 가치는 수학적 진리를 있는 그대로 받아들일 때 지켜진다는 것을 잊었던 것이 주인공의 진짜 비극이 아닐까.

나는 한동안 공부했던 역사를 통해 과학적 진실은 절대 숨길 수 없으며 어떠한 속임수에 의해서도 중단될 수도 없다는 사실을 배웠어야만 했습니다.

참고. 튜링은 1936년 정지 문제에 대해 "어떤 입력 값을 주고 실행했을 때 그 계산을 끝낼 수 있을지 없을지 판별하는 일반적인 알고리즘은 존재하지 않는다."는 것을 증명했다(논리학자 알론조 처치도 독립적으로 이 사실을 증명했다). 이것은 힐베르트 10번 문제를 더 일반화한 것으로, 기계적으로 수학 전체를 증명해 갈 수 있는 알고리즘은 존재하지 않는다는 것을 의미한다. 힐베르트 10번 문제에 대해서 국한한다면, 증명이 이루어진 것은 훨씬 뒤의 일로 1960년대에 러시아 수학자 마티야세비치는 "디오판토스 방정식을 판별하는 일반적인 알고리즘은 존재하지 않는다."는 증명을 내놓았다.

참고. 모든 단어는 원어 발음을 존중해서 한국어로 표기했으나 종종 영어
식 표기를 병기하기도 했다.

"빛은 동방으로부터(*Ex oriente lux*)**."** 초기 기독교 잠언으로 계몽의 빛은 태양
이 떠오르는 동방에서 시작된다는 의미.

「**위치의 해석**(*Analysis Situs*)」. 1895년 앙리 푸앵카레가 출판한 중요한 수학
논문. 이 논문에서 푸앵카레는 세계 최초로 위상수학을 체계적으로 다
루어 그 주제에 효율적인 혁신을 가져왔다. 지금은 '위치의 해석'이라는
용어는 쓰이지 않고 수학의 한 지류인 '위상수학'이라는 말만 쓰인다.

『**왕자와 거지**(*The Prince and Pauper*)』. 1881년 처음 발표된 마크 트웨인(Mark
Twain)의 소설로 외모는 똑같지만 왕자와 거지라는 완전히 다른 신분으
로 살아가는 두 소년의 이야기를 그리고 있다. 그들의 여행은 둘이 처음
만나 일시적으로 역할을 바꾸면서 시작된다.

'**아비뇽의 처녀들**(*Les demoiselles d' Avignon*).' 1907년 피카소의 작품으로 매
음굴에 있는 매춘부 다섯 명의 성적 자유를 묘사했다. 피카소는 당시 아
프리카 토속 미술로부터 영감을 얻었는데 후에 이 작품을 자신의 첫 구
마(귀신 쫓는 의식)용 그림이라고 설명했다. 1916년 이 그림이 처음으로
일반에 공개되었을 때 모두가 비도덕적이라고 평가했다. '아비뇽의 처
녀들'이라는 현재의 제목은 앙드레 살몽이 지은 것이고, 피카소는 이 그
림을 늘 '매음굴(Le bordel)'이라 불렀다.

『**토스카**(*Sardou's Tosca*)』. 1887년 약간의 명성을 얻어 가던 프랑스의 극작가
빅토리앵 사르두(1831~1908)가 여배우 사라 베르나르를 위해 쓴 희곡.
사르두의 가장 유명한 작품인 이 희곡은 1800년대 중반 로마가 배경이

며 정치적 격변기에 일어나는 여러 문제들을 다룬다.

e. 자연로그 함수의 밑수로 정의되는 수학 상수이며 초월수이다. 값은 대략 2.718이다.

가르니에, 샤를(Garnier, Charles 1825~1898). 프랑스의 보자르 스타일 건축가로 나폴레옹 3세의 명령으로 제2공화정의 미적 상징물인 파리의 오페라 극장을 설계했다. 또한 몬테 카를로 카지노와 오페라 극장도 설계했으며, 리조트 양식의 건축으로도 유명하다. 가르니에의 네오바로크 양식은 19세기 후반 보자르 디자인의 특징이 되었다.

가우스, 카를 프리드리히(Gauss, Carl Friedrich 1777~1855). 수학의 제왕이라는 찬사를 받는 대 수학자. 말을 배우기 전에 셈하는 걸 먼저 깨우쳤다는 일화가 있을 정도로 뛰어난 수학적 재능을 타고났다. 초등학교 때 1부터 100까지 더하라는 선생님의 지시에 즉시 (1+100) + (2+99) + (3+98) + …… (49+52) + (50+51) = 101 x 50 = 5,050이라는 해법을 발견해 답을 냈다는 일화가 유명하다. 당시 수학의 전 분야의 발전에 기여했을 뿐만 아니라 광학, 측지학, 천문학 등 다양한 분야에 업적을 남겼다. 소설에서는 보여이, 로바체프스키, 리만 등이 발전시킨 비유클리드 기하학의 선구적 연구자로 언급되는데 베른하르트 리만은 가우스의 제자였다.

갈루아, 에바리스트(Galois, Évariste 1811~1832). 현대 대수학의 기초를 확립한 불운의 천재 수학자. 방정식의 일반적인 해법을 찾는 문제는 수학사의 오랜 과제였으나 노르웨이의 아벨이 5차 이상의 방정식은 그런 일반적인 해법으로 풀 수 없다는 것을 증명했다. 그러나 갈루아는 '군'이라는 개념을 도입해 방정식의 추상적인 구조를 분류하면 일반적인 해법으로 풀 수 있는 방정식과 그렇지 못한 방정식을 나눌 수 있다는 것을 보였다. 이 군 개념이 바로 현대 대수학의 기초가 된 중요한 업적이었다. 소설에서는 짧고도 불운했던 그의 생애가 언급되는데, 급진적인 정치적 행동으로 인해 투옥되고 퇴학까지 당한 그는, 자신이 투고한 논문은 분실된 데다 불미스러운 염문에 휩싸여 결투까지 하게 된다. 만 스무 살의 나이로 죽기 전날 밤 써 내려간 노트가 훗날 리우빌에 의해 재발견되어 그의 천재적인 업적이 겨우 빛을 볼 수 있었다.

게리, 알리스(Géry, Alice 1884~1975). 모리스 프랑세의 전처이자 앙드레 드랭의 미망인. 피카소의 친구이자 연인이기도 했으며 그의 작품 '기대 선 여인(Jeune fille accoudée)'(1903)의 모델이기도 하다.

게오르기오스 1세(King Georgios I, 1845~1913). 덴마크 글뤽스부르그(Glucksburg) 왕실의 둘째 윌리엄 왕자로 태어났으며, 그 사실(그리스의 직계 혈통이 아니라는 사실) 덕분에 영국, 프랑스, 러시아 등 열강의 후원을 등에 업고 그리스의 통치자였던 오토 왕의 후계자로 선택된다. 1863년에서 1913년까지 그리스를 통치했다.

견습생(acousmatic). 피타고라스학파에서 사용한 이 '견습생'이라는 그리스어는 원래 '듣다(akouo)'라는 단어에서 파생되었다. 이 단어의 흔적은 현대 영어의 '어쿠스틱(acoustic)'이란 단어에도 남아 있다. 피타고라스학파의 견습생들은 일정한 신분이 되기 전까지는 스승의 강의를 천막 뒤에서 듣고만 있어야 했다고 한다.

골드바흐, 크리스티안(Goldbach, Christian 1690~1764). 수이론 연구에 중요한 기여를 한 프로이센의 수학자. 오일러에게 보낸 편지에 적었던 추론 '2보다 큰 모든 짝수는 두 소수의 합으로 나타낼 수 있다'로 유명하다. 골드바흐의 추측은 현재까지 증명도 반증도 되지 않았다.

공리계(axiomatic system). 수학은 체계적인 학문이며, 그 체계의 가장 기초가 되는 토대에는 무정의 용어와 공리가 있다. 예를 들어, 'n이 자연수이면 n+1도 자연수이다'라고 하는 것은 자연수가 무한히 연속된다는 것을 보장하는 공리로 주어진다. 이렇게 무정의 용어와 일정한 공리들이 결합된 체계를 공리계라고 하며, 수학의 정리들은 일정한 공리계를 전제로 연역된 명제들이다.

괴델, 쿠르트(Gödel, Kurt 1906~1978). 오스트리아 태생의 미국 수학자, 논리학자. 과거로부터의 수학은 기본적인 용어(무정의 용어)와 공리(자명한 원리)를 전제하고 그로부터 수학의 명제들(정리)를 도출해 증명하는 것이라고 여겨졌다. 무정의 용어와 공리로 이루어진 체계를 공리계라고 한다. 괴델의 가장 중요하고 유명한 업적은 자연수를 포함하는 산술 공리계에 대한 불완전성 정리(*incompleteness theorem*)이다. 이 정리는 두 개의 부분으로 나뉘어 있다. 제1불완전성 정리는 이 공리계에는 참이면서도 그것을 증명할 수 없는 명제가 반드시 존재한다는 것이며, 제2불완전성 정리는 이 공리계는 무모순인 한 무모순을 증명할 수 없다는 것이다.

구분구적법(method of exhaustion). 실진법이라고도 부르며, 어떤 도형을 무한히 작은 면적의 무한히 많은 합으로 나누어 전체 면적을 구하는 방법이다. 예를 들어, 원은 호를 밑으로 하고 두 개의 반지름으로 이루어진 부채꼴의 합으로 간주할 수 있는데, 이 부채꼴을 무한히 작게 하면 호의 곡률은 무시할 수 있게 된다. 따라서 원의 면적은 원 둘레를 밑으로 하고 반지름을 높이로 하는 삼각형의 크기와 동일해진다. 이 구분구적법에서 적분법이 도출될 수 있다.

국제 수학자 대회(International Congress of Mathematicians). 국제 수학자 회의라고도 한다. 전 세계의 수학자들이 주기적으로 모여 학문의 현 상황과 미래를 논의할 회의의 필요성을 느낀 수학자들이 자발적으로 만든 회의로, 펠릭스 클라인 등이 주창해서 시작되었다. 첫 대회에서는 푸앵카레가 수학과 물리학이 함께 손잡고 나아갈 것을 주장했고 그다음 회의인 파리 대회에서는 힐베르트가 20세기에 함께 풀어야 할 순수 수학 중심의 23문제를 제시했다. 국제 수학자 대회는 매 4년마다 열리며 오늘날까지 계속되고 있다.

그래프 이론(graph theory). 오일러가 유명한 쾨니히스베르크의 다리 문제를 풀었을 때, 이 이론은 두 가지 방향으로 나아갈 수 있는 잠재력을 갖고 있었다. 주어진 어떤 도형이 여러 가지 변형에도 불구하고 동일성을 유지하는 불변성을 수학적으로 다루려는 것(위상학)이 한 방향이며, 다른 하나는 주어진 대상(지역)과 그들 사이의 연결 통로(다리)를 도식적으로 나타내 대상들 간의 관계를 탐구하는 것(그래프 이론)이 다른 방향이었다. 수학에서의 그래프란 대상(node, 노드)과 그들을 잇는 선(edge, 에지)으로 표현된 관계를 말하며, 이들의 성질을 탐구한다. '지도 속의 나라들을 서로 다른 색으로 구별해서 칠할 때 얼마나 적은 색이면 충분한가'를 묻는 '4색 문제'의 경우, 국가를 노드로 표현하고, 국경선을 선으로 나타내면 그래프 이론의 대상이 된다.

그리스-터키 전쟁(1897년 전쟁. 30일 전쟁). 오스만투르크제국의 지배를 받고 있던 크리티(크레타) 지역에서 이슬람-기독교도들 사이의 대립이 악화되고 친 그리스 성향을 갖고 있던 세력에 의해 반란이 일어나자 그리스는 이들을 지원하며 전쟁에 개입한다. 그러나 일방적인 그리스 병합에 대해 유럽 열강들이 저지하며 끼어들자 그리스의 콘스탄티노스는 직접 군대를 지휘하며 투르크를 공격했으나 패배하였다. 결국 강화조약이 이루어져 그리스는 투르크에 배상금을 지급하고 그리스 북부 테살리아 지방의 일부를 투르크에 양도했다. 다음해 크리티 섬에는 자치정부가 들어섰고 결국 제1차 발칸 전쟁이 끝나고 1913년 런던 조약에 의해서 그리스의 영토가 되었다.

뉴턴, 아이작(Newton, Isaac 1642~1727). 영국의 물리학자이자 수학자, 천문학자, 자연철학자, 연금술사, 신학자. 수학자로서 그는 미분과 미적분학의 기초를 마련했으며, 1687년에는 역사상 가장 위대하고 영향력 있는 과학서의 하나로 평가받는 『자연철학의 수학적 원리(*Philosophiae Naturalis Principia Mathematica*)』를 출판했다. 이 책 속에서 뉴턴은 만유인력(universal gravitation)과 운동의 세 가지 법칙을 설명함으로써 고전역학을 위한 기본 토대를 마련하였다. 고전역학은 다가올 300년의 세월 동안 물리적 우주에 관한 과학적 관점을 지배하게 되며 현대 공학의 기초가 된다.

뉴턴-라이프니츠 논쟁(Newton-Leibniz controversy). 물리학 연구에 가장 중요한 도구인 미적분학은 뉴턴과 라이프니츠가 서로 따로, 하지만 거의 동시에 발명했다. 이 때문에 뉴턴과 라이프니츠는 상대방이 자신의 이론을 표절했다고 비방하면서 엄청난 논쟁을 불러일으켰다.

니에프스, 조제프 니세포르(Niépce, Joseph Nicéphore 1765~1833). 햇빛에 반응(감광)하여 색이 변하는 물질의 성질을 이용해 사진을 찍을 수 있다는 것을 발견한 사진술의 발명자. 그는 우연히 발견한 이 성질을 이용해 세계 최초의 사진을 찍었는데, 자신이 만든 기술을 태양을 이용한 그림이라는 의미로 헬리오그라피(helliography)라고 불렀다. 그는 다른 방식(다

게레오타이프)의 사진술을 개발한 다게르와 함께 사진술을 발전시키려
고 동업했으나 결실을 맺지 못하고 사망하고 말았다.

니콜라스 왕자(Prince Nicholas, a.k.a. Nicolae Brana, 1903~1978). 페르디난드 1세
(Ferdinand I)와 마리 왕비의 아들로 루마니아의 왕자로 태어났으나
1937년 추밀원에 의해 후계자 지위를 박탈당하고 니콜라에 브라나라는
이름을 얻게 된다. 후에 그는 그리스의 신성한 구원자로 불린다.

다 가마, 바스코(da Gama, Vasco 1469~1524). 포르투갈의 탐험가로 유럽 '발견
의 시기(Age of Discovery)' 동안 가장 성공적인 탐험을 수행했다. 유럽에
서 인도로 가는 최초의 항해에서 배의 사령관을 지냈다.

다게르, 루이 자크 망데(Daguerre, Louis Jacques Mandé 1787~1851). 사진술의 개
척자. 화가였던 다게르는 독자적으로 사진술의 개발에 힘을 쏟았는데,
최초로 실용적인 사진술(은판 사진술, 다게레오타이프)을 만들 수 있었다.

달랑베르, 장 르 롱(d'Alembert, Jean Le Rond 1717~1783). 프랑스의 계몽주의자,
자연철학자. '달랑베르의 원리' 등을 제시해 물리학에서 고전 역학의 발
전에 기여했으며 수학, 철학 등 다방면에 기여했다. 디드로 등과 함께
『백과전서』를 집필, 편집, 간행했다.

대수학(algebra). 수학의 한 분야. 어원은 아라비아어 'al-jab'이며 조각난 부
분들을 다시 결합한다는 뜻이다. 미지의 수를 다루는 방정식을 푸는 것
에서 시작된 대수학은 수나 양을 대신하는 일반적인 기호를 이용하는
수학적 분야를 의미했는데, 이제는 행렬과 구조, 변환 등을 포괄하는 광
범위한 영역을 포함한다. 1차 방정식과 행렬의 변환을 다루는 선형대수
(linear algebra)를 기초로 하며 갈루아 이후 군론을 중심으로 더욱 추상
적으로 발전한 추상대수(abstract algebra)가 현대 수학의 주요 분야를 이
루고 있다. 하지만 수학의 전 분야에서 대수적 구조가 등장하기 때문에
대수 기하학(algebraic geometry), 대수 위상학(algebraic topology) 등 대
수적 방법론이 결합된 분야들이 많다.

데데킨트, 리하르트(Dedekind, Richard 1831~1916). 독일의 수학자. 괴팅겐 대학
에서 가우스에게 사사했으며 리만, 디리클레, 칸토어 등과 교류했다. 그
는 '데데킨트 절단'이라는 방법을 통해 그전까지 애매하게 정의되어 있

던 무리수와 실수에 엄밀한 수학적 기초를 제공했다. 이 방법에 따르면 실수는 직선위의 점과 1대 1 대응이 가능한 연속체로 이 실수연속체를 절단하면 (직선에서 왼쪽에 있는) 한쪽의 수 전체는 (오른쪽에 오는) 다른 수 전체보다 작아진다. 절단의 경계를 중심으로 생각할 때 작은 수들의 집합에서 가장 큰 수가 존재하지 않고 큰 수들의 집합에서 가장 작은 수가 존재하지 않을 때 이 절단의 경계가 무리수로 정의된다. 유리수의 경우 가장 크거나 가장 작은 수가 존재하는 절단이라고 할 수 있다. 제곱해서 3보다 작은 양의 실수의 집합(A)과 제곱해서 3보다 큰 양의 실수의 집합(B)을 나누면, A에는 가장 큰 수가 존재하지 않고 B에는 가장 작은 수가 존재하지 않는다. 이 절단이 바로 $\sqrt{3}$에 해당하는 수다.

데카르트, 르네(Descartes, René 1596~1650). 프랑스의 철학자이자 과학자, 수학자. 철학자로서의 데카르트는 "나는 생각한다, 고로 존재한다."는 근대적인 주체 개념과 연역적인 과학 방법론, 마음과 육체의 이원론으로 유명하지만 수학자로서 데카르트는 직교좌표의 창시자로 유명하다. 직교좌표란 서로 수직으로 교차하는 x축과 y축의 좌표를 통해 평면 위의 점의 위치와 움직임을 표시하는 것으로, 형태(기하학)를 수식(대수학)으로 이해하거나 반대로 수식(대수학)을 형태(기하학)로 이해할 수 있는 방법을 제시한 것이었다.

덴, 막스(Dehn, Max 1878~1952). 독일의 수학자이자 힐베르트의 제자로 힐베르트의 23문제 중 세 번째 문제를 해결했다. 힐베르트의 3번째 문제는 부피가 같은 두 다면체가 있을 때, 하나를 유한개의 조각으로 잘라 낸 뒤 다시 붙여 다른 하나를 만들어 내는 것이 항상 가능한지를 묻는 것이었다. 쉽게 생각하면 피라미드 모양을 잘라내고 붙여서 주사위 모양으로 만드는 것이 가능한가, 라는 문제를 일반화시킨 것이라고 볼 수 있다. 덴은 정사면체를 아무리 잘라 붙여도 어떤 형태의 다면체를 만들 수 없다는 것을 보임으로써 힐베르트 3번 문제를 부정적으로 해결했다. 이렇게 잘라 내고 붙여서 모양을 바꿀 수 있는 도형들은 서로 '가위합동'이라고 하는데, 말하자면 정사면체는 삼각기둥과 가위합동이 아니다. 이것을 증명하기 위해 덴이 사용한 개념은 덴 불변량이라고 해서 그 뒤의 연구에 많은 영향을 끼쳤다.

도이라니 전투(battle of Doirani, 1918년 9월 18〜19일). 제1차 세계대전 기간에 그리스와 마케도니아 국경 사이에 있는 도이란 호수 남부 해안에서 벌어졌던 전투로, 그리스와 영국군이 불가리아 군대에 대항해 싸웠으나 크게 패했다. 겨우 이틀 동안 벌어진 싸움이었지만 연합군은 막대한 손실을 입고 퇴각해야만 했고, 불가리아는 소수의 사상자만을 낸 기록적인 큰 승리를 거두었다.

뒤 부아 레몽, 에밀(du Bois Reymond, Emil 1818〜1896). 독일의 의사, 물리학자로 생리학, 수학, 철학 등 다양한 분야에 기여했다. 그는 생리학자로서 전기 생리학을 연구했으며, 수학에서는 푸리에 급수의 수렴과 발산에 관한 이해를 발전시켰다. 무엇보다 그는 『우주의 7가지 수수께끼』 등 주요 저서를 통해 아무리 노력해도 알 수 없는 진리가 존재한다는 불가지론을 옹호하고 퍼뜨린 사상가로 당시 유럽 사회에 영향력이 컸다.

뒤마 피스, 알렉상드르(Dumas 'fils', Alexandre 1824〜1895). '아들' 뒤마. 『삼총사』, 『몬테 크리스토 백작』 등으로 유명한 작가 알렉상드르 뒤마의 아들. 사생아로 태어나 이름을 받지 못했기에 아버지의 이름을 그대로 사용했다고 한다. '피스(fils)'는 아버지와 구별 짓기 위해 붙여진 것이다. 나중에 합법적인 아들로 인정받기는 했지만 어린 시절 불우한 경험이 작품에 반영되고 있다. 베르디의 가곡 "라 트라비아타"로 각색된 원작 『춘희(동백 아가씨)』가 대표작이다.

드 라 발레 푸생, 찰스(De la Vallee Poussin, Charles 1866〜1962). 프랑스의 수학자로 해석학과 리만 제타 함수에 관한 업적으로 유명하다.

드가, 에드가(Degas, Edgar 1834〜1917). 프랑스의 예술가이자 화가이며 조각가. 인상주의 창시자 중 한 명. 파리 사람들의 생활상을 뛰어나게 묘사했을 뿐 아니라 전통적인 아카데미 예술과 20세기 급진운동의 간극을 잘 연결한 것으로 높이 평가받는다.

드랭, 앙드레(Derain, André 1880〜1954). 프랑스의 화가. 생기 넘치는 인위적 색채 사용으로 마티스(Matisse)와 함께 강렬한 표현과 색을 선호한 야수파의 창시자로 알려져 있다. 또한 1909년 출간된 아폴리네르

(Apollinaire)의 첫 시집 『타락한 마술사(*L'enchanteur pourissant*)』에 삽화를 그려 준 것으로도 유명하다.

드레퓌스, 알프레드(Dreyfus, Alfred 1859~1935). 유태인 출신의 프랑스 포병 장교. 드레퓌스는 프랑스 군 내부의 스파이 활동이 문제가 되었을 때 억울한 누명을 쓰고 부당하게 기소되어 반역죄로 종신형을 선고받고 프랑스령 기아나의 유명한 감옥 '악마의 섬'에 유폐되었다(1894). 그러나 뒤에 진범이 밝혀졌음에도 불구하고 군은 이 사건을 은폐하려고 했고, 이러한 사실이 밝혀지자 작가 에밀 졸라, 정치가 클레망소 등 많은 사람들이 프랑스 군의 추악한 범죄를 고발하고 드레퓌스의 무고함을 밝히기 위해 나섰다. 그러나 이 문제는 가톨릭 교회를 비롯한 프랑스 내의 보수 세력들이 반유태주의 논쟁을 일으키면서 프랑스 전국을 뜨겁게 만들었다. 오랜 투쟁 끝에 감형, 사면, 완전한 복권(1906)의 과정을 거치면서 완전히 혐의를 벗은 드레퓌스는 전역했다가 다시 제1차 세계대전으로 인해 군에 복귀한 뒤 혁혁한 공을 세워 레종도뇌르훈장을 받았다.

디노스트라토스(Dinostratos 기원전 390~320). 그리스의 기하학자. 오랫동안 수학자들을 괴롭힌 3대 작도 문제 중 하나인 '주어진 원과 면적이 동일한 정사각형'의 작도 문제를 해결하기 위해 원적곡선(quadratrix)을 처음 사용했던 인물. 이 곡선은 각의 3등분을 구하기 위해 사용되는 곡선으로 히피아스의 원적곡선으로도 불린다.

디리클레, 페터 구스타프 르죈(Dirichlet, Peter Gustav Lejeune 1805~1859). 독일의 수학자. 독일로 이주한 벨기에 출신의 집안에서 태어나 프랑스에서 공부를 했던 그는 푸리에, 라플라스, 르장드르 등 뛰어난 수학자들과 교류를 가졌고 훗날 가우스의 후임으로 괴팅겐 대학에 부임하였다. 푸리에 급수 이론을 발전시켰으며 이 과정에서 함수를 대응으로 새롭게 정의하여 현대적인 함수론의 기초를 제공하였다. 디리클레 급수, 디리클레 함수, 디리클레 법칙 등 그의 이름을 딴 수학적 개념들이 많이 있다. 작곡가 펠릭스 멘델스존의 여동생 레베카 멘델스존과 결혼했다.

딜리이야니스 정부(Deligiannis government). 그리스의 정치인으로 1882년에서 1905년까지 보수적이고 팽창주의적인 국민당 당수를 지낸 테오도로스

딜리이야니스(Theodoros Deligiannis)가 이끌었던 행정부(1820~1905). 국민들의 민족주의적 열정과 전쟁 도발주의가 그의 인기에 기름을 붓는 역할을 하여 딜리이야니스는 19세기 후반 여러 번 총리에 당선되었다. 하지만 야망이 너무 과해 여러 차례 면직을 당하기도 했고, 선거에서 참패를 맛보기도 했다. 결국 도박장을 규제하는 엄격한 법률을 시행한 것 때문에 전문 도박사의 칼에 찔려 죽는다. 오늘날 그는 자국민의 소망을 이루어 주려 노력한 국가 영웅으로 기억되고 있다.

라그랑주, 조제프-루이(Lagrange, Joseph-Louis 1736~1813). 이탈리아의 수학자, 천문학자. 오일러에 필적할 만한 18세기의 위대한 수학자로 평가받는다. 뒤늦게 수학을 독학으로 공부했으나, 그의 변분법에 대한 논문이 오일러에 의해 높이 평가받으면서 유럽 전역에 명성을 떨쳤다. 그 뒤 베를린과 파리로 활동 무대를 옮겨 활동했는데 그의 『해석역학』은 당시 물리학(역학)을 본격적으로 수학적 관점에서 연구함으로써 고전 역학을 새로운 단계로 끌어올렸다. 우리가 사용하는 미분의 도함수 기호도 라그랑주가 고안한 것이다.

라바숄(Ravachol, a.k.a, François Claudius Koeningstein, 1859~1892). 프랑수아 클라우디우스 쾨닝스타인. 프랑스의 무정부주의자이자 테러리스트로 정계와 사법계 지도자들에게 세 번의 폭탄 테러를 감행했다. 그리고 1892년 3월 30일 베리 레스토랑에서 종업원의 밀고로 체포된다. 그는 첫 공판에서 무기징역을 선고받지만, 2심에서는 세 건의 살인에 관한 증거가 제출되면서 결국 사형을 언도받는다. 그로부터 라바숄은 무차별 테러를 상징하는 전설적인 인물이 되었다.

라이프니츠, 고트프리드 빌헬름(Leibniz, Gottfried Wilhelm 1646~1716). 박학다식한 독일인으로 주로 라틴어와 프랑스어로 작품을 썼다. 수학과 철학에 쏟아 부은 그의 공헌은 어느 것이 더 중요하다고 평가할 수 없을 만큼 똑같이 값진 것으로 평가된다. 그는 뉴턴과 관계없이 독자적으로 미적분학을 발명했으며, 사실상 현대의 모든 컴퓨터 구조의 기초라 할 수 있는 2진법도 발견하였다. 철학에서는 르네 데카르트(René Descartes), 바뤼흐 스피노자(Baruch Spinoza)와 함께 17세기 가장 위대한 세 명의 합리주의 철학자 중 한 명이다. 그의 연구는 물리학, 공학, 생물학, 약학, 지질학, 확률 이론, 심리학, 언어학, 정보과학에까지 뻗어 있다. 그는 또한 정치학, 법학, 윤리학, 신학, 수학, 문헌학에 관한 저술도 했으며, 심지어 가끔씩은 시를 쓰기도 했다.

라키(raki). 아나톨리아(Anatolia)에서 만들던 전통적인 터키 술로 건포도와 지역 과일을 섞어 만드는 것이 가장 보편적이었다.

라파예트, 마르퀴스 드(Lafayette, Marquis de 1757~1834). 프랑스의 귀족장교. 정치가이자 미국혁명의 영웅이기도 하다. 왕의 허가는 물론 보수도 받지 않고 장교이자 대사로 미국혁명을 위해 싸웠다. 또한 국회와 국민의회에서 공헌하며 프랑스 혁명 초기 단계에서 주요 역할을 담당했다. 하지만 입헌군주제 수립을 도우려는 노력 때문에 결국 자코뱅당에게 추방당하고 만다. 그는 몇 년간의 추방 생활을 한 후 1800년 프랑스로 돌아왔으며 죽기까지 정치에 헌신했다.

라팽 아질(Lapin Agile). 몽마르트르에서 가장 오래된 비스트로이며 원래 이름은 ‘암살자의 술집’이라는 뜻으로 르 카바레 데 아사신(Le Cabaret des Assassins)이었으나 문을 연 지 20년 만에 라팽 아질이라는 이름으로 바뀌게 된다. 라팽 아질은 프랑스의 캐리커처 화가 앙드레 질(André Gill)의 이름을 따서 지은 것으로, 그는 1875년 가게가 처음 문을 열 때 냄비에서 뛰쳐나가는 토끼의 모습을 그려 간판을 만든 인물이다. 원래는 지역 포주나 걸인, 무정부주의자들이 주로 드나들었으나 20세기 초반이 되면서 차츰 라틴 지구에 사는 가난한 작가나 학생, 또는 피카소나 모딜리아니 같은 화가들이 즐겨 찾는 장소가 되었다. 피카소의 1905년 유화 ‘라팽 아질에서(At the Lapin Agile)’는 이 장소를 세계적으로 유명하게 만들었다.

라플라스, 피에르-시몽(Laplace, Pierre-Simon 1749~1827). 프랑스의 수학자이자 천문학자. 『천체역학』을 통해 당시 물리학을 집대성하고 확장시켰으며, 확률론 등 다양한 분야에 업적을 남겼다. 그는 완강한 결정론자로 ‘프랑스의 뉴턴’이라는 별명을 얻었는데, 그의 저서에 대해 나폴레옹이 “창조주에 관한 이야기가 없다.”고 지적하자 그는 “제게는 그런 가설이 필요 없습니다."라고 대답했다는 유명한 일화가 있다. 그의 이름을 딴 칸트-라플라스 성운설은 오랫동안 태양계의 기원에 대한 영향력 있는 이론이었다.

러브레이스, 에이다(Lovelace, Ada 1815~1852). 시인 바이런 경의 딸로 전산학의 선구자이다. 이탈리아의 수학자이자 공학자인 루이지 페데리코 메나브레아의 논문「찰스 배비지의 해석기 원리(*Notions sur la machine analytique de Charles Babbage*)」를 주석을 곁들여 번역했는데, 그녀는 찰스 배비지가 고안한 범용 계산기인 해석 기관의 첫 프로그래머로 평가받는다.

러셀, 버트런드(Russell, Bertrand 1872~1970). 영국의 철학자, 논리학자, 수학자이자 사회개혁가이며 반전주의자. 정치가로 수상까지 역임한 존 로드 러셀의 손자로 어릴 적부터 우수한 학생이었다. 수리논리학과 수학기초론에 관심을 가져 페아노, 프레게 등의 작업을 연구했으며 화이트헤드와 함께 대저『수학의 원리』를 출간함으로써 20세기 수학철학의 기초를 세웠다. 철학 분야에서 무어와 함께 영미 분석철학의 개척자로 평가받는다. 다양한 저술과 정치적 활동으로 활발한 생애를 살았는데, 1950년 노벨 문학상을 받기도 했다.

러시아혁명(Russian Revolution, 1917). 러시아 혁명은 러시아 사회와 정부에 역사적이고 역동적인 변화를 불러일으켰던 일련의 혁명과 사건들에 의해 파생된 결과이다. 이 혁명으로 제정 러시아가 소비에트 연방으로 새로 태어나게 된다.

레이노, 샤를-에밀(Reynaud, Charles-Émile 1844~1918). 에니메이션의 발명자. 프랑스의 과학교사였던 레이노는 길다란 띠 모양의 종이를 회전시키며 연속적인 움직임을 보여주는 프라시노스코프를 발명(1888)하고 이것을 발전시켜 광학극장(Theatre Optique)이라는 이름으로 파리에서 흥행시켰다. 1892년 10월 28일에는 첫 애니메이션 영화 〈불쌍한 피에로(Pauvre Pierrot)〉를 파리 그레뱅 박물관(Musee Grevin)에서 상영했다.

로바체프스키, 니콜라이 이바노비치(Nikolai Ivanovich Lobachevsky 1792-1856). 러시아의 수학자. 카잔 대학에서 수학을 공부한 뒤 모교에서 교수가 되어 교육과 행정에서 탁월한 능력을 보여 학장까지 올랐다. 보여이와 별도로 비유클리드 기하학을 창시하였으나 당시의 반응은 냉담하였고 그의 기하학은 사후에 명성을 얻게 되었다.

루베, 에밀(Loubet, Émile 1838~1929). 프랑스의 정치가로 1899년부터 1906년까지 프랑스 제3공화국의 일곱 번째 대통령으로 재직했다. 그는 알프레드 드레퓌스(Alfred Dreyfus)를 사면한 것으로 가장 유명한데, 그 덕분에 왕당파, 로마 가톨릭 성직자, 군대를 상대로 한 전투에서 프랑스 공화국 군의 승리를 이끌어 낼 수 있었다. 그의 재임 기간에 프랑스 정부와 교회의 분리가 완전히 이루어진다.

루브르(Louvre). 프랑스 파리 1구에 위치한 국립 미술관 겸 박물관. 1190년 처음 지었을 당시에는 요새와 감옥, 궁정의 용도로 사용했으나 18세기에 박물관으로 용도를 변경하여 1793년 혁명 기간 동안 최초의 국립미술관으로 개장했다. 루브르 박물관에는 3만 5000점의 미술품이 소장돼 있는데, 그중에는 '모나리자'처럼 역사적으로 매우 귀중한 유물도 다수 포함되어 있다.

루소, 테오도르(Rousseau, Théodore 1812~1867). 풍경화로 유명한 프랑스의 화가.

루이 필립 I세(Louis–Philippe I 1773~1850). 1830년에서 1848년까지 프랑스를 통치한 왕으로 그 기간에 7월 왕정으로 알려진 군주정치도 시작된다. 그는 프랑스의 마지막 왕이지만 그의 칭호는 '프랑스의 왕'이 아니라 '프랑스 국민의 왕'이었다.

뤼미에르, 루이(Lumière, Louis 1864~1948). 형 오귀스트(Auguste Lumière)와 함께 영화의 초기 역사를 개척했다. 1895년 세계 최초로 유료 관객을 상대로 영화를 상영했으며, 수많은 단편 영화를 제작했다.

르누아르, 오귀스트(Renoir, Auguste 1841~1919). 인상파 화가들 중 가장 유명한 프랑스의 화가. 자신의 일생을 미술에 바쳤으며 나이가 먹어 관절염으로 더 이상 붓을 잡을 수 없게 되었을 때는 붓을 팔에 묶어 그림에 대한 자신의 열정을 표현했을 정도로 헌신적인 화가였다. 그는 젊은 시절 파리에서 그림을 공부했으며 후에는 또 한 명의 유명한 인상파 화가인 클

로드 모네(Claude Monet)와 절친한 사이가 되었다. 르누아르는 상당히 많은 작품을 남겼으며 그 중 몇몇은 오늘날 가장 비싼 그림에 속하는데, 어떤 것은 7,000만 달러를 호가하기도 한다. 그의 작품 모두가 전 세계 적으로 매우 높은 평가를 받고 있다.

르장드르, 아드리앙-마리(Legendre, Adrien-Marie 1752~1833). 프랑스의 수학자 로 수론, 소수의 분포, 전통 역학의 연구에 선구적 역할을 했다. 1794년 에는 매우 영향력 있는 저서『기하학의 요소(*Éléments de géomhrie*)』를 집 필했으며, 그 후 타원 정수에 관한 연구로 수리물리학에 이용할 기본적 인 분석 도구를 제공하기도 했다.

리만, 게오르크 프리드리히 베른하르트(Riemann, Georg Friedrich Bernhard 1826~1866). 독일의 수학자. 가우스의 제자로 1854년 괴팅겐 대학에 서 한 교수취임 연설「기하학의 기초을 이루는 가설에 관하여(*Über die Hypothesen welche der Geometrie zu Grunde liegen*)」는 가우스, 보여이, 로바체프스키가 연구했던 기하학들을 더욱 일반화시켜 종합한 비유클 리드 기하학의 선언문이었다. 특히 그가 연구한 공간은 곡률이 양이어 서 타원 기하학으로 불리며 아인슈타인이 자신의 우주를 상상하는데 기 초가 된 것이었다. 그는 또한 복소 평면의 개념(리만 곡면)을 제시해 복 소 함수 이해의 새로운 장을 열었으며 특히 리만-제타함수에 대해 중요 한 추측(리만 가설)을 제시했다. 리만 가설은 리만-제타함수의 자명하지 않은 복소수 해의 실수부가 일정할 것이라는 추정인데, 이것은 이 함수 가 소수의 분포를 통제한다는 함축을 담고 있다. 이 문제는 수학의 가장 중요하고 유명한 미해결문제이다.

리우빌, 조제프(Liouville, Joseph 1809~1882). 천문학, 수론, 미분 기하학, 위상 수학 등의 발전에 많은 기여를 한 프랑스 수학자. 매우 명망 높은 수 학 잡지「순수 수학과 응용 수학 저널(*Journal de mathematiques pures et appliquees*)」을 창간하기도 했다.

리카비토스 산(Mount Lykavittos). 해발 230미터 높이에 석회질로 이루어져 있 으며 아테네 주변에서 가장 높은 산이다. 19세기에 건립된 성게오르기 오스 대성당이 봉우리를 장식하고 있으며, 기차가 정기적으로 그곳까지 관광객을 실어 나른다. 리카베투스 산은 그리스 민간 설화에 자주 등장한다. 어떤 이야기 속에서는 지혜의 여신 아테나(Athena)가 자신과 한 약속을 어긴 사람들에게 분노하여 산을 하나 던진 것이 리카베투스 산이 되었다고도 한다.

린데만, 칼 루이스 페르디난트 폰(Lindemann, Carl Louis Ferdinand von 1852~1939). 독일의 수학자로 π가 초월수라는 사실을 증명한 것으로 매우 유명하다. 그는 자신의 증명을 통해 가 초월수일 뿐 아니라 유리 계수가 포함된 어떠한 대수방정식의 근도 아니라는 사실을 증명해 냈다.

림보(연옥, limbo). 기독교에서 천국과 지옥 어느 쪽에도 속하지 않는 사후 세계의 영역. 연옥의 존재 여부를 두고 교파마다 견해를 달리하고 있기는 하나, 세례를 받지 못하고 죽은 아이들의 영혼이 가는 곳이라거나 천국에 가기 전 마지막으로 죄를 보속하는 공간 등으로 해석되기도 한다.

마젤란, 페르디난드(Magellan, Ferdinand 1480~1521). 포르투갈 출신의 스페인 탐험가이자 항해사로 최초로 지구를 한 바퀴 돌았던 것으로 유명하다. 그는 남아메리카 대륙 끝을 돌아 항해해서 오늘날 마젤란 해협으로 알려진 남쪽 항로를 찾아냈다. 또한 태평양이라는 이름을 지은 사람이기도 하다.

마케도니아(Macedonia). 오스만 제국에 통치권이 넘어가기 전에 알렉산더 대왕이 통치했던 그리스 남동부의 역사적인 지역. 발칸 전쟁으로 오스만 제국이 무너지면서 마케도니아는 1913년 부쿠레슈티 조약에 따라 그리스, 세르비아, 불가리아, 알바니아에 의해 분할된다. (원래 유고슬라비아의 일부였다가 1991년 독립한 마케도니아 공화국과 혼동하지 말아야 한다.)

마티스, 앙리(Matisse, Henri 1869~1954). 20세기에 가장 유명한 프랑스의 화가이자 조각가로 현대 미술에서 주도적인 역할을 한 인물이다. 생기 넘치고 대담한 색채를 이용해 그림을 그리는 포비즘(야수파)이라 불리는 표현주의적이고 자유로운 스타일의 화풍을 개발해 표현주의의 선구자가 되었다.

메넬라우스(Menelaos, of Alexandria 약 70~140). 그리스의 수학자이자 천문학자로 처음 구면삼각형을 착상해 내고 정의했다. 구면삼각형이란 구체의 표면 위에서 커다란 세 개의 호를 각각의 변으로 해서 이루어진 삼각형을 일컫는다.

메사리스, 안젤로스(Messaris, Angelos 1910~1978). 그리스의 유명한 축구 선수로 4년 동안 매우 성공적인 선수 생활을 하다가 갑자기 남아프리카에서 공부를 마치겠다는 의문의 말을 남기고 축구를 그만둔다.

멜리에스, 조르주(Méliès, George 1861~1938). 프랑스의 영화 제작자이자 마술사. 줄거리가 있는 영화를 처음으로 시도한 인물이며 페이드인, 페이드아웃과 같은 다양한 기법을 개발하고 발전시킨 인물이었다. 기록물이 아닌 상상의 표현으로 영화를 간주함으로써 영화에서 표현주의 전통의 시조로 평가받는다.

몽마르트르(Montmartre). 파리에 있는 가장 높은 언덕으로 그 꼭대기에는 사크레쾨르('성스러운 심장'이라는 의미) 성당이 있다. 물랭루주 같은 클럽들이 모여 있는 장소이기도 하고, 1871년 파리 코뮌처럼 역사적인 사건에서 중요한 역할을 했던 곳이기도 하다. 몽마르트르 언덕은 1860년 파리로 편입되었으며 지금은 활기 넘치는 밤 문화를 이끌고 있다.

무모순성. 일관성이라고도 하며 형식적인 논리 체계(수학의 공리 체계도 포함)에서 애초의 전제와 모순되는 결론이 나오지 않아야 한다는 것을 의미한다. 괴델에 따르면 산술 공리계는 무모순인 한 자신의 무모순성을 증명할 수 없다.

무한소(infinitesimal). 본문에 보면 '무한소의 무한한 합'이라는 식의 표현이 등장한다. 구분구적법(실진법)의 경우, 무한히 작은 양을 무한히 많이 합쳐서 유한한 합(면적)을 구하는 방식이다. 무한히 작아지는 양을 무한히 많이 더할 때 그 값은 반드시 유한한 값으로 주어지는 것은 아니다. 1/2 + 1/4 + 1/8 + …… = 1이 되지만, 1 + 1/2 + 1/3 + 1/4 + …… 즉, 조화급수는 무한한 값으로 발산한다는 것이 알려져 있다.

물랭루주(Moulin Rouge). 붉은 풍차라는 뜻으로 파리 홍등가 지역의 전설적인 카바레 이름이기도 하다. 원래는 귀족들을 위한 매음굴로 카바레 무대의 캉캉 춤의 공연으로 많은 인기를 누렸다.

미를리통 카바레(Mirliton Cabaret). 파리 몽마르트르 지구에 있는 카바레. 가수,

코미디언, 밤무대 인사로 유명했던 아리스티드 브뤼앙이 1885년에 문을 열었다. 미를리통 카바레는 '청중을 모욕하는' 브뤼앙 특유의 코미디로 그 유명세를 탔다.

민중 그리스어(Demotic Greek). 고대 그리스에서 발달한 현대 그리스의 토착 언어로 1876년에 처음으로 중등교육과 대학교육의 표준어로 제정되었다. 오늘날 그리스에서는 민중 그리스어와 고대어 카타레부사(Katharevousa)가 혼용되어 쓰이고 있으며 이 둘을 합친 것을 현대 표준 그리스어라 한다.

민코프스키, 헤르만(Minkowski, Hermann 1864~1909). 독일의 수학자. 괴팅겐 학파의 일원으로 4차원 시공간에 대한 수학적 연구를 통해 아인슈타인의 연구를 예비했다. 아인슈타인은 취리히 공대에서 민코프스키의 학생이었으나 수업에 잘 나오지 않아 민코프스키는 그의 이름을 잘 몰랐다고 한다. 훗날 아인슈타인이 자신의 이론으로 상대성 이론을 세운 걸 알고 민코프스키는 자신이 그것을 발견하지 못한 것을 아쉬워했다.

밀레토스(Miletos). 한때 터키 서부 해안의 메안데르 강 어귀에 위치해 있던 고대 도시. 밀레토스는 동쪽에서 가장 큰 그리스 도시였으며, 기원전 500년경까지 교역과 식민세력의 중심지였다. 한때는 탈레스(Thales 기원전 640~546년경, 그리스의 철학자-옮긴이), 아낙시만드로스(Anaximandros 기원전 611~546년경, 천문학의 창시자, 우주론 또는 체계적인 철학적 세계관을 전개한 최초의 사상가로 불림-옮긴이), 아낙시메네스(Anaximenes 기원전 585~528년경, 아낙시만드로스의 제자로 만물의 근원은 공기라는 일원설을 주장-옮긴이) 같은 지식인들의 고향이었으나 기원후 6세기 양쪽 항구가 다 침수하면서 도시도 버려지게 된다.

반 고흐, 빈센트 빌럼(van Gogh, Vincent Willem 1853~1890). 네덜란드 후기 인상파 화가로 표현주의의 선구자. 원어에 가깝게 적자면 판 호흐가 되어야 하지만 혼란을 우려해 국립국어원은 기존의 표기법을 그대로 쓰도록 하고 있다. 피사로, 모네, 고갱 등 후기 인상파에 속하는 다른 화가들로부터 많은 영향을 받았으나 강렬한 색채와 독특한 질감을 가지는 그의 그림은 시대를 앞서가는 독창적인 것이었다. 조울증으로 추정되는 정신

질환을 앓던 그는 자살로 생을 마감했고, 그가 죽은 뒤에야 그의 예술 세계가 높이 평가받을 수 있었다.

발칸전쟁(1912, 1913). 20세기 초 그리스, 세르비아, 불가리아, 몬테네그로 등 발칸 지역의 국가들은 마케도니아 및 오스만 투르크 지역으로의 확장을 시도하고 있었는데, 오스만 투르크 역시 영토 회복을 꾀하고 있어 위기가 고조되었다. 오스트리아-헝가리 제국이 보스니아 헤르체고비나를 합병하자 이를 견제하려는 러시아의 지원 아래 그리스, 세르비아, 불가리아, 몬테네그로 등이 개별적인 조약과 함께 동맹을 체결하고 1912년 제1차 발칸전쟁에서 오스만 투르크를 몰아낸다. 그러나 이 영토 분배 과정에서 불화가 생기자 1913년 세르비아와 그리스, 루마니아가 동맹을 맺어 불가리아에 대항해 제2차 발칸전쟁을 일으킨다. 결국 1913년 불가리아, 루마니아, 세르비아, 몬테네그로, 그리스가 함께 맺은 제2차 발칸 전쟁의 끝을 알리는 부쿠레슈티 조약(Treaty of Bucharest)을 맺음으로써 발칸전쟁이 막을 내리게 되지만, 이때의 이해관계는 제1차 세계 대전의 불씨로 남았다.

배비지, 찰스(Babbage, Charles 1791-1871). 영국의 수학자, 철학자, 발명가이자 기계 공학자. 1834년 그는 현대 범용 컴퓨터의 선조격인 해석기관(analytical engine)의 원리를 발표했는데 실물로는 완성시키지 못했으나 컴퓨터 이론의 선구적인 개념들을 도입한 공로를 인정받는다.

베나키스, 엠마누엘(Benakis, Emmanuel 1843~1929). 아테네 시의 시장과 장관직을 지냈을 뿐 아니라 국가의 후원자 역할도 했던 부유한 이집트 상인. 아테네 대학의 주요 기부자이면서 공동 창립자이기도 하고 그리스의 유명한 아동작가 페네로피 델타페네로페의 아버지이기도 하다.

베니젤로스 당(Venizelos' party). 그리스 정치가이자 혁명가였던 엘레프테리오스 베니젤로스를 따르던 정치적 당파. 20세기 초 그리스의 혼란기에 왕당파에 대항하여 서구 민주주의 이론을 바탕으로 한 개혁 정치를 추진하려 했다. 하지만 국내에서는 왕당파와 대립하면서도 급진적인 인민주의자들과 노동 세력 등 반대 세력을 탄압했고, 국제적으로는 무리한 정책을 추진하면서 국론 분열과 대립이 끊이지 않았다. 정치적 패배로 인한 실각과 망명으로 정치 인생의 종지부를 찍게 되기는 하지만, 베니젤로스는 1910~1920년, 1928~1932년에 걸쳐 총리직을 수행하면서 굵직한 개혁을 성공시켜 현대 그리스의 창건자로 추앙받는다. 비록 그의 이름을 딴 아테네 국제 공항은 그리스의 역사에 남겨진 그의 기여를 상징하고 있다.

베르나르, 사라(Bernhardt, Sarah 1844~1923). 무성영화 시대에 유럽과 미국에서도 많은 인기를 얻은 프랑스 여배우. 뛰어난 연기력뿐 아니라 관 속에서 잠을 자는 기이한 습성 때문에도 매우 잘 알려졌다. 1914년 괴저병으로 한쪽 다리를 잃었으나 그 후에도 연기 생활을 계속했다.

베른, 쥘(Verne, Jules 1828~1905). 프랑스의 소설가. 과학소설의 선구자로 평가받는다. 『지구 중심으로의 여행』(1864), 『해저 2만 리』(1870), 『80일간의 세계 일주』(1873) 등 뛰어난 상상력을 바탕으로 미래를 예견하는 듯한 명작을 다수 남겼다.

베베르, 루이즈(Weber, Louise 1866~1929). 르 물랭 루즈(Le Moulin Rouge) 나이트클럽에서 라 굴뤼(La Goulue, '대식가')라는 별명으로 불리던 프랑스의 캉캉 무용수. 매혹적이고 대담한 춤으로 젊은 시절 인기를 독차지했으나 자신의 극단을 만들어 독립하려다 사업이 실패한 후 완전히 대중들 앞에서 사라져 버렸다. 그녀는 그 후 시골의 서커스에나 출연하며 근근이 생활하다 비참하게 죽었다. 그녀와 가까이 지냈던 화가 툴루즈-로트레크는 그녀를 소개하는 물랭 루즈의 포스터로 유명해졌으며 그녀를 그린 작품을 여럿 남겼다.

벨트라미, 에우제니오(Beltrami, Eugenio 1835~1900). 이탈리아의 수학자. 그는 로바체프스키가 제안한 쌍곡기하학의 모델을 발전시키고 이것이 무모순임을 보이는 동시에 뉴턴 물리학과 휘어 있는 공간의 관계를 탐구함으로써 비유클리드기하학의 이론을 더욱 확고한 것으로 만들었다.

보여이, 야노스(Bolyai, János 1802~1860). 비유클리드기하학 연구로 유명한 헝가리의 수학자로 역시 유명한 수학자였던 파르카스 보여이(Farkas Bolyai)의 아들이다. 그는 독자적으로 유클리드의 평행선 공리를 부정한 휘어 있는 공간의 기하학을 연구했는데, 그의 아버지가 리만으로부터 받은 편지는 리만이 이미 몇 년 전 그러한 기하학을 먼저 생각했다는 이야기를 담고 있었다. 리만은 비록 이 연구 결과를 발표하지는 않았지만 보여이는 리만뿐만 아니라 로바체프스키가 그의 이론과 유사한 기하학을 연구했다는 사실도 알게 되었다.

복음 사건. 올가 여왕이 성서(복음서)를 고전적인 코이네 그리스어가 아닌 새로운 민중 그리스어로 번역하겠다고 했을 때 일어난 반대와 폭동. 당시 높은 도덕성과 침착한 태도로 유명했던 총리 테오토키스는 네 차례나 그리스의 총리로 재직하며 새로운 당을 대표했다. 하지만 정규 교육에서 민중 그리스어를 가르치는 것을 지지한 것으로 인해 1901년 총리직 사임을 강요받는다.

부주키 클럽(Bouzoukia clubs). 그리스인들이 자주 드나드는 전형적인 술집으로 부주키 음악을 즐길 수 있다. 부주키란 뜯어서 연주하는 타악기로 진주 모양의 본체와 날카로운 금속성의 소리(기타나 만돌린 소리와 비슷함)를 내는 매우 긴 목으로 구성되어 있다. 현대 그리스 음악의 주춧돌이라 할 수 있다.

브뤼앙, 아리스티드(Bruant, Aristide 1851~1925). 프랑스의 카바레 가수로 노래와 함께 펼치는 코미디를 개발했다. 로트레크가 그린 포스터에서 붉은 스카프를 두르고 검은 망토를 입은 모습이 지금까지도 가장 널리 기억되는 브뤼앙의 이미지다.

브리카르드, 라울(Bricard, Raoul 1870~1920). 프랑스의 수학자로 '브리카르드의 8면체(Bricard's octahedra)'로 불리는 자기교차 탄력 곡면(self-intersecting flexible surface)을 발견했다.

비구성적 해법(non-constructible solution). 소설에서 언급된 고르단 문제란 불변식에서 유한기저가 존재하는가를 묻는 것이었다(이것이 무슨 뜻인지 몰라도 상관없다). 힐베르트는 고르단이 물은 유한기저가 존재하지 않으면 모순이 발생한다는 것을 보임으로써 존재할 수밖에 없다, 즉 반드시 존재한다는 것을 입증했다. 원래 구성가능하다(constructible)는 말은 작도가능하다는 뜻에서 온 것이었다. 즉, 1의 길이를 가진 선분이 주어졌을 때 눈금없는 자와 컴퍼스만으로 1의 반지름을 가지는 원을 그릴 수 있다(작도가능하다, 구성가능하다). 이렇게 보통 수학에서는 "이러저러한 대상이 존재하는가?"를 물을 때 그 대상을 찾는(구성하는) 과정을 보여 줌으로써 증명한다. '1의 반지름을 가지는 원이 존재하는가?'를 묻는다면 그것을 그리는(구성하는) 과정을 보여 주면 되기 때문이다. 이런 구성적 증명과는 달리 비구성적 증명/해법은 그 대상을 찾아서 보여 주는 것이 아니라 그 대상의 존재/비존재 여부를 증명하는 것을 말한다.

비스마르크, 오토 폰(Bismarck, Otto von 1815~1898). 프로이센과 독일의 정치인으로 프로이센 총리를 지내는 동안(1862~1890) 독일의 통일을 지휘했다. 1871년 두 번째 독일 제국이 구성되었을 때 첫 번째 총리로 임명되었으며, 그 임기 동안 '철혈 재상(Iron Chancellor)'이라는 별명을 얻었다. 비스마르크는 독일 정치에 크고 지속적인 영향을 미쳤는데, 그의 주요 목표 중 하나는 독일 내 가톨릭 교회의 영향력을 최소화시키는 것이었으며, 그 목적을 이루고자 '쿨투르캄프(Kulturkampf, 문화운동)'라는 '반가톨릭' 운동을 도입했다.

비유클리드 기하학(non-Euclidean geometry). 유클리드의 공리를 따르지 않는 기하학. 흔히 유클리드 기하학을 곡률이 0인 경우로 정의하고, 곡률이 0보다 큰 경우(타원 기하학, 리만 기하학)나 곡률이 0보다 작은 경우(쌍곡 기하학, 보여이-로바체프스키 기하학)를 비유클리드 기하학이라고 부른다. 그러나 곡률 외에 거리 개념을 다르게 정의하는 기하학도 가능한데, 이런 것도 비유클리드 기하학에 포함된다.

1) 임의의 두 점은 한 직선으로 이을 수 있다.

2) 임의의 직선은 무한히 뻗어나갈 수 있다.

3) 임의의 직선이 주어지면 그 선을 반지름으로 하고, 그 선의 한쪽 끝을 중심으로 하는 원을 그릴 수 있다.

4) 모든 직각은 합동이다. 즉, 형태가 같다.

5) 두 개의 직선이 세 번째 직선과 교차할 때 같은 쪽에 있는 두 내각의 합이 180도보다 작으면 두 선을 연장했을 경우 반드시 한 점에서 만난다.

사크레쾨르 성당(Sacré Coeur Basilica '신성한 심장' 교회). 파리에 있는 로마 가톨릭 교회이자 유명한 관광지이기도 하다. 파리 시내에서 가장 높은 몽마르트르 언덕 꼭대기에 있으며 끊임없이 예수의 성체(the Blessed Sacrament: 예수의 신성한 몸을 일컫는 말-옮긴이)가 나타나는 곳으로 유명해 순례자들의 발길이 끊이지 않는다.

산투스-두몽. 알베르투(Santos-Dumont, Alberto 1873~1932). 브라질 출신의 발명가 겸 모험가. 부유한 커피 농가에서 태어난 산투스-두몽은 파리로 건너가 평생을 과학 연구 및 모험에 바쳤다. 그는 거대한 풍선을 사용한 비행선을 만들었으며, 미국의 라이트 형제의 비행기 개발에 자극받아 유럽 최초로 동력 비행에 성공한 사람이었다(1906). 그는 여성용 장신구로만 여겨지던 손목 시계를 대중화시킨 사람으로도 유명하다.

살몽, 앙드레(Salmon, André 1881~1969). 프랑스 작가이자 미술 비평가. 입체파의 열렬한 지지자로도 유명하다. 그는 집시 스타일의 삶을 선호했으며 세탁선(바토라부아르Bateau-Lavoir)에서 피카소, 막스 자코브, 기욤 아폴리네르 등과 함께 생활하면서 전례 없이 자유분방한 파리 보헤미아 예술그룹을 형성했다.

삼각법(trigonometry). 초등 수학에서는 직각삼각형의 직각이 아닌 한 각의 크기와 그로 인해 결정되는 면의 길이 사이의 관계를 다루는 수학의 분야. 고급 수학에서 이 삼각함수는 반지름이 1인 단위원에서 원 위에 정해지는 한 점의 좌표와 호의 길이 사이의 관계로 표현되어 보다 풍요로운 내용을 담게 된다.

생트-펠라지 감옥(Sainte-Pélagie prison). 파리에 있는 감옥으로 1790년부터 1895년까지 운영됐다. 수감된 죄수 중 유명 인사로는 마르키 드 사드(Marquis de Sade)와 에바리스트 갈루아가 있다.

샹젤리제 거리(Avenue des Champs Élysées). 파리 북서부 지역에 있으며 콩코드 광장에서 개선문 앞까지 이어져 있는 거리. 도시에서 가장 볼거리가 많고 화려한 거리로 정평 난 이곳은 루이 14세 때 공사가 시작되어 루이 15세 때 마무리되었다. 오늘날 샹젤리제는 세계에서 땅값이 가장 비싼 지역에 속하며 프랑스의 문화 중심지이기도 하다.

샹탕 카페(café chantant). 일종의 노천 카페로 소규모 악단이나 연주자들이 손님들을 위해 대중적으로 인기 있는 음악을 연주한다. 이러한 카페는 프랑스가 경제적으로 번성하고 사회적으로도 평화를 누렸던 1880년대 후반부터 제1차 세계 대전 사이의 전성기를 연상시키는데, 카바레에서 느껴지는 정치색이나 지역색 같은 것은 전혀 찾아볼 수 없는, 전통적으로 아무 근심 없고 약간은 방탕한 장소로 인식되고 있다.

서머나 탈출(Exodus from Asia Minor, Smyrna, 1922년 9월). 오늘날의 터키 지역 대부분을 포함하는 소아시아 지역에서 그리스인의 정착을 끝맺은 사건. 그리스−터키 전쟁(Greco-Turkish War) 기간 동안 그리스 후손들은 소아시아를 떠나 그들 평생 발 한번 디뎌 본 적이 없는 그리스로 돌아갈 것을 강요받는다. 당시 터키인들은 서머나 지역을 차지해 모든 것을 불태우면서 말 그대로 그리스인의 역사 자체를 지워 버린다. 이 재난은 그리스에 크나큰 영향을 미쳐 아테네인들은 지금까지도 그 기억의 고통에서 헤어나지 못하고 있다.

세잔, 폴(Cézanne, Paul 1839~1906). 프랑스의 후기인상파 화가로 그의 작품은 입체파(Cubism) 운동 같은 20세기에 일어난 심미주의 미술 운동에 큰 영향을 끼쳤다. 세잔은 현대 미술의 아버지로 불린다.

소아시아 연안 획득(accession of the coast of Asia Minor, 1920). 1917년 연합군은 그리스에 그들이 원하는 영토를 돌려줄 테니 제1차 세계대전에 참전하라고 요구한다. 그리스인들은 콘스탄티노플(터키 이스탄불의 옛 이름-옮긴이)과 서머나를 원했고, 연합군은 그리스와의 거래를 매듭짓고자 키프로스(지중해 동부의 섬-옮긴이) 섬까지 그들의 요구에 얹어 주겠다고 제안한다. 다음해 오스만 제국이 몰락하자 그리스는 주저하지 않고 그 영토에 대한 권리를 주장했다. 1920년 프랑스, 영국과 함께 맺은 세브르 조약(the Treaty of Sevres)에 의해 그리스는 동구 트라키아(Trace, 발칸 반도의 에게 해 북동 해안 지방-옮긴이)와 서구 아나톨리아(Anatolia, 예전 소아시아, 현재의 터키 지역-옮긴이) 지역의 통치권을 얻었다. 아나톨리아 영토의 획득으로 그리스는 하룻밤 새 소아시아 연안 지역을 모두 차지하게 됨으로써 엄청난 국가적 힘을 얻게 되었다.

소크라테스(Socrates 기원전 469~399). 서구 철학의 창시자 중 한 명으로 추앙받는 고대 그리스의 철학자로 자신의 제자 플라톤은 물론이고 플라톤의 제자 아리스토텔레스에게 까지 매우 큰 영향을 끼쳤다. 소크라테스가 가장 크게 기여한 분야는 윤리학이지만 대화편을 통해서 소크라테스식 반어법과 소크라테스식 문답법이 뒤에 큰 영향을 끼쳤다. 그는 아테네 젊은이들의 마음을 타락시켰다고 공공연하게 비난을 받았으며 결국 그 일로 유죄를 선고받고 감옥에 갇히게 된다. 그리고 추방의 기회가 주어졌음에도 아테네에 머물기로 결정함으로써 결국은 사형선고를 받아 독약을 마시고 사망한다.

소피아 공주(Sophia, Princess of Prussia, 1870~1932, marriage to Constantine). 원래 8촌간인 콘스탄티노스 1세와 소피아는 1889년 10월 27일 결혼했다. 그리고 다음해인 1890년 소피아 왕비는 그리스 정교회로 개종하겠다는 결심을 발표한다. 그러자 독일 내에 한바탕 소요가 일고, 그녀는 독일에서 추방당한 후 다시는 귀국할 수 없는 처지가 된다. 콘스탄티노스 1세와 소피아는 그들의 정치적 결연뿐 아니라 주변에서 일어난 특이하면서도 이상한 사건들 때문에 종종 세간의 주목을 받았다.

슐츠, 프란츠 아일하르트(Schulze, Franz Eilhard 1687~1744). 독일의 해부학자. 특정한 은염이 빛을 받으면 역반응을 일으킨다는 사실을 처음으로 발견했다. 이 발견이 사진술의 발전으로 이어졌다.

스키나스, 알렉산드로스(Schinas, Alexandros 1870(?)~1913). 그리스의 무정부주의자이면서 그리스의 게오르기오스 1세를 살해한 암살범. 스키나스는 게오르기오스 1세가 테살로니키를 걸어가고 있을 때 뒤에서 겨우 1미터도 떨어지지 않은 위치에서 총을 쏘았고, 왕은 병원에 도착하기도 전에 사망했다. 감옥에 갇힌 스키나스는 고문을 받던 중 자신이 터키의 밀사라는 사실을 실토한다. 그로부터 6주 후 그는 경찰서 창문에서 투신해 자살한다. 게오르기오스 왕의 암살은 그리스 정부와 그 발칸 동맹국들을 분노하게 만들어 곧 터키에 대한 전쟁을 선포하게 만든다.

쌍둥이 소수 추측(twin prime conjecture). 두 수의 차가 2인 소수의 쌍. 예를 들어 3과 5, 5와 7, 11과 13, 17과 19 등과 같은 소수의 쌍이 무한히 존재할 것이라는 추측. 정수론의 미해결 난제 중 하나로 증명도 반증도 되지 않았다. 임의의 자연수 k에 대해 (p, p+2k)를 만족시키는 소수의 순서쌍이 무한히 많이 존재한다는 폴리냐크의 추측은 쌍둥이 소수 추측(k=1인 경우)을 일반화한 것이다. 쌍둥이 소수 추측은 골드바흐의 추측처럼 미해결이면서도 흥미로운 연구들을 많이 만들어낸 난제인데, 둘은 서로 관련이 있기도 하다. 예를 들어 중국의 수학자 천징룬은 무한히 많은 소수 p에 대해 p+2가 소수이거나 혹은 '소수 두 개의 곱'이라는 사실을 증명했다. 이 '천(첸)의 정리'의 또 다른 함의는 충분히 큰 짝수는 두 소수의 합이거나 소수와 '소수 두 개의 곱'의 합으로 표현될 수 있다는 것인데 이것은 골트바흐 추측과 깊은 관련이 있다.

아낙사고라스(Anaxagoras 기원전 499~428). 그리스의 수학자이자 소크라테스 이전의 철학자. 나름의 우주론과 해와 달의 식(蝕)을 발견한 것으로 유명하다. 태양이 신이 아니며 달은 태양빛을 반사한다고 주장해 감옥살이를 하기도 했다.

아다마르, 자크 살로몽(Hadamard, Jacques Salomon 1865~1963). 프랑스의 수학자로 기하학과 역학의 다양한 영역에 많은 기여를 했다. 특히 소수정리 증명으로 매우 유명하고 행렬 부등식과 역학 궤도의 속성에 관한 논문으로도 잘 알려져 있다. 후자는 과학아카데미가 수여하는 보르댕 상을 수상했다.

아르키메데스(Archimedes 기원전 287~212). 시칠리아 섬(지금은 이탈리아에 속함)의 시라쿠사에 살았던 고대 그리스의 수학자이자 천문학자이며 발명가. 그의 공헌(아르키메데스의 원리, 아르키메데스의 나선식 펌프, 구체의 표면과 부피, 그리고 그 외접하는 원기둥 사이의 관계 등을 발견)으로 기하학에 대변혁이 일어났다.

아리스토텔레스(Aristoteles 기원전 384~322). 고대 그리스의 철학자, 논리학자, 그리고 과학자. 플라톤의 제자이자 알렉산더 대왕의 스승이었다. 기원전 335년 아테네 성벽 바깥에 위치한 체육관 라이시엄에 소요학파 학교를 창설했으며, 기독교적 스콜라철학과 중세 이슬람 철학 양쪽에 기본 틀이 됨과 동시에 그 전달 수단이 된 철학적이고 과학적인 학설의 저자이기도 하다. 중요한 저서 중에는 『물리학(*Physics*)』, 『형이상학(*Metaphysics*)』, 『니코마코스 윤리학(*Nicomachean Ethics*)』, 『정치학

(*Politics*)』,『영혼론(*De anima*)』,『시학(*Poetics*)』등이 있다. 아리스토텔레스는 거의 혼자 힘으로 논리학, 생물학, 심리학 분야를 창설했으며, 논란의 여지는 있을지 모르지만 그의 사상 체계는 한 사람이 모아 놓은 것으로는 그 누구의 업적과도 비교할 수 없을 만큼 엄청난 영향력을 발휘한다.

아벨, 닐스 헨릭(Abel, Niels Henrik 1802~1829). 노르웨이의 수학자. 5차 이상의 대수방정식은 일반적인 방식(제곱근 연산과 사칙 연산)만으로 쓸 수 있는 일반적인 해법이 존재하지 않는다는 것을 증명했다. 젊은 나이에 천재적인 재능을 보였으나 불운이 겹쳐 일자리를 잡지 못하고 빈곤에 시달리다 지병이 악화되어 죽었다. 이 천재 수학자의 업적을 기리기 위해 아벨 군, 아벨 적분, 아벨 함수, 아벨 다양체 등 다양한 개념에 그의 이름을 붙였다. 노르웨이는 2001년 그를 기념하기 위한 수학상인 아벨 상을 제정했다.

아크로폴리스(Acropolis). 아테나이(아테네) 중심지에 있는 언덕 위의 평지로, 주로 중요한 집회를 위한 광장으로 사용되었다. 그리스어로 높은 곳의 도시라는 뜻이다.

아폴리네르, 기욤(Apollinaire, Guillaume 1880~1918). 프랑스의 시인이자 작가. 20세기 초반 예술의 신사조인 아방가르드 운동을 이끌었으며 '초현실주의'라는 용어를 최초로 만들어 낸 예술 평론가이기도 했다.

안티크톤(Antichthon). '반지구.' 피타고라스 학파는 수에 특별한 의미를 부여하고 이 수의 체계가 자연을 지배한다고 믿었다. 그들은 10이 완전한 수라고 생각했고 따라서 우주 역시 10개의 천체로 되어 있다고 믿었다. 그들은 우주의 중심에는 커다란 불이 있고 그 주위를 우리가 잘 알고 있는 지구, 달, 태양과 다섯 개의 관찰가능한 행성(수성, 금성, 화성, 목성, 토성)이 돌고 있다고 믿었는데 지구에서 관찰할 수 없는 정반대편에 행성이 하나 있어서 10개의 천체가 존재한다고 주장했다. 이 반대편의 지구(반지구)를 안티크톤이라고 한다.

에디슨, 토머스(Edison, Thomas 1847~1931). 미국인 발명가로 전구를 발명하고, 전력 공급회사를 처음 시작했으며, 현대적인 연구실을 최초로 설립하였

다. 미국, 영국, 프랑스, 독일 등지에서 전부 합치면 1,000개가 넘는 특
허를 받았으며, 제너럴일렉트릭 사의 창업자이기도 하다.

에르미트, 샤를(Hermite, Charles 1822~1901). 프랑스의 수학자로 대수학 방정식
이론, 2차 방정식의 수학적 이론, 타원함수와 생성함수 이론 등을 발전
시킨 매우 중요한 인물이다. 그는 자연로그의 밑수로 정의되는 e가 초
월수라는 사실을 처음으로 증명했으며, 1858년 출간한 『5차방정식의
해에 관하여(*Sur la résolution équation de cinqui□he degré*)』라는 저서를 통
해 발표한 일반 5차방정식 해법으로 유명하다.

에우클레이데스[Eucleides 혹은 유클리드 (Euclid) 약 기원전 330~275]. 그의『원론』
은 오랫동안 기하학의 교과서였다. 그의 기하학은 무정의용어와 공리가
주어지고 그로부터 수학적 정리들을 도출하는 연역적 체계였는데, 그가
제시한 다섯 가지 공리는 다음과 같다. 마지막 다섯 번째 공리(평행선 공
리)는 다른 공리에 비해 직관적으로 명쾌하지 않고 복잡해 이것을 제거
하거나 단순화시키기 위해 많은 사람들이 노력을 기울였는데 이것이 비
유클리드기하학의 탄생을 가져왔다.

에페소스(Ephesos). 성서에는 '에베소'로 되어있다. 현재 터키 서부에 있
던 고대 그리스의 도시로 지역 내 주도적인 항구였으며, 위대한 이오
니아 도시들 중 하나였다. 아르테미스(Artemis) 여신[로마에서는 다이아
나(Diana) 여신]의 신전이 있던 곳이며, 대략 기원전 100년에서 기원후
100년 사이의 전 세계 노예무역의 중심지였다. 하지만 431년경 항구가
진흙으로 덮이면서 버려진 도시가 되었다. 후에 발굴 작업을 통해 로마
시대와 비잔티움 제국시대의 유물이 상당량 발굴되었다.

에펠, 구스타프(Eiffel, Gustave 1832~1923). 프랑스의 구조 공학자이자 건축가
로 자유의 여신상의 철강 뼈대를 설계했으며 그 설립도 감독했다. 1889
년 열린 파리 만국박람회에서 프랑스 혁명 10주년을 기념하기 위해 설
립한 에펠탑의 설계자로 유명하다. 에펠탑은 순수한 철강만을 사용해
지은 높이 300미터의 탑으로 토목과 건축의 역사에 새로운 전기가 된
기념비적인 건물이었다.

에피로스(Epiros). 그리스의 고대도시로 오늘날의 그리스 북서부와 알바니

아 남부의 지방이 이에 해당한다. 기원전 4세기경 몰로시 부족(Molossi tribe)의 지배 아래 국가의 형태를 갖추게 된 에피로스는 기원전 3세기경 독립국가로서 최정점의 시기를 누렸지만 곧 로마, 비잔틴, 그리고 마침내는 오스만 제국의 통치권 아래 들어간다. 19세기 초반 에피로스는 터키와 알바니아 사이에서 분열되었다.

연속체 가설. 게오르크 칸토르가 제시한 문제. 칸토르는 무한에도 종류가 있음을 보였는데, 가장 기본적인 무한은 자연수 전체의 집합으로 칸토르는 그 무한의 농도를 알레프-0이라고 불렀다. 칸토르는 독창적인 방법으로 자연수 전체와 유리수 전체는 1대1 대응이 가능하다는 것을 보임으로써 자연수 전체의 집합과 유리수 전체의 집합은 서로 농도가 같음을 보였다. 같은 방법을 적용했을 때 무리수를 포함하는 실수 전체의 집합은 자연수 전체와 1대1 대응이 불가능하기 때문에 실수 전체의 집합의 농도가 더 크다는 것을 알 수 있었고 이것을 알레프-1이라고 불렀다. 여기서 질문이 생겨난다. 한 집합이 주어졌을 때 이 집합의 모든 부분집합으로 이루어진 집합을 멱집합이라고 하는데, 원래 집합의 원소의 개수가 N개일 경우 멱집합의 원소의 개수는 2N개로 2N>N이기 때문에 멱집합의 농도는 원래 집합의 농도보다 더 크게 된다. 그렇다면 자연수 전체의 집합의 멱집합의 농도는 실수 전체의 집합의 농도(알레프-1)와 같은 것일까? 이것을 연속체 가설이라고 부르는데, 폴 코엔에 의해서 이 연속체 가설은 다른 공리들과 독립적임이 밝혀졌다. 즉, 연속체 가설을 옳다거나 틀리다고 가정하더라도 집합론에서는 모순이 발생하지 않는다.

오에노피데스(Oenopides). 기원전 450년경 살았던 고대 그리스의 천문학자이자 수학자. 그는 일식과 월식을 예측하고자 플라톤의 연 계산법(the calculations of the Great Year: 달은 지구를 공전하고, 지구는 태양계를 공전하며, 태양계는 북극성을 중심으로 공전하는데, 그 공전 주기를 '1플라톤 년'이라고 한다. 71.6년에 1도씩 움직이므로 한 주기가 2만5800년 정도 걸린다는 개념 체계)을 최초로 이용했던 인물로 믿어진다.

오일러, 레온하르트(Euler, Leonhard 1707~1783). 스위스 출신의 수학자. 18세

기의 가장 위대한 수학자로 혼자서 18세기 중반 수학논문의 절반을 썼다고 전해질 정도로 생산적인 수학자였다.

올가 여왕, 러시아의 올가 콘스탄티노브나(Queen Olga, Olga Constantinovna of Russia, 1851~1926). 그리스의 국왕 게오르기오스 1세의 부인. 1867년 두 사람이 결혼했을 당시 올가 여왕은 겨우 16살이었으며 그 후 8명의 자녀를 낳는다. 그녀는 비잔틴 제국의 황녀 에우프로시네 도우카이나 카마테라(Euphrosyne Doukaina Kamatera 약 1155~1211)의 직계 후손이다. 올가 여왕은 코이네 그리스어(Koine Greek)가 아닌 민중 그리스어로 번역된 성경을 출판하려는 개인적인 소망을 품고 모든 사람이 널리 읽을 수 있도록 구약성서를 민중 그리스어로 번역하겠다는 목표를 발표했다. 하지만 그 캠페인은 실패로 돌아가 결국 폭동과 함께 여왕은 물론 성경 번역을 맡았던 알렉산드로스 팔리스, 그리고 여왕의 계획을 지지했던 대주교 프로코피우스 2세에 대한 거센 반발을 불러일으키는 계기가 되고 만다.

왕당파, 왕권주의자, 혹은 보수주의자/자유당, 혹은 자유주의자(Royalists/ Liberals). 20세기 초반 그리스의 국가 분열 시기에 극단적인 대립을 이루었던 두 당파로, 왕권주의자들의 지지를 등에 업고 있기는 했으나 그 의사 결정 능력에 문제가 있다는 의심을 받았던 왕권과 좀더 진보적이고 민주적인 정치인들이 자유당의 지지를 받기 시작하면서 그 대립이 심화된다.

원적법(squaring of the circle). **고대의 3대 작도 문제 중 하나.** 주어진 원과 정확히 같은 면적을 가진 정사각형을 작도하는 문제인데, 가장 오래된 수학 문제로, 주어진 원과 정확히 같은 면적을 가진 정사각형을 작도하는 법을 묻는 것이다. 원주율 파이가 대수적인 수가 아닌 초월수라는 것이 증명되면서 불가능하다는 것이 동시에 증명되었다.

위트릴로, 모리스(Utrillo, Maurice 1883~1955). 프랑스의 화가. 파리의 몽마르트르에서 태어나 도시 풍경을 뛰어난 그렸다. 그는 21살에 알콜 중독과 정신병 판정을 받은 후 그림을 시작했으며 파리파를 이끄는 대표적인 화가가 되었다.

자코뱅(Jacobins). 프랑스 혁명 기간에 강력한 힘을 행사했던 정치세력 (1789~1799). 처음에는 온건한 정치 분파로 시작했지만 입헌군주제를 선호했던 주요 온건파 오노레 미라보(Honoré Mirabeau 1749~1791)의 죽음 이후 극좌파로 돌아섰다. 또한 프랑스 혁명 기간 중 시행됐던 공포정치의 원인이기도 하다. 자코뱅이라는 용어는 아직도 혁명 정치에 대한 좌파 세력이나 정책을 언급할 때 이용한다.

자코비데스, 게오르기오스(Jakobides, Georgios 1853~1932). 뮌헨 스타일 운동에 크게 공헌한 그리스의 화가이자 아테네에 위치한 그리스 국립미술관의 설립자이기도 하다. 미술 쪽에서는 아이들과 신화적인 장면을 그린 그림으로 유명하다. 그는 젊은 화가들을 후원했음에도 개인적으로는 인상주의나 표현주의 운동처럼 시대를 앞서가는 새로운 스타일에는 반대했다.

자콥, 막스(Jacob, Max 1876~1944). 프랑스의 작가이자 화가였으며 피카소의 절친한 친구로 룸메이트이기도 했다. 또한 프랑스 지하 저항운동 세력의 지도자인 장 물랭(Jean Moulin)의 동료였다. 그의 작품은 그림과 글, 양쪽 모두에서 상징주의와 초현실주의 사이의 통합된 관련성을 보여준다.

제논(Zenon, Zeno of Elea, 기원전 약 490~430). 소크라테스 이전의 그리스 철학자. 파르메니데스의 제자로 엘레아학파에 속하며 '제논의 역설'로 유명하다. 아킬레스와 거북이, 날아가는 화살 등 그의 유명한 역설은 모두 운동의 불가능성을 논증하며 그의 스승 파르메니데스의 입장을 지지하기 위해 만들어졌다.

제미노스(Geminos, 기원전 10~기원후 60). 그리스의 천문학자이자 수학자이며 스토아학파(금욕주의) 철학자이기도 했던 인물로 금욕주의적인 시각으로 우주를 바라보는 관점을 옹호하는 작품을 썼다. 또한 매우 영향력 있는 천문학 교본도 저술했다.

졸라, 에밀(Zola, Émile 1840~1902). 자연주의 문학의 선구자로 불리는 프랑스의 작가. 정치적인 행동주의자로 유명했는데, 드레퓌스 사면 운동에 뛰어들어 "나는 고발한다."라는 이름의 신문 논설로 국민의 여론을 끌어모

으는 데 주도적인 역할을 한다. 하지만 정작 본인은 반역죄로 체포되어 프랑스 최고의 영예인 레종도뇌르훈장을 반납하는 수난을 겪어야 했다.

쥐트(Zut). 프랑스어에서 '젠장', '빌어먹을' 등의 뜻을 지닌 감탄사. 소설에 등장하듯이 로트레크, 피카소, 자코브 등 일군의 예술가들이 자주 들렀던 술집의 이름이기도 했다.

지크프리트(Siegfried). 독일의 대서사시 '니벨룽겐의 노래(Nibelungenlied)'와 바그너(Wagner)의 오페라 '지크프리트(Siegfried)', '신들의 황혼(Götterdämmerung)'에 등장하는 신비로운 인물. 북유럽 신화 속에서는 시구르트(Sigurd)라는 이름으로 등장하는데, 노르웨이 국왕 부처와 그 자녀들이 스스로를 시구르트의 후손이라 믿고 있다. 독일이 1, 2차 세계대전 동안에 세우고 이용한 650킬로미터에 걸친 방어 체계의 이름 역시 지크프리트 방어선이다.

질, 앙드레(Gill, André 1840~1885). 프랑스의 캐리커처 화가로 「라 륀(*La Lune*)」 신문과 정기간행지 「레클립스(*L' eclipse*)」에 차례로 연재한 '오늘의 인물(Man of the Day)' 초상화 시리즈로 매우 잘 알려져 있다. 그의 독특한 캐릭터들은 커다란 머리와 난쟁이 같은 몸이 특징이다.

찰스 1세(Charles I 1600~1649). 1625년부터 1649년 반역죄로 처형될 때까지 영국, 스코틀랜드, 아일랜드를 통치했던 왕으로, 제임스 1세와 덴마크 출신 앤 공주 사이의 차남. 영국의 내전 기간에 통치했던 왕으로 유명하며 당시 청교도를 상대로 권력 투쟁을 벌였다. 청교도들은 찰스 왕이 스코틀랜드에서 펼치려고 했던 종교 정책에 반기를 들었다. 루이 필리프가 그의 왕위를 이어받는다.

카라테오도리, 콘스탄티노스(Caratheodory, Constantinos 1873~1950). 괴팅겐 대학 교수를 지낸 그리스 수학자. 열역학에 관해서도 많은 논문을 발표해 아인슈타인의 특수상대성이론에 지대한 영향을 끼쳤다.

카사헤마스, 카를로스(Casagemas, Carles 1880~1901). 카탈로니아의 화가로 피카소의 친구였다. 그의 우정과 자살이 피카소의 여러 작품에 영감을 주었다.

칸트, 임마누엘(Kant, Immanuel 1724~1804). 프로이센의 도시 쾨니히스베르크

(현재 러시아의 칼리닌그라드) 출신의 독일 철학자로 현대 유럽과 후기 계몽주의에서 가장 영향력 있는 사상가로 평가된다. 선험적 관념론으로 가장 유명하며, 주요 저서로는 『순수 이성 비판(*Critique of Pure Reason*)』과 『실천 이성 비판(*Critique of Practical Reason*)』이 있다.

케일리, 아서(Cayley, Arthur 1821~1895). 영국의 수학자. 오일러와 코시에 버금가는 생산적인 수학자로 수학 전반에 걸쳐 다작의 논문을 남겼다. 특히 행렬 이론의 발전에 기여했으며, 군의 개념을 현대적으로 정의함으로써 대수학에도 크게 기여했다. 그는 원래 페르마처럼 변호사 출신이었으나 뛰어난 수학적 재능으로 법률가의 길을 포기하고 전업 수학자의 길을 걸어 수학자 중의 수학자라고 불릴 만큼 많은 업적을 남겼다.

케플러 추측(Kepler's Conjecture). 청과물 상인 문제. 3차원 공간에서 구를 쌓을 때 어떤 것이 가장 조밀하게 쌓는 방법인가를 묻는 질문에 대해 케플러가 과일가게에서 사과를 쌓는 경우처럼 엇갈리게 배열하는 것(육방 최밀 격자 혹은 면심 입방 격자)이 가장 최선이라고 추정한 것을 가리킨다. 규칙적인 배열의 경우에 대해서는 가우스가 증명했으며, 규칙적인 격자가 아닌 경우를 포함한 증명은 1998년 토마스 헤일스와 그의 제자 숀 팩커플린이 컴퓨터를 이용해 최종적인 증명을 내놓았다.

케플러, 요하네스(Kepler, Johannes 1571~1630). 독일의 수학자이자 천문학자로 티코 브라헤의 제자. 행성 운동의 세 가지 법칙을 발견했다.

코사크(Cossacks). 동유럽 러시아의 남쪽 지역과 아시아의 일부 지역에 살고 있는 호전적인 사람들을 일컫는 말. 코사크라는 용어는 투르크어 '카자크(kazak)'에서 유래했으며 '모험가' 또는 '자유인'이라는 의미다.

코시, 오귀스탱 루이(Cauchy, Augustin Louis 1789~1857). 프랑스의 수학자. 오일러와 더불어 엄청난 생산성으로 유명해, 여러 과학 잡지에 789회나 논문을 기고했다. 그와 칼 바이어스트라스는 엡실론-델타 논법을 사용해 무한소를 추방하고 현대 해석학을 엄밀한 수학적 기초에 올려놓았다.

코이네 그리스어(Koine Greek). 신약 성서 시대의 그리스 어.

코페르니쿠스, 니콜라우스(Copernicus, Nicolaus 1473~1543). 폴란드의 천문학자로 태양을 중심으로 보는(지동설) 천문학 이론을 펼쳐 유명해졌다. 다시

말해 지구가 지구 축을 중심으로는 하루에 한 번, 태양을 중심으로는 일
년에 한 바퀴씩 돈다는 것이다.

콘스탄티노스 1세(Constantine I, King of the Hellenes, 1868~1923). 그리스의 게오
르기오스 1세와 러시아의 대공비 올가 콘스탄티노브나의 아들로, 그리
스 왕위에 두 번이나 올랐으며 군대의 최고사령관을 지냈다. 그는 발칸
전쟁과 그리스-투르크 전쟁 양쪽 모두에서 군대를 지휘했다. 그는 일생
동안 정치적 반대 세력에 부딪혔는데, 그중에서도 그리스의 1차 세계
대전 참전 여부에 대해 엘레프테리오스 베니젤로스와 벌인 사소한 논쟁
은 궁극적으로 국가 분열을 불러오기도 했다.

콜럼버스, 크리스토퍼(Columbus, Christopher 1451~1506). 스페인 항해사이자 식
민지 개척자. 유럽에서 아시아로 가는 직항로를 찾던 중 우연히 아메리
카 대륙을 발견한 이탈리아 출신의 탐험가이기도 하다. 아메리카 대륙
에 가장 처음 도착한 인물을 아니었지만, 콜럼버스는 유럽인과 토착 원
주민 간에 첫 교류를 텄다. '콜럼버스 시대 이전'이라는 말은 콜럼버스
와 그의 유럽인 후임자들이 아메리카 대륙에 도착하기 전 시대의 사람
과 문화를 언급할 때 쓰는 말이다.

크레스나 협곡 전투(crash in the Straits of Kresna, 1913년 7월 8일~18일). 제2차 발
칸 전쟁 기간에 콘스탄티노스 왕은 불가리아에 이미 승리했다고 믿고는
군대를 이끌고 불가리아 내륙 깊숙이 들어갔다. 베니젤로스의 강력한
반대에도 불구하고 불가리아인을 전멸시켜 완벽한 승리를 이루고 싶었
던 콘스탄티노스 왕은 고집스럽게 군대를 이끌고 전진해 크레스나 협곡
으로 들어갔고, 그곳에서 그리스군은 방어 진지를 구축하고 매복한 불
가리아 제1, 2 사단과 마주치게 된다. 그리스군이 곧장 공격에 들어갔지
만 결국 양 진영은 평화조약을 맺게 된다. 크레스나 협곡 전투는 제2차
발칸 전쟁의 마지막 전투였고, 불가리아와 그리스 정부는 곧 조약을 체
결했다.

크로네커, 레오폴트(Kronecker, Leopold 1823~1891). 독일의 수학자이자 논리학
자로 타원함수론, 대수 방정식이론, 대수적 수론 등에 큰 기여를 했다.
그는 수학이란 유한수를 연구 대상으로 하되 그 연산의 수도 제한되어

야 한다고 주장했다. 그의 가장 유명한 연구는 「5차 일반 방정식의 해법에 관하여(*On the Solution of the General Equation of the Fifth Degree*)」이며, 이 논문에서 군 이론을 적용해 5차방정식을 풀고 있다.

크리톤(Criton, 기원전 5세기 후반 경 생존했던 것으로 추정됨). 부유한 아테네 철학자로 소크라테스의 절친한 친구였으며 플라톤의 대화편 중의 하나인 〈크리톤〉에도 등장한다. 이 대화 속에서 소크라테스는 사형 선고를 받고 감옥에서 형 집행일을 기다리고 있었고 크리톤을 비롯한 친구들은 그의 탈출과 도주에 대해 논의한다. 하지만 소크라테스는 이것을 거부하고 그냥 형 집행을 기다리겠노라고 답한다.

클라인, 펠릭스(Klein, Felix 1849~1925). 독일의 수학자로 괴팅겐 대학의 교수를 지냈다. 1872년 에를랑겐에서 「새로운 기하학 연구를 위한 비교의 관점」이란 제목의 논문을 통해 당시의 기하학을 연구하기 위한 방법론의 개요를 제시했는데, 이것이 바로 에를랑겐 프로그램이다. 다양한 기하학들이 독자적인 언어를 갖고 있으며, 이 다양한 기하학의 언어들을 대수학의 이론인 군론을 통해 연구하자는 기하학의 토대로 삼자는 혁신적인 제안을 담고 있었다.

킬키스-라하나스 전투(battles of Kilkis-Lahanas, 1913년 6월 19일~21일). 제2차 발칸 전쟁 중에 마케도니아의 작은 마을 킬키스에서 그리스와 불가리아 사이에 벌어졌던 사흘 동안의 전투. 전투 마지막 날 그리스군이 마을을 점령하고 킬키스를 잿더미로 만들어 버린다.

테오도시우스(Theodosios of Bithynia, 기원전 약 160~100). 그리스의 천문학자이자 수학자로 구면기하학에 관한 책을 썼다.

툴루즈-로트레크, 앙리 드(Toulouse-Lautrec, Henri de 1864~1901). 프랑스의 화가. 귀족 출신이지만 어린 시절 다리가 부러진 후 성장이 멈춰 성인이 되어서도 키가 150cm 정도였던 그는 장애로 인해 사회로부터 멀어져 예술 활동에 몰두했다. 파리의 뒷골목을 전전했던 그는 카바레 무용수와 매춘부 등과 친교를 맺으며 상처받은 감수성으로 우울한 삶을 독특한 색채로 그려내었다.

트라키아(Thrace). 발칸 반도 동부에 있던 고대 유럽 국가로 오늘날의 터키,

북동부 그리스, 남부 불가리아로 둘러싸여 있었다. 기원전 1300년부터 600년까지 트라키아인들이 발칸 반도의 거대한 영토를 지배했지만, 그 후 마케도니아, 불가리아, 오스만투르크 등 수많은 군대의 침략을 받아 그들의 통치권 아래 들어가고 만다. 결국 제1차 세계대전 기간에 오늘날의 영토 경계선이 그어진다.

티에르 정부(Goverment of Thiers). 프랑스의 정치가이자 저널리스트, 역사학자이기도 했던 루이 아돌프 티에르(Louis Adolphe Thiers 1797~1877)가 이끌던 행정부. 제2공화정이 전복된 후 티에르는 파리 코뮌 진압을 이끌며 유명해졌다. 그는 1871년에서 1873년까지 임시 대통령으로 재임하지만 투표에서 국민의회의 신임을 얻지 못해 사임하고 만다.

파나리오테스(Phanariotes from Constantinople). 콘스탄티노플의 파나르에 살았던 걸출한 그리스인과 그리스화한 로마인, 알바니아인들을 일컫는다. 파나르는 콘스탄티노플의 주요 그리스인 지구로 세계 총대주교청(the Ecumenical Patriarchate)이 위치해 있었으며, 그 거주민 대다수가 오스만 정부에서 고위직을 맡아 오스만 제국에서 매우 큰 영향력을 미쳤다.

파라스케보풀로스, 레오니다스(Paraskevopoulos, Leonidas 1860~1936). 소아시아에 주둔해 있던 그리스 군대의 육군 참모총장으로 1897년 그리스-투르크 전쟁은 물론, 발칸 전쟁과 제1차 세계대전에서도 그리스를 위해 싸웠으며, 1919년에는 최고사령관이 되어 그리스 영토를 확장하는 데 큰 공을 세웠다. 1920년에는 왕당파 아나스타시오스 파포울라스(Anastasios Papoulas)에게 그 자리를 내주고 말지만 전쟁이 끝난 후에는 엘레프테리오스 베니젤로스가 이끄는 자유당에 들어가 정치 경력을 쌓기 시작하고 후에 상원의장까지 지낸다.

파렌, 칼리노이(Parren, Callirhoe 1859~1940). 콘스탄티노플 출신의 앵글로-프랑스계 저널리스트로 아테네에 뉴스 에이전시를 설립한 이오아니스 파렌(Ioannis Parren)과 결혼하고, 결혼과 동시에 남편을 따라 아테네로 건너갔다. 남편뿐 아니라 주변의 여러 저널리스트들의 영향으로 1887년 여성 주간지 「여성 저널(*Efimeris ton Kyrion*)」을 출간한다. 파렌은 자신의 글을 통해 여성운동가들을 도왔으며, 그리스에서 여성해방 운동을 이끌었다. 1911년 2월 19일에는 '그리스 여성 문화 운동단체(the Lyceum Club of Greek Women)'를 설립하기도 한다.

파르메니데스[Parmenides 기원전 515(?)~445(?)]. 이탈리아 남동부 연안에 있는 그리스 도시 엘레아 출신의 후기 소크라테스학파 철학자로 엘레아학파의 창시자임. 그의 작품 중에 지금까지 전해져 오는 것은 '자연에 대하여(On Nature)'라는 시의 일부뿐이다. 이 시속에서 그는 실재(reality)를 인식하는 두 가지 방법을 이야기한다. 하나는 반박의 여지가 없는 '진리를 통해 인식하는 방법'이고, 또 하나는 반대되는 의견과 갈등이 공존하는 '견해를 통해 인식하는 방법'이다. 그는 '있다(유)'는 것의 반대는 '없다(무)'인데, '없다(무)'는 말 그대로 없는 것이므로 모든 있음(유, 존재)은 단일하며 변화하지 않는다고 주장했다. 추상적이면서도 논리적인 파르메니데스의 견해는 플라톤에게 강한 영향을 끼쳤고, 그를 통해 전체 서구 철학에도 영향을 끼쳤다.

파르테논(Parthenon). 아테네 여신을 기리는 성스러운 그리스 신전으로 아테네의 아크로폴리스에 있다. 기원전 447년에서 432년 사이에 지어졌으며, 그리스 건축의 걸작으로 평가되는 이 신전은 역사 속에서 기독교 교회, 이슬람교 성원, 군대의 탄약고 등 여러 용도로 사용되었다.

파리 세계 박람회(Exposition Universelle, 1889년 5월 6일~10월 31일). 파리에서 열린 세계 박람회로 기계 전시관과 에펠탑 제막식으로 유명하다. 프랑스 혁명 10주년을 기념하기 위해 세워진 에펠탑은 당시 박람회의 정문으로 이용되었다.

파스티스(pastis). 지중해 지역에서 즐겨 마시던 주류로 프랑스의 프로방스 지역에서 처음 개발되었다. 별 모양의 스타아니스, 검고 흰 후추 열매, 생강과 향신료인 카더멈, 샐비어, 육두구, 클로버, 시나몬, 감초, 설탕 등이 재료이다.

파야레스, 마누엘(Pallarés, Manuel 1876~1974). 피카소와 작업실을 공유했던 친구. 1898년 피카소를 자신의 고향 오르타 데에브로로 데려가 그곳에서 함께 8개월을 보낸다. 피카소는 "나는 내가 아는 모든 것을 파야레스의 마을에서 배웠다."고 자주 말하곤 했다.

파이(Phi, φ) 수학에서 파이는 황금분할, 또는 황금비를 일컫는다. 대략 1.618 정도이지만 정수비로는 표현할 수 없다. 따라서 피타고라스의 개념에서는 수가 아니다.

파이(pi, π). 원의 둘레와 그 지름의 비율을 나타내는 상수로 그 값은 대략 3.14 정도인 무리수다. 다시 말해 정수의 분수로는 나타낼 수 없다.

팔리스, 알렉산드로스(Pallis, Alexandros 1851~1935). 1901년 신약 성경을 민중 그리스어로 번역해 출판한 인물로, 번역된 성경의 내용 중 마태복음이 아테네 신문 「아크로폴리스(*The Acropolis*)」에 실렸을 때는 아테네 거리에 폭동이 일어나기도 했다. 폭동의 참가자들은 주로 대학생들이었으며, 그들은 왕궁까지 반대 행진을 하며 신문사를 공격하고 아테네 대학을 점거했다.

팡갈로스, 테오도르(Pangalos, Theodore 1878~1952). 영향력 있는 그리스 장군이자 정치인이었지만 결국 오욕의 마지막을 맞는 인물이다. 그는 콘스탄티노스 1세의 폐위에 결정적인 도움을 준 후, 초기에는 잠시 공화국을 돕는 듯하다가 1925년에는 결국 자신이 권력을 잡고 독재정치를 시도한다. 콘도우리오티스 대통령을 강제로 사임케 하고 부정선거를 통해 정권을 잡지만 몇 달 후 감옥에 갇힌다. 그리고 나서도 새로운 쿠데타를 시도하다 결국 추방당하고 만다.

페르마, 피에르 드(Fermat, Pierre de 1601~1665). 프랑스의 툴루즈 고등법원에서 일한 변호사이자 수학자로 현대 미적분학의 초기 발전을 이루었다. 특히 그는 수론에 관한 연구와 곡선의 최대, 최소의 세로 좌표를 찾아내는 독창적인 방식을 발견한 것으로 인정받았는데, 그 방식은 당시만 해도 알려지지 않았던 미분학과 유사한 것이었다. 또한 페르마는 해석기하학, 확률, 광학 등에도 지대한 영향을 끼쳤다. 그는 디오판토스의 책의 여백에 자신이 발견한 정리들을 적어 넣었는데, 그중에서 $a^n+b^n=c^n$에서 n이 2이상의 정수라면 이 식을 만족시키는 0이 아닌 정수 a, b, c의 조합은 존재하지 않는다는 '마지막 정리'가 유명하다. 그는 이에 대해 자신이 놀라운 증명을 발견했지만 여백이 좁아 적지 않는다고 써놓았는데, 이 정리(라기보다는 추측)가 증명된 것은 1993년 앤드루 와일즈에 의

해서였다. 앤드루 와일즈의 정리는 그보다 앞선 타니야마-시무라 추측을 증명한 것으로 페르마의 마지막 정리는 타원방정식과 정수론이라는 서로 다른 분야를 연결시키는 거대한 추측으로부터 도출되는 한 가지 결론이다.

페리클레스[Pericles 기원전 495(?)~429]. 명망 높은 아테네 웅변가이자 작가, 정치가. 고대 그리스 정부와 사회 개혁에 매우 중요한 역할을 했다. 그가 아테네 문화에 끼친 영향이 매우 컸기에 동시대 역사학자였던 투키디데스(Thucydides)는 그를 두고 '아테네 최초의 시민'이라고 칭송하기도 했다. 페리클레스는 델로스 동맹(the Delian League)에 속한 국가들을 아테네의 속국으로 만들어 아테네를 제국으로 변화시킨 인물이기도 하다. 그는 펠로폰네소스 전쟁의 처음 2년 동안 아테네 국민을 이끌었는데, 대략 기원전 461년에서 429년에 이르는 이 통치 기간을 후대 사람들은 '페리클레스의 시대' 혹은 '황금기'라고 부른다. 페리클레스는 파르테논 신전을 비롯해 여러 뛰어난 건축물을 아크로폴리스에 세우는 야심찬 기획을 했던 사람이다.

페아노, 주제페(Peano, Giuseppe 1858~1932). 이탈리아의 수학자. 그는 200편이 넘는 책과 논문을 발표했으며, 다양한 논리와 이론의 창시자이기도 하다. 또한 자연수의 표준 공리에 '페아노 공리'라는 이름을 안겨 준 인물이기도 하다. 그는 생애 대부분을 토리노 대학에서 수학을 가르쳤으며 자신의 저서 『기하학적 미적분학(*Geometrical Calculus*)』에서 세계 최초로 벡터 공간의 개념을 정의했다.

포르, 펠릭스(Faure, Félix 1841~1899). 프랑스 제3공화국의 6대 대통령으로 1895년부터 1899년까지 재임했다. 포르는 드레퓌스 사건에서 새로운 재판을 열어 달라는 피고의 주장을 받아들이지 않음으로써 자신의 행정부에 불명예를 안겼다. 에밀 루베(Émile Loubet)가 그의 뒤를 이었다.

포시도니오스(Posidonios 기원전 약 135~51). 고대 그리스인으로 스토아 철학자였으며 키케로(Cicero)의 스승이었다. 스토아 철학자 중 가장 중요한 인물이며 스토아학파의 가르침에 플라톤의 가르침을 많이 추가했다. 또한 뛰어난 과학자이자 천문학자이며 역사학자이기도 했고, 폴리비오스

(Polybios)의 역사서를 이어서 썼던 인물로도 알려져 있다.

폰타나, 니콜로(Fontana, Niccolo 1499~1557). 이탈리아의 수학자이자 공학자로 3차방정식을 대수적으로 최초로 풀었다. 그는 또한 아르키메데스와 유클리드를 이탈리아어로 처음 번역해 발표했고, 탄도학의 창시자로도 알려져 있다.

퐁 디에나(Pont d'Iéna). 파리 센 강 위에 있는 다리로 여러 개의 아치로 되어 있으며 에펠 탑이 있는 지역과 트로카데로 지역을 연결한다. 1807년 나폴레옹 1세의 지시로 1806년에 거둔 예나 전투(Battle of Jena)의 승리를 기념하고자 군사학교를 내려다볼 수 있는 위치에 지어졌다.

퐁슬레, 장 빅토르(Poncelet, Jean Victor 1788~1867). 프랑스의 공학자이자 수학자로 에콜 폴리테크니크의 학장을 지낸 것으로 유명하다. 또한 조제프 제르곤(Joseph Gergonne)과 함께 현대 사영기하학(projective geometry)의 창시자로도 알려져 있는데, 둘이 동시에 그 영역을 발견했다. 그가 이룩해 놓은 원뿔곡선론과 연관된 극과 극선의 발전은 쌍대원리(principle of duality)를 이끌었다. 쌍대원리란 사영기하학의 정리에서 점과 선을 서로 대체해도 정리가 성립한다는, 점과 선의 대칭성에 관한 심오한 원리이다.

푸리에, 조셉(Fourier, Joseph 1768~1830). 프랑스의 수학자이자 물리학자로 푸리에 급수를 만들었다. 푸리에 급수는 특정한 형태의 미분방정식을 푸는 데 이용하는 무한급수를 말하는데, 사인과 코사인의 무한 합으로 구성되어 있고, 그 값이 정해진 간격마다 반복적으로 나타나는 주기성을 보이기 때문에 주기 함수(periodic functions)를 분석하는 데도 유용한 도구로 쓰인다. 여러 다른 학자는 물론 레온하르트 오일러도 이것을 연구하기는 했지만, 그것을 완전히 탐구하여 공학 분야, 특히 열전도에까지 적용할 수 있게 한 조셉 푸리에에게 자신의 이름을 붙일 수 있는 영광이 돌아갔다. 푸리에는 온실효과를 발견한 것으로도 유명하다.

푸아송, 시메옹-드니(Poisson, Siméon-Denis 1781~1840). 프랑스의 수학자이자 기하학자이며 물리학자. 순수 수학에 기여한 그의 가장 큰 업적은 정적분과 관련된 푸리에 해석(Fourier Analysis)에서 진보를 이룩한 것이다.

푸앵카레, 쥘 앙리(Poincaré, Jules Henri 1854~1912). 프랑스의 수학자로 아인슈타인, 헨드릭 로렌츠(Hendrik Lorentz)와 함께 특수 상대성이론을 발견했다. 그는 수학뿐 아니라 천체역학, 유체역학, 과학철학 등 여러 학문 분야에 걸쳐 다양하게 기여했다. 1879년 미분방정식에 관한 논문을 완성해 파리 대학에서 수학박사 학위를 받는다. 1895년에는 「위치 해석(*Analysis Situs*)」을 출간하는데 이 논문은 그를 대수적 위상수학의 창시자 자리에 올려놓았다. 이 외에도 그는 생애 내내 다양한 수학 분야에 중요한 기여를 했으며, 1894년에는 자신의 논문을 통해 2차원 평면의 다양한 범주를 구분하는 동위론(homotopy theory)의 기본 군을 소개한다.

프랑세, 모리스(Princet, Maurice 1875~1973). 프랑스의 보험 계리사이자 수학자로 피카소와 막역한 사이였으며 그 주변의 화가 친구들과도 가깝게 지냈다. 피카소에게 수학에 관한 주제를 강의하거나 책을 읽어 주기도 한 것으로 보아 그가 파카소에게 기하학의 중요성을 알려 준 것으로 추정된다. 프랑세는 대체로 '입체파 수학자'로 간주된다.

프레게, 고틀로프(Frege, Gottlob 1848~1925). 독일의 논리학자, 철학자, 수학자로 현대 기호 논리학의 창시자 중 한 명이다. 그는 사고와 추론 논리를 형식적으로 표현하는 방법을 개발했다.

프로이센(Prussia). 북유럽 독일 지역에서 한때 매우 큰 영향력을 행사했던 국가 프로이센은 18세기에는 상당한 군사력과 문화적 힘을 자랑했으며, 1871년에는 통일된 독일제국을 형성하는 데 주도적인 역할을 했다. 당대 독일의 절반 이상을 차지했던 프로이센은 1947년 제2차 세계대전을 일으킨 독일의 군국주의와 호전적인 문화에 대한 상징적인 조치로서 공식적으로 해체되고 분할되기 전까지 가장 활발했던 산업과 정치의 중심지였다.

프로코피오스 2세(Procopios II 1837~1902). 전제 군주정 성향을 띤 아테네의 대주교로 1901년에 일어난 복음 폭동의 주요 원인을 제공한 인물로 추정된다. 그 폭동으로 여덟 명이 숨지고 큰 물질적 피해도 입게 되는데, 폭동의 시초는 신약성서를 민중 그리스어로 번역해 출판한 것이었다. 프로코피우스는 신약성서를 번역해 출판하려는 올가 여왕의 노력에 지지를 표했다. 그에 국왕은 프로코피우스의 사임을 강요하고, 그의 사임 이틀 만에 교회 전체 내각도 물러난다.

프톨레마이오스(85?~165?). 고대 그리스의 천문학자. 프톨레마이오스는 자신의 저서『알마게스트(*Almagest*)』에서 지구가 한자리에 고정되어 있는 우주의 모델을 제시하고 있다. 즉, 태양을 포함하는 다른 행성들이 궤도를 따라 지구의 주변을 회전한다는 주장을 펼쳤다. 이러한 모델은 코페르니쿠스, 갈릴레오, 케플러, 뉴턴 등이 태양을 중심으로 행성들이 회전한다는 지동설을 입증할 때까지 보편적인 진실로 믿어졌다.

플라스 피갈(Place Pigalle). 파리에서 악명 높고 인기 있던 성인 유흥가로 물랭루주가 있던 지역이며 몇몇 미술관도 있는데, 특히 살바도르 달리(Salvador Dali)의 작품이 전시돼 있는 '몽마르트르 달리 미술관'이 있는 곳이다. 피카소, 툴루즈-로트레크, 모리스 뇌몽(Maurice Neumont)처럼 유명한 화가들이 모여 살던 곳이기도 하다.

플라톤(Plato 기원전 약 427~347). 고대 그리스의 철학자. 소크라테스의 친구이자 학생이며, 아리스토텔레스의 스승이었다. 그가 아테네에 세운 아카데미는 세계 최초의 고급 교육기관이었는데, 거의 1,000년(기원전 387~529) 정도 그 생명을 이어갔다. 그가 남긴 스무 권 이상의 철학적 대화 책과 수많은 편지는 지금까지도 철학은 물론 고전과 문학 연구에 지속적으로 중요한 자료가 되고 있다.

플루타르크(Plutarch 약 46~120). 그리스의 철학자이자 역사학자, 공무원, 수사학자. 그리스와 로마의 여러 중요 인물들의 전기를 저술한 것으로도 유명하다. 그가 저술한 책은 200권이 넘는 것으로 추정된다. 플루타르크는 매우 신앙심이 깊었으며 심지어 델포이에서 성직자로 임명되어 피티아(Pythia)의 메시지를 번역하는 임무를 맡기도 했다. 그는 플라톤 아카데미에서 공부했지만 자신을 완전한 플라톤주의자로 한정하지는 않았으며, 자신의 저서에 다양한 학파의 사상을 끌어들였다.

피레이아스(Peiraias, Piraeus). 아테네에 위치한 국가 최대의 항구이자 그리스 주변 섬까지 가는 해상 교통 수단의 중심지. 원래 요새화된 장벽으로 둘러싸여 있었으나 기원전 5세기에 일어났던 펠로폰네소스 전쟁 기간 중

스파르타의 공격으로 장벽이 파괴된다. 피레이아스는 86년 로마의 공격으로 완전히 불타 없어지지만 다시 세워지고, 1834년 아테네가 통일된 그리스의 수도가 된 후에는 도시로서의 위상도 얻게 된다.

피카소, 파블로 루이즈(Picasso, Pablo Ruiz 1881~1973). 스페인 안달루시아 출신의 화가이자 조각가로 입체파 운동의 공동 창시자이자 20세기 가장 유명한 화가다. 그는 어린 시절부터 천재로 인정받았지만 가장 뛰어나고 중요한 작품은 20대 후반이 지나서야 창작되었다. 그는 전 생애 동안 뛰어난 실력으로 많은 주요 작품들을 창작했으며, 노년기에 접어들어서는 오히려 그 어느 때보다도 열정을 불사르며 창작 활동에 임했다.

피타고라스[Pythagoras of Samos, 기원전 582(?)~497(?)]. 소크라테스 이전의 철학자로 수학자이자 우주론자이기도 했으며 거의 현인으로 추앙받았던 인물이다. 그는 폴리크라테스(Polycrates)의 폭정기 동안 사모스를 떠나 크로톤(Croton)으로 갔다가 후에 메타폰툼에 정착했다. 피타고라스는 지금까지도 가장 중요하고 영향력 있는 역사적 인물로 간주되며, 그와 그의 제자들 덕분에 수학이라는 학문이 많은 철학 작품에 지대한 영향을 끼치게 되었다. 그의 제자와 추종자들로 이루어진 피타고라스 학파는 수학을 주로 연구했지만 매우 신비주의적이기도 했다. 피타고라스 추종자들은 콩을 먹지 않는다든가 침묵의 맹세를 하는 등 특정한 규칙이나 입문식에 매우 집착했다. 오랫동안 그들은 매우 철학적이고 수학적인 지역 사회를 구성했으며 그 영향력 또한 대단했다. 피타고라스 학파는 플라톤과 플라톤주의 철학에 주요 영감의 원천이 되었던 것으로 추정된다.

피티아(Pythia). 고대 그리스 세계의 종교적인 중심지였던 델포이 신탁소(the Delphic Oracle), 즉 델포이에 위치한 아폴로(Apollo) 신전의 여사제로 아폴로의 신탁을 직접 듣고 전달하는 예언자였으며, 고대 그리스 사회에서 가장 중요한 인물이었다. 그녀의 마지막 예언은 393년 황제 테오도시우스 1세에게 전달한 것이었다. 피티아가 전달하는 모호한 예언은 신부에 의해 해석되었으며 그리스인들은 그것을 신봉했다. 큰 전쟁이나 제국, 생명들이 그 예언에 따라 흥망, 혹은 생사가 결정되었다. 신전 외부에 새겨진 글귀는 '너 자신을 알라(Know thyself)'와 '지나침이 없게 하라(Nothing in excess)'였다.

필로라오스(Philolaos, of Croton 기원전 약 470~385). 피타고라스 학설을 신봉하는 철학자로 몸에서 분리된 영혼에 관해 저술했다. 그의 저서 『자연에 대하여(*On Nature*)』는 피타고라스학파 철학자가 쓴 최초의 저술로 유명하며, 아리스토텔레스가 피타고라스학파의 철학에 관해 저술할 때 이 책을 주요 출처로 이용하기도 했다. 필로라오스는 '우주'가 그 한계가 있는 것과 한계가 없는 것, 단 두 가지 요소로 만들어졌다고 주장했다. 그는 또한 인식되는 모든 대상 안에는 수가 포함되어 있고, 우리는 수를 통해서만 어떤 것을 알거나 이해할 수 있다고 주장했다.

하멜, 게오르그 카를 빌헬름(Hamel, George Karl Wilhelm 1877~1954). 함수론, 역학, 수학의 기초 분야에 기여했던 독일의 수학자. 유리수에 대한 벡터공간이나 선형공간으로서의 실수의 기저를 구성하고자 일찍이 선택 공리를 이용한 것으로 가장 유명하다. 선택 공리란 집합이 주어졌을 때 임의의 원소들을 뽑아서 새로운 집합을 만들 수 있다는 공리로 산술 체계에서 기본이 되는 중요한 공리이다.

하이얌, 오마르(Khayyám, Omar 1048~1131). 페르시아의 천문학자, 수학자, 철학자, 그리고 시인. 유명한 대수학 책 『대수 문제의 논증에 관한 논문 (*Treaties on Demonstration of Problems of Algebra*)』을 저술했다. 이 책에서 그는 원뿔곡선의 교점을 이용해 찾아낸 기하학적 해법으로 3차방정식을 완벽하게 분류하였다. 그는 또한 시인으로도 잘 알려져 있는데 대표적인 작품으로는 '루바이야트Rubaiyat'가 있다.

하치다키스, 니콜라오스(Hatzidakis, Nikolaos 1872~1942). 미분기하학 연구를 수행했던 아테네 대학의 교수이며 1918년 창설된 그리스 수학 연구회 (Hellenic Mathematical Society)의 초대 회장으로 1918년부터 1925년까지 재임했다. 그의 아버지, 이오니스 하치다키스(Ionnis Hatzidakis)도 수학자였으며, 매우 널리 이용되는 기하학 교본을 저술했다.

핼리, 에드먼드(Halley, Edmond 1656~1742). 영국의 천문학자이자 물리학자이며 수학자이기도 한 인물로 핼리 혜성의 궤도를 계산해 냈다. 또한 천

체역학에 관한 위대한 저술 중 하나로 평가받는 뉴턴의 저서『자연철학
의 수학적 원리(*Philosophiae Naturalis Principia Matbernatica*)』를 편집한 것
으로도 높게 평가받는다. 그는 또한 1686년 세계 최초의『기상 일람도
(*meteorological Chart*)』를 출간하였다.

헤론(Heron, of Alexandria 약 10~75). 그리스의 발명가이자 수학자로 주로 기
하학 분야에서 활약했다. 회전하는 증기기관, 자동 판매기 등 다양한 전
설적인 기계들의 발명자로 전해지는데 수학 서적『측량술(*Metrica*)』에서
증명한 삼각형 면적 내는 공식으로 가장 유명하다.

화이트헤드, 앨프리드 노스(Whitehead, Alfred North 1861~1947). 영국의 수학자,
철학자. 제자였던 버트런드 러셀과 함께 쓴 3권짜리 저서『수학의 원리
(*Principia Mathematica*)』는 수학의 기초를 논리학에서 찾으려고 한 위대
한 시도였다. 수학보다는 과학과 철학의 일반적인 문제로 관심사를 옮
겨 간 그는 생애의 후반부에는 철학적 작업에 더욱 치중했으며 과학철
학과 형이상학에서부터 문명사에 이르기까지 방대한 주제를 넓은 시야
에서 다룬 중요한 철학적 저작들을 다수 남겼다.

황금비(the golden section, or the golden ratio). 고대 그리스의 화가와 기하학자
들에 따르면 하나의 선분을 두 개의 동일하지 않은 조각으로 나누었을
때, 심미적으로 이상적인 분할은 전체에 대한 큰 조각의 비와 큰 조각에
대한 작은 조각의 비가 같을 때이다. 이러한 분할을 황금분할이 라 하
고, 이때 큰 조각 대 작은 조각의 비는 대략 1.618:1이다.

히파르코스[Hipparchos 기원전 146(?)~127(?)]. 그리스의 수학자. 삼각법의 기초
를 세웠으며, 일식을 예측한 것으로 유명하다.

히파소스(Hippasos, of Metapontum 기원전 약 500). 피타고라스학파의 제자로 2
의 제곱근이 무리수라는 사실을 발견해 이것을 퍼뜨렸다는 이유로 암살
당했다고 전해지는 인물.

힐베르트, 다비트(Hilbert, David 1862~1943). 20세기 초 독일의 지도적인 수학
자. 가우스로부터 디리클레, 클라인으로 이어지는 괴팅겐 학파의 마지
막 태두. 불변식 연구를 통해 고르단 문제를 해결해 명성을 얻었으며,
『기하학의 기초』를 통해 공리적인 기하학의 체계를 재건하려 했다. "우

리는 알 수 있고 알아야만 한다."는 이성주의의 신봉자답게 '힐베르트의 23문제'를 통해서 20세기 수학의 나아갈 길을 제시하려 했다. 또한 그는 19세기 말 수학 기초론 논쟁에서 형식주의의 입장으로 직관주의 학파와 논쟁을 벌였으나 그의 형식주의적 기초가 괴델에 의해서 무너지는 것을 말년에 보아야 했다.

살인을 부르는 수학 공식

| 펴낸날 | 초판 1쇄 2010년 8월 30일 |
| | 초판 5쇄 2019년 9월 24일 |

지은이	테프크로스 미카엘리데스
옮긴이	전행선
펴낸이	심만수
펴낸곳	(주)살림출판사
출판등록	1989년 11월 1일 제9-210호

주소	경기도 파주시 광인사길 30
전화	031-955-1350 팩스 031-624-1356
홈페이지	http://www.sallimbooks.com
이메일	book@sallimbooks.com

ISBN   978-89-522-1499-7   03890

살림Friends는 (주)살림출판사의 청소년 브랜드입니다.

※ 값은 뒤표지에 있습니다.
※ 잘못 만들어진 책은 구입하신 서점에서 바꾸어 드립니다.